Kathinka Engel
**Liebe mich.** *Für immer*

KATHINKA ENGEL

# LIEBE MICH.

## Für immer

ROMAN

PIPER

*Mehr über unsere Autoren und Bücher:*
*www.piper.de*

Wenn Ihnen dieser Roman gefallen hat, schreiben Sie uns
unter Nennung des Titels »Liebe mich. Für immer«
an *empfehlungen@piper.de*, und wir empfehlen Ihnen gerne
vergleichbare Bücher.

Von Kathinka Engel liegen im Piper Verlag vor:

*Finde-mich-Reihe:*
Band 1: Finde mich. Jetzt
Band 2: Halte mich. Hier
Band 3: Liebe mich. Für immer

*Love-is-Reihe:*
Band 1: Love is Loud – Ich höre nur dich
Band 2: Love is Loud – Ich höre nur dich
Band 3: Love is Wild – Uns gehört die Welt

MIX
Papier aus verantwor-
tungsvollen Quellen
FSC
www.fsc.org
FSC® C083411

ISBN 978-3-492-06173-5
3. Auflage 2020
© Piper Verlag GmbH, München 2020
Dieses Werk wurde vermittelt durch die
Michael Meller Literary Agency GmbH, München.
Satz: Tobias Wantzen, Bremen
Gesetzt aus der Legacy Serif ITC
Druck und Bindung: CPI books GmbH, Leck
Printed in Germany

**1** Der riesige Betonklotz, in dem sich vor allem Sozialwohnungen befinden, ragt wenig einladend in den zur Abwechslung ungewöhnlich grauen kalifornischen Himmel. Ton in Ton. Hoffnungslosigkeit und Trostlosigkeit. Für die meisten jedenfalls. Jedoch nicht für mich. Wo andere nichts als Armut und Elend sehen, erwachsen vor meinen Augen Bilder von zweiten Chancen, von Leuten, die kämpfen und es schaffen.

Die Mischung aus Smog und Wolken taucht die gesamte Umgebung in ein mattes Licht. Und heute bin ich geneigt, mich ebenso matt zu fühlen. Bald sollte ich mir wieder einmal eine kleine Verschnaufpause gönnen, wenn ich nicht demnächst völlig ausgebrannt sein will. Über die Jahre habe ich einen relativ guten Radar dafür entwickelt, was ich zu leisten imstande bin und wann ich aufpassen muss, dass ich mir nicht zu viel aufhalse. Auf sich allein gestellt zu sein hat eben auch einen entscheidenden Nachteil: Man ist selbst dafür verantwortlich, den eigenen Akku rechtzeitig wieder aufzuladen. Den kommenden Freitagabend, den ich ausnahmsweise für mich habe, werde ich also nutzen.

In diesem Moment gilt meine Aufmerksamkeit jedoch nicht mir, sondern Kylie und Steve, einem Paar, das nach Steves Gefängnisaufenthalts gerade lernt, zusammen mit dem neugeborenen Baby Milo zu einer Familie zu werden.

Steve wurde gerade rechtzeitig entlassen, um bei der Geburt seines Sohnes dabei zu sein. Die veränderte Lebenssituation, die er und seine Freundin seither zu bewältigen haben, war der Hauptgrund, warum ich Steve in mein Resozialisierungsprogramm aufgenommen habe. Und nun begleite ich ihn auf seinem Weg zurück ins Leben, zurück in den Alltag.

Ich drücke die Klingel des Apartments Nummer 34, und kurz darauf ertönt der Türsummer. Das Treppenhaus ist angenehm kühl nach der Schwüle, die draußen herrscht. Seit Tagen schon ist Regen angekündigt, doch statt der Erleichterung in Form eines Wolkenbruchs kämpfen wir seit Tagen mit schlechterer Luftqualität und den drückenden Wolkenmassen.

Da der Aufzug kaputt ist – seit meinem ersten Hausbesuch vor beinahe einem Monat hat sich daran nichts geändert –, nehme ich die wenig einladende nackte Betontreppe in den dritten Stock. Die Wände sind mit Graffiti und undefinierbarem Schmutz beschmiert. Bei einigen Schlieren möchte man gar nicht so genau wissen, woraus sie bestehen.

Im dritten Stock klopfe ich an die Wohnungstür. In Häusern wie diesem lässt man die Tür nicht angelehnt, während man auf Besuch wartet. Ich höre, wie von drinnen die Kette gelöst wird, und im nächsten Moment öffnet Kylie die Wohnungstür, auf dem Arm den winzigen Milo.

»Hi, komm rein«, sagt sie und lächelt mich müde an.

Ich folge ihr ins Wohnzimmer, wo ich mich wie immer auf dem schäbigen Sofa niederlasse.

»Wie geht's euch?«, frage ich, zupfe den schwarzen Haargummi von meinem Handgelenk und binde mir einen Pferdeschwanz.

»Ach ja«, erwidert Kylie, »es wäre leichter, wenn der Kleine nicht so viel schreien würde.« Wie auf Kommando fängt er an zu quäken, und Kylie seufzt. Sie wippt von einem Fuß auf den anderen, um ihn zu beruhigen. »Steve?«, ruft sie dann. »Hast du die Klingel nicht gehört?«

Aus dem Nebenraum hört man ein Grunzen, und gleich darauf schlurft Steve in einer grauen Jogginghose, die er in seine weißen Tennissocken gesteckt hat, und einem ausgeleierten T-Shirt aus dem Schlafzimmer.

»Sorry«, murmelt er. »Musste mir noch was anziehen.« Er grinst mich vorsichtig an, und ich hole einen Hefter mit Unterlagen aus meiner Tasche.

»Sind das die Stellen?«, fragt er nun mit deutlich gesteigertem Interesse.

Die Arbeitslosigkeit macht ihm zu schaffen. Für einen ausgebildeten Automechaniker gibt es zwar immer wieder Stellen, aber seine kriminelle Vergangenheit macht eine Vermittlung schwierig. Gerade leben die drei von Kylies dürftigen Ersparnissen und der Unterstützung von Steves Mutter. Aber nicht nur wird es ihnen unmöglich sein, sich auf diese Weise länger über Wasser zu halten, Steve fällt außerdem die Decke auf den Kopf. Deswegen habe ich zusätzlich ein paar Zeitarbeitsfirmen angezapft, an die er Initiativbewerbungen schicken kann.

»Hoffentlich ist was dabei«, sagt Kylie, während sie Milo mit dem Rücken zu uns stillt. »Ich muss ihn aus dem Haus haben. Der Kerl macht mich irre.«

Der Umgangston hier ist rau, aber ich lasse mich davon nicht täuschen. Ich weiß, wie glücklich Kylie darüber ist, ihren Freund wieder an ihrer Seite zu haben.

»Könntest dir ja auch einen Job suchen«, schlägt Steve vor.

»Würde ich, wenn ich deinen Sohn nicht von morgens bis abends an meinen Titten hängen hätte.«

Steve schnaubt und beugt sich über die Liste mit den Zeitarbeitsfirmen. Milo scheint genug zu haben, denn er beginnt wieder verzweifelte Geräusche von sich zu geben. Kylie stöhnt, Steve grunzt – und mir ist es eigentlich zu viel, aber das hier ist mein Job. Mein Leben. Für die beiden da zu sein, ihnen Hoffnung und das Gefühl zu geben, dass sie jede Situation meistern können.

Kylie beginnt dem Kleinen auf den Rücken zu klopfen, bis er sich mit einem Schwall auf ihre Schulter übergibt. »Fuck«, sagt sie und hält ihn einen halben Meter von sich weg. Immerhin hat er aufgehört zu schreien.

»Amy, würdest du kurz …?«, fragt Kylie und drückt mir den kleinen Wurm in den Arm, ohne eine Antwort abzuwarten. »Du musst nur seinen Kopf stützen«, sagt sie und ist im nächsten Augenblick im Bad verschwunden.

Mein Körper versteift sich für einen Moment. Ich bin niemand fürs Kopfstützen. Für Körperwärme. Für Nähe. Das ist ausnahmslos meiner Pflegetochter Jeannie vorbehalten. Milo sieht mich aus seltsam wachen dunkelblauen Augen an. Ich blicke von ihm zu Steve in der Hoffnung, dass er mir seinen Sohn abnimmt, aber nichts dergleichen geschieht. Er ist in die Liste vertieft und scheint keine Notiz von meiner Hilflosigkeit zu nehmen.

»Okay«, sage ich gleichermaßen zu Milo und zu mir selbst und lege mir den kleinen Wurm auf den Schoß. Dabei achte ich darauf, dass ich seinen Kopf mit meinem Arm stütze. Steve blickt nun doch kurz auf und nickt mir zu. Anscheinend sieht man mir meine Unbeholfenheit nicht an.

Die Wärme des Babys überträgt sich auf meine Beine.

Als wäre es nicht ohnehin schon warm genug. Aber gleichzeitig fühlt es sich irgendwie beruhigend, geradezu friedlich an. Milo duftet ganz eigen. Das muss der Babygeruch sein, von dem die Leute sprechen. Er quäkt leise, und ich fahre einmal mit der flachen Hand über seinen weichen Strampler. Er gibt erneut ein wimmerndes Geräusch von sich, und ich wiederhole die Bewegung mit der Hand. Es scheint ihm zu gefallen, denn er atmet einmal tief ein. Beinahe klingt es wie ein erleichtertes Seufzen. Verrückt, denke ich. So ein kleines wehrloses bisschen Mensch, das da auf meinem Schoß liegt. Es ergibt sich einfach und hofft auf das Beste.

»Schau, ich hab meine Bewerbung noch mal überarbeitet, wie du's gesagt hast.« Steve reißt mich aus meinen Überlegungen und reicht mir einen Ausdruck.

Wir hatten bei meinem letzten Besuch darüber gesprochen, dass es helfen würde, wenn er die Bewerbung ein bisschen hübscher formatiert. Ich habe ihn mit der Welt der Vorlagen vertraut gemacht. Außerdem riet ich ihm, nicht gleich mit der Tür ins Haus zu fallen und den Gefängnisaufenthalt im Anschreiben nicht zu erwähnen. Wir machen kein Geheimnis daraus, und die meisten Firmen kontaktiere ich ohnehin vorab, um herauszufinden, ob Steve überhaupt Chancen hätte, aber die Lücke im Lebenslauf reicht vollkommen.

Während Baby Milo auf meinen Beinen vor sich hin dämmert, korrigiere ich die Rechtschreibfehler in Steves neuem Anschreiben. Kylie kommt zurück ins Wohnzimmer, macht aber keine Anstalten, mir das Baby wieder abzunehmen – und ich stelle fest, dass es mir nichts mehr ausmacht, den Kleinen auf dem Schoß zu haben. Im Gegenteil, ich finde es seltsamerweise sogar tröstlich, erdend.

9

»Danke für deine Hilfe, Amy«, sagt Steve, als ich mich eine halbe Stunde später auf den Weg mache. »Jetzt muss nur endlich mal was klappen.«

»Mach dir keine Gedanken«, sage ich. »Wir finden was für dich.« Bislang habe ich noch jeden meiner Schützlinge irgendwo untergebracht. Ich verabschiede mich und trete ins Treppenhaus hinaus. Doch gerade, als ich mich zum Gehen wenden will, löst Kylie, die Milo wieder auf dem Arm hat, ihren Freund an der Tür ab.

»Amy?«, fragt sie schüchtern. Und beim Anblick ihrer zarten Statur und der glatten Haut wird mir wieder einmal bewusst, wie jung sie ist. Gerade einmal achtzehn Jahre alt.

»Ja?«

»Ich habe noch eine Frage.«

»Raus damit«, sage ich aufmunternd. Obwohl ich eigentlich Steves Sozialarbeiterin bin, steht es für mich außer Frage, auch ihr zu helfen, egal, worum es sich handelt.

»Ähm, also, du weißt doch, dass Milo ein bisschen zu früh auf die Welt gekommen ist.«

Ich nicke. Deswegen war es so wichtig, Steve in mein Programm aufzunehmen. Mit der Hilfe des Gefängnispsychologen gelang es uns, Steve ein paar Tage vor seinem offiziellen Haftende nach Hause zu schicken. Eine Punktlandung, die mich viele Nerven gekostet hat, es aber absolut wert war.

»Deswegen konnte ich die Prüfungen nicht mehr mitschreiben.« Sie wippt nun wieder von einem Fuß auf den anderen. Ob sie es tut, um Milo zu beruhigen oder weil sie selbst nervös ist, lässt sich schwer sagen. »Glaubst du, ich kann den Highschool-Abschluss nächstes Jahr nachholen? Vielleicht an einer Abendschule?«

»Liebe Kylie«, erwidere ich, »das ist eine tolle Idee.« Ich finde es großartig, dass sie auch weiter an ihre eigene Zukunft denkt. Viele andere ergeben sich in ihr Schicksal. Und was passiert, wenn das schiefgeht, weiß ich nur zu gut. »Ich besorge Infomaterial und bringe es beim nächsten Mal mit.«

»Danke«, sagt sie und lächelt erst mich, dann Baby Milo an. Und beim Gedanken an Milos Wärme und den unverkennbaren Babygeruch muss auch ich unwillkürlich lächeln.

 *Sam*

**2**   »Bist du Sam?«, fragt eine hübsche, allerdings etwas überschminkte Schwarzhaarige, die gerade von ihrem Tisch aufgestanden ist.

Dieses aufgeregte Gefühl vor einem Blind Date macht sich in mir breit. »Der bin ich«, sage ich und fahre mir bewusst lässig mit der Hand durch die Haare. Dann schenke ich ihr ein schiefes flirty Lächeln, das nie seine Wirkung verfehlt. Und tatsächlich, auch Sarah ist gegen meinen Charme nicht immun, wie mir ihr breiter werdendes Lächeln verrät. Sie streicht sich ebenfalls durch die Haare und wickelt am Ende eine Haarsträhne um ihren Zeigefinger.

Ich setze mich ihr gegenüber an den dunklen Holztisch. »Was trinkst du?«, frage ich mit einem Blick auf ihren durchsichtigen Drink, in dem eine Zitronenscheibe schwimmt.

»Gin Tonic«, erwidert sie. »Willst du einen Schluck?«

Sie hält mir ihr Glas hin. Dass sie offensiv ist, gefällt mir. Genau diesen Eindruck hatte ich auch von ihrem Datingprofil in der App.

Doch da in diesem Moment ein Kellner an unseren Tisch herantritt, bestelle ich mir lieber einen eigenen Drink.

»So gut sehen also Leute aus, die eine Doktorarbeit schreiben«, sagt Sarah und klimpert mit ihren Wimpern. »Was machst du noch mal genau?«

Ich weiß, dass das hier nur Small Talk ist. In den letzten Monaten hatte ich jede Menge solcher Dates. Die meisten davon wie heute im *Vertigo,* meiner Stammkneipe im bunten Ausgehviertel von Pearley. Es ist fast immer das Gleiche. Man redet, man flirtet, man geht zu ihr oder zu mir. Oder man verabredet sich noch ein zweites Mal, um dann zu ihr oder zu mir zu gehen.

»Literaturwissenschaft«, antworte ich kurz. In die Tiefe zu gehen lohnt sich meistens nicht.

»Um dann Taxifahrer zu werden?«, fragt sie und wirft beim Lachen den Kopf in den Nacken.

Solche Kommentare bin ich gewöhnt und ignoriere sie. So auch Sarahs. Es ist mir egal, ob meine Bekanntschaften etwas mit meiner Berufung anfangen können, solange die Menschen in meinem Leben, die mir wirklich etwas bedeuten, mich ernst nehmen. »Und was ist mit dir?«, frage ich stattdessen.

»Ach, dies und das. Gerade jobbe ich. Eigentlich will ich Musikerin werden.«

»Spielst du in einer Band?«, frage ich. »Wie cool. Welches Instrument denn?«

Sie lacht wieder. »Ich spiele noch gar kein Instrument. Aber Schauspielerin würde sowieso besser zu mir passen. Oder Model.«

Ich gehe darüber hinweg, schließlich bin ich nicht hier, um meine Seelenverwandte zu finden, und versuche es noch einmal. »Bist du also auch ein Filmfan?« Denn daran könnte ich anknüpfen. Der Kellner bringt meinen Drink, und wir stoßen an.

»Was? Nein.« Wieder wirft sie ihren Kopf in den Nacken und lacht. »Ich stehe einfach gern im Mittelpunkt.« Das glaube ich ihr sofort. »Außerdem: Wer würde das hier« – sie streicht mit den Händen an ihrem Körper entlang – »nicht gern auf Plakaten und so sehen?«

Ich schlucke. Ich kann sie mir gut auf Plakaten vorstellen. Erneut fahre ich mir durch die Haare. Dann lehne ich mich zurück und lasse meinen Blick über sie wandern. Nicht zu anzüglich, aber doch so, dass sie meine Absichten nicht falsch verstehen kann.

»Du solltest auch Model werden«, sagt sie. »Da ist sicher mehr Geld drin als in Büchern und so Kram.«

Je weniger wir gemeinsam haben, desto einfacher ist es für mich. Also lache ich mein sexy Lachen. Nicht zu laut, nicht zu verklemmt, sondern tief und kehlig, und schenke ihr dann meinen intensiven James-Dean-Blick – den Kopf leicht schräg und etwas nach unten gesenkt. Mir sind all diese Kleinigkeiten völlig in Fleisch und Blut übergegangen. Der coole Gang, das lässige Anlehnen, das Durch-die-Haare-Fahren, die Blicke. Es ist ein Spiel, ein Tanz, von dem jeder weiß, wo er hinführt.

»Und? Hast du schon mal gemodelt?«, frage ich hoffnungsvoll, denn die Unterhaltung darf, egal, wie banal sie ist, nicht einschlafen. Das killt die Stimmung, auch wenn es uns beiden sicher nicht um den Austausch von Höflichkeiten geht und wir vermutlich kaum weniger Interesse an inhaltlicher Auseinandersetzung miteinander haben könnten.

»Nein, noch nicht. Ich muss ja erst einmal entdeckt werden«, sagt Sarah und zwirbelt sich wieder eine Haarsträhne um den Finger.

Kurz weiß ich nichts darauf zu erwidern, so erstaunt bin ich über sie. »Und wie wird man entdeckt?«, frage ich dann, sehr darauf bedacht, die Ungläubigkeit in meiner Stimme zu verbergen.

»Auf der Straße, im Internet ...« Sie zuckt mit den Schultern. »Ich habe schon zehntausend Follower auf Instagram. Willst du mal sehen?«

Ohne meine Antwort abzuwarten, schiebt sie mir ihr Handy hin.

»Schau, da bin ich mit einem neuen Lippenstift«, sagt sie und tippt auf ein Bild, das vor allem ihren Kussmund zeigt. *Mit einem neuen Lippenstift,* steht darunter. »Und das bin ich mit meinem Hund Stella.« Sie vergrößert ein Bild, auf dem sie mit Kussmund und einem Mops zu sehen ist. *Mit meinem Baby Stella,* steht darunter. »Und das hier bin ich in meinem neuen Bikini.« Ich sehe vor allem Brüste. Wohlgeformte, kaum bekleidete Brüste. Die Caption lautet allen Ernstes *In meinem neuen Bikini.*

»Wow«, sage ich, meine aber entgegen ihrer Erwartung nicht ihre gestellten Bilder, sondern ihre einfallsreichen Texte. Und entgegen ihrer Erwartung ist mein Kommentar außerdem nicht ganz unironisch. Doch ich achte darauf, sie nichts von alldem spüren zu lassen.

»Ein bisschen habe ich nachgeholfen.« Wieder wirft sie den Kopf in den Nacken. »Aber sie fühlen sich jetzt irrsinnig gut an. Viel fester als vorher. Viel perfekter.« Sie zwinkert mir zu.

»Wow«, sage ich wieder, doch es fällt mir immer schwerer, die Ironie in meiner Stimme zu verbergen.

»Willst du jetzt schon mal anfassen oder erst später?« Sarah leckt sich über die Lippen.

»Äh, gerne später«, sage ich, doch ich bin mir auf einmal nicht mehr sicher, ob es zu einem Später kommen wird.

»Hier schau, das bin ich mit meiner BFF.« Sie hält mir wieder ihr Smartphone hin und präsentiert mir das Bild von sich und ihrem Klon. Zumindest sehen sie sich zum Verwechseln ähnlich. Vielleicht liegt es aber auch an den vollkommen identischen Kussmündern. »Viertausend Likes«, sagt sie stolz.

Beinahe will ich fragen, welche von beiden sie ist, als mein Blick auf den Text unter den Likes fällt. *Mit meiner BFF,* steht da, und in einem kleinen Moment ohne Selbstbeherrschung entfährt mir ein leises Kichern.

»Entschuldige?«, fragt sie. »Was ist so witzig?«

»Nichts«, beeile ich mich zu sagen.

»Machst du dich etwa über mich lustig?« Ihre Augen sind jetzt weit aufgerissen.

»Nein, wie käme ich dazu«, sage ich vollkommen unschuldig. Ich habe mich jetzt wieder im Griff.

»Okay, weil«, sagt sie und wedelt wild mit ihrem Zeigefinger vor meinem Gesicht herum, »ich merke, wenn mich jemand nicht ernst nimmt.« Ihr Tonfall ist auf einmal derart gehässig, dass ich beinahe eine Gänsehaut kriege. »Ich habe so etwas echt nicht nötig«, keift sie. »Ich bin Model.«

Diesen Stimmungsumschwung habe ich nicht erwartet. Denn genau genommen habe ich ihr nichts getan. Im Gegenteil, ich habe mir ihre Bilder angesehen und versucht, mich für sie zu interessieren. Sie war diejenige, die zuerst Witze über meinen Lebenstraum gemacht hat.

Weil der Abend für mich gelaufen ist, beschließe ich nun, zu mir selbst zu werden. »Ich dachte, du musst erst noch entdeckt werden«, sage ich und kann mir ein Grinsen nicht verkneifen.

Sie japst entsetzt auf. »So was muss ich mir echt nicht anhören«, faucht sie. »Ich brauche Leute in meinem Leben, die an mich glauben. Nicht so einen toxischen Scheiß.« Mit diesen Worten schnappt sie sich ihr Handy, das immer noch zwischen uns auf dem Tisch liegt, erhebt sich und rauscht aus der Bar.

Ich schüttle etwas ungläubig den Kopf. Was für ein Abgang. Was für ein verschenkter Abend. Das war in den letzten zwei Wochen das vierte Date, das gründlich in die Hose gegangen ist. Ich ziehe ihren halb vollen Gin Tonic zu mir und bitte den Kellner um die Rechnung. Und während ich erst meinen und dann ihren Drink runterkippe, lösche ich die App von meinem Handy. Genug ist genug.

**3**     Im Internet stoße ich manchmal auf rosafarbene Magazine und Blogs, die ihren Leserinnen dazu raten, sich auch einmal Zeit für sich zu gönnen. Eine Auszeit zu nehmen, um in sich hineinzuhorchen. Sie schlagen entspannende Schaumbäder mit einem Glas Sekt und leiser Musik vor, Wellness mit Freundinnen oder einen Liebesfilm auf der Couch. Manchmal frage ich mich, was mit mir nicht stimmt. Denn wenn ich mir vorstelle, wie ich in einer Badewanne sitze, bis ich schrumpelig bin, kommt mir das vor wie die größte Zeitverschwendung.

Ich habe nicht oft den Luxus von freien Abenden, die ich mit »Zeit für mich« füllen könnte. Und wenn ich, wie heute, auf der Suche nach dringend nötiger Entspannung bin, dann ist das Allerletzte, was ich möchte, tief in mich hineinzuhorchen. *Meine* Regeneration sieht ein bisschen anders aus und beinhaltet, mir selbst zu zeigen, dass ich ganz normal bin – ohne dabei Babys halten zu müssen.

Deswegen sitze ich hier am Tresen des *Vertigo*, einer Bar, die ich noch aus meiner Studienzeit kenne. Beim Hereinkommen schlägt jedem eine warme Wolke aus alkoholischem Dunst entgegen. Die Musik, das Gelächter und die lauten Unterhaltungen verschmelzen zu einem Lärmgewirr. Durch das gedimmte Licht sehen die Bar und all die Menschen, die an diesem Freitagabend hierhergekommen sind, um sich von ihrem Alltag zu erholen, weichgezeichnet aus. Hier finde ich genau das, was ich will. Trubel in der Anonymität.

Vor mir auf dem dunklen Tresen, der so glatt lackiert ist, dass man sich beinahe darin spiegeln kann, steht ein Gin Tonic – mit Gurke, nicht mit Zitrone –, den ich mit meinem Strohhalm umrühre. Die Eiswürfel klappern aneinander.

Ich nippe an meinem Drink und merke, wie der Stress der Woche in den Hintergrund tritt. Hier in einer Bar zu sitzen und zu warten, was der Abend noch bringt, ist nichts, was ich regelmäßig mache. Aber alle paar Monate überkommt es mich: der Drang, rauszukommen, am Nachtleben teilzuhaben, und – wenn es gut läuft – mal wieder meinen Verstand auszuschalten. Solange es zu meinen Bedingungen geschieht. Denn mein Leben ist weiß Gott chaotisch genug, als dass ich an meinem freien Abend Kompromisse eingehen würde.

Noch genieße ich einfach die gelöste Atmosphäre. Ich beobachte den Barkeeper beim Mixen der Drinks, blicke mich in der Bar um. An den Wänden hängen Metallschilder mit Zitaten von irgendwelchen Berühmtheiten, Sinnsprüche und Autokennzeichen. Ich stelle mir vor, Teil einer dieser Studentengruppen zu sein, die vollkommen sorglos scheinen. Der Klang von lautem Gelächter und Gejohle mischt sich zur allgemeinen Lärmkulisse, und meine Aufmerksamkeit wird auf einen Tisch in der Nähe des Eingangs gelenkt. Zwei Kerle liefern sich einen Trinkwettbewerb und versuchen ihr Bier herunterzuexen. Die anderen klatschen im Takt ihrer Anfeuerungsrufe auf den Tisch. Früher hätte ich die Augen verdreht und mich abgewendet. Inzwischen versuche ich nicht mehr vorschnell über andere zu urteilen. Wenn das ihre Art von Spaß ist, warum sollen sie ihn dann nicht haben?

»Hi«, sagt eine Stimme neben mir, und ich löse den Blick von der Studentengruppe.

An der Bar steht ein blonder Hüne, wahrscheinlich einer der College-Footballspieler, die mit einem Stipendium nach Pearley gekommen sind. Er sieht sehr jung aus, sicher nicht älter als achtzehn.

»Hi«, erwidere ich.

»Heute ist dein Glückstag«, sagt er und grinst mich anzüglich an.

»So?« Ich bemühe mich, freundlich zu klingen und ihn dennoch nicht zu ermutigen. Den Blickkontakt beschränke ich auf ein Minimum. Denn er ist mir auf jeden Fall zu jung. Viele der Jungs, die ich betreue, sind in seinem Alter. Für mich mit meinen fünfundzwanzig Jahren definitiv ein No-Go.

»Ja«, sagt er eifrig. »Weil du mich getroffen hast.«

Er legt mir hoffnungsvoll eine Hand auf den Oberschenkel, doch ich schiebe sie sofort höflich, aber bestimmt beiseite. Mich zu berühren ist ein weiteres No-Go.

»Tut mir leid«, gebe ich zurück und schenke ihm mein bestes Mitleidslächeln, von dem ich weiß, dass es jedes sexuelle Bedürfnis im Keim erstickt. »Es ist natürlich sehr schön, dass wir uns getroffen haben, aber ich habe leider kein Interesse.« Das Bedauern in meiner Stimme ist echt. Das Letzte, was ich will, ist, ihn zu verletzen.

»Bist du sicher?«, fragt er. »Du würdest es nicht bereuen.«

Mir entfährt ein leises Lachen. »Das kann schon sein, aber ich muss trotzdem ablehnen.«

»Hm, okay. Schade!«, sagt er und zieht wieder von dannen. Ich höre, wie am Tisch ein Johlen ausbricht, als der Junge zurückkehrt.

Ich muss unwillkürlich lächeln. Der arme Kerl. Erst hat er all seinen Mut zusammengenommen, um mich mit einem wenig originellen Spruch anzubaggern, dann habe ich ihn abgewiesen, und nun muss er sich auch noch dem Gespött seiner Kumpels stellen. Diese Welt ist grausam.

»Das war sehr nett.«

Ich blicke auf. Zu meiner Rechten lehnt ein Typ an der Bar und wartet anscheinend auf seinen Drink.

»Was meinst du?«, frage ich.

»Dass du ihm höflich erklärt hast, du hättest kein Interesse. Das ist deutlich angenehmer, als irgendwelche offensichtlichen Ausflüchte zu hören.« An seiner gedehnten Aussprache merke ich, dass er schon einiges getrunken hat. Seine Zunge scheint ein bisschen schwer zu sein. Aber er hat eine angenehme Stimme. Voll und tief.

»Ich bin Sam«, sagt er.

Ich blicke ihn an. Auf einmal kommt er mir bekannt vor mit seinen welligen braunen Haaren, die ihm leicht in die Stirn fallen. Sam … Sam … Sam … Aber ich kann ihn nicht zuordnen. Vermutlich irre ich mich, und es ist einfach nur dieses typische Selbstbewusstsein, das Männer, die wissen, wie gut sie aussehen, oft an den Tag legen. Und diese typischen Gesten. Ein leicht verlegenes Sich-durch-die-Haare-Fahren, das lässige An-der-Bar-Anlehnen.

»Und du bist?«, fragt er grinsend und dreht sich zu mir. Als ich nicht antworte, schiebt er hinterher: »O nein, sag nicht, mir blüht das gleiche Schicksal wie dem riesigen Jungen!« Er fasst sich theatralisch mit der rechten Hand an seine Brust und tut so, als hätte er Schmerzen.

»Entschuldige! Ich bin Amy«, sage ich und lächle ihn an. Er könnte definitiv eine Option sein. Deswegen schlage ich schnell die Augen nieder und nehme einen Schluck von meinem Gin Tonic. Nicht, dass ich seinem Blick nicht standhalten könnte, aber die Erfahrung hat gezeigt, dass es den Männern oft lieber ist, wenn man ein bisschen schüchtern und mädchenhaft tut. Je mehr ich ihnen das Gefühl vermittle, mich zu erobern, desto eher kriege ich am Ende das, was ich suche. Und da dies für uns alle ein Spiel ist, gebe ich ihm, was er braucht.

»Und, wie geht's dir, Amy?« Mir gefällt es, wie er meinen Namen sagt. Und dass er mir eine Frage stellt. Obwohl ihn das natürlich nicht wirklich interessiert.

»Gut, danke der Nachfrage. Und selbst?« Ich zupfe an dem Haargummi herum, den ich um mein Handgelenk trage.

»Deutlich besser, jetzt, wo ich eine interessante Gesprächspartnerin gefunden habe«, sagt er und zieht seinen linken Mundwinkel zu einem schiefen flirty Lächeln nach oben, das seine Wirkung bestimmt nie verfehlt. Er ist also tatsächlich so einer. Ich frage mich, ob er ein bisschen herausgefordert werden will.

»Wie kommst du darauf, dass ich eine interessante Gesprächspartnerin bin?«, frage ich und rechne mit billigen Komplimenten. Ob ich sie annehme und es ihm leicht mache oder ihn erst noch ein bisschen zappeln lasse, entscheide ich dann.

»Du hast gerade einen Jungen auf eine sehr sympathische Weise abblitzen lassen. Das zeigt, dass du etwas von Menschen verstehst. Ob das jetzt intuitiv war oder vorsätzlich, kann ich nicht sagen. Beides finde ich interessant.«

Wie bitte? Ich bin ziemlich baff über diese Antwort. Er scheint zu merken, dass er mich überrumpelt hat, denn er grinst zufrieden. Mir fällt auf, dass er schöne Zähne hat.

»Aaaah«, sagt er. »Du dachtest, ich würde dich hier

ohne Sinn und Verstand anmachen. Sorry, dass ich dich enttäuschen muss. Wenn ich jemanden anmache, dann immer *mit* Sinn und Verstand.«

Er ist gut. Wirklich gut. Leicht überheblich, aber dabei so charmant, dass man sich ihm nicht entziehen will.

»Und was bringt dich hierher?«, fragt er und lenkt unser Gespräch damit wieder auf unverfänglicheres Terrain.

»Ich hatte eine anstrengende Woche«, sage ich und meine damit eigentlich alle Wochen.

»Erzählst du mir davon?«, fragt er und blickt mich aus seinen karamellbraunen Augen an.

Ich verschlucke mich beinahe an meinem Drink. Er fragt allen Ernstes, ob ich ihm von meiner Woche erzählen will? Normalerweise bin ich diejenige, die anderen Interesse entgegenbringt. In den allermeisten Fällen werde ich dafür auch noch angemault. Sams Augenbrauen sind nach oben gezogen, was seinem Gesicht eine sexy Offenheit verleiht. Ob er all das vor dem Spiegel übt? Es sieht nonchalant aus. Aber ich bin mir sicher, er weiß ganz genau, wie er auf seine Mitmenschen wirkt.

»Das willst du doch nicht wirklich hören«, sage ich und mache eine wegwerfende Geste.

»Woher weißt du, was ich hören will?«, fragt er.

Weil er auf einen Flirt aus ist, der ihm seine Unwiderstehlichkeit bestätigt. »Weil Freitagabend ist und du sicher genug eigenen Stress hast.«

»Ich will es aber wirklich wissen«, sagt er und nimmt einen Schluck von seinem Bier. »Was hat dir diese Woche nicht gefallen?«

Mein Mund verzieht sich unwillkürlich zu einem Lächeln. »Also schön. Du hast gefragt«, beginne ich. »Auf meinem Schreibtisch türmt sich Papierkram, den ich erledigen muss. Dabei hätte ich gern mehr Zeit für wirklich wichtige Dinge. Ich bin Sozialarbeiterin und würde viel lieber Hausbesuche machen. Diese Woche habe ich es nur zu einem meiner Schützlinge nach Hause geschafft. Ebenfalls ein Problemfall, weil ich einfach keinen Job für ihn finde. Und statt auch die anderen zu besuchen, bin ich an den Schreibtisch gefesselt, muss Protokolle schreiben, Anträge verfassen und so weiter. Das nervt mich, auch wenn ich weiß, dass es nötig ist.« Ich halte kurz inne, um zu sehen, ob Sam schon bereut, gefragt zu haben. Aber er sieht mich ehrlich interessiert an. Also spreche ich weiter. »Einer unserer Sponsoren zieht vermutlich seine Unterstützung zurück, obwohl ich ihn seit Wochen bekniet, es nicht zu tun. Das bedeutet, dass ich irgendwo kürzen muss. Und ein Freund von mir, der viel zu alt ist für all den Kram, den er sich aufhalst, ertrinkt im Stress, lässt mich aber nicht helfen.« Ich atme einmal tief durch. Es tut verblüffend gut, die Dinge laut auszusprechen. Dadurch kommt ein bisschen Struktur in die Sache. »Außerdem musste ich ein Mädchen, für das ich die Verantwortung trage, schimpfen, weil es den Sportunterricht geschwänzt hat.«

»Wow! Das klingt wirklich nach einer anstrengenden Woche«, sagt Sam. »Und was ist an positiven Dingen passiert?«

Ich blicke auf und ihm direkt in die Augen. Er fragt einfach weiter. Das ist verrückt.

Weil ich nicht sofort antworte, sagt er: »Bevor wir jetzt wieder diskutieren: Ja, ich will das wissen, sonst hätte ich nicht gefragt.«

»Okay?«, sage ich etwas unsicher. »Meine Bananenstaude hat zwei Ableger produziert, die ich diese Woche in eigene Töpfe gepflanzt habe. Ich habe alle meine Rechnungen bezahlt und den ersten Band von *Harry Potter* fertig gelesen.« Die Information, dass ich das Buch Jeannie, meinem Pflegekind, vorgelesen habe, unterschlage ich. Jeannie, die den heutigen Abend bei ihrem Bruder Rhys verbringt.

»Und? Wie hat er dir gefallen?«

Ich kann mich nicht erinnern, wann ich das letzte Mal so viel über mich selbst gesprochen habe. Es gefällt mir. Ich fühle mich seltsam ernst genommen. »Ich fand ihn toll.«

»Der dritte Band ist der beste, wenn du mich fragst.« Er grinst. »Auf den kannst du dich schon mal freuen.«

Ich räuspere mich. Es ist eindeutig ungesund, wie sehr ich es genieße, dass dieser Kerl Interesse an mir zeigt.

»Aber jetzt sag mal, Amy ...« Die Art, wie er meinen Namen ausspricht, verursacht eine Gänsehaut auf meinem Arm, und ich spiele erneut mit meinem Haargummi. Es ist, als würde die Bar vibrieren. »Warum sitzt eine so attraktive junge Frau wie du allein in einer Bar herum?«

Jetzt ist er wieder im Flirtmodus. »Und warum bist du an einem Freitagabend allein hier?«, frage ich frech.

»Oh, ich war nicht allein«, sagt er, und sein hübsches Gesicht verzieht sich zu einem breiten Grinsen. »Ich hatte ein wirklich erstaunliches Date.«

»Und das ist schon vorbei?«, frage ich.

»Wir ... ähm ... waren nicht gerade auf einer Wellenlänge. Anders als du und ich.« Er lehnt sich ein bisschen weiter zu mir.

»Woher weißt du, dass wir auf einer Wellenlänge sind?«, frage ich, denn zu leicht will ich es ihm nicht machen.

»Wir sprechen schon fünf Minuten miteinander, und

du hast mir noch kein Bild deiner gemachten Brüste gezeigt«, sagt er, als sei es das Normalste der Welt.

»Du hast also hohe Ansprüche an eine Konversation, verstehe.« Ich erwidere sein Lächeln und stelle fest, dass ich es wirklich so meine.

In diesem Moment habe ich eine Entscheidung getroffen. Ich werde Sam mit nach Hause nehmen. Und wenn ich seine Blicke richtig deute, hat er jedenfalls nichts dagegen. Ich muss ihm nur schonend beibringen, dass es Regeln gibt.

»Hast du Lust auf einen Ortswechsel?«, frage ich. Er ist überrascht von meiner Direktheit, das sehe ich.

»Was schlägst du vor?«, fragt er mit einem schelmischen, aber wissenden Gesichtsausdruck.

»Ich würde mich gerne entspannen«, sage ich zögerlich.

»Und dabei kann ich dir helfen?«, fragt Sam. »Wie entspannst du dich denn?«

Es fällt mir schwer, mit der Tür ins Haus zu fallen, aber ich habe gelernt, dass es so am einfachsten ist. »Mit Sex.«

Einen Moment lang schweigen wir. Sam blickt mich direkt an, als versuchte er herauszufinden, ob das hier eine Falle ist.

»Das kann ich«, sagt er dann und lacht leise.

Aber kann er es auch auf meine Art? »Hast du Lust, es nach meinen Regeln zu machen?«, frage ich.

Er macht große Augen, sieht aber nicht abgeschreckt aus. »Ich schätze, es kommt darauf an, was deine Regeln sind«, sagt er und rückt ein Stück näher an mich heran.

»Ich muss die Kontrolle haben.«

»Kein Problem.«

»Und ich werde dabei nicht gerne angefasst.«

# Sam

**4**    Dieser Abend hat eine überraschende Wendung genommen. Aus einem völlig verkorksten Date wurde ein unverhoffter Flirt, der sich gerade zu einem unverhofften One-Night-Stand steigert. Kaum löscht man so eine Dating-App und beschließt, dass es an der Zeit ist, den Kopf zu sortieren und herauszufinden, wo man emotional eigentlich steht, meint es das Schicksal auf einmal wieder gut mit einem.

Und es verspricht nicht nur ein unverhoffter One-Night-Stand zu werden, sondern etwas Neues, Interessantes. *Nach ihren Regeln.*

Auf dem Weg zu Amys Wohnung versuche ich mehrfach, Körperkontakt herzustellen. Ich nehme ihre Hand, die warm und weich ist, doch sie entzieht sie mir. An einer Straße will ich meinen Arm um ihre Taille legen, um sie zu küssen, doch sie lacht und schiebt mich weg.

Jetzt schließt sie ihre Wohnungstür auf, und ich stehe mit den Händen in den Hosentaschen ein bisschen unbeholfen hinter ihr. Mein Blick fällt auf ihren Hintern, der in engen Jeans steckt und wundervoll rund und voll ist. Ich trete einen Schritt auf sie zu, um sie von hinten an mich zu ziehen. Ich will sie zu mir herumdrehen, sie küssen und meine Hände auf ihren Po legen.

Doch in diesem Moment schnappt das Schloss auf, und Amy tritt in die dunkle Wohnung.

»Würdest du deine Schuhe ausziehen?«, bittet sie mich. »Ich habe heute erst gesaugt.«

Ich tue, wie mir geheißen, und entledige mich meiner leicht ausgetretenen braunen Lederschuhe.

»Magst du noch etwas trinken?«, fragt Amy, und mir fällt auf, dass sie bei ihren s-Lauten ein ganz klein wenig durch die Zähne pfeift. Man merkt es so gut wie gar nicht, aber in diesem Moment in ihrer stillen Wohnung nehme ich jedes noch so kleine Detail wahr.

»Klar, gern«, erwidere ich und folge ihr einen langen Flur hinunter.

In der Tür zur Wohnküche bleibe ich stehen. Ich lehne mich in bester James-Dean-Manier gegen den Türrahmen und lasse die Szenerie auf mich wirken. Es ist ein großer Raum, der von einer Reihe Industrielampen, die über einem großen, hellen Holztisch von schwarzen Kabeln hängen, beleuchtet wird. Auf der einen Seite wird die gesamte Wand von einer Küchenzeile eingenommen. Die Arbeitsplatte ist dunkelgrau, die Einbauschränke weiß. Vor dem riesigen deckenhohen Fenster steht eine beachtliche Sammlung an Blumentöpfen mit Grünpflanzen darin.

Amy nimmt eine Flasche Weißwein aus dem Kühlschrank, schnappt sich zwei Gläser und schaltet das Licht wieder aus, sodass der Raum nur durch die Straßenbeleuchtung von draußen erhellt wird. Sie geht an mir vorbei, ohne mich auch nur mit dem Arm zu streifen. Ich grinse in die Dunkelheit, weil ich mir, trotz meiner nicht unerheblichen Erfahrung mit derartigen Situationen, seltsam fehl am Platz vorkomme.

Man könnte mit Fug und Recht behaupten, dass ich ziemlich dategeübt bin. Und viele dieser Dates – besonders in letzter Zeit – endeten im Schlafzimmer. Doch eine Frau

wie Amy ist mir dabei noch nie untergekommen. Es fasziniert mich, wie selbstsicher sie sich bewegt und wie wenig
Spielraum sie mir lässt. Das scheinen die Regeln zu sein,
von denen sie gesprochen hat.

Ihr Schlafzimmer ist ebenso modern eingerichtet wie
die Küche. Über einem Doppelbett hängt ein großforma-
tiges abstraktes Gemälde. Bunte Farbsprenkel und ausla-
dende Pinselstriche, in deren Anordnung ich auf den ersten Blick nichts erkenne. Doch nach einigen Sekunden
entsteht aus dem Chaos eine tanzende Menge, dann eine
seltsame Fratze. Schließlich glauben meine Augen, darin
ein Frauengesicht zu sehen, und ich wende mich ab, ehe
ich analysiere, was mein Kopf mir einsagt.

»Hast du vielleicht Musik?«, frage ich, als Amy mir ein
Weinglas reicht.

»Hättest du gern Musik?« Ihre Stimme klingt erstaunt.

»Ist nicht unbedingt nötig«, sage ich, nippe an meinem
Glas Wein und muss wieder grinsen.

Ich mache einen Schritt auf sie zu, um die Distanz zwischen uns zu überwinden. Wenn wir miteinander schlafen wollen, wäre es gut, irgendwann mit dem Körperkontakt zu beginnen.

Sie trinkt ebenfalls einen Schluck und stellt das Weinglas auf ihrer Kommode ab. Dann, ohne Vorwarnung,
zieht sie sich auf einmal ihr schwarzes Tanktop über den
Kopf. Ich bin so überrascht, dass ich mitten in der Bewegung innehalte.

»Willst du dich vielleicht auch ausziehen?«, fragt sie
und sieht mich auffordernd an.

Ich beginne mein Hemd aufzuknöpfen und verfluche
mich dafür, dass ich mir heute nichts Praktischeres angezogen habe. Der Anblick von Amy in Unterwäsche – denn

sie hat sich inzwischen auch ihrer Jeans entledigt –, macht mich ziemlich an, sodass ich mich kaum auf meine Knopfleiste konzentrieren kann. In meiner Hose pocht es bereits. Während ich noch an meinen Knöpfen herumzerre, gehe ich zu ihr. Ich will sie küssen. Mit der linken Hand fummle ich weiter an meinem Hemd herum, während ich meine rechte Hand in Amys Nacken lege und sie sanft zu mir ziehe. Ihre langen blonden Haare sind weich, und ich kann es nicht erwarten, ihr endlich nah zu sein.

Doch sie entwindet sich meinem Griff in dem Moment, da ich endlich meine Lippen auf ihre senken will. Sie schüttelt sanft den Kopf und schiebt mich zurück und gegen die Wand. Dann nimmt sie einen Haargummi von ihrem Handgelenk, bindet sich die Haare gekonnt zu einem praktischen Dutt, als würde sie gleich zum Sport gehen, und beginnt die Knöpfe meines Hemdes selbst zu öffnen.

»Amy«, flüstere ich und lege meine Arme sanft um ihren Körper. Ich versuche erneut, sie an mich zu ziehen, doch sie weicht zurück. Was soll das? Warum macht sie das? Es ist frustrierend!

»Ich habe die Kontrolle, weißt du noch?«, fragt sie.

»Ja, schon, aber bedeutet das, dass ich dir gar nicht nahekommen darf?« Ich bin ein bisschen verwirrt.

»Lehn dich einfach zurück, und lass mich machen, okay?«

Etwas enttäuscht beuge ich mich ihrem Wunsch, obwohl ich eigentlich nichts lieber will, als meine Hände über ihre glatte Haut wandern zu lassen. Als sie gesagt hat, dass sie nicht gern angefasst wird, bin ich nicht davon ausgegangen, dass ich einfach nur ein Statist sein würde.

Sie öffnet einen Knopf nach dem anderen und lässt dann einen Finger über meinen Oberkörper wandern, bis ihre Hand an meinem Hosenbund angekommen ist. Gekonnt zieht sie den Gürtel auf und öffnet den Reißverschluss meiner Hose. Ich beeile mich, die Jeans hinunterzuziehen. Dabei beuge ich mich leicht vor, sodass meine Nase Amys Haare berührt. Sie duftet süß und blumig.

»Willst du dich schon mal aufs Bett legen?«, fragt sie leise – und ja, natürlich will ich das!

Ich positioniere mich in der Mitte des Betts und betrachte Amy dabei, wie sie das Licht etwas dimmt. Unwillkürlich muss ich bei ihrem Anblick lächeln und streiche mir mit der Hand einmal fest über meine Boxershorts, weil mein Penis immer mehr nach Aufmerksamkeit giert.

Amy setzt sich zu mir aufs Bett. Ihr Körper sieht in dieser relativ sportlichen Unterwäsche unglaublich heiß aus. Ihre Haut wirkt seidig und glatt. Ich richte mich auf und lege meinen Arm um ihre Taille. Ihr nah zu sein, sie Haut an Haut zu spüren, erregt mich so sehr, dass ich mich am liebsten sofort auf sie stürzen würde. Doch ich muss vorsichtig sein.

»Stopp«, sagt sie und schreckt in dem Moment, als ich beginne, sie wirklich zu spüren, zurück. Sie hebt ihren Zeigefinger, wie um mich zu ermahnen. Anscheinend habe ich eine Grenze überschritten, von der ich dachte, dass sie beim Sex immer überschritten würde.

»Ähm«, beginne ich, »was genau hab ich falsch gemacht?«

»Du hast gesagt, wir machen es nach meinen Regeln.«

Ich sehe ihr in die Augen, doch sie weicht meinem Blick aus. »Und das werden wir«, verspreche ich. »Aber ich muss dir doch nah sein dürfen …« Den letzten Satz formuliere ich fast als Frage.

Amy rutscht ein Stück von mir weg. »Also«, sagt sie und setzt sich auf die Bettkante, sodass sie mir nun ihren makellosen Rücken zuwendet. »Ich weiß, dass dir das seltsam vorkommen muss. Aber das mit den Berührungen, das läuft nicht. Wenn du mit mir schlafen willst, muss es ohne gehen.«

»Aber wie …«, setze ich an, und sie sieht zu mir. Mit einem verständnisvollen und gleichzeitig entschlossenen Blick.

»Wir werden uns nah sein. Nah genug zumindest, damit dein Penis in mir steckt. In der Regel reicht das aus.« Ein feines Lächeln umspielt ihre Mundwinkel. Sie scheint sich durchaus der Tatsache bewusst zu sein, dass alles, was aus ihrem Mund kommt, höchst merkwürdig klingt. »Für die meisten ist das in Ordnung. Was sagst du?«

Mir entfährt ein leises Lachen, aber zum zweiten Mal an diesem Abend beginne ich zu zweifeln. Ich bin mir plötzlich unsicher, ob ich das hier wirklich so reizvoll finde, wie meine Erektion mir auf wenig subtile Weise mitteilt.

»Zieh dich doch einfach schon mal ganz aus«, sagt Amy sanft. Es steht außer Zweifel, dass sie mich will – und das gefällt mir. Ich habe noch nie einer Frau widerstanden. Doch ich zögere. Natürlich würde diese abgefahrene Situation zu bombastischem Sex führen. Aber gleichzeitig fühle ich mich wie ein Mittel zum Zweck.

Ich setze mich auf und räuspere mich. »Deine Regeln in allen Ehren, Amy, aber ich weiß nicht, ob das für mich so funktioniert.«

An ihrer Reaktion erkenne ich, dass sie enttäuscht ist. »Okay, schade«, sagt sie.

»Passiert dir das öfter?« Ich kann nicht anders, als zu fragen.

»Ab und zu«, sagt sie und zuckt mit den Schultern. Sie steht auf und zieht sich ihr Tanktop wieder über. »Mir ist schon klar, dass das nicht jedermanns Sache ist. Ich respektiere das.«

»Ich brauche einfach etwas mehr als einfach nur meinen Penis in dir«, versuche ich zu erklären, aber anscheinend ist das gar nicht nötig. Auf einmal muss ich kichern, weil alles an diesem Abend so merkwürdig ist.

Sie lächelt, sodass ich die kleine niedliche Zahnlücke zwischen ihren Schneidezähnen sehen kann. »Damit kann ich leider nicht dienen«, sagt sie. »Nicht mein Ding. Ich hoffe, das ist auch für dich in Ordnung?« Da ist es wieder, dieses leise, kaum hörbare Pfeifen, das bewirkt, dass ich meine Entscheidung beinahe bereue.

Doch dann fange ich mich wieder und schüttle immer noch lachend den Kopf. »Du bist wirklich seltsam.« Nach einem kurzen Moment, in dem wir uns ansehen, setze ich mich auf. »Ich schätze, ich gehe dann mal.«

»Okay«, sagt Amy und erwidert mein Lachen. Es tut gut, dass wir nicht ernst bleiben müssen. Die Situation ist unangenehm genug, da ist ein bisschen Humor genau das Richtige.

Ich stehe auf, sammle meine Klamotten zusammen und ziehe mich an. Kurz schüttle ich den Kopf, um auf das, was gerade zwischen uns war, klarzukommen.

Auf einer Kommode entdecke ich *Harry Potter und der Stein der Weisen*. Um meine eigene Selbstsicherheit wiederzufinden, schlage ich es auf – und erstarre. Das ist unmöglich. Das kann nicht sein. Mein Herz schlägt einmal, zweimal aus der Reihe. Ich blicke zu Amy und weiß, dass auch sie in diesem Moment eins und eins zusammenzählt.

*Falls du mal eine Pause von dieser Welt brauchst*, lese ich, *kannst du immer hierherkommen, liebe Jeannie*. Die letzten Worte lauten: *Dein Sam*.

**5**  Als ich am nächsten Morgen erwache, fühle ich mich wie gerädert. Ich habe mich die ganze Nacht herumgewälzt. Die Entspannung hätte ich wirklich gut brauchen können. Aber um welchen Preis? Und da ist noch etwas anderes. Etwas wie Scham oder Schuld. Ein mir nur allzu bekanntes Gefühl. Etwas, das macht, dass es in meiner Brust eng wird und unangenehm kribbelt. Ich hätte fast mit Sam geschlafen. Flirty Sam, der glaubt, so cool zu sein wie James Dean. Sam, der Bezug zu einem meiner Schützlinge hat.

Mit nichts als einem schlabbrigen T-Shirt bekleidet tapse ich in die Küche, um mir einen Kaffee zu kochen. Ich muss erst mal richtig wach werden und meine Gedanken sortieren. Frühstück habe ich nicht im Haus, weil ich es nicht geschafft habe, einkaufen zu gehen. Das steht auf der Liste der To-dos für heute. Früher war es egal, ob Essen im Haus war. Aber seit ich die Verantwortung für ein zehnjähriges Mädchen übernommen habe, geht es eben nicht mehr nur um mich. Sie braucht Lunchpakete für die Schule, eine ausgewogene Ernährung. Dennoch habe ich es bisher keine Sekunde lang bereut, Jeannie bei mir aufgenommen zu haben. Sie ist ein bezauberndes Mädchen, und wenn ich helfen kann, denke ich nicht lange darüber nach. Zu geben ist mein Lebensinhalt, meine oberste Priorität und Pflicht. Und Jeannie hat die Chance verdient, ein normales Leben zu führen, nachdem ihre ersten zehn Lebensjahre eher traumatisierend waren. Eine schwache Mutter, ein älterer Bruder, den sie jahrelang nicht gesehen hatte, weil er im Gefängnis saß, ein krimineller, teilweise gewalttätiger Vater, der sie nach dem Tod ihrer Mutter sich selbst überließ.

Dass ihr Bruder Rhys, der mithilfe meines Resozialisierungsprojekts wieder voll im Leben angekommen ist, sie da rausgeholt hat, war ihr großes Glück. Auch wenn die Befreiungsaktion nicht unbedingt legal war. Doch schließlich ist alles gut ausgegangen, das Gericht hat entschieden, dass Jeannie bei mir wohnen darf, und sie entwickelt sich prächtig. Dass sie neben mir auch noch ihren großen Bruder und dessen Freundin als Bezugspersonen hat, erleichtert mir die Rolle der Ersatzmutter, auch wenn ich weiß, dass ich am Ende die Verantwortung trage. Und darunter fällt definitiv nicht, dass ich in ihrem Bekanntenkreis herumvögle, egal, wie nötig ich es habe. Egal, wie dringend ich mir zeigen muss, dass Sex Normalität für mich ist.

Ich stelle meinen kleinen Espressokocher, den ich mit Wasser und Kaffeepulver gefüllt habe, auf den Gasherd und entzünde die Flamme. Dann spüle ich die Weingläser von letzter Nacht.

Sam war nett. Ohne Frage. Ich habe die Unterhaltungen mit ihm genossen, habe den Anblick seines Körpers genossen. Es war unkompliziert, nett. Bis zu dem Moment, da er Gott sei Dank die Reißleine gezogen hat. Ich weiß, dass meine Bedürfnisse und Vorlieben nicht ganz alltäglich sind, und manchmal ist es schwer, meinem Sexualpartner begreiflich zu machen, dass es mir ernst mit meinen Grenzen ist. Deswegen habe ich vollstes Verständnis dafür, wenn es dem Kerl in meinem Bett zu viel wird. Meistens wird es das nicht.

Bei Sam hatte ich eigentlich ein gutes Gefühl. Ich fühlte mich relativ sicher mit ihm und so, als würde er meine Wünsche, meine Bedürfnisse (denn das trifft es wohl eher) respektieren. Und das tat er ja auch – zumindest bis zu dem Punkt, als er zu begreifen schien, was das wirklich bedeutet. Manchmal dauert es eine Weile, obwohl ich von Anfang an mit offenen Karten spiele. Für mich ist Sex eine Methode, Dampf abzulassen und mich normal zu fühlen, indem ich mich meiner Physis vergewissere. Und wer sich damit unwohl fühlt, hat jederzeit das Recht abzubrechen. Das passiert allerdings sehr selten. Ganz falsch kann es also nicht sein. Zumindest solange ich Sex und Privates nicht mische.

Egal, denke ich jetzt. Scheiß drauf. Es ist ja nichts passiert. Und die Wahrscheinlichkeit, dass ich ihn noch mal wiedertreffe, ist sehr gering. Seit Jeannies Willkommensparty vor ungefähr vier Monaten, auf der er ihr das Harry-Potter-Buch geschenkt hat, haben wir uns nur dieses eine Mal zufällig getroffen. Die Berührungspunkte sind also minimal. Niemand wird je erfahren, was beinahe zwischen uns war.

Der Kaffee in der metallenen Kanne beginnt zu blubbern, und ich drehe die Flamme aus. In einem Becher erhitze ich Milch in der Mikrowelle, dann kommt der frische Espresso dazu. Ich setze mich mit meinem Becher an den Esstisch. Meine Füße stelle ich auf den Stuhl neben mir und schaue aus dem Fenster. Sonnenlicht fällt durch die Glasscheibe, die vom Boden bis zur Decke reicht. Durch meine Pflanzen schimmert es grün und freundlich. *Grüne Hölle* nennt Malcolm meine Wohnküche. Ich nehme es als Kompliment. Ich liebe alle meine Pflanzen. Die verschiedenen Palmen, meine Bananenstauden, meine Ficus-Pflanzen und all die anderen. Am liebsten habe ich meinen Avocadobaum, den ich selbst aus einem Kern gezüchtet habe. Es war im ersten Jahr in meiner eigenen Wohnung. Seither ist er riesig geworden. Vor einem Jahr hat er sich sogar erneut verzweigt, obwohl ich die Hoffnung schon aufgegeben hatte.

In Gedanken strukturiere ich meinen Tag und verbanne die Gedanken an letzte Nacht. Malcolm kommt gleich vorbei, um mit mir die sehr renovierungsbedürftige Nachbarwohnung zu begutachten. Ihm gehört das Gebäude, in dem sich neben meinem Büro und meiner Wohnung leer stehende Ladengeschäfte im Erdgeschoss und die ebenfalls leer stehende Wohnung im zweiten Stock neben meiner befinden. Ganz oben ist noch ein Atelier, das ich früher benutzt habe. Früher, als ich noch gemalt habe. Als ich noch ein Motiv hatte.

Das Haus sieht aus, als würde es bald auseinanderfallen, aber Malcolm ist eigentlich zu alt, um sich um die Instandhaltung zu kümmern. Trotzdem reißt er sich immerzu den Allerwertesten auf, um hier und da auszubessern und zu renovieren. Ich wünschte, ich könnte ihm mehr unter die Arme greifen, aber mir fehlt meistens schlicht die Zeit. Heute wollen wir allerdings gemeinsam überlegen, was man mit der Nachbarwohnung anstellen könnte.

Rhys wird Jeannie gegen Mittag vorbeibringen, sodass ich sie zum Wocheneinkauf mitnehmen kann. Sie liebt große Supermärkte. Ihre Begeisterung, als ich sie das erste Mal zu SuperFoods mitgenommen habe, werde ich nie vergessen. Ich habe selten ein so strahlendes Kindergesicht gesehen wie in dem Moment, als ich ihr sagte, sie dürfe sich etwas aus dem Süßigkeitenregal aussuchen. Wir standen eine geschlagene Stunde davor, während sie von einem Ende zum anderen lief, verschiedene Schokoladen-tafeln in ihren Händen wog, Gummibärchen-Packungen verglich und versuchte, sich zu entscheiden. Wenn ich da-rüber nachdenke, wie toll sie sich in den letzten Mona-ten entwickelt hat, bekomme ich eine Gänsehaut, und ein warmes Gefühl breitet sich in mir aus. Dass ich ihr helfen konnte, es immer noch tue, ist das schönste Geschenk für mich, und ich empfinde beinahe so etwas wie Stolz über ihre Entwicklung. Ich weiß, dass sie es selbst geschafft hat. Aber ich habe sie auf ihrem Weg dorthin unterstützt. Es wird noch etwas dauern, aber ich habe das Gefühl, dass sie von Tag zu Tag mehr zu dem Mädchen wird, das sie eigentlich sein sollte. Sie erlangt ihre Kindlichkeit zurück. Ihre vernachlässigte Seele wird vermutlich immer Narben zurückbehalten, aber ich setze alles daran, ihr zu zeigen, wie sie mit ihnen fertigwerden kann. Und auch körperlich holt sie auf. Sie ist zwar immer noch deutlich kleiner als die anderen Kinder in ihrer Klasse – und mit Abstand das dünnste Mädchen, das ich je gesehen habe –, aber von Wo-che zu Woche macht sie Fortschritte.

Eine Stunde später schließt Malcolm die Nachbarwoh-nung auf. Die Tür öffnet sich mit einem knirschenden Ge-räusch.

»Wann war das letzte Mal jemand hier drin?«, frage ich.

»Das ist schon Jahre her. Meine Mieter sind ausgezo-gen, und ich bin nie dazu gekommen, noch mal nach dem Rechten zu sehen. Ein Makler hat sich damals um alles ge-kümmert. Und ich dachte, der Aufwand würde sich nicht mehr lohnen.«

Wir betreten die Wohnung. Unter unseren Schuhen kratzt Schmutz auf dem nackten Estrich.

»Warum ist hier kein Fußboden verlegt?«, frage ich.

»Ach, Kindchen«, erwidert Malcolm. »Bevor du hierhergezogen bist, wollte ich das Haus doch eigentlich abreißen. Und ich bleibe dabei, das wäre immer noch das Beste.« Als er meinen Blick sieht, hebt er beschwichtigend die Hände. »Keine Sorge. Solange du hier glücklich bist, bleibt alles, wie es ist. Und du hast ja recht. Man kann sicher etwas Sinnvolleres mit der Wohnung machen, als sie leer stehen zu lassen.«

Malcolm hat mit der Leitung seines Cafés und seinen anderen Immobilien, die er zu fairen Preisen an Bedürftige vermietet, eigentlich mehr als genug zu tun. Deswegen habe ich ihm vorgeschlagen, mich selbst um die leer stehende Wohnung zu kümmern. Aber davon wollte er nichts wissen. Manchmal denke ich, er vergisst einfach, dass er inzwischen schon über siebzig ist.

Die Wohnung ist geschnitten wie meine, nur spiegelverkehrt. Der erste Raum – Wand an Wand mit meinem Schlafzimmer – hat fleckige Wände. Irgendjemand hat in der Mitte behelfsmäßig einen Schuttberg zusammengekehrt. In dem Raum, der bei uns das Kinderzimmer ist, wurde scheußlicher Vinylboden in Holzoptik verlegt. Doch er ist an vielen Stellen aufgerissen. Dicke Staubfäden, die man durch die hereinscheinende Sonne besonders deutlich sieht, hängen von der Decke.

»O weh«, stöhnt Malcolm. »Das ist ein richtiges Projekt. Die Wohnung muss eigentlich grundsaniert werden.« Er blickt mich aus seinen durch die dicke Brille stark vergrößerten Augen an. Dann verzieht sich sein Mund zu einem Lächeln. »Also. Wann fangen wir an?«

»Du fängst mit gar nichts an, Mal«, sage ich bestimmt. »Du hast genug zu tun.«

»Soll das heißen, du schließt mich aus?«, fragt er beleidigt. »Ich bin sehr wohl in der Lage, eine Wohnung zu renovieren.«

»Das weiß ich«, sage ich schnell. »Aber ich dachte, vielleicht könnte es ein Projekt werden, das ich mit den Jungs mache?« Ich kann ihm nicht den wahren Grund nennen, warum ich ihn nicht dabeihaben will. Dass ich mir Sorgen mache.

»Bist du dir sicher, dass du mich nicht brauchst?« Er klingt unsicher, aber, wenn ich mich nicht irre, auch etwas erleichtert.

»Ich habe meine Wohnung doch auch hingekriegt.« Natürlich war es ein hartes Stück Arbeit, und immerhin war drüben in allen Räumen Holzfußboden verlegt, den man nur noch abschleifen musste, aber jetzt ist es dennoch ein richtiges Zuhause.

»Ich will nicht, dass du in deiner Freizeit auch noch für mich Wohnungen renovierst«, sagt Malcolm. »Du tust so viel, du solltest dich auch mal um dich selbst kümmern.«

Innerlich schnaube ich. Das sagt der Richtige. Und vielleicht kann mir irgendwann einmal jemand erklären, welche Probleme es löst, wenn man sich um sich selbst kümmert. Bis dahin habe ich leider Besseres zu tun.

»Mach dir um mich keine Sorgen, Mal«, sage ich deswegen.

»Ich habe nicht den leisesten Zweifel daran, dass du das alles schaffst, Amy«, sagt Malcolm und lächelt mich an. Seine Augen sehen müde aus, aber ich weiß, dass sein Kopf hellwach ist.

»Pass du lieber auf, dass du dir nicht zu viel aufhalst«, rate ich ihm noch, aber er winkt nur ab.

In der Küche stehen ein alter Herd und zwei Küchenschränke, deren Türen halb abgerissen aus den Angeln hängen. Ebenso wie bei mir drüben ist es auch hier hell und, da die Fenster nach Osten blicken, morgens sonnendurchflutet. Die Wohnung hat auf jeden Fall Potenzial, auch wenn man natürlich – da hat Malcolm schon recht – einiges an Arbeit hineinstecken müsste.

»Lass uns rüber zu dir in die grüne Hölle gehen und einen Plan aufstellen«, schlägt Malcolm vor.

Wir sitzen an meinem Küchentisch nebeneinander, vor uns der selbst gezeichnete Grundriss der Wohnung. Er ist nicht maßstabsgetreu, aber das werde ich nachholen, wenn wir konkreter werden.

»Wir müssten überall Boden verlegen«, beginne ich. »Die Wände müssen frisch gestrichen und die Leitungen überprüft werden. Eine Einbauküche würde sicher nicht schaden, aber vielleicht finde ich etwas Gebrauchtes.«

»Und dann? Würdest du die Wohnung vermieten wollen? Ich kann mich gerne um die Instandhaltung kümmern.« Er lässt einfach nicht locker.

»Das würde ich übernehmen«, sage ich deswegen.

»Ich weiß, dass ich mich auf dich verlassen kann. Deswegen hast du ja auch Zugang zu diesem Gebäude. Aber Mieter können richtig viel Ärger machen.«

»Ich könnte die Wohnung für eine weitere Wohngemeinschaft brauchen«, gebe ich zu bedenken, denn bezahlbarer Wohnraum ist ein knappes Gut.

»Bist du dir sicher, dass das eine gute Idee ist?«, fragt Malcolm. »Du hättest gar keinen Feierabend mehr.«

Ich nicke langsam. Malcolm hat recht. Nicht alle Fälle sind kooperativ. Nicht jedem kann ich helfen. Das musste ich schon mehrfach einsehen.

»Okay, dann suchen wir uns eben einfach Mieter. Und ich bestehe darauf, dass ich mich darum kümmere. Du musst nur versprechen, das Haus nicht abzureißen.« Ich lächle Malcolm an.

»Was ist mit den Kosten der Renovierung?«, fragt er dann.

»Abgesehen von den Leitungen, mit denen mir Maliks Dad vielleicht helfen kann, wären es nur Materialkosten.« Malik nimmt ebenso wie Jeannies Bruder an meinem Resozialisierungsprogramm teil. Sein Vater ist Elektriker und freut sich sicher über einen Auftrag. »Aber die Kosten hätten wir mit zwei bis drei Monatsmieten wieder drin«, sage ich und überschlage im Kopf kurz den finanziellen Aufwand von Farbe und Laminat.

»Du weißt, ich kann dir ohnehin nichts ausschlagen. Das war so, als du mit siebzehn vor meiner Tür standst, und das ist auch heute noch so«, sagt Malcolm und macht Anstalten, meinen Arm zu drücken. Doch im nächsten Moment zieht er seine Hand zurück. Er kennt mich besser als jeder andere, und ich weiß es sehr zu schätzen, dass er so zurückhaltend ist. »Ich gebe dir das Geld für die Renovierungsarbeiten.«

»Ich verspreche, ich zahle es so schnell wie möglich zurück«, sage ich und strahle ihn an. »Du wirst die Wohnung nicht wiedererkennen!«

»Versprich mir nur, dass du auf dich achtgibst.«

»Immer«, sage ich. Einen Moment lang schweigen wir. Da ist noch etwas anderes, doch ich hasse es, die Bittstellerin zu sein. Schließlich räuspere ich mich und fasse mir ein Herz. »Es gibt da noch etwas …«

Malcolm sieht auf, und seine Mundwinkel zucken nach oben. »Na los, raus damit.«

»Ein Sponsor hat sich zurückgezogen.« Ich mache eine kleine Pause. »Ich weiß nicht, was ich machen soll. Wahrscheinlich muss ich das Programm zurückfahren.«

»Das tut mir leid«, sagt Malcolm, und in seiner Stimme schwingt aufrichtiges Bedauern mit.

»Ich habe mir schon überlegt, ob es möglich wäre, die individuelle Betreuung auf ein Dreivierteljahr zu kürzen.« Jeder meiner Schützlinge hat nach seiner Entlassung aus dem Gefängnis ein Jahr Zeit, um wieder auf eigenen Beinen zu stehen. Das ist länger als bei anderen Programmen, aber dafür hat es bisher jeder, der das volle Jahr bei mir war, geschafft. Malcolm und ich haben damals lange darüber gesprochen. Wir haben Gefängnispsychologen zurate gezogen und die Erfolgsquoten von anderen Programmen verglichen.

»Wenn du die Wohnung vermietest, behältst du die Mieteinnahmen einfach. So machen wir das«, sagt Malcolm.

»Aber ...« Mir steht der Mund offen. Wäre ich ein Mensch, der weint, würden mir vermutlich Tränen der Rührung kommen. Doch ich kann das nicht annehmen. Malcolm tut schon mehr als genug. Seit Jahren. Er hat mich in meiner dunkelsten Stunde bei sich aufgenommen, als ich keinen Ort mehr hatte, an den ich gehen konnte. Er stellt mir die Räume kostenlos zur Verfügung, beschäftigt jugendliche Straftäter in seinem Café ...

»Kein Aber«, sagt er bestimmt. »Du kümmerst dich um alles, da solltest du auch über das Geld verfügen dürfen.« Er legt seine Hand behutsam auf meine Schulter, und ich lasse ihn gewähren. Er weiß, dass Berührungen für mich weit außerhalb meiner Komfortzone liegen, auch wenn wir nie wirklich darüber gesprochen haben. Aber manchmal siegt auch bei ihm der Impuls über die Zurückhaltung um meinetwillen.

»Aber erst wenn ich dir die Ausgaben für die Renovierung zurückgezahlt habe.« Diesmal dulde ich keine Widerrede.

Das Geräusch eines Schlüssels in der Tür lässt uns aufhorchen. Das müssen Rhys und Jeannie sein.

»Hallo!«, ertönt Jeannies Stimme von der Tür. Man hört, wie sie ihre Schuhe von den Füßen kickt – obwohl ich ihr immer wieder sage, sie soll sie anständig ausziehen – und den Flur entlang in die Küche rennt. Sie springt sofort auf mich zu und umarmt mich. Jeannie ist der einzige Mensch, der mir derart nahe kommen darf. Das war von Anfang an so. Und da ich weiß, dass sie die körperliche Nähe braucht, lasse ich es geschehen, auch wenn es mir im Augenblick eigentlich zu viel ist. Ich schlinge meine Arme um sie und drücke sie an mich. Je öfter ich es mache, desto leichter wird es – und desto weniger hölzern und steif fühle ich mich dabei.

»Hattest du es schön bei Rhys?«, frage ich.

»Wir haben einen Film gesehen, und Rhys ist eingeschlafen!« Jeannie lacht.

»Ich dachte, das bleibt unter uns!«, sagt Rhys, der in der Tür aufgetaucht ist. Jedes Mal, wenn ich ihn sehe, muss ich an unsere erste Begegnung denken. An den verbitterten, gebrochenen jungen Mann, der in seiner Gefängniskluft auf den Tisch zugeschlurft kam, an dem ich bereits saß. Seine stechend blauen Augen waren völlig stumpf. Das Einzige, was aus dieser Zeit geblieben ist, ist seine beeindruckende Statur. Seitdem er wieder im Leben angekommen ist und mit gestrafften Schultern vollkommen aufrecht geht, ist das noch auffälliger.

»Ups«, sagt Jeannie und schlägt sich die Hände auf den Mund. Ihre Brille sitzt etwas schief auf ihrer Nase. Wir müssen unbedingt bald eine neue kaufen. Diese hier ist eindeutig verbogen.

Rhys nimmt sich eine Flasche Wasser aus meinem Kühlschrank. Inzwischen gehen wir vollkommen ungezwungen miteinander um. Und er ist so häufig hier bei mir und seiner Schwester, dass er sich wie zu Hause fühlt. Ich genieße es, zu sehen, wie gut es Jeannie und ihm geht. Und ich mag ihre Gesellschaft. Rhys ist mittlerweile mehr ein Freund als einer meiner Schützlinge. Auch wenn er das Programm noch nicht komplett abgeschlossen hat.

»Soll ich dich mit ins Café nehmen, Rhys?«, fragt Malcolm und erhebt sich. »Ich bin mit dem Auto da.«

»Das wäre toll. Wir haben ein bisschen getrödelt, und ich bin knapp dran für meine Schicht.« Bei dem Wort »wir« zeigt er auf Jeannie, die ihm die Zunge herausstreckt.

Die Wohnung, die Rhys sich mit seinem Mitbewohner Malik teilt, ist zwar nicht weit entfernt von meiner, aber ein Auto wäre manchmal doch praktisch. Dafür reicht Rhys' Lohn aus dem Café allerdings nicht aus. Schon seit einiger Zeit denke ich darüber nach, ob es nicht klug wäre, ihm ab und zu mein Auto zu leihen. Dann wären wir deutlich flexibler, wenn es um Jeannies Betreuung geht.

Ich betrachte das zierliche Mädchen, wie sie ihren Bruder umarmt. Für sie wäre es sicher schöner, wenn sie ihn öfter sehen würde.

 *Sam*

**6**    Am Montagmorgen bin ich der Erste in unserem kleinen, stickigen Büro, das im obersten Stock des Hauptgebäudes der Pearley University liegt. Ich teile mir das Turmzimmer, wie wir es nennen, mit Anthea und Tim, dem Traumpaar der Literaturwissenschaft. Anthea promoviert über Shakespeares Sonette, obwohl ich beim besten Willen nicht weiß, was man noch Neues zur Diskussion darüber beitragen kann. Zu manchen Themen ist einfach schon alles gesagt worden. Aber Anthea ist die Expertin, und ich mische mich nicht ein. Tim forscht über Sport in der Literatur und muss sich von Anthea und mir jede Menge Sticheleien wegen seines Themas gefallen lassen. Allerdings sind sie liebevoll gemeint, denn Tim ist ein so netter Mensch, dass man sich wahrscheinlich in Dantes *Inferno* wiederfände, würde man sich wirklich über ihn lustig machen.

Ich setze mich an meinen Schreibtisch und will gerade den Computer hochfahren, als mir ein gelber Haftzettel auf der Tischplatte auffällt. *12:00 Uhr Mittagessen im* Pearls? Unterschrieben ist die Notiz mit einem beinahe unleserlichen *Reidy*. Reidy – oder Mr Reid, wie er eigentlich heißt – ist der Bibliothekar der literaturwissenschaftlichen Bibliothek. Bei den Recherchen zu meiner Dissertation verstricke ich mich mit ihm des Öfteren in spannende Diskussionen. Er ist ein wahrer Bücherfreak und hat mir schon den ein oder anderen Text für meine Doktorarbeit empfohlen, der mich deutlich weitergebracht hat. Weil er sich so gut auskennt, ist sein Wissen für mein Thema, kulturelles Erbe und Intertextualität, irrsinnig wertvoll. Dennoch wundere ich mich über die Einladung zum Mittagessen, denn bislang beschränkte sich unser Kontakt auf die Bibliothek.

»Morgen!«, sagt Tim gut gelaunt. »Na? Hattest du noch ein gutes Wochenende?« Er wackelt anzüglich mit den Augenbrauen.

Tim und Anthea wollten mich am Freitag eigentlich noch zu einem Feierabenddrink überreden. Aber mein Date mit Sarah kam in die Quere. Natürlich ahnt er nun nicht, was der Abend noch für mich bereithielt. Dass es mit Sarah gründlich in die Hose ging und ich dann auf Amy traf. Dass es mit ihr endlich einmal wieder prickelte und was für eine seltsame Erfahrung es für mich werden würde. Interruptus ohne Koitus gewissermaßen. Und mit welchem Hammer der Abend enden würde.

»War nett«, sage ich und tue so, als würde ich konzentriert meine E-Mails lesen. Ich mag Tim, aber ihm von Amy zu erzählen, von ihren merkwürdigen »Regeln« und meiner Entscheidung, nicht mit ihr zu schlafen, würde doch den Rahmen unserer Vertrautheit sprengen. Außerdem hätte ich irgendwie das Gefühl, Amy zu verraten. Und dann ist da noch die Widmung, die ich für Jeannie in das Buch geschrieben habe. Amys entsetzter Gesichtsausdruck, als wir beide schließlich begriffen, dass wir uns eigentlich kennen, hat sich tief in meine Erinnerung gegraben.

Wenn ich ehrlich bin, beschäftigt mich der Freitagabend immer noch. Angefangen bei der Tatsache, dass ich aus Versehen beinahe mit der Sozialarbeiterin des Freundes meiner besten Freundin geschlafen hätte. Zu meiner

Verteidigung muss man sagen, dass ich nicht ganz nüchtern war und sie nur einmal zuvor gesehen hatte – flüchtig auf einer Party. Und dann ist da ihre Abneigung dagegen, angefasst zu werden. Ich habe das ganze Wochenende damit verbracht, darüber nachzugrübeln, ob es sich dabei um eine Art Fetisch handelt. Oder ob sie autistisch sein könnte. Ich meine, irgendwo gelesen zu haben, dass Unbehagen bei Berührungen eine mögliche Ausprägung im autistischen Spektrum sein kann. Beinahe war ich versucht, es zu googeln, aber dann wollte ich mir beweisen, dass es mich nicht interessiert. Schließlich bin ich seit einigen Monaten eigentlich derjenige, der Sex – sofern er zustande kommt – nicht romantisiert und freiwillig nach einem One-Night-Stand vor dem Frühstück verschwindet.

Eventuell hat der Abend mir auch einfach einen Spiegel vorgehalten. Eventuell kreisen meine Gedanken auch jetzt wieder darum. Eventuell versuche ich mich selbst zu betrügen. Denn wem will ich etwas vormachen? Sie hat mir gefallen, besser als all die anderen, die ich in den letzten Monaten kennengelernt habe. Dass es mir nicht gelingen wollte, ihren Regeln zu folgen und einfach Sex mit ihr zu haben, hat mich nachhaltig verwundert. Das dringende Bedürfnis, ihr nah zu sein, war stärker als die Lust. Und das ist etwas, das ich von mir eigentlich nicht mehr kenne.

»Wie ›nett‹?«, fragt Tim grinsend.

»Nett nett.« Ich versuche beiläufig zu klingen.

»Wirst du sie wiedersehen?«

Ich bedenke ihn mit einem genervten Blick, von dem ich hoffe, dass er ihn zum Schweigen bringt.

»Ich habe nicht einmal ihre Handynummer«, sage ich und spreche von Amy, während er noch bei Sarah ist.

»Wessen Handynummer?«, fragt Anthea, die in diesem

Moment zur Tür hereinkommt. Sie küsst Tim zur Begrüßung auf den Mund und wirft mir eine Kusshand zu. »Du sollst auch nicht leer ausgehen«, sagt sie grinsend.

»Sams Freitagsbekanntschaft«, erklärt Tim.

Jetzt sehen sie mich beide erwartungsvoll an.

Ich habe mir keine Gedanken darüber gemacht, ob ich Amy wiedersehen wollen würde. Das wäre der alte Sam gewesen. Der Sam, der auf der Suche nach der wahren Liebe war. Vielleicht ergibt sich irgendwann einmal zufällig ein Wiedersehen. Aber es ist schließlich nicht so, als würde Amy das wollen. Selbst wenn ich also immer noch auf der Suche nach *der Einen* wäre, ist diese Frage sinnlos. Und wie würde ich es Tamsin und Rhys erklären? Und wie würde ich es Amy erklären? Einer Frau, die offensichtlich in Ruhe gelassen werden möchte? Es ist lachhaft, darüber nachzudenken. Außerdem kann man nicht beim Sex kneifen und ein paar Tage später um ein Wiedersehen betteln. Man muss sich entscheiden.

»Manchmal sagt man durch Schweigen mehr als durch Worte«, säuselt Anthea. Ihr schwarzer Lockenkopf wippt im Takt ihres Kicherns. »*Der Rede Schwall sei dir bei andern wert, bei mir das Herz, das schweigend sich erklärt.* Sonett 85.«

Tim und ich stöhnen auf. Denn Anthea kann alle Shakespeare-Sonette auswendig. Tim und ich nennen es »Sonett-Syndrom«. Anders als beim Tourettesyndrom kann jedes noch so bedeutungslose Wort bei ihr ein Sonett-Zitat triggern. Aber so ganz unrecht hat sie natürlich nicht. Dass Amy mich beschäftigt, unterscheidet sie von all den anderen Frauen, mit denen ich in den letzten Monaten … sagen wir: ausgegangen bin.

»Vielleicht bedeutet das, dass du endgültig über Tamsin hinweg bist«, sagt Tim.

»Ich habe einen Termin bei Professor Armitage, um mit ihr meinen Essay zu T. S. Eliot zu besprechen, und erkläre hiermit diese Unterhaltung für beendet«, sage ich und erhebe mich.

»*Wann treffen wir drei uns das nächste Mal?*«, fragt Anthea theatralisch. »*Bei Regen, Donner, Wetterstrahl?*« Denn es sind nicht nur Shakespeares Sonette, die sie unaufhörlich zitiert. Sie kennt auch viel zu viele Passagen aus seinen Dramen auswendig.

»*Wenn der Wirrwarr ist zerronnen, Schlacht verloren und gewonnen*«, antwortet Tim und grinst Anthea an.

»Ich bin so froh, dass ihr euch gefunden habt«, sage ich. »Denn wer sonst würde es mit euch aushalten?«

»Du zum Beispiel«, sagt Anthea und legt den Kopf in den Nacken, um mir dabei zuzusehen, wie ich mich an ihrem Stuhl vorbei nach draußen quetsche.

Professor Armitage – eine beeindruckende Wissenschaftlerin, die allerdings vor allem den jüngeren Studenten etwas Angst machen kann – ist die Betreuerin meiner Doktorarbeit. Ihr Büro liegt drei Stockwerke unter unserem Turmzimmer. Ich gehe zu Fuß, weil Bewegung meinem Kopf guttut.

Natürlich bin ich über Tamsin hinweg. Meine beste Freundin unendlich verliebt und glücklich mit einem anderen Kerl zu sehen war anfangs schmerzhaft, sodass ich den Kontakt für eine Zeit lang auf ein Minimum beschränkt habe. Aber in den letzten Monaten hatte ich weiß Gott genug Ablenkung, um sie aus meinem Kopf zu kriegen. Und inzwischen gehen wir wieder genauso miteinander um wie vor meiner Gefühlsverirrung. Wir sind beste Freunde. Und genau so soll es sein. Beste Freunde, die sich allerdings nicht erzählen, wenn sie fast mit einer gemeinsamen Bekannten geschlafen hätten. Das werde ich für mich behalten. Und ich bin mir sicher, dass Amy es auch nicht an die große Glocke hängen wird.

Als ich um kurz nach zwölf das *Pearls* betrete, steigt mir der Duft von frisch gekochtem Essen in die Nase. Hier bewirten mittags Studenten ihre Kommilitonen zu unschlagbaren Preisen. Es gibt nicht viel Auswahl, meistens einen Eintopf mit Fleisch und einen ohne. Aber das Essen ist lecker, und die Atmosphäre des Uni-Cafés ist locker und lustig. Abends finden hier oft Diskussionsrunden, Poetry Slams oder Konzerte statt. Die Veranstaltungen sind gratis, und so ist das *Pearls* trotz seines wenig einladenden Plastikmobiliars die beliebteste Institution auf dem Campus.

Ich entdecke Reidy in der Schlange vor dem Tresen. Da er schon Mitte vierzig ist und mit seinem sehr konservativen Kleidungsstil heraussticht, fällt er mir sofort auf.

»Such uns schon mal einen Tisch«, schlägt er vor. »Ich bringe dir was mit. Heute gibt's vegetarisches Curry. Was willst du trinken?«

»Einfach nur ein Wasser. Danke!«

Ich bahne mir einen Weg durch die Studenten, deren Gespräche den hohen Raum erfüllen. Als ich sehe, wie zwei Kerle Anstalten machen zu gehen, sichere ich mir sofort ihren Tisch. Lange muss ich nicht auf Reidy warten. Er stellt das voll beladene Tablett zwischen uns und setzt sich.

»Na, wie läuft die Forschung?«, fragt er. »Ich habe deinen Aufsatz zu *Das wüste Land* gelesen. Sehr beeindruckend.«

»Ohne deine Übersetzungen aus dem Altgriechischen wäre ich nie so weit gekommen«, gebe ich zu. Reidy schlug sich mit mir in der Bibliothek die Nächte um die Ohren, bis wir endlich zufrieden waren mit den Übersetzungen der Metatexte, aus denen T. S. Eliot zitiert. »Und jetzt soll der Essay tatsächlich in einem Sammelband erscheinen.« Das hat mir Professor Armitage heute Vormittag eröffnet. Sie will ihn außerdem für einen Nachwuchspreis einreichen.

»Herzlichen Glückwunsch!« Reidy schlägt mit der flachen Hand auf den Tisch. »Genau solche Sachen machen sich hervorragend in deinem Lebenslauf.«

»Du weißt, dass es mir darum nicht geht«, sage ich.

»Und trotzdem musst du dir überlegen, was du nach der Promotion machen willst. Wann läuft dein Stipendium aus?«

Ich stöhne. »Im Herbst. Ich weiß. Keine Sorge, ich verpasse die Bewerbungsfristen schon nicht.« Um das Thema zu wechseln, frage ich: »Und bei dir? Alles gut?«

»Ja, könnte kaum besser sein. Es gibt da allerdings etwas, das ich mit dir besprechen möchte. Ich hoffe, das trübt deine Laune nicht.«

Es überrascht mich nicht, dass es einen Grund für dieses Mittagessen gibt. Aber dass es ein ernstes Thema ist, kommt unerwartet.

»Ich habe das hier in der Bibliothek gefunden. Es lag neben einem der Papierkörbe.« Er schiebt einen Zettel über den Tisch.

»Was ist das?«, frage ich.

»Lies selbst.« Reidy nickt mir auffordernd zu.

*Hast du mitbekommen, dass Ruby mit ihm ausgegangen ist?*, lese ich.

In einer anderen Schrift steht darunter: *Waaaas? Im Ernst? Die Kuh? Die Welt ist ungerecht.*

Dann wieder die erste Schrift: *Anscheinend haben sie ge-poppt.*

Wieder die zweite: *Du verarschst mich! Ruby und McPherson? Niemals.*

Nummer eins: *Er hat sich am nächsten Morgen aus ihrem Wohnheimzimmer geschlichen. Und sie hat es Nadine erzählt. Von der weiß ich es.*

Nummer zwei: *Ich sterbe! Wieso Ruby? Wieso nicht ich?*

Nummer eins: *Ich schmeiße mich ihm jetzt auch an den Hals. Wenn es stimmt, was man so hört, macht er es mit jeder.*

Nummer zwei: *WEHE! Dann gehe ich eben gleich nach dem Kurs zu ihm.*

Ich blicke auf. Mir ist innerlich ganz heiß geworden, aber es ist keine angenehme Wärme. »Was zur Hölle?«, sage ich.

Reidy nickt. »Ich dachte, du würdest wissen wollen, was man sich über dich erzählt.«

»Danke, Reidy.« Ich weiß nicht, was ich sagen soll. Wer sind diese Studentinnen? Verschmähte Verehrerinnen?

»Sam, ich frage dich das nur ungern, weil es natürlich deine Sache ist, aber ...« Reidy räuspert sich. »... schläfst du mit deinen Studentinnen?«

Ich verschlucke mich beinahe an meinem Wasser. »Reidy! Nein, natürlich nicht!«

»Und wie entstehen dann diese Gerüchte? So etwas kann dir das Genick brechen, weißt du?«

»Ich hatte etwas mit einer Studentin aus meinem Einführungskurs. Ruby«, gebe ich zu. »Es war eine einmalige Sache, wir waren betrunken. Ich habe es nicht darauf angelegt. Ich wusste sofort, dass das eine beschissene Idee war.«

Verdammt! Ein einziges Mal habe ich den Fehler gemacht, den Avancen einer Studentin aus meinem Einführungsseminar nachzugeben. Tamsin hatte mich gerade abserviert, mir ging es absolut beschissen. Ich sehe heute noch ihren erschrockenen Blick vor mir, als ich mit dem Mädchen abzog. In diesem Moment verschaffte es mir Genugtuung. Dass wir dann ein bisschen zu wild feierten und ich am nächsten Morgen in ihrem Wohnheimzimmer aufwachte, war so nie geplant gewesen.

»Oh, Sam«, sagt Reidy, »sei bloß vorsichtig! Du bist hier in einer Doppelfunktion – als Student und als Vertreter der Universität. Du musst aufpassen, was man sich über dich erzählt. Wenn es nur dieses eine Mal war, wie kommen die dann darauf, dass du es mit jeder …« Er bricht ab, weil es ihm offensichtlich unangenehm ist.

»Ich bin in den letzten Monaten ein bisschen viel unterwegs gewesen. Das stimmt schon. Aber mit meinen eigenen Studentinnen war ich höchstens mal einen Kaffee trinken. Ich habe nach Ruby aus dem Kurs niemanden mehr angesprochen. Ich bin doch nicht lebensmüde.« Das ist die absolute Wahrheit. Nachdem Tamsin mich abgewiesen hatte, brauchte ich Ablenkung. Ihre Abfuhr riss mir kurz den Boden unter den Füßen weg. So ist das eben, wenn man seine gesamte Vorstellung von Liebe noch mal überdenken muss. Inzwischen weiß ich, wie dämlich ich war – in Bezug auf Ruby und auf die Liebe.

»Vielleicht solltest du dich in nächster Zeit ein bisschen zurückhalten. Als Doktorand giltst du an unserem Institut als Student«, sagt Reidy. »Und als Student hast du natürlich nichts Illegales getan. Aber stell dir mal vor, Professor Armitage bekommt Wind davon. Oder noch schlimmer, Professor Fielding. Ihr Moralkodex funktioniert anders als unserer. Wenn dieser Zettel in die falschen Hände geraten wäre …«

»Ich weiß«, sage ich. Nicht auszudenken, was passieren würde, wenn Professor Fielding, die Dekanin des Instituts und eine absolute Koryphäe auf dem Gebiet des amerikanischen Dramas, diesen Zettel zu Gesicht bekäme. Meine Dankbarkeit und Erleichterung, dass diese Sache bei Reidy gelandet ist, ist grenzenlos. »Danke, Reidy! Ernsthaft. Du hast mir den Arsch gerettet. Das vergesse ich dir nie. Wenn ich irgendwas tun kann, um mich zu revanchieren ...«

Reidy tut so, als würde er einen Moment überlegen. Dann verzieht sich sein Mund zu einem beinahe diabolischen Grinsen, als hätte er nur darauf gewartet, dass ich ihm meine Hilfe anbiete. »Wenn du schon so fragst«, sagt er, »da gibt es tatsächlich etwas, wobei ich Hilfe brauchen könnte. Wir haben im Archiv viele Dubletten und veraltete Werkausgaben. Die spenden wir an Schulen in der Region. Du könntest die Bücher einpacken und in ihr neues Zuhause schaffen.«

»Über wie viele Bücher sprechen wir hier?«, frage ich, weil ich das Gefühl habe, dass ich vielleicht gerade einen Pakt mit dem Teufel eingehe.

»Das sollte an zwei Tagen zu schaffen sein. Und die Botschaft, dass die Universität kein erweitertes Datingportal ist, auf dem du nach Belieben nach links und rechts wischen kannst, würde dann sicher noch mal tiefer einsinken. Wie heißt das noch mal?«

»Tinder«, sage ich und verschweige, dass ich die App gerade von meinem Handy gelöscht habe.

»Genau. Du würdest lernen, dass die Universität nicht Tinder ist.«

**7**    »Wenn du am Donnerstag Liz' Schicht übernehmen musst, dann verschiebe ich eben meinen Hausbesuch auf den frühen Nachmittag. Von dort ist es nicht weit zur Schule. Das müsste ich schaffen«, biete ich an.

Rhys, Jeannie und ich sitzen in unserer Wohnküche und planen die nächste Woche. Es geht darum, wer Jeannie wann von der Schule abholt, wann sie bei Rhys übernachtet, wann Rhys zu uns kommt und so weiter. Wir wollen irgendwann in den Modus übergehen, einen ganzen Monat vorzuplanen, weil ich eigentlich dringend meine Angelegenheiten wieder längerfristig organisieren muss, aber im Moment ist das noch nicht drin.

»Ich hoffe, dass wir bald Ersatz für Liz finden. Das sollte wirklich nicht zur Gewohnheit werden.« Rhys ist es anscheinend unangenehm, dass ich für ihn einspringen muss.

»Kein Problem. Wirklich. Mach dir keine Sorgen.«

»Ja, Rhys, mach dir keine Sorgen«, echot Jeannie, die kurz von dem Bild aufblickt, an dem sie gerade malt.

»Ihr könntet nach der Schule im Café vorbeikommen«, schlägt er vor. Die Donnerstage sind eigentlich Rhys' und Jeannies feste Bruder-Schwester-Tage. Ich verstehe also, dass er alles daransetzt, Jeannie trotzdem zu sehen. Sie braucht Routine. Und er vermutlich auch.

»Können wir das machen?«, fragt sie hoffnungsvoll an

mich gewandt. Dann an ihren Bruder: »Kriegen wir Kuchen?«

»Klar«, antworten Rhys und ich im Chor. Jeannie lächelt zufrieden in sich hinein, und mein Herz schmilzt.

Jeannie, Rhys und ich sind ein Team. Er ist nicht ihr Vater, sie ist nicht unsere Tochter, ich bin nicht ihre Mutter, aber wir werden immer mehr zu einer Familie. Einer verkorksten, durch Zufall zusammengeführten Familie. Wir haben unsere Routinen wie gemeinsame Mahlzeiten, Bruder-Schwester-Tage, abendliches Vorlesen – obwohl sie mit ihren zehn Jahren eigentlich schon ein bisschen zu alt ist dafür.

Der Ofen piepst, was bedeutet, dass der Nudelauflauf, den Rhys' Mitbewohner Malik ihm mitgegeben hat, fertig ist. Rhys erhebt sich vom Sofa, schaltet den Ofen aus und holt Teller aus einem der Hängeschränke.

»Was ist denn eigentlich mit Liz?«, frage ich, denn sie hat von einem Tag auf den anderen einfach gekündigt.

»So genau weiß ich es, ehrlich gesagt, nicht. Irgendwas Familiäres. Sie ist jedenfalls zurück nach Oregon gegangen.«

Ich nicke. »Und wann arbeitest du am Freitag?«

»Da habe ich Frühschicht. Am Abend will Tamsin mit mir ins Kino, aber dann suchen wir einfach einen Film aus, der dir gefallen könnte, Jeannie. Hm? Was meinst du?«

»Gibt's was mit Robotern?«, fragt sie begeistert.

»Ich weiß nicht. Das muss ich nachschauen.«

Ich finde es wirklich bewundernswert, wie Tamsin mit der Situation umgeht. Nicht nur hat sie einen schwer traumatisierten Freund – auch wenn man es ihm die meiste Zeit nicht mehr anmerkt –, sie hat plötzlich auch seine kleine Schwester dazubekommen. Ich habe es noch kein einziges

Mal erlebt, dass sie sich beschwert hätte. Im Gegenteil, sie ist für Jeannie schon zu einer richtig engen Bezugsperson geworden. Anfangs war mir etwas mulmig bei dem Gedanken. Denn wer garantiert mir, dass sie nicht plötzlich beschließt, dass ihr alles zu viel ist? Dass sie mit ihren neunzehn Jahren zu jung ist für diese Art von Verantwortung? Aber je länger ich sie und ihren übersprudelnden Optimismus kenne, desto mehr vertraue ich ihr.

»Dann hole ich dich vom Kino ab«, biete ich an, damit Rhys sich nicht verpflichtet fühlt, auf eine Nacht mit seiner Freundin zu verzichten. »Du musst mir schließlich erzählen, was in dem Film passiert ist.«

Rhys lächelt mich dankbar an und stellt je einen Teller mit Auflauf vor seine Schwester und mich.

Nachdem Rhys sich verabschiedet hat, bringe ich Jeannie ins Bett. Ich lese ihr ein Kapitel *Harry Potter* vor und vergewissere mich, dass sie schläft. Dann setze ich mich zurück an den Küchentisch. Tagsüber ist mal wieder zu viel liegen geblieben, sodass ich jetzt noch Papierkram zu erledigen habe.

Ich muss dem Sozialamt regelmäßig Berichte über die Teilnehmer meines Resozialisierungsprojekts schicken, um meinen offiziellen Status und damit die finanzielle Unterstützung nicht zu verlieren. Es ist eine etwas lästige Angelegenheit, denn viel lieber verbringe ich meine Zeit mit wirklich wichtigen Dingen, mit Hausbesuchen und persönlichen Gesprächen. Aber ohne die Subventionen kann mein ganzes Projekt nicht existieren. Und dann hätte niemand mehr etwas davon.

In den Berichten beschreibe ich normalerweise Maßnahmen, Kosten und nächste Schritte. Für mich ist es aber gleichzeitig auch sehr hilfreich, noch einmal Revue passieren zu lassen, wie viel wir gemeinsam erreicht haben. So werden die Fortschritte, die meine einzelnen Schützlinge im letzten Quartal gemacht haben, noch einmal deutlich. Gleichzeitig führt es mir vor Augen, warum ich diesen Job jeden Tag mache, auch wenn es mich unendlich viel Energie kostet. Aber dabei zu sein, wenn diejenigen, die an den Rand der Gesellschaft gedrängt wurden, eine zweite Chance bekommen und diese auch nutzen, erfüllt mich mit einer Freude, die das Aufstehen jeden Morgen ein wenig leichter macht. Eigentlich sollte diesen Berichten ein Gespräch mit den Teilnehmern vorausgehen, aber mit Malik und Rhys habe ich es bisher versäumt, einen offiziellen Termin zu machen. Da ich mit den beiden allerdings ohnehin deutlich mehr Kontakt habe als mit anderen – schon allein wegen Jeannie –, fühle ich mich trotzdem in der Lage, etwas über sie zu schreiben. Die Gespräche werden wir aber natürlich bald nachholen müssen.

Ich lese noch mal über die beiden Berichte, die ich zu Malik und Rhys verfasst habe.

*Malik Capela musste im letzten Monat einen Rückschlag hinnehmen, als ihm sein Arbeitgeber aus persönlichen Gründen kündigte. Seine Vorgeschichte depressiver Phasen alarmierte mich zunächst, doch konnte rasch ein neuer Arbeitgeber gefunden werden. Malik arbeitet nun im Sequoia Restaurant in Pearley als Küchenhilfe. Sein neuer Arbeitgeber ist bislang sehr zufrieden. Ein erstes offizielles Gespräch vor Ort wird nächsten Monat stattfinden. Malik kommt – mit kurzer Unterbrechung – seit einem halben Jahr selbst für seinen Unterhalt auf. Er übernimmt Verantwortung für seine Familie und Freunde. Seine soziale*

*Performance ist überdurchschnittlich. Er ist ein herzlicher,*
*hilfsbereiter junger Mann, der das Leben vieler bereichert.*
*Auch für das Programm sind seine Can-do-Mentalität und*
*sein unermüdlicher Wille unentbehrlich. Ich bin daher*
*mehr als zuversichtlich, dass er das Programm erfolgreich*
*abschließen wird.*

Über die finanziellen Schwierigkeiten, die er und seine
Freundin Zelda gemeinsam meistern, die kleine Beziehungskrise, die ihn mächtig durchgerüttelt hat, und das
jetzige Glück, das er mit Zelda erlebt, schreibe ich nichts.
Auch wenn all das Relevanz hat, finde ich doch, dass Malik
ein wenig Privatsphäre verdient hat. Ich unterschreibe den
Ausdruck und lege ihn auf den Stapel der fertigen Evaluationsbögen.

*Rhys Bolton übernimmt in Mal's Café von Woche zu*
*Woche mehr Verantwortung. Er hat Kontakt zu seiner*
*Schwester hergestellt und pflegt diesen vorbildlich. Aus dem*
*traumatisierten und verstörten jungen Mann ist ein*
*selbstbewusstes, lebensfrohes und wertvolles Mitglied der*
*Gesellschaft geworden. Auch wenn es anfangs schien, als*
*würde er sich jeder Hilfe verweigern, hat es sich gelohnt,*
*ihm diese Chance zu geben. Selten war ich so optimistisch*
*in meiner Begutachtung, obwohl das letzte Quartal der*
*Resozialisierung noch aussteht. Rhys ist schon heute in der*
*Lage, auf eigenen Beinen zu stehen. Sollte er beim nächs-*
*ten Gespräch den Wunsch äußern, das Programm vorzei-*
*tig zu verlassen, werde ich ihm dies gewähren.*

Ich wünschte, all meine Evaluationen würden sich so positiv lesen. Letzten Monat ist ein dreizehnjähriger Junge von seiner Pflegefamilie abgehauen und seither nicht wiederaufgetaucht. Die Ermittlungen der Polizei wurden aufgrund seiner kriminellen Vergangenheit schnell eingestellt. Ein sechzehnjähriges Mädchen hat im Drogenrausch ihre leibliche Mutter mit dem Messer attackiert und ist nun wieder im Pearley Juvenile Prison. Diese Fälle nehmen mich mit und lassen mich manchmal daran zweifeln, dass ich überhaupt eine Chance habe, etwas zu bewirken. Es war für mich eine schmerzhafte Lektion, dass man nicht jedem helfen kann. Dass nicht jeder Hilfe annehmen möchte.

Auch wenn ich weiß, dass es für mich nie infrage kommen würde, es nicht zumindest zu versuchen. Ich muss es versuchen. Muss. Denn die Welt hat mit mir eine Rechnung offen, nachdem ich mich mit einer Schuld beladen habe, die ich mein Leben lang abarbeiten muss.

Malik und Rhys auf der anderen Seite bestätigen mich jeden Tag aufs Neue darin, dass das, was ich tue, sinnvoll ist. Und dass ich so vielleicht ein bisschen von dem nachholen kann, was ich in der Vergangenheit versäumt habe.

Aus dem Flur höre ich das Tapsen nackter Füße. Im nächsten Moment steht Jeannie in der Tür und reibt sich die Augen. In ihrem Schlafanzug sieht sie noch zerbrechlicher aus als sonst.

»Kannst du nicht schlafen?«, frage ich.

»Ich hab schlecht geträumt«, sagt sie. »Kann ich in dein Bett?«

»Na klar.« Es passiert nicht oft, dass Jeannie Albträume hat. Aber ab und zu wacht sie nachts auf und kommt dann zu mir.

Ich begleite sie in mein Schlafzimmer und knipse die Nachttischlampe an. Jeannie schlüpft unter die Decke, die ich gerade frisch bezogen habe. Denn obwohl mit Sam nichts lief, lag er doch relativ unbekleidet auf meinem Bett und hinterließ den Geruch von seinem herben Aftershave, der in mir den Wunsch aufkommen ließ, zurück in die Bar zu gehen, um mein Glück noch mal zu versuchen.

»Erzählst du mir noch was?«, fragt sie.

Ich lege mich neben sie. »Was willst du denn hören?«

»Was übers Meer?« Seit Rhys mit ihr einen Tag am Meer verbracht hat, ist Jeannie ganz besessen davon.

»Hm. Na gut.« Ich denke nach. Die einzigen Geschichten, die ich übers Meer erzählen kann, sind von früher. Aber für Jeannie kehre ich an den Ort zurück. »Als ich ein bisschen jünger war als du«, beginne ich, »sind meine Eltern mit mir ans Meer gefahren.«

»Wo sind deine Eltern jetzt?«, fragt sie.

»Gestorben«, sage ich.

»Bist du traurig deswegen?« Jeannie dreht sich zu mir um.

»Manchmal. Aber ich habe mich daran gewöhnt. Es ist lange her, dass sie gestorben sind.« Einen kurzen Moment schweigen wir. Dann frage ich: »Und du?«

»Ich weiß nicht.« Jeannie sieht mich an. Aus ihrem Blick spricht eine tiefe Verunsicherung.

»Das ist okay«, sage ich. »Man kann jemanden vermissen, ohne dauernd traurig zu sein.«

Sie nickt und dreht sich wieder auf den Rücken. Es ist kein Wunder, dass sie verwirrt ist. In den letzten Monaten ist in Jeannies Leben so viel passiert, dass sie emotional wahrscheinlich einfach noch etwas hinterherhinkt. Wenn sie richtig angekommen ist in ihrem neuen Leben, werden wir gemeinsam schauen, inwieweit ihre Vergangenheit aufgearbeitet werden muss. Aber im Moment will ich einfach nur, dass sie sich so wenig Sorgen wie irgend möglich macht. Das ist auch genau das, was mir der Psychologe geraten hat, bei dem ich für mich selbst ein Gespräch vereinbart hatte, nachdem Jeannie zu mir gezogen war. »Es wird Zeit und Geduld brauchen«, sagte er. »Drängen Sie sie zu nichts. Seien Sie einfach für sie da.« Genau das versuche ich.

»Erzähl weiter«, sagt Jeannie schläfrig.

Ich finde eine bequemere Position für mich und fahre mit meiner Geschichte fort. »Mein Dad hatte ein Picknick für uns vorbereitet. Er war besessen von Picknicks. Zu jeder Gelegenheit holte er einen beinahe antik aussehenden Picknickkorb vom Dachboden. Dann stand mein Dad immer einen ganzen Tag in der Küche, briet Hühnerbeine, machte Salate, füllte alles in Tuppergefäße. Meine Mom zwang er dazu, die Füße hochzulegen und fernzusehen.« Ich muss leise kichern, als ich mich daran erinnere, dass es für meine Mutter jedes Mal eine Tortur bedeutete, so zu tun, als würde sie sich entspannen. Sie war nicht der Mensch, der die Füße hochlegt. Das muss ich von ihr geerbt haben. Manchmal ließ mein Dad ihr ein heißes Bad ein, damit sie sich nach einem harten Tag in der Grundschule, in der sie unterrichtete, entspannte. Sie langweilte sich so dabei, dass sie mich regelmäßig bat, ihr Gesellschaft zu leisten. Allerdings heimlich, denn mein Vater sollte nicht merken, dass seine Überraschungen eigentlich gar nicht das waren, was meine Mom wollte. Aber ihn glücklich zu sehen, machte sie glücklich. Und das machte mich glücklich. Und so waren wir alle glücklich.

»Auf dem Sandstrand breitete er eine alte Decke aus

und arrangierte alles, während meine Mom mit mir Muscheln, abgeschliffene Glasscherben und Seeigel suchte. Ich hatte einen blauen Eimer, auf dem Susi und Strolch aus dem Disneyfilm abgebildet waren. Den hatte ich nach dem ersten Kinobesuch meines Lebens bekommen, weil mein Dad wollte, dass ich mich immer an den Film erinnerte. Wir liefen ein ganzes Stück, und als wir wieder zurückkamen, war der komplette Eimer voll.«

Ich merke, dass Jeannies Atem regelmäßig geht. Meine Stimme wird immer leiser, bis ich aufhöre. Den Susi-und-Strolch-Eimer nahm ich damals mit, als ich erst in ein Heim und dann zu meiner ersten Pflegefamilie kam. Ich versteckte ihn unter meinem Bett, damit mir niemand meinen Schatz wegnahm. Wenn ich nicht einschlafen konnte, steckte ich meinen dünnen Kinderarm zwischen Wand und Bettgestell hindurch und streichelte die Muscheln und Glasscherben. Eines Nachts, als ich wieder nicht schlafen konnte, tastete ich mit meiner Hand danach, aber da war nichts mehr. Ich bekam Panik, stand wieder auf, knipste das Licht an und sah unter meinem Bett nach. Doch der Eimer war fort. Ich begann bitterlich zu weinen und zu schreien, bis mein Pflegevater ins Zimmer kam und mich schüttelte, bis ich Ruhe gab. Dann schlug er mir mit der flachen Hand ins Gesicht, weil ich so einen Lärm gemacht hatte. Das war meine erste Erfahrung mit Gewalt. Gewalt mir gegenüber. Von einem eigentlich fremden Mann. Und ich erinnere mich noch an das Gefühl, das diese Erkenntnis bei mir hinterließ. Ich wusste, dass ich mich daran würde gewöhnen müssen. Und ich schwor mir in dieser Nacht, dass ich es nicht mehr zulassen würde, wenn ich erst einmal alt genug war.

Ich schalte das Licht aus und rolle mich neben Jeannie

zusammen. Mit der linken Hand streiche ich langsam über meine rechte Schulter, meinen Arm. Auf und ab. Seit meiner Jugend ist das ein Trick, den ich nutze, um mich zu beruhigen. Ich streichle mich selbst in den Schlaf.

 *Sam*

**8**  »Es ist nicht so, als hättest du mich nicht ge-warnt«, gebe ich zu. Ich sitze mit Tamsin, meiner besten Freundin, und Zelda, die in den letzten Monaten fester Bestandteil unserer gemeinsamen Pausen geworden ist, vor dem Hauptgebäude der Universität. Es ist ein träger, warmer Nachmittag. Vögel singen in den Bäumen, Insekten summen um uns herum. Im Schatten eines Ahornbaums haben wir uns mit Blick auf das Hauptgebäude der Universität niedergelassen – ein imposanter Ziegelbau, dessen rote Farbe von weißen Zierornamenten unterbrochen wird. Die beiden Türme, die links und rechts vom Haupteingang aufragen, heben sich beeindruckend gegen den wolkenlosen Himmel ab. Da gerade eine Doppelstunde vorbei ist, strömen in diesem Moment Massen von Studenten aus dem von weißen Säulen gestützten Eingangsportal.

Ich erzähle gerade von meinem Gespräch mit Reidy und dem Inhalt des Zettels und werde zu Recht von Tamsin und Zelda ausgelacht.

»Und wann beginnt deine Büßertätigkeit?«, fragt Zelda und zieht ein neongrünes Nagellackfläschchen aus ihrer Tasche. Sie ist besessen von Nagellack und bunten Haaren. Im Moment sind sie blau, aber seit ich sie kenne, waren sie bereits lila und pink.

»Morgen zeigt Reidy mir das Lager.«

»Bei diesem Traumwetter kann man sich wirklich Schöneres vorstellen, als im Keller Bücher in Kisten zu packen«, sagt Zelda und feixt. »Wollen wir ans Meer fahren, Tamsin?«

»Ich hab dich auch lieb, Zelda.« Ich verdrehe die Augen.

»Ich kann mir, ehrlich gesagt, Schlimmeres vorstellen, als den ganzen Tag mit Büchern zu verbringen«, sagt Tamsin. »Klingt eigentlich nach einer ziemlich schönen Aufgabe.« Sie ist wirklich durch und durch Büchermensch. Man trifft sie eigentlich nie ohne ein Buch in der Hand – oder wenigstens in ihrer Umhängetasche. Meistens befinden sich dort sogar gleich kiloweise Bücher. Es ist ein Wunder, dass ihre Körperhaltung so gerade ist.

»Okay, ihr Lieben«, sagt Zelda und erhebt sich. »Ich muss los ins Nagelstudio.«

Seit Kurzem kommt sie für ihr Studium selbst auf, weil ihre Eltern ihr nach einem riesigen Krach jede finanzielle Unterstützung gestrichen haben. Sie akzeptieren nicht, dass Zelda mit einem Afroamerikaner zusammen ist. Als sie mir von der Reaktion ihrer Eltern erzählte, konnte ich es erst nicht fassen. Deswegen hat sie jetzt zwei Jobs. Den im Nagelstudio und einen weiteren als studentische Hilfskraft an der Uni.

»Viel Spaß heute Abend bei eurem Date«, sagt Tamsin. Zur Erklärung für mich fügt sie hinzu: »Malik kocht für sie.«

Ich muss an Amy denken. Ob jemand für sie kocht? Würde ihr das gefallen? Ich kann sie einfach nicht aus meinen Gedanken verbannen, obwohl unser Abend so seltsam verlaufen ist.

Kurz bin ich versucht, Tamsin von unserem Treffen zu berichten. Sie könnte mir sicher etwas über Amy erzählen. Aber dann entscheide ich mich doch dagegen. Sie ist zwar meine beste Freundin, war aber nie ein Fan von meinem etwas zu wilden Herumdaten in den letzten Monaten. Sie hat nicht ein einziges Mal etwas dagegen gesagt, aber ich schätze, das war nur der Tatsache geschuldet, dass sie selbst der Auslöser für meine erbärmlichen Ablenkungsversuche war. Wenn ich ihr jetzt erzähle, dass ich fast mit der Sozialarbeiterin ihres Freundes geschlafen habe, würde sie die falschen Schlüsse ziehen. Sie würde denken, ich hätte mich nicht im Griff und meine Ablenkung hätte neue Dimensionen erreicht. Dabei war es mit Amy anders. Ich bin nicht mitgegangen, um meinen Herzschmerz zu vergessen. Ehrlich gesagt, ist der Herzschmerz schon seit einiger Zeit weg. Stattdessen spukt jetzt eine gewisse blonde Frau mit Zahnlücke in meinem Kopf herum.

Nachdem ich die Arbeit für heute beendet und mich von Anthea und Tim verabschiedet habe, fühle ich mich noch zu aufgekratzt, um in mein kleines Apartment zu gehen. Normalerweise schätze ich die Einsamkeit zu Hause, aber in den letzten Tagen kam ich nicht richtig zur Ruhe.

Deswegen mache ich mich stattdessen auf den Weg zu meinem Lieblingsort. Der kleine Fußmarsch führt mich vom Campus in das angrenzende Ausgehviertel Pearleys. Die Straßen sind hier enger und teilweise verkehrsberuhigt. Ich gehe am *Vertigo* vorbei und werfe einen Blick hinein, nur um sicherzugehen, dass Amy nicht dort ist. Eine leise Hoffnung habe ich zwar, aber die wird sofort enttäuscht, als ich in die beinahe leere Bar schaue. Es ist zu früh, um sich auf einen Drink zu treffen.

Ich trete zurück auf die Straße, die neben Kneipen gesäumt ist von Vintageläden, Antiquariaten und kleinen

Boutiquen. Sobald es dunkel ist, taucht ihre Leuchtreklame die gesamte Gegend in ein buntes Licht.

Mein Ziel befindet sich in einer etwas vernachlässigten Seitenstraße, die sowohl tagsüber, wenn Studenten hier auf ihren Shoppingtouren entlangflanieren, als auch abends, wenn sie feiern wollen, etwas abseits des Trubels liegt. Manchmal kommt es mir so vor, als könnte nur ich die Straße sehen. Als wäre sie meine persönliche Winkelgasse. Ein Mitarbeiter des italienischen Restaurants an der Ecke hat achtlos Müllsäcke auf die Straße geworfen. Irgendetwas tropft aus einer Rinne heraus. Vermutlich Kühlwasser. Ein paar Meter weiter bin ich an meinem Ziel. Hier ist es. Das *Electric*. Mein liebster Ort auf der ganzen Welt. Es befindet sich in einem weiß gekachelten Gebäude aus den Dreißigerjahren. Ein richtiges Oldschool-Kino der ersten (oder zumindest zweiten) Stunde. Vom Dach des Gebäudes bis zum ersten Stockwerk erstreckt sich die riesige senkrechte Leuchtschrift, Buchstabe unter Buchstabe unter Buchstabe. Auf der Anzeigetafel über dem Eingangsbereich werden mit schwarzen, austauschbaren Lettern die Filme angekündigt, die vorgeführt werden. Es sind keine Blockbuster dabei, weil die Verleihfirmen dafür zu viel Geld verlangen. Gerade wird eine Hitchcock-Retrospektive gezeigt.

Ich öffne eine der Schwingtüren und trete ein. Das gedimmte Licht im Foyer scheint warm und freundlich auf den rot-grünen Teppichboden, dessen Flecken von Generationen von Filmfans wie mir erzählen. Es riecht ein wenig muffig, aber ich mag alles an diesem Ort, der wie aus der Zeit gefallen scheint. Auch den Mief. An den Wänden hängen Plakate von alten Klassikern. *Citizen Kane, Tote schlafen fest, Der dritte Mann, Casablanca.* Ein paar neuere

Filme wie *Fight Club* oder *Das Schweigen der Lämmer* sind auch dabei.

Hinter einer Glasscheibe sitzt Norman, der Besitzer des *Electric*.

»Hi«, sage ich, doch er reagiert nicht. Als ich mich nähere, sehe ich, dass er eingeschlafen ist. Vorsichtig klopfe ich gegen die Scheibe, und er zuckt zusammen.

»Ich schlafe nicht«, ist das Erste, was er von sich gibt. »Oh, hallo, Sam!«

»Hi, Norman«, erwidere ich. »Geht's Ihnen gut?«

»Ich habe nicht geschlafen«, sagt er noch mal, um sicherzugehen, dass ich ihm glaube.

»Ich weiß.«

Norman ist uralt. Sicher weit über achtzig. Die wenigen Haare auf seinem Kopf sind schlohweiß, während die paar Zähne, die sich noch in seinem Mund befinden, eine ungute bräunliche Färbung haben.

»Willst du heute Abend *Das Fenster zum Hof* sehen?«, fragt er.

»Die Frage sollte eher lauten, wann ich nicht *Das Fenster zum Hof* sehen will«, sage ich, und Norman schenkt mir ein beinahe zahnloses Lächeln.

»Bist du heute wieder allein?«

»Ich bin doch immer allein«, gebe ich zurück.

»Neulich hattest du ein Mädchen dabei«, sagt Norman.

»Ach so, Zelda. Ja, das stimmt. Aber das war kein Date.«

»Schade!« Norman öffnet langsam seine Kasse, die nichts weiter ist als eine dunkelblaue Geldkassette aus Blech. Sie hat definitiv schon bessere Zeiten gesehen. Die Farbe platzt an einigen Stellen ab, und Dellen hat sie auch ein paar. Norman bewegt sich wie in Zeitlupe.

»Wissen Sie, wie wäre es, wenn wir abwarten, ob noch

jemand kommt?«, frage ich. »Dann müssen Sie nicht für mich allein den Film einlegen. Wir könnten stattdessen Schach spielen. Ich lade Sie auf eine Portion Popcorn ein.« Ich weiß, dass es für Norman anstrengend ist, Filme einzulegen. Er kommt die Stufen in den Vorführraum nur noch schlecht hoch.

»Aber *Das Fenster zum Hof!*«, sagt er besorgt.

»Das werde ich mir einfach ein andermal ansehen.«

Norman lächelt dankbar. Natürlich kann er es sich eigentlich nicht leisten, zahlende Kundschaft zu enttäuschen, aber meine sechs Dollar werden im Zweifel nicht den Unterschied machen. Ich habe ihm schon ein paarmal vorgeschlagen, die Tickets ein bisschen teurer zu machen, aber davon wollte Norman nichts wissen.

»Popcorn also, ja?«, fragt er und erhebt sich umständlich.

Nach einer halben Ewigkeit taucht er hinter der Theke neben dem Ticketschalter auf. »Süß oder salzig?«

»Salzig«, sage ich, weil er das am liebsten isst.

Norman befüllt eine der gelb-rot gestreiften Papiertüten und reicht sie mir. Ich stelle sie zwischen uns und bedeute ihm, sich zu bedienen.

Auf einmal verzieht sich sein Gesicht zu einem Grinsen. Er hebt einen Zeigefinger, um mir zu signalisieren, einen Moment zu warten. Dann verschwindet er durch einen Vorhang und kehrt kurz darauf mit einer Flasche Bier zurück.

»Was meinst du?«, fragt er und zwinkert mir unbeholfen zu.

Ich kann ihm ohnehin nichts abschlagen, also nicke ich. Er teilt den Inhalt der Flasche, der vermutlich schon mehrere Jahre alt ist, auf zwei kleine Wassergläser auf und stellt sie auf die Theke. Dann folgt das Schachbrett, das er für die ganz ruhigen Tage und Abende unter der Theke versteckt. Ab und zu habe ich ihn schon dabei überrascht, wie er eine Partie gegen sich selbst gespielt hat.

Wir stellen die Figuren auf. Sie sind hübsch aus Holz geschnitzt. Dann macht er den ersten Zug.

»Das bunte Mädchen ist also Geschichte«, sagt er und nimmt einen Schluck Bier. Es ist lauwarm, aber Norman scheint es nicht zu stören.

»Das bunte Mädchen war nie Gegenwart«, sage ich. »Sie ist nur eine Freundin. Neulich ging es ihr nicht so gut. Deswegen waren wir zusammen unterwegs.«

»Als ich in deinem Alter war«, sagt Norman und zieht mit einem weiteren Bauern ein Feld vor, »bin ich nicht allein ins Kino gegangen. Ich hatte immer mindestens ein Mädchen dabei. Und hübsch waren die!« Seine Augen beginnen zu leuchten.

»Das kann ich mir vorstellen, Norman«, sage ich.

»Aber eine war hübscher als alle. Und die hab ich dann geheiratet.« Um seine Augen bilden sich Lachfältchen.

»Wie alt waren Sie da?«, frage ich und schiebe ebenfalls einen weiteren Bauern aufs Feld.

»Zweiundzwanzig«, sagt er. »Wir sind seit fast fünfundsechzig Jahren verheiratet.«

»Wow! Das ist beachtlich.« Ich wusste gar nicht, dass Norman eine Frau hat. Und dass er in meinem Alter bereits seit drei Jahren verheiratet war.

»Meinst du? Für mich ist es das Einfachste auf der Welt, verheiratet zu sein«, sagt er. Dann bringt er einen Läufer in Position. »Man darf nur nicht aufhören, sich zu mögen. Und man darf nie zulassen, dass der Respekt verschwindet. Denn egal, was der andere für einen Blödsinn macht, wie unverständlich manches ist – wir sehen immer nur die Oberfläche. Mindestens die Hälfte der Auslöser für den Blödsinn bleibt uns verborgen.«

Ich sehe ihn an. Sein Lächeln hat tiefe Furchen um seine Augen gegraben.

»Haben Sie Blödsinn gemacht?« Ich denke über meinen nächsten Zug nach.

»Wer nicht?«, fragt Norman und kichert. »Einmal war ich so betrunken, dass sie mich aufs Sofa geschickt hat zum Ausnüchtern. Ein paarmal war ich nicht geduldig genug. Und manchmal habe ich mir keine Mühe gegeben, sie zu verstehen. Das tut mir heute noch leid. Aber sie hat mir verziehen.«

»Das klingt ziemlich schön«, sage ich, während ich dabei zusehe, wie Norman mir eine Falle stellt. Er will mich dazu bringen, seinen Springer zu schlagen, doch zwei Züge weiter wäre meine Dame in Gefahr, und ich könnte nur noch reagieren.

»Bist du dir sicher, dass es mit dir und dem bunten Mädchen nicht doch noch was werden kann?«

Ich muss lachen. Es ist rührend, wie wichtig ihm mein Glück mit Zelda offenbar ist. »Ganz sicher. Sie hat einen Freund, den sie sehr liebt.«

»Wie ich meine Alice.«

»Genau so.« Und so wie ich es bis vor Kurzem auch noch für mich vorgesehen hatte. Nach der Sache mit Tamsin musste ich allerdings meine Erwartungen ein bisschen nachjustieren.

Das Schachspiel hält uns eine Weile in seinem Bann, und wir unterhalten uns nicht mehr. Niemand kommt, um den Film zu sehen, was mich einerseits traurig macht, denn es ist beinahe unverschämt, dass es in dieser Stadt keine Menschenseele gibt, die sich *Das Fenster zum Hof* im tollsten Kino der Welt ansehen will. Andererseits genieße ich diesen stillen Moment mit Norman.

Ich bin kein wirklich guter Schachspieler, und innerhalb einer halben Stunde hat Norman mich schachmatt gesetzt. Es ist das dritte Mal, dass wir gegeneinander spielen, und meine dritte Niederlage. Allerdings halte ich immer länger durch.

»Möchtest du den Film noch sehen?«, fragt Norman, als er das Schachspiel wieder weggeräumt hat. »Ich lege ihn dir gern ein.«

»Das ist sehr nett, Norman«, erwidere ich. »Aber ich denke, ich sollte nach Hause gehen.«

»Zu deinem bunten Mädchen?«

»Nein, die ist bei ihrem Freund.« Ich muss grinsen. »Zelda und ich sind kein Paar. Sie ist nicht meine Alice.« Kurz taucht Amys Gesicht vor meinem inneren Auge auf. Ihr Lächeln, ihre Zahnlücke. »Danke für das Bier! Und grüßen Sie Ihre Frau, wenn Sie nach Hause kommen«, sage ich, als ich mich zum Gehen wende.

»Das wird schlecht gehen«, sagt Norman. »Sie ist leider vor zwanzig Jahren gestorben. Aber ich werde es ihr ausrichten, wenn ich sie in meinem Traum sehe.«

**9** Ich sitze in meinem Büro, das sich praktischerweise nur ein Stockwerk unter meiner Wohnung befindet. Vor mir liegt eine dicke Mappe mit Akten, die ich heute durchsehen möchte. Der Stempel des Pearley Juvenile Prison prangt auf dem Umschlag. Sobald ich in meinem Programm Kapazitäten habe, um jemanden aufzunehmen, wende ich mich an Mr Brentford, den Gefängnispsychologen, der mir dann vielversprechende Kandidatinnen und Kandidaten schickt. Es gibt noch ein paar weitere Gefängnisse im Umkreis von ungefähr zweihundert Meilen, mit denen ich zusammenarbeite. Im PJP sind sie allerdings am kooperativsten. Außerdem kann ich ohne Probleme einige Besuche bei den Kandidaten absolvieren, ehe ich sie endgültig im Programm aufnehme. Die Empfehlung des Psychologen ist die eine Sache. Aber durch einen direkten persönlichen Kontakt kann ich mir ein viel umfangreicheres Bild machen. Meistens erfahren die Jugendlichen erst kurz vorher von meinem Besuch, sodass der Eindruck so unverfälscht wie möglich ist.

In seinem Brief an mich, der den Akten vorangestellt ist, schreibt Mr Brentford, dass er mir eine Kandidatin besonders ans Herz legt. Sophia sei siebzehn Jahre alt und vom Schicksal bisher sehr stiefmütterlich behandelt worden, wie Brentford es ausdrückt. Allerdings müsse es schnell gehen, denn sie soll bereits in wenigen Wochen entlassen werden.

Ich blättere mich durch die erste Akte. T. J. Roberts, der noch drei Monate in Haft vor sich hat. Ein inzwischen junger Mann von achtzehn Jahren. Häusliche Gewalt, Schulabbruch, Schlägereien, gefährliche Körperverletzung – das übliche Drama. Der Junge auf dem beiliegenden Foto sieht müde aus. Er hat ein hübsches Gesicht, aus dessen Augen jedoch die ganze Ungerechtigkeit seines Lebens spricht.

Die zweite Akte ist die von Sophia. Ich betrachte ihr Bild. Dunkle, leicht verfilzte Haare umrahmen ihr Gesicht. Der Eyeliner ist verlaufen, die Augen blicken lustlos und leer aus tiefen Höhlen hervor. Kurz meine ich jemand anders auf dem Foto zu erkennen, doch als ich blinzle, ist da nur dieses fremde Mädchen. Alles andere wäre auch unmöglich, denn Imogens Bild ist aus meiner Erinnerung verschwunden. Für immer unwiederbringlich verloren. Ich überfliege die erste Seite von Sophias Akte. Sie war etwas über ein Jahr im PJP, auf dem Foto ist sie also fast sechzehn Jahre alt. In den zwei Jahren bevor sie ins PJP kam, lebte sie bei vier verschiedenen Pflegefamilien, von denen sie immer wieder weglief. Es ist schwer zu sagen, ob es an den Familien oder an Sophia lag. Sie ist ohne Zweifel der gemeinsame Nenner. Aber wenn ich an meine eigene Vergangenheit denke, frage ich mich oft, warum ich nicht früher abgehauen bin.

In Sophias Geschichte steckt eigentlich alles, was falsch läuft auf dieser Welt: Bei ihrer Geburt wird sie zur Adoption freigegeben, doch weil sie einen Herzfehler hat und während ihres ersten Lebensjahrs mehrfach operiert werden muss, findet sich keine Familie für sie. Von Anfang an ist sie schwach und vernachlässigt. Je länger es dauert, bis sie adoptiert wird, desto unwahrscheinlicher wird es, dass es überhaupt klappt. Kinderlose Paare mit unerfülltem

Kinderwunsch stürzen sich auf Neugeborene. Aber ein kleines, unvollkommenes Mädchen mit einer komplizierten Krankheitsgeschichte hat es schwer. So schwer, dass Sophia ihre Kindheit und Jugend im Heim verbringt. Mit acht Jahren wird sie das erste Mal beim Klauen erwischt. Sie muss das Gefühl haben, die Welt hasst sie. In ihrem Alltag gibt es nichts als Tristesse. Doch mit zwölf Jahren findet sie das erste Mal einen Ausweg. Sie wird beim Kiffen erwischt und fliegt beinahe aus ihrem Heim – dem einzigen Zuhause, das sie je kannte. Als sie dreizehn wird, kommt sie zu ihrer ersten Pflegefamilie und fängt an, die Schule zu schwänzen. Und plötzlich ist es nicht mehr Gras, das ihr hilft, ihrem Alltag zu entfliehen, sondern härtere Drogen. Allen voran Crystal Meth.

Ich blättere zurück zu ihrem Foto, auf dem sie nur fünf Jahre älter ist als Jeannie. Sie ist ein Mädchen, das niemanden hat als sich selbst. Mr Brentford ist offensichtlich der Ansicht, dass sie gut in mein Programm passen würde. Allerdings steckt mir die Geschichte mit dem Mädchen, das seine Mutter im Rausch attackiert hat, noch in den Knochen. Diese Geschichte war einer der Gründe, warum ich erst einen und vor ein paar Tagen einen weiteren Sponsor verloren habe. Eine falsche Entscheidung kann viele andere Jugendliche um ihren dringend benötigten Platz bringen, obwohl Sophia natürlich eine Chance verdient hätte. Aber mit Süchtigen ist nicht zu spaßen.

Ich schlucke einen Kloß in meinem Hals herunter. Dann greife ich zu meinem Telefon und wähle Mr Brentfords Nummer.

»Pearley Juvenile Prison, Mr Brentford am Apparat?«, meldet sich seine freundliche Stimme.

»Hi, hier ist Amy Davies«, sage ich.

»Amy!« Er klingt jedes Mal so überschwänglich.

»Ich habe hier die Akte von Sophia Marin, die Sie mir geschickt haben.«

»Sophia, ja. Was halten Sie von ihr?«

»Ich bin etwas unsicher«, sage ich. »Bei einer Drogen-Vergangenheit bin ich gerade vorsichtig.«

»Verständlich«, erwidert Mr. Brentford und räuspert sich. »Ich denke, Sie sollten sie kennenlernen.«

»Ehrlich gesagt, tendiere ich gerade zu dem Jungen. T.J.« Bis zu diesem Moment wusste ich es noch nicht einmal. Aber die Frustration der letzten Monate hat doch Spuren hinterlassen.

Am anderen Ende der Leitung höre ich ein leises Atmen. »Damit würden Sie sicher nichts falsch machen. Ich hätte mir für Sophia einfach eine Chance im Leben gewünscht. Aber natürlich ist es ein Risiko, das steht fest.«

»Ich würde gerne bald vorbeikommen, um ihn kennenzulernen.«

»Kommen Sie vorbei, wann es Ihnen passt. Das geht immer auch spontan.«


Am Nachmittag warte ich vor der Schule auf Jeannie. In Gedanken bin ich noch beim Hausbesuch bei Kylie und Steve, deren Wohnung nicht weit von der Schule entfernt ist. Die beiden kamen mir heute sehr aufgeräumt vor. Kylie freute sich sehr über die Infobroschüren von Abendschulen, und Steve hat tatsächlich nächste Woche ein Vorstellungsgespräch.

»Ms Davies!« Eine strenge Stimme reißt mich aus meinen Überlegungen. Es ist Mrs Harris, Jeannies Klassenlehrerin. »Gut, dass Sie schon da sind. Würden Sie einen Augenblick mit reinkommen?«

»Ähm, ja klar«, sage ich ein bisschen verwundert. »Ist mit Jeannie alles in Ordnung?«

Ohne auf meine Frage zu reagieren, läuft sie entschlossenen Schritts wieder auf die Eingangstür des einstöckigen Baus zu, der die Grundschule beherbergt. Ich verriegle mein Auto und beeile mich, zu ihr aufzuschließen.

Der Geruch im Inneren des Gebäudes erinnert mich an meine eigene Schulzeit. Muffige Schultaschen, in denen Lunchpakete langsam vor sich hin gammeln, chemische Reiniger, billiges Cafeteria-Essen. Nirgendwo fühlt man sich kleiner als in einer Schule.

Vor dem Büro der Rektorin bleiben wir stehen. Was, um Himmels willen hat das zu bedeuten? Mrs Harris klopft, und sofort werden wir hereingebeten.

Vor dem Schreibtisch der Rektorin, auf dem ein Messingschild verkündet, dass sie Mrs Latimer heißt, sitzt Jeannie auf einem Stuhl. Sie blickt sich ängstlich um, als wir den Raum betreten. Dann senkt sie den Kopf.

»Ms Davies, gut, dass wir Sie erwischen. Ich halte es für das Beste, wenn wir die Sache gleich offiziell bereden. Bitte setzen Sie sich.« Die Rektorin ist für ihre Stellung an der Schule noch relativ jung. Sie kann kaum älter als Mitte dreißig sein. Ihre offenen, lockigen Haare fallen ihr auf die Schultern, und sie trägt ein weites, sackartiges Kleid. Erst auf den zweiten Blick fällt mir auf, dass sie hochschwanger ist.

Ich lasse mich auf dem Stuhl neben Jeannie nieder und greife nach ihrer Hand, um ihr zu bedeuten, dass sie sich keine Sorgen machen muss.

»Jeannie, willst du erzählen, warum wir hier sind?«, fragt Mrs Harris, die neben der Rektorin steht und die Arme in die Seite gestemmt hat.

»Ich war wieder nicht beim Sport«, sagt Jeannie so leise, dass ich sie kaum höre.

»Sie hat erneut geschwänzt«, erklärt Mrs Harris, damit ich auch ja verstehe, was Jeannie verbrochen hat.

Unwillkürlich muss ich seufzen. »Ich dachte, wir hätten das geklärt?« Ich blicke Jeannie direkt an, doch sie hält den Kopf gesenkt. »Wir haben eigentlich darüber gesprochen, dass Schwänzen nicht okay ist«, sage ich an die beiden Frauen gewandt. »Jeannie tut es sicher leid. Kannst du versprechen, dass es nicht mehr vorkommt?«, frage ich sie.

Zu meiner Überraschung schüttelt sie den Kopf.

»Heißt das, du willst es wieder tun?« Mrs Harris ist entsetzt.

»Jeannie, du musst lernen, dass du dir nicht aussuchen kannst, wann du in die Schule gehst. Das ist keine Wahlveranstaltung. Du musst alle Fächer besuchen, die in deinem Stundenplan stehen.« Ich bin froh, dass Mrs Latimer deutlich behutsamer mit Jeannie umgeht.

»Das weiß ich schon«, sagt Jeannie.

»Und trotzdem handelst du gegen die Regeln!« Die Art und Weise, wie Mrs Harris sich aufplustert, macht mich wütend. Andere Mädchen klauen und nehmen Drogen. Jeannie hat zweimal beim Sportunterricht gefehlt, und diese Ziege macht so einen Aufstand deswegen.

»Wiederholtes unentschuldigtes Fehlen wird bei uns mit Nachsitzen geahndet«, sagt Mrs Latimer mehr zu mir als zu Jeannie. »Nächste Woche wird Jeannie nach dem regulären Unterricht jeden Tag noch zwei Stunden gemeinnützige Arbeit für die Schule verrichten. Im Schulgarten, im Musikraum, in der Bibliothek. Beim dritten Mal droht ein Verweis. Wenn das nicht hilft, eine Suspendierung.

Vielleicht können Sie, Ms Davies, mit uns zusammenarbeiten und das Problem angehen?«

»Natürlich«, sage ich und blicke Jeannie strenger an, als es mir lieb ist. In meinem Kopf gehe ich meine nächste Woche durch. Wir hatten alles schon so schön organisiert. Jetzt müssen wir uns noch mal zusammensetzen. Es ist sehr wahrscheinlich, dass sich die neuen Abholzeiten mit Rhys' Schichten überschneiden.

»Also gut, damit sind Sie entlassen«, sagt Mrs Latimer, erhebt sich mühsam, die linke Hand auf ihrem prallen Bauch, und streckt mir die andere zum Abschied hin.

»Erzählst du mir jetzt vielleicht, was los ist?«, frage ich Jeannie, als wir im Auto sitzen. Den Motor habe ich noch nicht gestartet. Ich sehe sie erwartungsvoll an.

Jeannie malt mit dem Finger Formen auf ihre Hose. Sie hat den Kopf gesenkt und starrt angestrengt nach unten, als würde sie meinem Blick ausweichen.

»Du hattest mir versprochen, dass du nicht mehr schwänzt«, sage ich. »Weißt du noch? Versprechen muss man halten. Sonst werden sie wertlos.«

Sie schüttelt den Kopf. »Ich habe nur versprochen, dass ich es *versuche*, sagt sie leise. »Und ich habe es versucht. Wirklich.«

Ich weiß nicht, was ich sagen soll. Einerseits habe ich das Gefühl, dass Jeannie mich reingelegt hat, andererseits muss ich sagen, dass sie wirklich clever ist. Beinahe kann ich ein Schmunzeln nicht unterdrücken.

»Magst du nicht drüber reden?« Ich kann gut verstehen, dass man auf Schulsport keine Lust hat. Aber ich habe das Gefühl, als würde mehr dahinterstecken. Außerdem haben wir vor einer Woche bereits eine Diskussion darüber gehabt, dass man seine Verpflichtungen – in ihrem Fall die Schule – ernst nehmen muss.

Jeannie schüttelt den Kopf.

»Du kannst mir alles sagen. Vertrauen, weißt du noch?«

»Vertrauen« ist ein wichtiges Wort bei uns. Von Anfang an haben wir uns versprochen, uns gegenseitig zu vertrauen und dieses Vertrauen nicht zu enttäuschen. In unserem Schlussplädoyer am Ende des Sorgerechtsprozesses war der zentrale Gedanke der des gegenseitigen Vertrauens.

»Amy Davies gibt der zehnjährigen Jeannie nun endlich das zurück, was dem Mädchen über lange Jahre verwehrt blieb. Vertrauen in ein eigenes Zuhause«, sagte unser Anwalt, und die Richterin hatte Tränen in den Augen.

»Ich bin nicht so gut darin«, sagt Jeannie so leise, dass ich sie kaum verstehe.

»Worin bist du nicht so gut?«, frage ich.

»Und dann lachen alle«, fährt sie fort, ohne auf meine Frage einzugehen.

»Sie lachen über dich?« Ich nehme die Hände vom Lenkrad, das ich fest umklammert hatte, um nicht meine Geduld zu verlieren. Dann drehe ich mich zu ihr.

»Beim Dodgeball«, sagt Jeannie, legt ihre unruhige Hand auf ihr Bein und blickt mich an. »Ich habe Angst, dass mir der Ball wieder ins Gesicht geworfen wird.«

»Ist deine Brille deswegen so verbogen?«

Sie nickt. Ihr Gesicht sieht ganz verzerrt aus, als würde sie gegen die Tränen ankämpfen. »Die Jungs sind viel größer als wir. Und werfen viel fester. Ich wollte den Ball fangen, aber er hat mich voll im Gesicht erwischt.«

»Wann ist das passiert?«, frage ich.

Jeannie zuckt mit den Schultern. »Vor ein paar Wochen oder so.«

»Bist du seitdem nicht mehr im Sportunterricht gewesen?«

Sie schüttelt den Kopf. »Nein, nur letzte Woche. Und diese. Weil alle lachen, wenn ich vor dem Ball weglaufe.«

Ich lehne mich vor und ziehe Jeannie in meinen Arm. Ihre knochigen Schultern bohren sich in meine Brust, aber das ist egal. Sie braucht mich jetzt. Sie muss wissen, dass ich da bin.

»Du hättest es mir sagen können.« Ich halte sie fest. Hinter ihrem Rücken balle ich meine Hände zu Fäusten. Bei der Vorstellung, dass jemand zu Jeannie gemein sein könnte, wird mir beinahe übel. Sie soll sich sicher und geborgen fühlen und nicht Angst haben müssen, dass man sich über sie lustig macht. Sie sticht ohnehin aus der Masse heraus. Sie ist kleiner und dünner als alle anderen, weil sie immer noch leicht unterernährt ist. Ihre Schnürsenkel sind grundsätzlich offen, und von ihrem Kopf stehen unordentliche Rattenschwänze ab. Es ist die einzige Frisur, mit der sie aus dem Haus geht. Denn es ist die Frisur, die ihre Mutter ihr immer gemacht hat. Allerdings ist sie eigentlich zu alt für Rattenschwänze. Zumindest trägt kein anderes Mädchen in ihrem Alter die Haare auf diese Weise.

Ich würde ihr gern einen guten Rat geben und ihr sagen, dass alles gut wird, aber ich weiß, wie grausam Kinder sein können. Und Selbstbewusstsein in diesem Alter kommt nicht von innen heraus. Man muss es sich erarbeiten. Doch ich habe eine Idee.

»Was hältst du davon, wenn wir üben?«, frage ich. »Werfen und Fangen, meine ich?«

»Bist du gut darin?«, fragt Jeannie hoffnungsvoll.

»Hm. Nicht so sehr«, gebe ich zu. »Aber wir könnten

Rhys fragen. Oder Malik. Oder was ist mit Maliks Bruder? Theo?«

»Theo kann das bestimmt«, sagt Jeannie. »Den fragen wir.«

Obwohl ich keinerlei Erfahrung mit der Erziehung von Kindern habe und jeden Schritt improvisiere, habe ich das Gefühl, dass ich diese Krise ziemlich gut gemeistert habe. Aus meiner eigenen Erinnerung habe ich eigentlich nur abschreckende Beispiele. Nach dem Unfall war Malcolm der erste Erwachsene, der mich behandelte, als hätte ich einen Wert als Mensch. Und die acht Jahre davor sind an mir nicht spurlos vorübergegangen. Umso glücklicher bin ich, wenn es mir gelingt, Jeannie eine schönere Kindheit zu ermöglichen.

Ich lasse den Wagen an, und wir machen uns auf den Weg nach Hause.

 *Sam*

**10** Montag Vormittag finde ich mich pünktlich um zehn im Archiv der Bibliothek ein – ein trostloser Kellerraum, an dessen Decke nackte Rohre verlaufen. Das Neonlicht flackert unruhig. Reidy erwartet mich bereits. Während wir die Regale abgehen, erklärt er mir, wie sie strukturiert sind.

»Hier stehen die Dubletten. Die meisten Bücher sind in einem ordentlichen Zustand, allerdings brauchen wir den Platz. Deswegen geben wir sie weg. Alles, was du hier drüben findest« – er weist auf einen weiteren Gang aus hohen Metallregalen –, »ist veraltet oder zu kaputt, um es den Studenten noch zuzumuten. Es ist unglaublich, wie hier teilweise mit Büchern umgegangen wird.« Er zieht einen zerschlissenen Band aus dem Regal, dessen Rücken schon vollkommen abgerissen ist. Als er den Buchdeckel aufschlägt, sehe ich, dass die ersten Seiten herausgerissen wurden. »Du musst beurteilen, ob die Bücher weggeworfen werden oder ob es sich lohnt, sie einer der Schulen auf unserer Liste zu spenden.«

Ich folge ihm zu einem Schreibtisch in der hinteren Ecke des Archivs. Das Licht ist hier noch spärlicher als ohnehin schon. Reidy schaltet den uralten Computer ein, der sich summend und flimmernd zum Dienst meldet. Er klickt auf ein unformatiertes Word-Dokument, das sich erst nach einigen Sekunden öffnet.

»Das ist eine Liste der Schulen, mit denen wir in Kontakt sind. Ich habe letzte Woche schon mit den zuständigen Lehrern gesprochen. Zwei Schulen haben Interesse.« Mit diesen Worten klickt er auf »Drucken«, und im Regal neben dem Schreibtisch setzt sich ein alter Drucker in Bewegung. Reidy schnappt sich das Blatt aus dem Ausgabefach und kreist zwei der Schulen mit einem Kugelschreiber aus seiner Hemdtasche ein. Eine Highschool außerhalb von Pearley und eine Grundschule im Süden der Stadt.

»Eine Grundschule?«, frage ich.

»Für die gibt unser Fundus wahrscheinlich nicht viel her. Aber ein paar Klassiker wie *Robinson Crusoe* oder *Die Schatzinsel* sind vielleicht dabei.«

Ich nicke. »Wie gehe ich vor?«

Reidy erklärt mir alles. Schließlich sagt er: »Als Letztes muss ich dich noch bitten, genau zu dokumentieren, welche Bücher du an welche Schule schickst und welche wir wegwerfen. Es gibt eine Archiv-Inventarliste auf dem Computer. Wir sind dazu verpflichtet, genau festzuhalten, was mit den Büchern passiert.«

Ich nicke, krempel die Ärmel von meinem alten Leinenhemd hoch und mache mich an die Arbeit.

Dienstag Mittag bin ich so weit, dass ich die Schulen mit neuem Lesematerial ausstatten kann. Nachdem ich die letzten anderthalb Tage damit verbracht habe, in der Enge des Archivs kaputte Bücher auszusortieren und geeignete Bücher in Kisten zu packen, ist es ganz schön, auch mal oberirdisch zu arbeiten. Als ich den Pick-up belade, den die Uni mir zur Verfügung stellt, verfluche ich die Hitze des kalifornischen Junis.

Die erste Schule, die ich anfahre, ist eine Highschool,

die westlich von Pearley liegt. Der Pick-up ist nicht klimatisiert, und der Fahrtwind, der durch die offenen Fenster hineinweht, fühlt sich an, als würde einem ein heißer Föhn ins Gesicht blasen.

Ich parke den Wagen vor dem Schulgelände, steige aus und fahre mir mit dem Hemdärmel über die Stirn. Die Mittagshitze ist zu dieser Jahreszeit weiß Gott nicht die beste Zeit, um körperlicher Arbeit nachzugehen. Ich blicke auf das Schulgebäude, einen zweistöckigen Ziegelbau, der von Sportanlagen umgeben ist. Auf einem der Footballfelder wärmen sich gerade einige Jungs auf. Ich schüttle den Kopf. Sport bei diesen Temperaturen ist absoluter Wahnsinn.

Als ich gerade noch überlege, ob ich erst nach Mr Ecclestone, dem Englischlehrer, suchen oder gleich mit dem Ausladen beginnen soll, ertönt hinter mir eine schrille Trillerpfeife.

»Alle mal herhören«, ruft ein stämmiger, etwas untersetzter Mann mit Baseballcap und verschwitztem Rücken. »Euer Krafttraining besteht heute darin, Bücherkisten in die Bibliothek zu tragen. Im Laufschritt.« Er dreht sich zu mir um und zwinkert mir zu. »Coach Langdon. Mein Kollege hat mich gebeten, Ihnen zu helfen.«

»Sam McPherson«, stelle ich mich vor. »Der mit den Büchern.«

Langdon nickt und wendet sich dann wieder den Schülern zu, die nach und nach alle angetrabt und in einem Halbkreis vor ihm zum Stehen gekommen sind. Coach Langdon klatscht in die Hände. »Also los, jeder schnappt sich eine Kiste und bringt sie in die Bibliothek.«

Ich kann gar nicht so schnell schauen, wie die Jungs in voller Footballmontur meinen Pick-up entladen.

»Halt, die da hinten sind nicht für euch«, sage ich, als

der Kerl mit der Nummer 59, der auf die Ladefläche des Wagens gesprungen ist, eine Kiste mit Jugendbüchern herauswuchten will.

Schließlich bläst Coach Langdon erneut in seine Trillerpfeife, und die Jungs, von denen jeder eine Kiste in den Händen hält, beginnen im Gleichschritt die Auffahrt zum Schulgebäude hinaufzutraben.

»Wow«, sage ich. »Vielleicht brauche ich auch so eine Trillerpfeife.«

»Ja, die sind sehr praktisch«, erwidert Coach Langdon. »Hier und ... zu Hause.« Er zwinkert mir wieder zu, doch diesmal finde ich es weniger sympathisch als vielmehr unheimlich.

Die zweite Schule, die ich anfahre, ist eine Grundschule im Süden von Pearley. Ich habe einige Jugendbuchklassiker in Kisten gepackt, und wenn ich richtig aufgepasst habe, sollten sie alle noch da sein.

Die Fahrt dorthin führt mich durch Pearleys Innenstadt in den Süden. Ich muss den großen Boulevard entlangfahren, auf dem der Verkehr nur schleppend vorangeht. Riesige Multiplexkinos und Restaurantketten prägen hier das Stadtbild. Wenn ich es vermeiden kann, komme ich nicht in diese seelenlose Gegend. Die Restaurants und Geschäfte sind vollkommen austauschbar. Jede andere Stadt der USA sieht genauso aus. Hier ist kein Platz für Individualität. Hier steht der Konsum im Zentrum. Fast bin ich froh, als der wohlhabendere Teil Pearleys in den deutlich bescheideneren Süden übergeht. Das hier ist wenigstens ehrlich.

Die Schule befindet sich in einem einstöckigen containerartigen Bau. Ich habe von meiner Kontaktperson Mrs Latimer die Erlaubnis erhalten, den Mitarbeiterparkplatz zu benutzen. Da es schon relativ spät ist, stehen nur noch wenige Autos auf dem Asphalt, sodass ich mich direkt an den Hintereingang stellen kann.

Ich hebe die erste Kiste von der Ladefläche und laufe damit zum Gebäude. Anscheinend wurde mein Eintreffen bereits bemerkt, denn eine relativ junge, hochschwangere Frau öffnet mir die Tür.

»Mr McPherson, nehme ich an?«, sagt sie strahlend.

»Genau der«, gebe ich zurück. »Und Sie sind Mrs Latimer?«

Die Frau nickt und bedeutet mir mit einer Geste, einzutreten.

An den Wänden im Inneren des Gebäudes hängen Collagen aus Fotos: Schüler beim Sport, Schüler auf dem Schulfest, Schüler beim Kuchenverkauf. Dazwischen befinden sich Vitrinen mit Bastelarbeiten und Pokalen. Ein buntes Durcheinander.

»Kommen Sie, Mr McPherson, ich zeige Ihnen, wo sich die Bibliothek befindet. Sie können die Kisten einfach dort abladen. Wir sind wirklich froh, dass wir auf diese Weise unseren Buchbestand ein bisschen aufstocken können. Unsere Mittel sind beschränkt, wissen Sie? Und auch wenn bei uns Lesen nicht unbedingt ganz oben auf der Liste der beliebtesten Hobbys steht, finde ich es doch wichtig, den Schülern ein breites Angebot bieten zu können.«

Sie führt mich um eine Ecke, und ich bin überrascht, wie großzügig und weitläufig die Flure hier sind. Von außen wirkt das Gebäude deutlich kleiner. Am Ende des Gangs verkündet ein Banner über einer Glastür, dass es sich um die »Bibliothek« handelt. Darum herum befinden sich in Rot, Gelb und Blau die Abdrücke von Kinderhänden.

Mrs Latimer drückt die Glastür auf, und ich folge ihr

in den Raum. Er ist hell beleuchtet, beinahe zu hell. Irgendwie kommt mir das Licht, das sich im billigen Plastikfußboden spiegelt, klinisch vor. Jedenfalls passt es nicht in eine Bibliothek. An den Wänden befinden sich ein paar schiefe Regale, und in der Mitte des Raums steht eine Tischinsel mit Stühlen. Der Raum wirkt ziemlich ungemütlich. Ich habe Schwierigkeiten, mir vorzustellen, dass Schüler hier gern ihre Zeit verbringen.

»Die Regale sind Spenden von Hausauflösungen im Viertel. Als ich hier angefangen habe, hatten wir noch keine Bibliothek. Es geht langsamer voran, als mir lieb ist, aber wie schon gesagt …«

»… die Mittel sind begrenzt«, beende ich ihren Satz.

Nachdem Mrs Latimer in ihr Büro verschwunden ist, mache ich mich daran auszuladen. Es ist warm, die Schule ist nicht klimatisiert, und so komme ich schnell ins Schwitzen, während ich zwischen Pick-up und Bibliothek hin und her laufe.

Als ich zum vierten Mal die gläserne Schwingtür aufdrücke, sitzt eine Schülerin auf dem Tisch und begutachtet den Inhalt der Kisten. Das Einzige, was man von ihr sieht, sind die lustig abstehenden Rattenschwänze.

»Hi«, sage ich, stelle die nächste Kiste ab und fahre mir mit meinem Hemdärmel über die feuchte Stirn.

Sie blickt auf, und ich muss unwillkürlich grinsen. Ich kenne sie. Es ist Jeannie, die kleine Schwester von Tamsins Freund – und gleichzeitig das Pflegekind von Amy. Mein Herzschlag beschleunigt sich kurz, als ich an sie denke, allerdings kann es auch die körperliche Anstrengung vom Schleppen sein.

»Ich kenne dich«, sagt sie und schiebt mit der flachen Hand ihre Brille nach oben. »Du bist Sam!«

»Und du bist Jeannie. Freut mich, dich wiederzusehen! Geht's dir gut?«

»Na ja«, sagt sie. »Ich muss nachsitzen.«

»In der Bibliothek?«

»Ich soll die Bücher sortieren.« Sie steckt ihren Kopf zurück in eine der Kisten. Als sie wieder auftaucht, sagt sie: »Weißt du, ob der dritte Band *Harry Potter* dabei ist? Band vier und fünf haben wir. Aber der dritte fehlt.«

»Leider ist kein *Harry Potter* dabei«, sage ich.

»Bist du sicher?« Sie sieht mich mit einem Rest Hoffnung in den Augen an.

»Ich habe die Bücher selbst eingepackt.«

Sie zieht ein paar ramponierte Bände von Roald Dahl hervor. Mir ist es fast ein bisschen unangenehm, weil ihr Zustand wirklich alles andere als gut ist. Aber Jeannie scheint es kaum zu bemerken. Sie legt sie behutsam auf einen ordentlichen Stapel.

»Ich gehe mal den Rest holen«, sage ich, da mir auffällt, dass ich sie in ihrer Versunkenheit vielleicht einen Moment zu lange beobachtet habe.

Als ich das nächste Mal in die Bibliothek komme, balanciert Jeannie auf Zehenspitzen auf einem Stuhl, den sie sich vor eins der Regale geschoben hat. Ihre offenen Schnürsenkel hängen an der Seite herunter. Sie streckt und streckt sich, um ein Buch ins oberste Regalfach zu stellen. Doch sie ist einfach zu klein.

»Soll ich dir vielleicht helfen?«, frage ich und bin mit drei großen Schritten bei ihr. Nicht, dass sie sich noch den Hals bricht. »Habt ihr hier keine Leiter?« Ich nehme ihr das Buch ab und stelle es nach ganz oben ins Regal.

Jeannie schüttelt den Kopf und reicht mir dann die anderen Bücher an, die sie für ganz oben vorgesehen hat.

»Danke«, sagt sie und nickt zufrieden, als die Bücher ordentlich aufgereiht im Regal stehen. Sie bückt sich, um ihre Schuhe zu binden.

Ich hole die letzten Kisten und helfe Jeannie dann beim Auspacken und Einräumen. Einige Bücher betrachtet sie länger. Manchmal liest sie sogar die ersten Sätze. Manchmal schüttelt sie den Kopf, manchmal legt sie das Buch danach auf einen extra Stapel.

»Wonach sortierst du?«, frage ich, weil sich ihr System auf den ersten Blick nicht wirklich erschließt. Dann nehme ich mir einen der Kartons, die wir gerade leer geräumt haben, und falte ihn auseinander.

»Diese Bücher sollen weiter unten stehen, damit ich drankomme«, erklärt sie. »Ich wachse nicht so schnell wie die anderen. Und dann könnte ich die Bücher nicht mehr ausleihen.«

Ich muss beinahe lachen, reiße mich aber zusammen. »Du wächst langsamer als die anderen?«

»Ja, das hat der Arzt gesagt. Weil ich unterernährt war.«

Sie sagt das so dahin, als wäre es einfach nur eine normale Feststellung und nicht ein tragischer Teil ihrer Vergangenheit. Ich bewundere dieses Mädchen.

»Aber das Gute ist, dass es länger dauert, bis ich neue Klamotten brauche.« Sie hebt ihren Arm, um mir zu zeigen, dass der Ärmel ihres Sweatshirts deutlich zu lang ist. »Das Schlechte ist natürlich, dass ich nie neue Klamotten kriege.« Sie zuckt mit den Schultern.

Ich muss grinsen. Für ein kleines Mädchen von ungefähr zehn Jahren ist sie wirklich ziemlich nüchtern und pragmatisch.

»Ach Mann!«, sagt sie dann mit einem Blick auf ihre Schuhe, die schon wieder offen sind. »Immer, immer, immer gehen die auf!« Sie bückt sich, um sie erneut zu binden. »Gestern ist mir jemand draufgetreten. Ich bin hingefallen. Voll auf die Nase.« Dann blickt sie auf meine Schuhe. »Wie macht ihr das? Dass die nicht aufgehen?«

»Ich weiß nicht«, sage ich. »Vielleicht ziehen wir fester?«

»Ich ziehe sie so fest, wie ich kann. Schau!« Sie zerrt mit ihren kleinen Fingern an der Schleife, sodass ihre Knöchel weiß hervortreten und ihr Gesicht vor lauter Anstrengung ganz rot wird.

»Hey, ich habe eine Idee«, sage ich, denn mir kommt gerade der Trick in den Sinn, den mein Dad mir beigebracht hat, als ich lernte, meine Schuhe selbst zu binden.

Ich gehe neben Jeannie in die Hocke und löse die Schleife meiner Lederschuhe. »Normalerweise würdest du es so machen. Stimmt's?« Ich mache eine normale Schleife. Jeannie nickt. »Die Schleife wird aber stabiler, wenn du den Knoten andersrum beginnst. Wenn du normalerweise beim Knoten den linken Schnürsenkel über den rechten legst, nimmst du jetzt den rechten und legst ihn über den linken«, erkläre ich und zeige ihr, was ich meine. »Dann setzt du die Schleife drauf, so wie du es immer machst.« Ich ziehe die Schleife fest.

»Warte, warte, noch mal langsam«, sagt Jeannie und folgt mir Schritt für Schritt. Dann probiert sie es an ihrem eigenen Schuh. »Mal sehen, wie lange das hält.«

»Du bist noch skeptisch?«, frage ich, und sie grinst mich frech an.

Die nächste halbe Stunde verbringen wir damit, alle Bücher ordentlich ins Regal zu räumen. Wir unterhalten uns über *Harry Potter*, ihre Lieblingsbücher, wie sie sagt. Mich freut es ungemein, dass mein Geschenk so gut bei ihr angekommen ist. Ich mache mir eine geistige Notiz, den dritten Band für sie zu besorgen.

Als hinter uns ein Räuspern ertönt, wenden wir uns gleichzeitig um. In der Tür steht Amy, die Hände in die Seiten gestemmt. Sie sieht genervt aus, aber auf eine wirklich betörende Art.

»Hast du mal auf die Uhr geschaut, Süße?«, fragt sie an Jeannie gewandt. »Ich stehe seit zehn Minuten draußen. Man sollte meinen, dein Schultag war lang genug.«

»Ups«, sagt Jeannie mit einem Blick auf ihre Uhr. »Wir haben noch die Bücher eingeräumt.«

In diesem Moment fällt Amys Blick auf mich. Ihre Augen funkeln, ihr Gesicht ist versteinert.

»Hi«, sage ich und schenke ihr mein attraktivstes Lächeln. Vielleicht ist es albern, aber ich wittere eine Chance, mich mit ihr zu verabreden. Richtig zu verabreden. Noch mal von vorne anzufangen. Denn wem will ich etwas vormachen? Sie fasziniert mich, und es macht mich ein bisschen unruhig, dass von all den Frauen, mit denen ich in den letzten Monaten zusammen war, ausgerechnet die eine, die ich wirklich interessant finde, immun zu sein scheint gegen mich – oder die Männerwelt im Allgemeinen. »So sieht man sich wieder«, schiebe ich hinterher und hebe meine Hand zu einem lässigen Winken.

»Was machst du denn hier?«, fragt sie und runzelt die Stirn. »Stalkst du mich?« Da ist es wieder. Das leise Pfeifen durch die Zahnlücke.

Ich muss lachen. »Ich habe Bücherspenden von der Universität vorbeigebracht. Und dann habe ich eine alte Bekannte getroffen und ihr geholfen, die Bücher einzuräumen.« Ich halte Jeannie meine Hand für ein High five hin, und sie klatscht ab.

»Und er hat mir gezeigt, wie ich eine Schleife mache, die nicht gleich wieder aufgeht«, sagt Jeannie und präsentiert Amy triumphierend ihre Schnürsenkel.

»Das ist ja nett von Sam«, sagt Amy, aber es klingt nicht überzeugend. »Bist du dann so weit?«

»Ich muss nur noch meinen Rucksack aus dem Spind holen.« Mit diesen Worten flitzt sie aus der Bibliothek.

Amy zupft mit den Fingern an einem Haargummi, den sie um das Handgelenk trägt. Das schnalzende Geräusch hallt ungeduldig auf dem Korridor wider. Sie will sich schon abwenden, doch dieser Moment ist meine Chance. Obwohl sie ein bisschen schlecht gelaunt wirkt und ich mir ganz und gar nicht sicher bin, ob sie sich erweichen lässt, muss ich es versuchen.

»Neulich Abend«, beginne ich und reibe mir mit der Hand über den Nacken, weil ich seltsam nervös bin. Die Möglichkeit, dass sie mich einfach abblitzen lässt, verursacht ein Kribbeln in mir. So aufgeregt war ich schon lange nicht mehr in der Gegenwart einer Frau.

»Lass uns nicht in gemeinsamen Erinnerungen schwelgen, okay?«, sagt Amy in einem leicht sarkastischen Tonfall.

Ich muss grinsen. Warum um Himmels willen macht mich ihre abweisende Haltung so an? »Du findest, wir sollten diesen überaus romantischen Abend, an dem wir uns stundenlang angeschmachtet haben, bevor ich dich nach allen Regeln der Kunst erst verführt und dann verwöhnt habe, nicht noch mal in allen Einzelheiten Revue passieren lassen?« Ich gehe ein paar Schritte auf sie zu und lehne mich, die Hände in den Hosentaschen, gegen die Wand. Es ist ein weiterer James-Dean-Move, den ich über die Jahre perfektioniert habe.

»Witzig, Playboy«, sagt sie und blickt sich genervt nach Jeannie um.

Ich fühle mich ertappt und stelle mich wieder aufrecht hin. »Du bist ein bisschen garstig heute«, konstatiere ich.

»Darf ich dir einen Tipp geben?«, fragt sie und schüttelt amüsiert den Kopf.

»Jederzeit.« Ich schenke ihr ein schiefes Grinsen.

»Wenn du versuchst, eine Frau anzumachen – Betonung auf *einer Frau,* denn das hier soll dich nicht ermutigen, *mich* anzumachen –, solltest du nicht kommentieren, dass sie nicht gut genug gelaunt ist oder zu wenig lächelt. Das hören wir tatsächlich oft genug.«

Wow! Ich fahre mir mit der Hand durch die Haare. Natürlich will ich sie anmachen. Wie könnte ich nicht? Aber sie ist eine echt harte Nuss. Wahrscheinlich hat sie einen richtig bescheidenen Tag. »Ehrlich gesagt, habe ich selten eine Frau kennengelernt, der die schlechte Laune so gut stand wie dir«, sage ich in einem Versuch, witzig zu sein, merke aber sofort, wie absolut dämlich das war.

Amy schnaubt, aber ihr Gesicht verzieht sich dennoch zu einem Lächeln. Wenn auch etwas lustlos. »Na, da bin ich aber froh, dass ich deinen Geschmack treffe.«

»O Mann«, sage ich, weil ich genau weiß, dass ich ihre Reaktion verdient habe. »Das war dumm. Ich weiß nicht, was mit mir los ist. Eigentlich bin ich nicht so plump.« Das Gespräch läuft derart schlecht, dass ich langsam wirklich nichts mehr zu verlieren habe. »Kann ich noch mal anfangen? Ganz ohne Moves und blöde Sprüche?«

»Mir wäre es lieber, du würdest es bleiben lassen«, sagt Amy. Doch dann tut sie etwas, das ich sonst nur von Frauen kenne, die bereit sind zu flirten. Sie streicht sich viel zu langsam eine Haarsträhne hinters Ohr.

»Aber du verbietest es nicht?«

»Dies ist ein freies Land. Zumindest behauptet es das.« Wieder schenkt sie mir ein halbes Lächeln. Außerdem bilde ich mir ein, dass ihr Tonfall etwas versöhnlicher ist.

Ich schlucke. Jetzt muss es klappen. Das ist meine letzte Chance. Ich stelle mich in ungefähr einem Meter Entfernung vor sie, strahle sie an – ganz ehrlich und offen, ohne darauf zu achten, wie ich wirke – und sage: »Hi, Amy. Schön, dich wiederzusehen.«

»Hi, Sam.« Es klingt nach einem Seufzen, aber deutlich weniger abweisend.

»Unser gemeinsamer Abend neulich …« Ich mache eine Pause, um zu sehen, ob ich schon wieder zu weit gehe. Aber sie sieht mich einfach nur erwartungsvoll an. »… ich hoffe, ich erschrecke dich nicht, wenn ich sage, dass ich seither ab und zu an dich gedacht habe.« Wieder mache ich eine kurze Pause, damit sich das, was ich gerade gesagt habe, bei ihr setzen kann. Wenn es ihr zu viel ist, muss sie die Möglichkeit haben, mich zu bremsen. Oder einfach wegzugehen. Das würde ich ihr auch zutrauen. Aber sie steht weiterhin in der Tür, den Blick auf mich geheftet. »Und das liegt nicht in erster Linie daran, dass ich dich ungeheuer attraktiv finde …«, sage ich jetzt und bin bereit, auf die unscheinbarste Veränderung in ihrem Gesicht zu reagieren. Nichts dergleichen passiert. »… sondern daran, dass du eine spannende Frau bist, über die ich gerne mehr erfahren würde. Beispielsweise, wie du Sozialarbeiterin geworden bist. Oder wie das Leben mit einem Pflegekind ist. Was Männer deiner Ansicht nach beim Flirten noch so alles falsch machen. Oder ob du findest, dass Leute, die eine Gefängnisstrafe absitzen, wählen dürfen sollten. Oder ob …«

»Okay, okay«, unterbricht sie mich und hebt abwehrend die Hände. »Das reicht jetzt.«

Ich kann es kaum glauben, doch auf ihre Lippen hat sich definitiv ein Grinsen geschlichen. Ich weiß nicht, ob sie es selbst bemerkt hat, aber es ist eindeutig. Inklusive hübscher Zahnlücke.

Ich werde mutiger. »Beantwortest du mir all meine Fragen bei einem Abendessen?« Der Drang, mir durch die Haare zu fahren, ist stark. Ich bin es so gewohnt, kleine flirty Gesten zu gebrauchen, dass es mir schwerfällt, jetzt völlig darauf zu verzichten.

»Ach, Sam«, sagt Amy, »das geht doch nicht.«

Ich sinke innerlich zusammen. Verdammt! In einer übertheatralischen Geste tue ich so, als würde ich mir ein Messer ins Herz rammen. Zu meiner Überraschung lacht sie.

»Hör schon auf«, sagt sie. »Selbst wenn ich wollte – was ich nicht tue –, es geht nicht nur um mich. Jeannie braucht ihre Routine. Ich kann nicht einfach anfangen, willkürlich irgendwelche Typen zu daten.«

»Irgendwelche Typen?«, echoe ich in gespieltem Entsetzen. »Willkürlich?«

»Du weißt, was ich meine.« In ihrem Gesicht lese ich Bedauern. Aber vielleicht hoffe ich das auch nur. »Dafür ist Gewohnheit für sie im Augenblick zu wichtig.«

»Für Jeannie oder für dich?«, frage ich. Im nächsten Moment weiß ich, dass ich zu weit gegangen bin.

»Für sie.« Das Lächeln ist aus Amys Gesicht verschwunden, und ich merke, dass sie sich in die Enge getrieben fühlt.

»Vielleicht darf ich wenigstens …«, beginne ich, weil jetzt ohnehin schon alles egal ist. »Ich gebe dir einfach meine Nummer. Falls du es dir irgendwann anders überlegst.« Ich blicke mich hektisch nach einem Zettel und einem Stift um. Auf dem Tisch finde ich einen stumpfen Bleistift, und in einer der Bücherkisten liegt eine herausgerissene Seite. *»Alice im Wunderland«,* sage ich. Da ich das Buch gerade in meinem Lektürekurs durchnehme, weiß ich sofort, dass es eine Seite aus dem sechsten Kapitel ist. Der erste Auftritt der Grinsekatze. »Na, das passt doch.« Ich ignoriere Amys fragenden Blick, kritzle meine Nummer auf das Blatt, falte es und reiche es ihr. »Ich weiß, meine Chancen stehen gleich null. Aber falls du doch eines Tages mal Lust auf ein Abendessen hast, kannst du mich anrufen. Wenigstens um meine Fragen zu beantworten.«

**11** »Tschüss, Jeannie«, sagt Sam. »Es war mir ein großes Vergnügen, mit dir zusammenzuarbeiten.«

»Danke für deine Hilfe«, erwidert Jeannie.

»Jederzeit.« Er zieht ihr scherzhaft an einem ihrer Rattenschwänze. »Und tschüss, Amy! Es war mir ein großes Vergnügen, mich nicht mit dir zu verabreden.« Er hebt seine Hand zum Abschied und läuft dann den Flur hinunter zum Hinterausgang. Ich sehe seiner schlanken Gestalt mit dem lässigen Gang nach und muss unwillkürlich daran denken, wie er halb nackt auf meinem Bett lag. Weil ich mir sicher bin, dass er meinen Blick in seinem Rücken spürt, wende ich mich schnell ab, ehe er noch auf die Idee kommt, sich umzudrehen. Diese Genugtuung gebe ich ihm nicht. Es macht mich sauer genug, dass er vor Jeannie davon redet, dass wir uns nicht verabredet haben. Genau deswegen wäre ein Treffen eine schlechte Idee. Sie braucht Stabilität und keine verletzten Männeregos.

»Also los«, sage ich zu Jeannie. »Dass ich viel zu tun habe, war kein Scherz.« Ich schiebe sie sanft in Richtung Ausgang.

Auf der Fahrt nach Hause spüre ich die ganze Zeit Sams blöden Zettel in meiner Hosentasche. Warum ich ihn überhaupt eingesteckt habe, ist mir ein Rätsel. Jetzt brennt er metaphorische Löcher in meine Jeans. Jeannie quasselt neben mir auf dem Beifahrersitz, aber ich höre nur mit halbem Ohr hin. Mein Tag war bis hierhin brutal anstrengend. Den Vormittag habe ich mit unerfreulichen Telefonaten, Abrechnungen und der Recherche nach neuen Finanzierungsmöglichkeiten verbracht, weil es noch zu lange dauert, bis ich die Wohnung nebenan vermieten kann, obwohl ich bereits Rhys, Tamsin und Malik für die Renovierungsarbeiten gewinnen konnte. Ich bin im Internet auf ein relativ neues Gesetz gestoßen, von dem mein Programm vielleicht profitieren könnte. Als gemeinnützige Organisation habe ich bislang Subventionen erhalten. Wenn ich aber gleichzeitig nachweisen kann, dass ich in meinem Programm auch Minderjährigen helfe, stünde mir eigentlich noch Unterstützung aus einem anderen Topf zu. Minderjährig bedeutet in diesem Fall unter achtzehn Jahre, obwohl im PJP Häftlinge bis einundzwanzig untergebracht sind. Aber das ist eine besondere Regelung dieses Gefängnisses. Die Verteilung von Subventionen ist wiederum an die Gesetze Kaliforniens gebunden.

Während Jeannie zu Hause ihre Hausaufgaben erledigen muss, habe ich also mit dem Schreiben der Anträge noch alle Hände voll zu tun. Denn ich möchte den Papierkram erledigt haben, ehe ich T.J. im PJP besuche.

»Hast du gehört, Amy?«, fragt Jeannie und reißt mich damit aus meinen Überlegungen.

Ich fühle mich ertappt. »Entschuldige bitte. Ich war in Gedanken. Was hast du gesagt?«

»Dass wir für den Kuchenverkauf etwas backen müssen!« Sie klingt vorwurfsvoll. Zu Recht.

»Das machen wir, Süße. Keine Sorge.«

Zu Hause breitet Jeannie sich am Küchentisch aus – ich habe den Verdacht, dass sie alle Hausaufgaben gleichzeitig macht –, und ich setze mich mit meinem Laptop im Schneidersitz aufs Sofa. Das Antragsformular habe ich bereits geöffnet, doch ich starre lediglich auf den Bildschirm, ohne auch nur ein Feld auszufüllen. Der bescheuerte Zettel in meiner Hosentasche lenkt mich zu sehr ab. Ich ziehe das Papier heraus und bin fast versucht, es einfach unbesehen in den Mülleimer zu werfen. Aber dann erinnere ich mich an Sams albernes Lachen, als er las, was auf der Buchseite stand. Es macht mich sauer, dass er dort ist, in meinen Gedanken. Dass er plötzlich Teil von den zwei Bereichen meines Lebens ist, die ich nicht mische. Es ist wichtig, genau auseinanderzuhalten, was in meinem Schlafzimmer geschieht (oder nicht geschieht) und was in meinem Leben. Diese beiden Komponenten haben sich noch nie getroffen. Und das verschafft mir Ruhe und Jeannie Stabilität.

Ohne dass mein Gehirn den Befehl dazu gegeben hätte, falten meine Hände die lose Buchseite auf. Mein Blick fällt auf eine Passage, die Sam eingekreist hat.

*»Willst du mir wohl sagen, wenn ich bitten darf, welchen Weg ich hier nehmen muss?«*, lese ich. *»Das hängt zum guten Teil davon ab, wohin du gehen willst«, sagte die Katze.*

Sehr witzig, Sam, sehr witzig. Ich kann dir sagen, wohin ich möchte. Ich möchte zu diesem Freitag zurückkehren, an dem wir uns getroffen haben, um dich *nicht* zu bitten, mit mir nach Hause zu kommen. Denn obwohl ich es bisher eigentlich nicht bereut habe, merke ich jetzt doch, dass es zu viel durcheinanderbringt. Ich möchte in die Vergangenheit zurückreisen, an einen Ort, wo irgendwelche Kerle einem jungen Mädchen zeigen, was ein Herointrip ist. Vielleicht noch weiter zurück, zu meiner zweiten Pflegefamilie. Oder zur ersten. Oder zur dritten. Denn diesmal würde ich mich wehren. Eventuell würde ich an den Anfang zurückgehen und nichts von alldem geschehen lassen.

Ich blicke auf und sehe Jeannie, die gedankenverloren in die Luft starrt. Aber wo wäre sie, hätte mein Leben an irgendeiner Stelle eine andere Abzweigung genommen?

Sie dreht sich zu mir um. »Du, Amy?«

»Brauchst du Hilfe?«

»Nein?« Sie klingt beinahe gekränkt. »Warum hat es Sam ein *Vergnügen* bereitet, sich nicht mit dir zu verabreden?«

Wie bitte? »Was meinst du?«

»Er hat gesagt, dass es ihm ein *Vergnügen* bereitet hat.« Das Wort »Vergnügen« betont sie besonders.

»Da hat er einen blöden Witz gemacht.«

»Aber was ist der Witz?«, will Jeannie wissen.

Ich seufze. »Müssen wir wirklich darüber reden?«

»Es interessiert mich«, sagt sie, legt ihre Hände auf die Stuhllehne und stützt ihr Kinn darauf.

»Er wollte mit mir zu Abend essen. Aber ich habe Nein gesagt. Und dann hat er so getan, als hätte es ihm *Vergnügen* bereitet.«

»Das ist ein komisches Wort«, sagt sie »*Vergnügen, Vergnügen, Ver-gnügen, Gnügen, Gnügen.*« Sie starrt wieder in die Luft, während sie nachdenkt. Fast habe ich die Hoffnung, dass sie nun von der Seltsamkeit der Sprache abgelenkt ist, da kehrt sie wieder zum Thema zurück. »Warum willst du nicht mit ihm zu Abend essen?«

Ich balle meine Hände zu Fäusten, um nicht genervt zu klingen. Warum regt mich Jeannies Frage so auf? Die Antwort ist einfach. Weil Sam plötzlich in meinem Leben aufgetaucht ist, in dem kein Platz für ihn ist. Weil er sich in meinen Kopf stiehlt. »Da gibt es viele Gründe«, sage ich, obwohl ich weiß, dass es bei Jeannie keinen Sinn hat, vage zu bleiben.

»Dann sag doch mal!«

»Ich finde, ich habe schon genug Freunde«, sage ich. »Ich habe dich und Rhys, Malcolm, Malik, das reicht doch.«

»Kann man wirklich genug Freunde haben?«, fragt sie, und ich würde ihr gern einerseits den Mund zuhalten, damit sie still ist, andererseits will ich sie fest drücken, weil sie in ihrer kindlichen Neugierde beinahe weise ist.

»Also, ich finde, wenn man dich als Freundin hat, dann ist das genug. Mehr brauche ich nicht.«

»Ich hätte gern mehr Freunde«, sagt sie und lässt damit in meinem Innern etwas zerbrechen. Sie tut sich schwer mit Kindern, und ich weiß, dass sie sich nach Freunden in ihrem Alter sehnt. »Du bist toll«, schiebt sie schnell hinterher, »aber ich glaube nicht, dass man zu viele Freunde haben kann.«

»Wahrscheinlich hast du recht«, sage ich. »Aber ich habe viel zu wenig Zeit für noch mehr Freunde, weißt du?«

»Du hast jetzt Zeit«, kommt es gleich zurück. »Du arbeitest gar nicht wirklich. Sonst würdest du tippen.«

Ich werfe mit einem Kissen nach ihr, und sie quietscht. »Und was ist mit dir? Du starrst Löcher in die Luft, statt Hausaufgaben zu machen«, schimpfe ich im Spaß.

»Bin schon fertig. Hatte nur Mathe.« Sie kann den Triumph in ihrer Stimme nicht verbergen. Wahrscheinlich will sie es auch gar nicht.

»Angeberin«, sage ich und werfe noch ein Kissen.

»Also«, fährt sie fort und beginnt an ihrer Hand abzuzählen. »Du hast Zeit, und du hast nicht genug Freunde. Was noch?«

Dass ich nicht möchte, dass irgendein Mann in unser Leben eindringt, um alles durcheinanderzubringen. Ein Mann, der uns erst wehtut und uns dann wieder verlässt. Ein Mann, der mir Zeit für das Wesentliche raubt. Doch das kann ich ihr schlecht sagen. Außerdem weiß ich genau, wie sie kontern würde. *Woher weißt du, dass das passiert?* Darauf hätte ich keine Antwort.

»Und zu Abend essen musst du auch.« Jeannie sieht mich an, als wäre die Sache damit klar.

»Wenn du ihn so toll findest, warum isst *du* nicht mit ihm?«, frage ich, bereue es aber im gleichen Moment.

»Okay«, sagt sie und grinst mich herausfordernd an.

Ich seufze erneut. In meinem Kopf passieren die seltsamsten Dinge. Ich sehe Sams Gesicht, höre sein Lachen. Sam, der sich durch die Haare fährt, der schief grinst – und damit sicher bei jeder Frau landet. Es ärgert mich, dass es mich nicht kaltlässt. Und noch mehr ärgert es mich, dass es mich nicht ärgert. Es macht mich wütend, wie er mir Fragen stellt, als interessierte er sich wirklich für mich. *Für mich,* für meine Person. Wenn es etwas gibt, gegen das ich nicht immun bin, ist es das.

Ich nehme mir das letzte Kissen, das auf dem Sofa noch übrig ist, presse es mir vors Gesicht und lasse einen erstickten Schrei aus meiner Kehle. Jeannie lacht.

»Du findest, wir sollten ihn einladen?«, frage ich, als ich unter dem Kissen wieder hervorkomme. Ich fühle mich inzwischen fast ein bisschen mies, weil ich Jeannie vorhin als Ausrede benutzt habe, obwohl offensichtlich ich diejenige bin, die die Routine nötiger hat. Sam hat mich durchschaut. Sam. Sam, Sam, Sam. Erneut schreie ich in das Kissen.

»Mit *Vergnügen*«, sagt Jeannie.

Ich kann nicht glauben, was hier geschieht. Eine Zehnjährige hat mich erst überlistet und dann entwaffnet. Das ist einerseits deprimierend – denn wie gut können meine Argumente, die ich seit Jahren als Vorwand verwende, denn bitte gewesen sein? Andererseits macht es mich schrecklich nervös. Ich erhebe mich von der Couch, fülle die kleine Gießkanne und beginne meine Pflanzen zu bewässern. Meinen Avocadobaum, die Bananenstaude mit ihren Ablegern, meinen Ficus.

»Du lenkst dich ab, oder?«, fragt Jeannie breit grinsend, als ich mich gerade dem Drachenbaum zuwenden will.

»Wie kommst du darauf?«

Sie prustet los. »Na, weil du mich heute Morgen gebeten hast, die Pflanzen zu gießen, während du Frühstück gemacht hast.«

»Weißt du, was unserer Beziehung wirklich guttun würde?«, frage ich. »Wenn du jetzt mal die Klappe halten könntest.«

»Rhys hat gesagt, wenn jemand gemein zu mir ist, soll ich ihm Bescheid sagen.« Sie lacht jetzt so sehr, dass sie sich den Bauch halten muss.

Ich versuche mein Lachen zu unterdrücken. Aber Jeannie sieht das Schmunzeln auf meinen Lippen, was sie nur noch mehr anstachelt. In gespielter Wut verlasse ich den Raum und gehe in mein Zimmer.

Dort lasse ich mich auf mein Bett fallen. Ich vergrabe meinen Kopf in der Decke. In den letzten Monaten bin ich von einer Einzelgängerin, die ein selbst gewähltes Dasein als Eremitin fristete, zu einem Familienmenschen geworden. Statt nur präsent im Leben anderer zu sein, habe ich nun auch Leute in *mein* Leben gelassen. Und bisher ist es gut gegangen. Allerdings habe ich es um ihretwillen getan.

Nicht für mich. Definitiv nicht für mich. Ich weiß, dass ich das nicht verdient habe. Und trotzdem keimt in meinem Kopf eine Frage auf. Wie wäre es, einen weiteren Freund zu haben?

Ich rolle mich auf den Rücken und starre die Buchseite an, die ich in meiner Faust zerknüllt habe. Erneut falte ich sie auf und ziehe sie glatt. Jetzt oder nie.

In mein Handy tippe ich Sams Nummer. Dann: *Würdest du mir bitte sagen, wie ich von hier aus weitergehen soll?*

Keine halbe Minute später erhalte ich eine Antwort. *Vielleicht würde es schon reichen,* schreibt er, *wenn du erst mal stehen bleiben würdest, statt wegzurennen?*

Blödmann, denke ich. Hör auf, mich zu analysieren. Du hast doch keine Ahnung. Aber ich weiß, dass er recht hat. Das nervt. Er nervt. Er nervt mich ein bisschen zu wenig. Um ein Ventil für mein Gefühlschaos zu finden, trample und trete ich wie wild auf meine Matratze ein. Ich weiß, dass ich nichts von alledem verdient habe. Und doch …

*Wenn du Samstagabend noch nichts vorhast,* schreibe ich in der Gewissheit, dass jeder am Samstagabend bereits etwas vorhat, *könntest du zu uns kommen.* Ich spreche absichtlich von »uns«, damit er weiß, dass es kein Date ist. Um absolut sicherzugehen, schiebe ich noch hinterher: *Allerdings haben wir Samstag Waschtag, was bedeutet, dass wir Jogginghosen essen.* Sofort fällt mir auf, dass ich die Präposition vergessen habe. *\*in Jogginghosen,* korrigiere ich und merke, wie mir die Röte ins Gesicht steigt. *IN.*

*Nur um sicherzugehen,* schreibt er, und ich bin erleichtert, dass er meinen Blödsinn nicht kommentiert, *lädst du mich zum Essen oder zum Waschen ein? Beides klingt überaus reizvoll.*

*Na, dann bist du eben zu beidem eingeladen,* antworte ich

mit – wie ich feststelle – einem Lächeln im Gesicht, das mir sicher nicht zusteht. Blödmann.

»Puuuuuh«, entfährt es mir. Dann flüstere ich: »Er kommt.«

»Ja!«, ertönt ein Freudenschrei von meiner Tür. Ich blicke auf. Dort steht Jeannie, die Fäuste jubelnd nach oben gestreckt.

 *Sam*

**12**  Zum zweiten Mal stehe ich vor Amys Haus. Jedoch nehme ich erst heute wirklich wahr, wo ich mich befinde, weil mein Hirn diesmal nicht vom Gedanken an Sex völlig benebelt ist. Benebelt bin ich dennoch – von der Hitze des Tages und von der Vorfreude, Jeannie und vor allem Amy zu sehen.

Das Gebäude, in dem sich Amys Apartment befindet, ist nicht gerade im besten Zustand. Die Farbe platzt hier und da ab, und die Namenszüge von Sprayern zieren die gesamte Fassade bis beinahe hinauf zum ersten Stock. Ich will gerade klingeln, als mir auffällt, dass die Klingelanlage nur noch von wenigen Drähten in der Wand gehalten wird. Doch die Glastür, an der innen verblichene Flyer hängen, ist ohnehin nur angelehnt. Im Treppenhaus ist es im Vergleich zu draußen beinahe angenehm kühl. Poster von irgendwelchen Integrationsprogrammen zieren die Wände.

Im zweiten Stock klopfe ich an Amys Tür. Mein Herz schlägt schnell. Ich könnte es auf die Anstrengung schieben, weil ich die Treppen hochgerannt bin, weiß es aber besser. Wem will ich etwas vormachen? Amys Stärke und ihre Kompromisslosigkeit machen mich nervös. Aber auf eine gute Art. Denn ihre Unerreichbarkeit gibt mir das Gefühl, lebendig zu sein. Dass eine Frau so etwas in mir ausgelöst hat, ist lange her.

Die Tür wird geöffnet. Dahinter kommt Amy zum Vorschein, und sie hat nicht zu viel versprochen. Sie trägt eine graue Jogginghose und ein schlabbriges T-Shirt, auf dem in großen Buchstaben »Fuck off« steht. Ich muss mir auf die Unterlippe beißen, um nicht zu lachen. Ihre Haare sind zu einem unordentlichen Dutt nach oben gebunden. Die Botschaft, dass es sich bei diesem Abend nicht um ein Date handelt, könnte kaum deutlicher sein.

»Hi«, sage ich. Weil ich nicht nachdenke, beuge ich mich kurz vor, um sie zu umarmen. Doch im letzten Moment fällt mir ein, dass sie das nicht will.

»Hi«, erwidert sie. »Komm rein.«

Sie geht einen Schritt zur Seite, und ich trete ein.

»Wir sind in der Küche«, sagt Amy, und ich folge ihr den dunklen Flur entlang.

»Sam«, ruft Jeannie, als wir den Raum betreten. Auch sie trägt eine Jogginghose und ein schlabbriges T-Shirt. Allerdings ziert ihres ein grinsendes Einhorn. Sie steht vom Tisch auf und umarmt mich. Unterschiedlicher könnten Amys und Jeannies Reaktionen auf meine Ankunft kaum sein.

»Ich habe was mitgebracht«, sage ich und stelle erst eine Flasche Wein und dann eine Flasche Weichspüler auf den Esstisch. Ein Blick auf Amy sagt mir, dass sie gegen ein Lachen ankämpft. »Und ich habe eine Jogginghose dabei. Ich hatte gehofft, ihr wascht vielleicht Jeans.«

»Klar, gib her«, sagt Amy.

Ich nehme sie beim Wort, löse den Gürtel und öffne die Hose. Jeannie kichert, und Amy blickt mich streng an.

»Sehr witzig«, sagt sie, als ich die Hose nach unten schiebe und hinaussteige. Aber ich sehe, dass ihre Mundwinkel nach oben zucken.

Ich reiche ihr meine Jeans, und sie steckt sie wortlos in die Waschmaschine. Als sie sich wieder umdreht, habe ich meine Jogginghose angezogen.

Wir genießen ein gut gelauntes, friedliches Abendessen, untermalt vom Gluckern und Rumoren der Waschmaschine im Hintergrund. Amy wirkt entspannt, während ich mich mit Jeannie unterhalte. Sie erzählt, wie zufrieden Mrs Latimer mit unserer neuen Ordnung in der Schulbibliothek ist.

»Und vielleicht kriegen wir sogar bald eine Couch«, schwärmt sie. »Dann wird es richtig gemütlich.«

Jeannie strahlt mich an, und ich nicke ihr lächelnd zu. Dann sehe ich zu Amy, die schon seit einigen Minuten nichts mehr gesagt hat. Unsere Blicke treffen sich für einen kurzen Moment, doch sie nimmt schnell einen Schluck von ihrem Wein und wendet sich wieder den Erbsen zu, die sie auf dem Teller hin und her schiebt. Hat sie mich beobachtet? Sie räuspert sich, als wäre ihr die Situation unangenehm, doch ich kann nicht anders und grinse in mich hinein. Ich habe sie offensichtlich ertappt.

»Vielleicht müsste man noch ein bisschen was an die Wände hängen«, sagt sie und tut ganz nonchalant.

»Jeder malt sein Lieblingsbuch«, schlage ich vor.

»Oder eine Szene aus einem Lieblingsbuch«, sagt Amy und sieht mich erneut an. Diesmal jedoch ohne Scheu.

Jeannie nickt eifrig. »Obwohl ich nicht glaube, dass viele Schüler mitmachen würden«, sagt sie dann.

Nach dem Essen hängen wir die Wäsche auf.

»Mach dir keine Hoffnungen«, flüstert Amy mir zu. »Es ist keine Unterwäsche dabei.«

Ich bin überrascht über ihren Witz und rücke ein kleines bisschen näher an sie heran. So, dass sie sich nicht bedrängt fühlt, ich aber trotzdem ihren Duft wahrnehme. Auch wenn das hier kein Date ist, ich genieße ihre Nähe und habe beinahe das Gefühl, dass sie mich nicht als Störfaktor oder Bedrohung wahrnimmt.

Als wir fertig sind, stopft Amy eine neue Ladung in die Maschine.

»Willst du einen Espresso, Sam?«, fragt sie.

Ich nicke. »Sehr gern.«

»Ich glaube, ich gehe ins Bett«, verkündet Jeannie und gähnt auffällig lange.

»Bist du sicher?« Amy runzelt die Stirn. »An einem Samstag?« Offenbar ist ihr die Vorstellung, mit mir allein zu sein, immer noch unangenehm. wahrscheinlich bereut sie es, mir noch einen Espresso angeboten zu haben. Ich beschließe, dass ich nach dem Kaffee nach Hause gehen werde. Kleine Schritte.

»Gute Nacht«, sagt Jeannie und umarmt Amy.

»Gute Nacht, Süße.«

»Gute Nacht, Sam.« Sie kommt auf mich zu und umarmt mich ebenfalls.

Als sie in ihr Zimmer verschwunden ist, entsteht die erste peinliche Stille des Abends. Ich denke fieberhaft über irgendetwas nach, das ich sagen könnte, damit Amy sich weniger unwohl fühlt. Und sie – sie ist wohl damit beschäftigt, nicht wegzurennen.

»Du hattest noch gar keine Gelegenheit, auf meine Fragen zu antworten«, sage ich schließlich und setze mich aufs Sofa.

Amy gießt Espresso in zwei kleine Tässchen und steht dann unschlüssig neben dem Esstisch, als würde sie sich nicht trauen, neben mir Platz zu nehmen. Da kommt mir eine Idee, und ich setze mich einfach auf meine Hände, um ihr zu zeigen, dass von mir keine Gefahr ausgeht. Das hilft, denn sie lächelt verlegen, nähert sich der Couch und hockt sich tatsächlich zu mir. Wenn auch ans andere Ende. Das Problem ist nur, dass sie immer noch die beiden Tässchen in der Hand hält. Ich würde ihr gern eine abnehmen, will sie aber nicht erschrecken. Die Situation ist so seltsam, dass ich lachen muss. Ich sehe sie an, und sie kichert ebenfalls, wenn auch etwas unbeholfen.

»Entschuldige«, sagt sie. »Das ist alles etwas ungewohnt für mich. Bitte schön.«

Ich nehme die Tasse entgegen und nippe daran. »Und jetzt will ich Dinge über dich erfahren.«

Sie blickt mich mit großen Augen an. »Warum machst du das?«

»Was?« Ich bin verwirrt.

»Warum willst du Dinge über mich erfahren? Warum stellst du mir Fragen?«

»Warum findest du das so besonders?« Ich kippe den Espresso hinunter und stelle die Tasse vor die Couch auf den Boden, damit ich mich wieder auf meine Hand setzen kann.

»Normalerweise bin ich diejenige, die Fragen stellt.« Sie blickt auf ihre Jogginghose und tut so, als würde sie einen Fleck mit dem Fingernagel abkratzen.

»Würde es dir besser gehen, wenn *du* diejenige wärst, die *mir* Fragen stellt?«, frage ich etwas verunsichert.

»Nein, nein, mir gefällt es. Es ist bloß … ungewohnt eben.« Sie sieht auf und lächelt flüchtig.

»Ich finde es schwer vorstellbar, dass ich der Erste sein soll, der dich kennenlernen will«, sage ich.

»Vielleicht nicht. Aber sonst lasse ich es gar nicht erst so weit kommen.« Sie schlägt die Augen nieder, grinst leicht und schüttelt dann kaum merklich den Kopf.

In mir breitet sich eine angenehme Wärme aus, und ich schiebe meine Hände noch weiter unter meine Beine, um dem Drang zu widerstehen, sie zu berühren.

»Was willst du denn über mich wissen?«, fragt sie leise.

Ich lache. »Eigentlich alles. Aber wir können vielleicht mit dem Offensichtlichen anfangen. Wie wird man ein so guter Mensch, dass man aus dem Nichts einfach ein Kind bei sich aufnimmt?«

»Ich helfe nur«, erwidert sie. »Und was wäre denn die Alternative gewesen?«

»Du tust so, als wäre es selbstverständlich, dass man so handelt«, sage ich.

»Ich weiß, was es bedeutet, wenn man kein richtiges Zuhause hat«, sagt sie. »Aber das ist eigentlich kein Thema für einen netten Waschabend.«

»Willst du darüber reden?«, frage ich. Ich brenne darauf, mehr über Amy zu erfahren, aber ich möchte sie zu nichts drängen.

»Es ist nicht so, als wäre es ein Geheimnis«, sagt sie zögerlich. »Ich rede nur nicht oft darüber, weil es nicht so interessant ist.« Sie nippt an ihrem Espresso. »Keine Ahnung.«

»Ich finde es interessant, Amy. Alles, was dich betrifft, finde ich interessant.«

Es entsteht eine Pause. Ich hoffe, ich habe sie nicht überfordert mit meiner letzten Aussage. Sie hängt zwischen uns in der Luft, hallt noch nach. Ich versuche, reglos sitzen zu bleiben, obwohl meine Hände langsam taub werden. Jede Bewegung, jede noch so kleine Veränderung könnte die fragile Vertrautheit, die gerade zwischen uns entsteht, zerstören.

»Ich bin in verschiedenen Pflegefamilien aufgewachsen«, sagt Amy auf einmal in die Stille hinein. »In fünf verschiedenen, um genau zu sein.« Sie blickt auf und schenkt mir ein verlegenes zahnlückiges Lächeln. Sie wirkt so ganz anders als sonst. Zerbrechlich und verletzlich. Und dabei beinahe noch schöner.

»Was ist mit deinen leiblichen Eltern?«, frage ich.

»Bei einem Autounfall ums Leben gekommen, als ich acht war«, sagt sie, als wäre das eine Information, die man einfach so beiläufig fallen lassen könnte.

»Das tut mir leid.«

»Ja, das war schon eine richtige Scheiße. Es gab keine Verwandten, die sich um mich hätten kümmern können.«

»Wie war es in den Pflegefamilien?«, frage ich.

»Wenn ich sage: ›Nicht so gut‹, ist das die Untertreibung des Jahrhunderts.« Sie lacht spöttisch.

»Bist du deswegen Sozialarbeiterin geworden? Weil du weißt, wie es ist, wenn man sonst niemanden hat?«

»Alles, was ich bin, bin ich deswegen«, sagt sie. Ich sehe, wie sie schluckt.

»Alles?«, frage ich und denke an unseren ersten Abend.

»Alles.«

»Dass du nicht berührt werden willst?« Meine Kehle wird ganz eng.

»Alles.«

»Dass du die Kontrolle haben musst?«

»Alles.«

Ich nicke.

»Ich schätze, wenn dein ganzes Leben lang irgendwelche fremden Leute die Kontrolle über dich haben – Leute, denen du nicht vertraust, Leute, die nicht das Beste für dich im Sinn haben –, ist das die logische Konsequenz.«

Ich bin vollkommen erschüttert. Es ist für mich unvorstellbar, ohne Vertrauen in die Welt aufzuwachsen. Ich komme aus einem behüteten, intakten Elternhaus. Das Gefühl der absoluten Sicherheit begleitete meine Kindheit. Meine Mom und mein Dad haben mir vielleicht unbewusst unrealistische Erwartungen an die Liebe mitgegeben. Aber zu hören, dass Amy niemanden hatte, von Familie zu Familie zog, ohne jemals zu Hause zu sein, zerbricht mir das Herz. Und je länger ich sie ansehe, desto weniger unrealistisch erscheinen mir meine Erwartungen an die Liebe.

»Es gibt fantastische Pflegeeltern, weißt du?«, fährt sie fort. »Ich arbeite mit einigen eng zusammen. Aber es gibt eben auch schwarze Schafe. Menschen, die Macht über Schwächere ausnutzen.« Sie hält kurz inne. »Ich schätze, viele haben auch weniger Scheu Gewalt auszuüben, wenn es nicht ihre leiblichen Kinder sind.«

»Ist dir das passiert?«, frage ich vorsichtig.

»Dauernd. Uns allen ist das dauernd passiert. Wenn man einen Fehler machte, gab es eine Tracht Prügel. Das war ziemlich normal.«

»Und deswegen …«

»… deswegen kann ich nur richtig loslassen, wenn ich nicht berührt werde. Für mich ist die Gefahr, dass aus Berührung Gewalt wird, irgendwie immer da.« Sie zuckt mit den Schultern. »Ist einfach so.«

»Aber bei Jeannie bist du anders.«

»Für Jeannie sind Berührungen wichtig. Auf diese Weise vergewissert sie sich der anderen Person. Sie war so lange allein, dass sie Sicherheit nötig hat. Ich gebe ihr alles, was sie braucht. An ihre Berührungen habe ich mich schnell gewöhnt. Zum Glück. Und natürlich ist es leichter mit einem kleinen Mädchen, dem ich kräftemäßig überlegen bin. Da ist die Überwindung nicht so groß. Aber du« – sie mustert mich von oben bis unten –, »du könntest mit mir machen, was du willst.«

Es erschüttert mich, das zu hören. Ich habe noch nie auf diese Art über das Kräfteverhältnis zwischen Männern und Frauen nachgedacht.

»Ich würde nie …«, sage ich, breche aber ab, weil es einfach zu schrecklich ist, es auszusprechen.

»Das weiß ich. Auf rationaler Ebene. Aber mein Unbewusstes weiß es nicht.«

»Fehlt dir nichts?«, frage ich, obwohl ich weiß, dass ich mich auf dünnem Eis befinde. »Ich meine, sehnst du dich nicht manchmal danach?«

Sie schweigt und nippt erneut an ihrem Espresso. Es vergeht bestimmt eine Minute, in der man nur das Rumpeln der Waschmaschine hört. Dann sagt sie: »Hat dir schon einmal jemand einen Herointrip beschrieben?«

Ich schüttle den Kopf.

»Es muss toll sein. Als wäre man zurück im Mutterleib oder so ähnlich. Zumindest in den meisten Fällen. Aber dann gibt es eben auch die Trips, die schiefgehen. Die, bei denen man die Kontrolle zurückgewinnen möchte, es aber nicht kann. Und so ist es auch mit Berührungen. Kann sein, dass in neunundneunzig von hundert Fällen alles schön ist. Aber dieser eine Fall, der schiefgeht, der ist entscheidend.« Amy macht eine kurze Pause. Dann sagt sie: »Aber weißt du, doch, es fehlt mir. Natürlich fehlt es mir. Aber ich schätze, ich habe mich an die Abwesenheit von Berührungen gewöhnt und es dabei einfach verlernt.«

»Hast du in diesem Moment auch Angst vor mir?«, frage ich. »Ich meine, habe ich jemals etwas gemacht, wobei du dich unwohl gefühlt hast?«

Sie denkt kurz nach. »Nein. Du hast versucht, dich an meine Regeln zu halten.«

»Würdest du es denn als bedrohlich empfinden, wenn wir uns näher wären als das hier?« Ich weise mit dem Kinn auf den Abstand zwischen uns.

Sie zuckt mit den Schultern. »Möglich. Ich kenne dich schließlich kaum. Habe keine Ahnung, was deine Absichten sind.« Wieder höre ich dieses entzückende Pfeifgeräusch.

»Meinst du denn, ich bin wirklich unberechenbar?«, frage ich. »Glaubst du, ich würde dir wehtun wollen?«

*Amy* ∞

**13** Ich blicke wieder angestrengt auf meine Jogginghose. Wenn er so fragt, klingt es natürlich albern. Absolut
albern. Er sitzt seit Ewigkeiten auf seinen Händen, damit
ich mich wohlfühle. Natürlich geht von ihm keine Gefahr
aus. Oder? Ich riskiere einen schnellen Blick auf ihn. Er
sieht mich aus klaren Augen an, wartend, aber nicht drängend. Ich glaube nicht, dass er mir wehtun will. Aber sicher sein kann ich mir nicht. Oder? Ich überwinde mich
und schüttle den Kopf. »Nein. Ich denke nicht, dass du
mir wehtun willst.«

»Puh! Gut.« Er wirkt ehrlich erleichtert. »Darf ich dann
vielleicht etwas vorschlagen?«

Ich bin neugierig, was er vorschlägt, also hebe ich auffordernd meine Augenbrauen.

»Meine Hände sind inzwischen vollkommen taub.
Selbst wenn ich wollte, sie könnten dir nichts tun.« Er
zieht lachend die linke Hand unter seinem Bein hervor
und lässt sie als Beweis völlig schlaff an seinem Arm her-
unterbaumeln. »Siehst du?«

Ich blicke auf die Hand. Sie sieht harmlos aus. Also
schnippe ich mit dem Finger dagegen. »Spürst du das?«

»Nein, nichts«, sagt Sam.

Langsam zieht er die zweite Hand unter seinem Bein
hervor. Er legt sie beide in seinen Schoß. Es sieht wirklich
nicht so aus, als könnte er noch koordinieren, was seine

Finger machen. Beinahe habe ich ein schlechtes Gewissen, weil es ziemlich unangenehm sein muss. Ich blicke von seinen Händen in sein Gesicht. Sein schönes, freundliches Gesicht. Die welligen Haare fallen ihm leicht in die Stirn. Bestimmt würde er sie eigentlich gerne neckisch nach hinten streichen – wenn er seine Hände kontrollieren könnte. Er macht keine Anstalten, sich mir zu nähern. Und ich merke, es geht mir gut. Mehr als das. Die Erinnerungen an seinen Körper kehren zurück. Und damit stiehlt sich Neugierde in mein Bewusstsein. Blöde, kribbelnde Neugierde, gepaart mit ein bisschen Angst. Und dann wage ich es.

»Spürst du das?«, frage ich leise und lege meine Finger auf seine Hand. Sie ist ganz warm.

Er schüttelt den Kopf. »Ich wünschte, ich würde etwas spüren«, sagt er und sieht etwas bekümmert aus.

Mit meinem Zeigefinger fahre ich über einen roten Abdruck, den die Naht der Jogginghose auf seiner Hand hinterlassen hat. Ich rutsche ein Stückchen näher an ihn heran und lege meine Hände auf seine. Ganz, ganz langsam hebe ich seine rechte Hand hoch. Ich merke, dass ich zittere, und hoffe, es fällt ihm nicht auf. Mein Herz fühlt sich an, als könnte es jeden Moment aus meiner Brust springen. Ich muss das nicht tun, sage ich mir. Und gleichzeitig: Ich verdiene das nicht. Und doch tue ich es. Ich führe seine taube Hand an meine Wange. Vorsichtig lehne ich mich dagegen und schließe die Augen. Die Wärme seiner Finger an meiner Wange ist ungewohnt, aber nicht unerträglich. Ich horche tief in mich hinein. Aber da ist keine Angst, ich denke nicht nach. Seine Finger zucken kaum merklich, und mein Herzschlag beschleunigt sich. Aber ich halte es aus. Und nicht nur das, ich habe beinahe den Eindruck, es könnte mir gefallen.

»Geht's dir gut?«, flüstert er, und ich öffne die Augen.

»Mhm«, mache ich. Ich konzentriere mich darauf zu atmen.

»Es fühlt sich an, als hätte ich Ameisen in der Hand«, sagt er und gluckst leise.

»Also kehrt das Gefühl zurück?« Ich kann die Sorge in meiner Stimme kaum verbergen.

»Langsam. Auf eine sehr unangenehme Weise.« Als er meinen Blick bemerkt, fügt er schnell hinzu: »Mach dir keine Sorgen, ich werde nichts tun, was du nicht willst.«

Ein kleines Lachen steigt aus meiner Kehle auf. Ich komme mir so albern vor. Schließlich geht es hier um eine unbewegliche Hand auf meiner Wange. Reiß dich zusammen!

»Ich kann deine Haut jetzt spüren«, sagt er. »Ist das okay?«

Ich schlucke. »Ja«, hauche ich.

»Du fühlst dich schön an. Warm und weich. Wie Samt.«

Ich schließe wieder meine Augen und genieße seine Stimme.

»Soll ich mal versuchen, meine Finger zu bewegen?«, fragt er, und ehe ich darüber nachdenken kann, nicke ich.

Ganz sanft beginnt er seine Fingerspitzen zu bewegen. Es sind höchstens ein paar Millimeter, die sie sich über meine Haut bewegen, aber sofort bekomme ich eine Gänsehaut.

»Stopp!«, sage ich, und er hält inne.

»Zu viel?«

»Ich weiß es nicht.«

Sein Daumen fährt ganz sanft an meiner Wange entlang. Mein Blick hält seinen fest. Ich bin mir sicher, Sam würde sofort aufhören, könnte er in meinem Blick das leiseste Anzeichen dafür wahrnehmen, dass es mir zu viel ist. Doch in meinem Blick ist nichts. In mir ist nichts. Zumindest keine Angst. Unbekanntes ist da. Wärme, Wohlsein, eine süße Verheißung.

»Darf ich etwas ausprobieren?«, fragt Sam.

Durch die wahnwitzigen Empfindungen in meinem Innern angestachelt, gestatte ich es ihm mit einem Nicken.

»Nicht erschrecken«, sagt er, als er seine zweite Hand auf meine andere Wange legt.

Die Berührung ist ebenso zart und vorsichtig und … schön. Es ist schön. Ohne dass ich weiß, wie mir geschieht, entfährt mir ein Seufzen. Ich bin über mich selbst erschrocken, aber Sam lächelt. Und zwar nicht auf eine selbstgefällige Weise, sondern aufrichtig froh.

Wieder beginnt er mit den Fingern vorsichtig über mein Gesicht zu fahren. Diesmal lasse ich mich darauf ein. Ich gestatte es ihm, schließe die Augen und versuche, mich zu entspannen. Seine Sanftheit kitzelt meine Haut auf eine angenehme Weise. Er wird etwas mutiger und streicht jetzt mit den Fingerspitzen von meiner Schläfe bis zu meinem Kinn. Die Stellen, die er berührt, kribbeln noch, wenn seine Finger längst nicht mehr da sind. Ich höre seinen Atem, meinen Herzschlag und dann die Waschmaschine, die wieder anfängt zu rumpeln. Mein Mund verzieht sich zu einem Lächeln, aber meine Augen bleiben geschlossen. Ich bin selbst überrascht, aber ich möchte nicht, dass er aufhört. Ich erlaube mir diesen Genuss.

Mit der einen Hand streicht er mir eine Haarsträhne, die sich gelöst hat, hinter das Ohr, und ich habe das Gefühl, mein Gesicht glüht. Die Intensität seiner sanften Berührungen lässt mich erzittern. Seine Nähe ist so präsent, dass ich das Gefühl habe, überzuquellen vor Empfindungen. Ich muss ihn wieder ansehen. Der Drang, auch ihn zu berühren, wird immer stärker. Und statt es mir zu verbieten, strecke ich die Hand aus und fahre ihm durch die Haare, so wie ich es bei ihm schon einige Male beobachtet habe. Er hat so schöne Haare. Fest und gleichzeitig weich. Dann fahre ich über sein Gesicht. Von der Schläfe seine Wange hinunter. Seine Haut ist leicht kratzig, aber auf eine angenehme Weise. Auf eine männliche Weise, begreife ich und schrecke innerlich kurz zurück. Doch im nächsten Moment erinnere ich mich daran, wer er ist, und konzentriere mich auf das Gefühl, das seine Finger auf mir hervorrufen.

»Alles okay?«, fragt er.

Als Antwort streiche ich ihm noch mal durch die Haare, und nun schließt er die Augen.

»Es ist alles okay« flüstere ich. Eigentlich ist nichts okay. Eigentlich können nur Superlative ausdrücken, was in mir passiert.

»Du musst mir sofort sagen, wenn ich zu weit gehe«, sagt er und blickt mir in die Augen, »aber es ist schwer …« Er schluckt. »… schwer, zu widerstehen.«

Er beugt sich ganz langsam vor, ohne den Blickkontakt zu unterbrechen. Kurz versteife ich mich, und er hält inne. Doch dann lasse ich es zu. Einfach so. Ich entscheide mich dafür.

Seine Lippen berühren meine Stirn. Sie sind so weich, so warm, so ungefährlich. Er drückt sie sanft auf meine Haut und lässt sie dort einige Sekunden verweilen.

»Amy«, flüstert er.

Es ist verblüffend intim, meinen Namen aus seinem Mund zu hören.

Dann wandern seine Lippen weiter zu meiner Schläfe. Auch hier drückt er mir einen vorsichtigen Kuss auf die Haut.

»Amy.«

Ich stehe in Flammen, bin ganz steif, jedoch nicht vor Angst, sondern weil ich nicht möchte, dass er aufhört. Weil ich diesen Moment auskosten und mit all meinen Sinnen erleben will. Jede Bewegung, die ich mache, würde mich nur ablenken. Er küsst meine Wange.

»Amy.«

Meine Nase.

»Amy.«

Die andere Schläfe.

»Amy.«

Es ist, als würden seine Lippen mich streicheln wie seine Finger zuvor, nur noch liebevoller, noch zärtlicher. Sein Flüstern kitzelt meine Haut. Mit meinem Namen, den meine Eltern für mich ausgesucht haben, streichelt er meine Seele. Ich stoße langsam Luft aus, weil ich sonst innerlich platze, und Sam zieht sich augenblicklich zurück.

»Nein, hör nicht auf«, sage ich, und sofort ist er wieder da. Seine Hände streichen an meinen Haaren entlang, seine Lippen ziehen heiße Bahnen über mein Gesicht.

»Ist das gut?«, fragt er leise, als sein Mund neben meinem Ohr ankommt.

»Ja«, sage ich leise, völlig unfähig zu mehr Konversation.

»Nicht überfordernd?« Ich höre die Sorge in seiner Stimme, die mit ihrer Vibration mein Ohr kitzelt.

»Doch, sehr«, sage ich. »Aber ich will es.«

Er kichert leise an meinem Ohr und haucht mir dann einen Kuss auf die empfindliche Stelle. Von plötzlichem

Übermut gepackt, drehe ich meinen Kopf, in der Hoffnung, seine Lippen mit meinen zu berühren. Doch er ist schneller und zuckt zurück.

»Willst du das auch?«, fragt er. Als ich nicht reagiere, sagt er: »Du solltest dir sicher sein. Wir müssen uns nicht küssen.«

Mein Herz wummert so laut in meiner Brust, dass es die Waschmaschine, die gerade wieder anfängt zu rumpeln, deutlich übertönt. Ich habe seit Jahren niemanden mehr geküsst. Der Impuls, dem ich gerade folgen wollte, ist mir vollkommen fremd.

»Probierst du es mal?«, frage ich.

Er nimmt seine Hände von meinem Gesicht und nähert sich ganz langsam mit seinen Lippen. Wir sehen uns in die Augen, meine wahrscheinlich schreckgeweitet, obwohl ich keine Angst vor ihm habe. Es ist die Furcht vor dem Unbekannten, die mich nervös und angespannt sein lässt. Er drückt mir einen kurzen, vorsichtigen Kuss neben meinen Mund. Erst links, dann rechts. Das Feuerwerk in meinem Innern ist zurück, und ich habe das Gefühl, keine Luft mehr zu kriegen, weil so vieles gleichzeitig in mir tobt.

»Sieh mich an«, flüstert er an meinem Mundwinkel, und meine Augen fokussieren sich auf seine. Die langen Wimpern, das klare Weiß, das Karamellbraun.

Mit seinen Lippen streift er meinen Mundwinkel. Es ist nur ein Beinahe, nur die Idee einer Berührung, aber er bringt mich dazu, dass ich mich komplett auflösen will in diesem Meer aus Hingabe und Trunkenheit. Und dann haucht er einen Kuss auf meine Lippen, die so lange ungeküsst waren. Er stöhnt ganz leise, was bewirkt, dass sich in mir etwas zusammenzieht. Ein weiterer Kuss, etwas fester diesmal, trifft meine Lippen, und ich erschaudere. Beim nächsten Kuss spitze auch ich meine Lippen. Wieder und wieder küssen wir uns. Vorsichtig und zart. Mal trifft er auf meine Oberlippe, dann auf meine Unterlippe, dann genau dazwischen. Er wandert über meinen Mund, als wollte er ihn mit seinen Lippen erforschen. Doch niemals ist er dabei fordernd oder drängend.

Und dann geschieht es. Ich öffne meinen Lippen einen Spaltbreit und fahre mit meiner Zunge über seinen weichen Mund. Er tut es mir nach, antwortet auf meinen zaghaften Versuch, die unschuldigen Küsse in waghalsigere Gefilde zu lenken. Unsere Zungen treffen sich ebenso sanft wie zuvor unsere Lippen. Sie betasten sich zögerlich, während unsere Münder beinahe regungslos aufeinander verharren. Ich wage mich weiter vor, und Sam heißt mich willkommen. Es ist ein Moment für die Ewigkeit. Einer dieser Augenblicke, die für immer andauern und doch sofort vorbei sind. Denn im nächsten Moment ...

Als die Waschmaschine ihren Schleudergang startet, werden wir aus unserer Trance gerissen. Sam grinst an meinem Mund, und ich versuche, erst einmal wieder zu Atem – und zu koordinierten Gedanken – zu kommen.

»Wow«, sage ich. »Das war ... wow!«

»Ich fand es auch wow.« Er streicht mir mit der Hand erneut eine Haarsträhne zurück. »Aber ich denke, ich sollte jetzt gehen ...«

Ich bin ein wenig enttäuscht, lasse es mir aber nicht anmerken. »Alles klar«, sage ich deswegen sofort. »War schön, dass du da warst. Danke für den Wein und den Weichspüler.«

Sam lacht. »Ich war, ehrlich gesagt, noch nicht fertig.«

Ich blicke ihn fragend an. Anscheinend bin ich nicht so gut darin, wie ich dachte, Enttäuschung zu verbergen.

»Ich wollte sagen, dass ich jetzt gehen sollte, bevor ich aus Versehen etwas mache, das dir zu viel ist.«

Das ist es also. »Tut mir leid, dass es so kompliziert ist«, sage ich, weil ich das Gefühl habe, dass unsere Küsse nicht gereicht haben.

»Nein, das meine ich nicht. Das hier war vermutlich das Erotischste, was ich je erlebt habe.« Er nimmt meine Hand, und ich ziehe sie sogar dann nicht weg, als er unsere Finger ineinander verwebt. »Aber wir haben Zeit.«

»Kommst du wieder?« Ich hasse es, dass ich so unsicher klinge. Aber all die Empfindungen, die Sam heute Abend in mir ausgelöst hat, sind so neu, dass ich mir darauf keinen Reim machen kann.

»Ich würde auf jeden Fall gerne meine Jeans abholen.« Er grinst, doch dann wird er wieder ernst. »Der einzige Unsicherheitsfaktor in der Sache zwischen uns beiden bist du. Ich weiß genau, wohin ich gehen will, Alice.«

Im ersten Moment will ich schon wütend werden, weil ich denke, er hat mich mit einer anderen verwechselt, dann verstehe ich, was er meint.

»Aber ich kann langsam gehen.«

»Das klingt gut«, sage ich. »Danke.«

Wir erheben uns von der Couch und stehen einen kurzen Moment unschlüssig herum.

»Darf ich dich zum Abschied umarmen?«, fragt Sam.

»Versuchen wir es.« Ich lächle.

Als er auf mich zukommt, widerstehe ich dem Drang zurückzuweichen. Er breitet seine Arme aus und zieht mich sanft in eine Umarmung. Ich spüre seinen Herzschlag an meiner Brust. Er duftet gut. Herb, nach Sauberkeit und etwas anderem, Eigenem. Etwas, das riecht wie warmes Papier. Sam.

»Wie fühlt sich das an?«, fragt er.

»Warm.«

»Bedrohlich?«

»Eher … beschützend.« In meiner Kehle ist ein Kloß, als ich das sage. Ich kann mich nicht daran erinnern, wann ich mich das letzte Mal von einer anderen Person beschützt gefühlt habe. Zumindest wüsste ich nicht, wann ich jemals ähnlich geborgen gewesen wäre. Als kleines Kind sicher. Aber das ist so lange her, dass es nicht mehr zu mir zu gehören scheint. Und dann noch einmal, später mit Imogen, deren Gesicht ich verloren habe. Aber das gehört hier nicht her.

»Gute Nacht, Amy«, sagt Sam leise in mein Ohr und haucht mir einen Kuss auf die Schläfe. »Und danke für den wunderbaren Abend.«

Ich stehe in der Tür zum Flur und sehe ihm zu, wie er seine Schuhe anzieht. Zum Abschied hebt er die Hand. Er schmunzelt.

»Bis bald, Amy«, sagt er, und der Klang meines Namens aus seinem Mund ist so sinnlich, dass ich eine Gänsehaut kriege.

»Bis bald«, flüstere ich.

Dann ist er weg. Ich lasse mich am Türstock hinabsinken. Mein Herz rast, mein Gesicht ist ganz heiß. Jeder Millimeter Haut, den Sam berührt hat, glüht und prickelt. Und auch Stellen, an denen er nicht war, kribbeln wie verrückt. Innen wie außen. Ich ziehe meine Knie an meinen Körper und lege den Kopf darauf, auf den Lippen ein Lächeln.

 *Sam*

**14**    »Eine weitere Herangehensweise an die Interpretation von *Alice im Wunderland*«, rufe ich in den allgemeinen Trubel des Aufbruchs hinein, »liefern die vielen Anspielungen auf Nahrungsaufnahme, Essen, Hunger und Appetit. Darüber würde ich gern nächste Woche mit euch sprechen. Schaut euch dazu noch mal das Kapitel mit dem verrückten Hutmacher an, und überlegt euch, welche Rolle das ›Fressen und Gefressen-Werden‹ spielt.«

Ich nehme meine Brille ab und massiere mir den Nasenrücken. Im normalen Alltag brauche ich sie nicht, aber um zu sehen, was sich in der letzten Reihe abspielt, komme ich nicht ohne sie aus.

Ich weiß nicht, wie viel von meinen Arbeitsaufträgen bei meinen Studentinnen und Studenten angekommen ist, aber ich hoffe, dass wenigstens ein paar von ihnen nächsten Montag mehr zu sagen haben als heute. Der Lektürekurs ist keine Pflichtveranstaltung, sodass man eigentlich erwarten sollte, dass sich nur interessierte Studentinnen und Studenten dazu anmelden. Aber heute war die Diskussion über *Alice im Wunderland* wirklich zäh. Tamsin hatte sich im Vorfeld bereits bei mir entschuldigt. Aufgrund anderer Verpflichtungen hatte sie es nicht geschafft, sich vorzubereiten. Zelda kommt leider in letzter Zeit gar nicht mehr, weil sie ihre Montagnachmittage im politikwissenschaftlichen Institut mit Auswertungen von Umfragen zum Thema Gleichberechtigung verbringt. Es ist einer der Jobs, die sie macht, um sich ihr Studium zu finanzieren. Beide ziehen mich immer damit auf, dass die meisten Teilnehmerinnen nicht wegen der Literatur, sondern wegen des Dozenten jede Woche wiederkommen. Und bei dem geringen Verständnis für die Texte, die wir behandeln, bin ich fast geneigt, ihnen zu glauben.

So verhalten die Studentinnen während der Veranstaltung sind, so lebendig werden sie, wenn die Stunde vorbei ist. Wie jede Woche bildet sich eine Traube aus Mädchen um mich, die wichtige Fragen zum Kurs, zum Text oder zum Leben im Allgemeinen haben. Ich versuche, sie wie jede Woche höflich, aber mit dem nötigen professionellen Abstand eine nach der anderen anzuhören. Manchmal fällt es mir schwer, weil die meisten von ihnen gar nicht so viel jünger sind als ich.

In diesem Moment sehe ich Anthea, die an der Tür steht und offenbar auf mich wartet. Ich bedeute einer Studentin, sich noch einen Moment zu gedulden, und winke Anthea zu mir.

»Was gibt's, Frau Kollegin?«, sage ich.

»Ich muss dich um einen Gefallen bitten«, sagt sie und klimpert mit den Augen.

»Du weißt, dass du mich nicht anflirten musst, damit ich dir einen Gefallen tue, oder? Es verfehlt bei dir als glücklich vergebener Frau völlig den Zweck der Verheißung.«

Mir entgeht nicht, dass die Studentinnen, die immer noch ein paar Meter weiter darauf warten, dass ich mich mit ihnen beschäftige, kurz miteinander tuscheln.

»Aber was nützt es, glücklich vergeben zu sein, wenn der Mann, auf den man sich verlassen hat, auf einmal beschließt, krank zu werden?«, fragt Anthea und wirft frustriert die Arme in die Luft.

»Also, was kann ich für dich tun?«

»Heute Abend gebe ich den Improvisationstheater-Workshop, erinnerst du dich?«

»Ja, du hast davon erzählt. Was ist damit?«

»Ich habe Angst, dass nicht genug Leute kommen und es dann der absolute Reinfall wird. Kannst du bitte, bitte da sein?«

Da ich heute nichts vorhabe und Amy auf meine Nachricht von heute Morgen, in der ich sie gefragt habe, ob wir uns diese Woche vielleicht treffen wollen, noch nicht geantwortet hat, spricht nichts dagegen. »Ja klar, warum nicht?«, sage ich deswegen.

Anthea sieht augenblicklich erleichtert aus. »Danke, Sam, bist ein Schatz! Um sieben dann im *Pearls.*« Sie wendet sich ab und geht mit wippenden Locken zur Tür. Dort dreht sie sich noch mal um und sagt: *»Die ganze Welt ist Bühne und alle Frauen und Männer bloße Spieler, sie treten auf und gehen wieder ab.«* Dann winkt sie und verschwindet um die Ecke.

»Also, wer hat noch eine Frage?«, sage ich zu den Studentinnen, die mich alle mit großen Augen ansehen und sich wahrscheinlich fragen, was das für eine irre Frau ist, die mit ihnen jede Woche über Shakespeare diskutiert.

Kurz bevor es Zeit ist, ins *Pearls* zu gehen, um Anthea bei ihrem Workshop beizustehen, vibriert mein Handy.

*Deine Hose ist trocken,* schreibt Amy, und ich muss grinsen. Seit unserem gemeinsamen Abend begleiten mich die Gedanken an sie auf Schritt und Tritt. Als ich zu ihr sagte, sie zu berühren sei vermutlich das Erotischste gewesen, was ich je erlebt hätte, war das nicht gelogen. Mich überkommt eine Gänsehaut, wenn ich an das Gefühl von meinen Händen auf ihrer Haut denke, an ihren Gesichtsausdruck dabei, als wäre es das erste Mal, dass sie berührt würde. Sie ist so stark und unabhängig in allen Belangen, nur in der körperlichen Liebe ist sie vollkommen unsicher. Mein innigster Wunsch ist es, ihr zu zeigen, wie schön Zweisamkeit sein kann, wie glücklich Berührungen machen können, wenn man es richtig anstellt. Und nicht ohne Stolz kann ich sagen, dass sich bislang noch nie jemand über meine Berührungen beschwert hat.

*Dann sollten wir eine Übergabe vereinbaren,* schreibe ich zurück. Ich versuche, cool zu sein, sie zu nichts zu drängen. Dabei ist der Wunsch, sie wiederzusehen, übermäßig, wenn nicht sogar unerträglich.

*Ich habe heute Abend spontan frei. Jeannie ist bei ihrem Bruder...,* schreibt Amy, die wahrscheinlich keine Ahnung hat, was diese drei Punkte bei mir auslösen.

Ich könnte schreien. Ausgerechnet heute, wo ich Anthea versprochen habe, sie bei ihrem Workshop zu unterstützen. Ich muss ihr absagen. Aber so bin ich nicht. Ich bin nicht derjenige, der seine Freunde hängen lässt.

*Verdammt,* antworte ich, *ich habe einer Freundin versprochen, dass ich zu ihrem Improvisationstheater-Workshop gehe.*

*Schade,* kommt es sofort zurück. *Das ist wahrscheinlich der einzige freie Abend diese Woche.*

Ich treffe eine Entscheidung. *Ich sage ihr ab.*

*Nein. Tu das nicht. Ich war zu spät. Das passiert,* schreibt Amy.

*Ich habe keine Wahl. Ich will dich sehen.* Das war riskant. Ich hatte mir vorgenommen, bei Amy weniger direkt zu sein. Aber das scheint bei meinen Fingern nicht angekommen zu sein. *Es sei denn*, tippen sie weiter, obwohl ich weiß, dass die Wahrscheinlichkeit gleich null ist, *du hättest Interesse an einem Improvisationstheater-Workshop?*

Nach einer kurzen Weile, die mir unerträglich lang vorkommt, vibriert mein Handy erneut. *Öfter mal was Neues*, schreibt Amy zu meiner großen Überraschung. *Sag mir, wo und wann.*

Als ich ins *Pearls* komme, springt Anthea mir grinsend entgegen.

»Du hast gute Laune«, sage ich stirnrunzelnd.

»Stell dir vor, es haben sich auf den letzten Drücker noch einige Studentinnen angemeldet«, sagt sie.

Ich blicke mich um und erkenne ein paar der Teilnehmerinnen aus meinem Kurs. »Das kann ja wohl nicht wahr sein«, flüstere ich, doch Anthea strahlt, und ich bringe es nicht übers Herz, ihr zu sagen, dass ihr Interesse am Improvisationstheater vermutlich ebenso groß ist wie an Klassikern der Weltliteratur.

»Ich habe noch eine Freundin eingeladen«, verkünde ich deswegen, und Anthea jauchzt.

»Du bist der Wahnsinn«, sagt sie.

Um kurz nach sieben Uhr klatscht Anthea in die Hände. »Okay, ihr Lieben«, beginnt sie, »ich freue mich, dass so viele von euch Interesse am Improvisationstheater haben. Ich bin Anthea, ich spiele seit ein paar Jahren in einer kleinen Theatergruppe. Einige von euch werden mich hier schon mal gesehen haben.« Sie macht eine Geste in Richtung der kleinen Bühne. »Ein paarmal im Jahr biete ich einen Workshop an, weil ich finde, dass das Improvisationstheater zu den interessantesten dramatischen Ausprägungen gehört. Neben Shakespeare natürlich«, schiebt sie hinterher und erntet einige Lacher. »Heute erwartet euch ein Abend, an dem ihr viel über euch in Beziehung zu anderen Menschen lernen werdet. Es wird um Vertrauen gehen, aber auch um Lockerheit, Kreativität, assoziatives Denken, all so was – und vor allem um Spaß.« Sie lässt den Blick über die ungefähr fünfzehnköpfige Gruppe schweifen, die ihr gespannt lauscht. »Wir werden mit ein paar leichten Aufwärmübungen beginnen, bevor es dann ans Eingemachte geht.« Sie wackelt mit den Augenbrauen. »Die meisten Übungen werdet ihr in Zweierteams machen. Vielleicht findet ihr euch schon mal zusammen ...«

Ich blicke von Anthea zur Tür und wieder zu Anthea. Amy ist immer noch nicht da, und ich habe weiß Gott keine Lust, mit einer meiner Studentinnen Lockerungsübungen zu machen. Der Zettel, den Reidy gefunden hat, steckt mir noch in den Knochen.

Anthea zählt kurz durch. »Ihr seid vierzehn, wunderbar. Dann geht es also auf.«

Plötzlich wird es hektisch in der Gruppe. Jeder versucht, schleunigst einen Partner zu finden. Ich sehe, wie sich zwei der Mädchen aus meinem Kurs in meine Richtung bewegen.

»Haben Sie schon einen Partner?«, fragt mich die eine.

»Ich wäre auch noch frei«, sagt die andere. Beide lächeln mich an.

»Ich ... äh«, sage ich und blicke mich Hilfe suchend um. Doch Anthea ist mit der Musikanlage beschäftigt, und auch sonst sehe ich niemanden, der mich aus meiner Lage befreien kann. »Also eigentlich ...«

»Sam ist mein Partner«, sagt in diesem Moment eine Stimme hinter mir, und ich drehe mich um.

Mich durchströmt pure Erleichterung, gemischt mit etwas anderem, Stärkerem. Amy hier in meiner Welt zu sehen, erfüllt mich mit einer ungeheuren Freude. Es fühlt sich gut an, richtig, dass sich unsere Leben miteinander verweben.

Die beiden Studentinnen schauen von Amy zu mir. Ihre Blicke verfinstern sich.

»Sorry«, sagt Amy und zuckt mit den Schultern, woraufhin sich die beiden abwenden.

»Hi«, sage ich leise, etwas unschlüssig, ob ich sie umarmen soll.

»Hi«, erwidert sie und lächelt.

Damit ist die Begrüßung vorbei, und wir haben uns nicht berührt. Nicht, dass ich davon ausgegangen war, wir würden nahtlos dort anknüpfen, wo wir am Samstag aufgehört haben, aber ein bisschen enttäuscht bin ich doch. Denn ihr Anblick überwältigt mich. Die Haare hat sie zu einem Pferdeschwanz zusammengebunden, die Ponyfransen fallen ihr locker in die Stirn. Eine weite, weiße Bluse steckt vorne in ihren engen Jeans. Sie ist auf eine prunklose Weise spektakulär. So sehr, dass mein Gesicht etwas warm wird.

»Danke, dass du mich gerettet hast. Das war wirklich in allerletzter Sekunde.«

»Entschuldige die Verspätung«, flüstert Amy. »Ich hatte deine Jeans vergessen und musste noch mal zurück.« Sie hebt eine Plastiktüte hoch, in der sich anscheinend meine Hose befindet.

»Hört mal alle kurz her«, sagt Anthea. »Hat jeder einen Partner?«

»Ich bin noch ohne«, sagt ein nett aussehender schlaksiger Kerl mit Brille.

»Dann arbeiten wir zusammen«, sagt Anthea. »Umso

besser, sonst hätte ich gar nichts zu tun. Bei der ersten Übung geht es darum, dem anderen die Kontrolle zu überlassen. Ihr sollt lernen, auf euren Körper zu hören und Signale zu erkennen. Wenn ihr mit eurem Körper spontan reagieren könnt, könnt ihr es auch mit eurem Kopf. Und um euch zu zeigen, wie flexibel ihr schon seid, werdet ihr mit eurem Partner tanzen.«

Ein Raunen geht durch die Gruppe, und ich merke, wie Amy neben mir leicht zusammenzuckt. Das ist natürlich nicht unbedingt das, wobei sie sich wohlfühlt.

»Wenn du willst, können wir verschwinden«, flüstere ich, aber sie ignoriert mich.

»Ihr müsst euch keine Sorgen machen«, fährt Anthea fort. »Es geht nicht darum, dass ihr hier irgendwelche Standardtänze hinlegt oder euch besonders nahe kommt. Ihr sollt einfach merken, dass ihr imstande seid, auf die kleinste Bewegung eures Gegenübers sofort zu reagieren.«

Ich lächle Amy aufmunternd zu, doch ihr Blick ist auf Anthea gerichtet.

»Einer von euch wird die Führung übernehmen, während der andere sich mit verbundenen Augen führen lässt. Mit verbundenen Augen deswegen, weil ihr dann weniger abgelenkt seid und die Bewegungen des anderen stärker wahrnehmt. Es wirkt im ersten Moment schwieriger, macht es euch aber in Wahrheit leichter.«

Anthea holt Tücher aus einer Kiste und verteilt sie an die Paare.

»Ich verbinde mir die Augen«, sage ich, weil ich nicht will, dass Amy sich rechtfertigen muss. Ich weiß, wie wichtig ihr Kontrolle ist, und mir macht es nichts aus, mich von ihr führen zu lassen.

»Okay«, sagt sie und reicht mir das Tuch, das Anthea ihr gerade in die Hand gedrückt hat.

Ich verbinde mir die Augen und stehe jetzt vollkommen blind neben Amy. Eigentlich würde ich mich gerne vergewissern, dass sie da ist, indem ich ihre Hand nehme, denn ich bin doch hilfloser, als ich es mir vorgestellt hatte.

»Also dann los«, ruft Anthea und schaltet die Stereoanlage an. Ein fröhliches Lied mit einem sanften Rhythmus ertönt. Nicht zu schnell, nicht zu langsam. Ich will gerade meine Arme ausstrecken, als ich spüre, dass Amy dicht vor mich tritt.

»Na, dann wirble ich dich mal ein bisschen herum«, sagt sie leise und überraschend dicht an meinem Ohr. Mein Körper kribbelt leicht vor Aufregung. Dann ist sie ganz bei mir. Wir sind uns näher, als es ihr lieb sein kann. Wenn ich es richtig einschätze, sind zwischen uns vielleicht gerade einmal zehn Zentimeter. Doch Amy legt eine Hand an meine Taille. Ihre Wärme ist deutlich durch mein T-Shirt zu spüren. Ich nehme jeden ihrer Finger wahr. Mit der anderen Hand erfasst sie meine. Obwohl ich zu widerstehen versuche, drücke ich einmal ganz kurz ihre Finger. Mit einem leichten Druck bedeutet sie mir, mich zu bewegen. Wir wiegen uns im Takt der Musik, verbunden durch unsere Hände und die Wärme, die unsere Körper ausstrahlen. Ihre Berührungen sind sanft und kontrolliert.

»Ist das okay für dich?«, frage ich.

»Ja, alles gut. Und bei dir?«

»Mehr als okay«, sage ich und drücke ihre Hand erneut.

Ich spüre, wie sie mich näher zu sich zieht. Ihre Bluse streift mein T-Shirt, und mein Herz pocht von innen so fest gegen meine Brust, dass ich das Gefühl habe, mein ganzer Körper würde erschüttert.

»Du bist ganz warm«, sagt sie und dreht mich dann tatsächlich im Takt der Musik, erst von sich weg – und dann wieder zurück. Doch als wir uns erneut gegenüberstehen, ist auch die letzte Distanz überwunden, und wir tanzen nun Körper an Körper.

»Du bist auch warm.« Ich kann nur flüstern, denn wir sind uns nun so nah, dass der Duft ihrer Haare mir in die Nase steigt. Ich kann ihn nicht benennen, ich weiß nur, dass ich ganz vernarrt bin in seine blumige Note. Ich möchte mein Gesicht darin vergraben. Doch ich weiß, dass die Nähe zwischen uns zerbrechlich ist, und so konzentriere ich mich darauf, ihre Atemzüge zu spüren. Ihre Brust, die sich hebt und senkt. Ihren Herzschlag an meiner Haut. Wir bewegen uns vor und zurück, und auf einmal lässt ihre Hand meine los und streicht meinen Arm hinab. Ihre Berührung hinterlässt ein Prickeln auf meiner Haut und den Wunsch nach mehr.

In diesem Moment dreht Anthea die Musik leiser. »Und?«, fragt sie. »Habt ihr gemerkt, wie ihr auf die kleinsten Befehle reagiert? Wie flexibel eure Bewegungen sind?«

»Mit verbundenen Augen habe ich mich fast sicherer gefühlt«, sagt ein Mädchen. »Irgendwie so, als könnte ich gar nichts falsch machen.«

»Interessant«, sagt Anthea. »Ja, ich glaube, ich weiß, was du meinst. Also, dann tauschen wir jetzt, damit die anderen auch in den Genuss kommen.«

Ich blicke Amy fragend an. »Du musst das nicht machen, wenn du nicht willst«, sage ich.

»Aber ich will«, erwidert sie entschlossen, schnappt sich das Tuch und bindet es sich um den Kopf.

Ich bin beeindruckt von der Bestimmtheit, mit der sie sich auf diese verrückte Sache hier einlässt. Was das in Bezug auf mich bedeutet, wage ich mir kaum auszumalen. Vertraut sie mir?

Die Musik startet erneut. Diesmal lege ich meine Hand sanft auf ihre Taille und umfasse mit der anderen ihre Finger. Ich bin kein geübter Tänzer, aber mich im Takt zu bewegen, fällt mir nicht schwer. Ich spüre, dass Amys Bewegungen etwas hölzern und steif sind. Sie lässt sich nicht fallen, lässt mich nicht die Führung übernehmen. Natürlich nicht. Das wäre wohl auch deutlich zu viel verlangt. Die Tatsache, dass sie sich überhaupt so weit aus ihrer Komfortzone herauswagt, beeindruckt mich. Dann spüre ich, wie ihre Finger, die auf meiner Schulter liegen, vorsichtig über mein T-Shirt zu streichen beginnen. Ich hole geräuschvoll Luft, weil mich diese winzige Berührung wahnsinnig werden lässt.

»Berühre mich«, flüstert sie. »Ich will deine Hand spüren.«

Meine ganze Haut kribbelt, als stünde sie in kalten Flammen. Ich ziehe Amy vorsichtig an meinen Körper und fahre mit der Hand langsam über ihren Rücken. Und dann geschieht etwas ganz und gar Unglaubliches. Ich weiß nicht, was in sie gefahren ist, ob es Übermut ist, Zufall oder eine bewusste Entscheidung. Aber sie lehnt ihren Kopf an meine Brust und atmet ebenfalls tief ein. Es wirkt, als würde sie in diesem Moment loslassen, sich einfach hingeben.

Ich kann nicht glauben, was die Nähe zwischen uns mit mir macht. In den letzten Monaten war ich so vielen Frauen sehr nah, noch näher als das hier - deutlich näher, um ehrlich zu sein -, und doch ist die langsame Zärtlichkeit zwischen Amy und mir das Intensivste, was ich je gespürt habe. Es ist beinahe so, als würde die Tatsache, dass ich mich zurückhalte, jede Empfindung potenzieren. Ein flüchtiges Streichen über Amys Haar ist so viel mehr als leidenschaftliche Liebesnächte mit irgendeiner anderen. Es ist lachhaft, sich vorzustellen, dass ich mit anderen Frauen alles haben kann, und mit dieser einen, die mich so betört, nichts als diese kleinen, wundervollen Berührungen. Und doch ist es alles, was ich will. Das und viel mehr – aber in ihrem Tempo, was nun eben unser Tempo ist.

Meine Brust zieht sich bei dem Gedanken an ein Uns zusammen. Mir wird ganz schwindelig, als wäre ich von Zaghaftigkeit und Vorsicht betrunken. Es fühlt sich so wunderschön an, so leicht und doch gewichtig.

Anthea dreht die Musik wieder aus.

»Und? Wie war es, in die Rolle des anderen zu schlüpfen?«

Amy zieht sich die Binde von den Augen und blickt mich an. Ihre Wangen sind gerötet, und auf ihren Lippen liegt ein verblüfftes Lächeln.

»Es war schön«, flüstert sie und blickt dann schnell zu Boden, als könne sie nicht glauben, was zwischen uns geschehen ist.

**15** Dass ich außer Atem bin, hat mit absoluter Sicherheit nichts damit zu tun, dass das Tanzen anstrengend gewesen wäre. Dass mein Herz rast, als würde es vor irgendetwas weglaufen, dass mein Rücken auf diese seltsam gute Weise brennt, als hätte meine Haut ihre ganz eigene Erinnerung, liegt einzig und allein an der Nähe zu Sam. Seine Blicke auf mir bohren sich tief in mein Bewusstsein, und es gelingt mir nicht, ihn anzusehen. Es ist mir auf unbegreifliche Art peinlich, dass ich mich so gegen ihn geschmiegt habe. Als wäre es ein Moment der Schwäche, den ich zugelassen habe. Dabei bin ich mir nicht einmal sicher, ob es wirklich Schwäche war.

»Ich fand es auch schön«, raunt er dicht an meinem Ohr, und ich muss einen Schritt zur Seite machen, weil die Vibration seiner Stimme so dicht an meiner Haut unerträglich ist.

In meiner Kehle sitzt etwas und will raus. Ich kann es fühlen. Es ist ein Glucksen oder etwas anderes, das ein unvorstellbares Glücksgefühl in sich hält, aber ich schlucke es hinunter. Wir müssen ja nicht gleich übertreiben.

»Bei der nächsten Übung«, sagt die lustige Leiterin des Workshops, deren dunkle Locken bei jeder Bewegung auf und ab wippen, »geht es um Vertrauen. Wenn ihr zusammen auf der Bühne improvisieren wollt, ist es wichtig, dass ihr euch auf den anderen verlassen könnt. Ihr müsst mit dem arbeiten, was euer Gegenüber euch anbietet. Ihr müsst euch darauf verlassen können, dass euer Partner euch aus unangenehmen Situationen auch wieder befreien kann. Und wenn ihr nicht absolute Gewissheit habt, dass diese Person in eurem Sinne agiert, werdet ihr blockiert sein. Es gibt wenig, was einen so sehr unter Druck setzt wie die Angst, vor Publikum nicht weiterzuwissen.« Sie sieht jetzt deutlich ernster aus als noch vor ein paar Augenblicken. Dieses Improvisieren scheint ihr wirklich am Herzen zu liegen. »Es ist natürlich genauso wichtig, dass euer Gegenüber die Gewissheit hat, dass ihr auf seine Vorschläge reagiert. Er oder sie muss ebenso darauf vertrauen, dass Bereitschaft da ist, die Kommunikation anzunehmen.«

Ich blicke zu Sam auf, der gebannt zuhört. Ich sehe ihn an und frage mich, ob zwischen uns irgendeine Art von Gewissheit sein kann. Ob ich in der Lage bin, zu vertrauen, dass eine Person, die nicht ich selbst bin, in meinem Interesse agiert. Ob ich das will. Aber mir kommt es ein bisschen so vor, als wäre alles, was die Lockenfrau über die Improvisation sagt, auf menschliche Beziehungen im Allgemeinen übertragbar. Was wird hier von mir erwartet?

»Wie auch beim Tanzen ist dies hier zunächst eine körperliche Übung, ehe wir zum kreativeren Teil übergehen. Wenn ihr eure körperlichen Hemmungen im Griff habt, steht euch die Welt der Bühne offen.«

Wie man mit solch leuchtenden Augen über das Überwinden von Hemmungen sprechen kann, ist mir ein Rätsel. Und wieder beziehe ich das, was sie sagt, sofort auf mich. Bin ich paranoid?

»Ich möchte, dass sich einer von euch rückwärts in die Arme des anderen fallen lässt. Ihr bestimmt dabei den Abstand, den ihr zueinander habt, aber versucht, euch zu steigern. Pete?« Der Typ, mit dem sie die Tanzübung gemacht hat, geht zu ihr. »Hast du Lust, es mal auszuprobieren?«

Sie nickt ihm zu, stellt sich dann ungefähr einen Meter von ihm entfernt vor ihn. Sie schließt die Augen, dann lässt sie sich fallen. Pete fängt sie auf, und beide lachen. Es sieht einfach aus, als wäre nichts dabei, jemand anderem die Verantwortung für die eigene Unversehrtheit zu übertragen. Fuck!

Mir wird ein bisschen schlecht, als Sam mich anblickt. Ich schüttle kaum merklich den Kopf.

»Das ist zu viel, oder?«, fragt er.

Ich kann nicht einmal antworten, weil ich plötzlich so blockiert bin. Die Vorstellung, dass ich mich in Sams Arme fallen lasse, lähmt mich vollkommen. Die anderen Paare im Raum bringen sich langsam in Position. Einige unterhalten sich, andere lachen. Es ist offensichtlich, dass sie miteinander Vertrautheit erzeugen wollen. Die Ersten lassen sich bereits fallen. Doch ich stehe wie versteinert neben Sam und rühre mich nicht vom Fleck.

»Ist schon okay«, sagt er. »Ich kann mich in deinen Arm fallen lassen, schau!«

Mit diesen Worten stellt er sich vor mich, blickt sich einmal um, und ehe ich michs versehe, lässt er sich gegen mich fallen. So einfach. So unbekümmert. Ich fange ihn auf, weil ich viel zu perplex bin, um darüber nachzudenken, was hier geschieht. Dass man überhaupt jemand anderem so vertraut, kommt mir vor wie ein Verrat an der eigenen Person. Und dass es Sam so leichtfällt, macht mich beinahe wütend. Ich will nicht wütend auf ihn sein oder auf die Lockenfrau. Oder auf dieses Mädchen, das sich gerade aus einem halben Meter Entfernung in die Arme ihrer Partnerin zurücksinken lässt. Aber es ist schwer, sich nicht wie ein Außenseiter zu fühlen, wenn diese Übung offenbar etwas ist, das alle können. Ist mein Versuch, ein soziales Wesen zu sein, hier an seine Grenzen gestoßen?

»Kann ich euch helfen?«, fragt jetzt der Lockenkopf. »Entschuldige, du warst bei meiner Vorstellung noch nicht da. Ich bin Anthea«.

»Amy«, murmle ich und versuche ihr zuzulächeln, aber mein Gesicht ist zusammen mit allem anderen eingefroren. Die große Mulmigkeit in meinem Innern setzt sich fest.

»Willst du es nicht auch mal probieren, Amy?«, fragt sie. »Wir können uns auch zu zweit hinter dich stellen, wenn es das leichter macht. Ich habe bislang noch jeden aufgefangen.« Sie lacht.

»Lass mal, Anthea«, sagt Sam. »Wir machen einfach eine kurze Pause.«

»Seid ihr sicher?« Anthea sieht ein wenig besorgt aus. »Tut mir leid, wenn es euch keinen Spaß macht.«

»Nein, nein, es ist großartig«, sagt Sam mit erstaunlich viel Überzeugung in der Stimme. »Nur das hier ist einfach ein bisschen viel.«

Ich bin ihm so dankbar, dass er keinen Druck ausübt, sondern Anthea beruhigt. Aber es ändert nichts daran, dass ich mich schlecht fühle. Weder ihm noch Anthea will ich das Gefühl geben, dass ich bockig bin.

»Okay, ich versuche es«, höre ich mich sagen.

»Wow, cool!« Anthea lächelt mich glücklich an. Sie macht Anstalten, mich sanft an den Armen zu nehmen und einen Schritt von Sam wegzuziehen, doch ich entreiße ihr auf eine etwas zu abrupte Art meine Arme. Sie blickt verdattert von mir zu Sam.

»Sorry«, sage ich. »Ich bin erschrocken.«

O Gott, es ist zu viel. Zu viel Nähe, zu viele Menschen

um mich herum. Trotzdem zwinge ich mich, mich in Position zu bringen. Ich schließe die Augen und will mich gerade fallen lassen, als mein Körper beschließt, dass wir das nicht machen. Ich trete einen Schritt nach hinten und fange mich auf diese Weise selbst auf. Als ich mich umdrehe, um zu sehen, ob Sam noch da ist, lacht er und reibt sich den Kopf, als wäre es ihm ein bisschen unangenehm, dass ich ihm nicht vertraue.

Ich schlucke, schließe erneut die Augen und – nichts passiert. Ich bewege mich keinen Millimeter.

Der allgemeine Trubel von fallenden und fangenden Körpern macht mich fertig.

»Niemand hat gesagt, dass es leicht ist«, sagt Anthea. »Na komm, probier es noch mal. Dir kann nichts passieren. Sam ist der stärkste Kerl, den ich kenne.«

Ich drehe mich zu Sam um. Er lächelt verlegen und zuckt mit den Schultern, als wollte er sagen, dass nichts dabei ist. Aber ich weiß nicht, was er meint. Es ist nichts dabei, dich fallen zu lassen? Es ist nichts dabei, dass du es nicht kannst? Ich kann ihn nicht deuten. Antheas Stimme dringt erneut an mein Ohr. Irgendjemand lacht. Vor meinen Augen verschwimmt alles, und ich laufe einfach an Anthea und Sam vorbei. Ich blicke nicht in ihre Gesichter. Ich brauche Luft.

Als ich die Tür erreiche, reiße ich sie erleichtert auf und trete nach draußen. Ich sauge gierig die frische Abendluft ein. Tief, noch tiefer. Mein Atem kommt schnell und stoßweise. Ich konzentriere mich auf das Geräusch der Luft aus meinem Mund. Diese Enge in der Brust habe ich das letzte Mal gespürt ... ich weiß es nicht. Es muss Jahre her sein. Wahrscheinlich bevor ich meine Regeln aufgestellt habe. Und nun zeigt sich, wie wichtig sie für mich sind.

Ich lasse mich auf den Rasen sinken. Das Gefühl der gemähten Halme unter meinen Händen beruhigt mich, lenkt meine Gedanken wieder in geordnetere Bahnen. Es ist nichts passiert. Ich habe mein Leben und meine Regeln. Jeannie geht es gut. Alles andere spielt keine Rolle, wie es auch die letzten Jahre keine Rolle gespielt hat.

Die Tür öffnet sich, und kurz dringt Musik und lautes Gelächter nach draußen. Sam tritt heraus und kommt auf mich zu. Etwas verlegen streicht er sich durch die Haare. Sein dunkelblaues T-Shirt weckt in mir die Erinnerung an das Gefühl meiner Hände auf ihm.

»Entschuldige«, sagt er. »Ich wusste nicht, dass es so … intensiv werden würde.«

»Ist nicht deine Schuld«, erwidere ich, denn egal, wie verkorkst ich bin, er soll sich deswegen nicht schlecht fühlen.

Er setzt sich neben mich aufs Gras, hält aber deutlichen Abstand. Einen Augenblick schweigen wir.

»Es ist ein traumhafter Abend«, sagt Sam dann in die Stille hinein. »Hast du Lust, noch ein bisschen über den Campus zu spazieren?«

»Vielleicht besser nicht.« Meine Stimme ist leise, fast heiser. Doch dann platzt es aus mir heraus. »Weißt du«, sage ich, »ich möchte dir vertrauen. Ich will in der Lage sein, mich fallen zu lassen.« Ich bin selbst überrascht, mit wie viel Nachdruck ich spreche.

»Okay«, sagt Sam und lächelt schief. »Das erleichtert mich.« Nach einer kurzen Pause fährt er fort. »Ich hatte nämlich eigentlich auch das Gefühl, dass wir uns bis zu dieser blöden Vertrauenssache ziemlich gut verstanden haben.«

»Ich weiß auch nicht, warum es mir so schwerfällt.«

»Ich schon«, sagt Sam. »Du hast es mir doch erzählt. Es ist alles ganz logisch. Du musst dich nicht rechtfertigen.«

»Bis zu diesem Abend, an dem ich dich abgeschleppt habe, war mein Leben völlig in Ordnung. Ich muss mich erst mal dran gewöhnen, dass dieses ›in Ordnung‹ jetzt vielleicht noch mehr beinhalten kann.«

»Ich weiß, dass das Zeit braucht«, sagt er.

»Ja …« Kurz schweigen wir wieder. Dann: »Aber ich bin mir selbst zu langsam.« Ich sehe ihn an, um herauszufinden, wie er dieses Geständnis aufnimmt. Und dann frage ich mich kurz, wie ich selbst dieses Geständnis aufnehmen soll. Wie kann es sein, dass da auf einmal dieser Mensch in meinem Leben ist – den ich noch dazu kaum kenne – und ich von einem Tag auf den anderen all meine Barrieren niederreißen will?

Seine Miene hellt sich noch weiter auf. »Weißt du, wenn du es wirklich möchtest, dann schaffst du es auch. Nur eben vielleicht nicht hier und jetzt. Ohne Anthea, die dir dabei zusieht. Ohne Studenten, die einer nach dem anderen umfallen wie Bowling-Pins. Und wenn du so weit bist, dann sagst du Bescheid. Ich verspreche dir, ich hab dich.«

Ich bin ihm so dankbar für seine Worte. Es tut gut, zu wissen, dass Sam keinen Druck macht. Dass er es mir nicht übel nimmt. Dass ich mein eigenes Tempo gehen kann. Und doch bleibt bei mir dieses nagende Gefühl, was ich zu geben imstande bin, könnte nicht genügen. Es ist eine verblüffende Empfindung, sich selbst auf einmal in Relation zu jemand anders zu sehen. Als ich Jeannie bei mir aufgenommen habe, war es anders. Das war meine Pflicht. Aber das hier, das ließe sich jederzeit abbrechen.

»Wollen wir nicht doch noch ein bisschen spazieren gehen?«, fragt er erneut mit Hoffnung in seiner Stimme.

»Wir können auch ganz langsam gehen.« Mit seinem schelmischen Grinsen will er mich mit Sicherheit provozieren. Spielerisch boxe ich ihn gegen seine feste Brust.

»Sehr witzig.«

Bevor ich meine Hand wieder zurückziehen kann, nimmt er sie in seine. Sanft, aber bestimmt. Kurz versteife ich mich, weil der Griff um mein Handgelenk ungewohnt für mich ist. Doch Sam presst einen leichten Kuss auf meinen Handrücken und sieht mit seinen dunklen Augen forschend zu mir auf. Ich kann nicht anders, als meine Augen einen Moment zu schließen. Seine Lippen auf meiner Haut fühlen sich zu schön an, um die Berührung unterbrechen zu wollen. Er drückt seinen Mund auf meine Fingerknöchel, dann auf meine Fingerkuppen. Dabei lässt er mich keine Sekunde aus den Augen, und ich bin mir sicher, er überprüft, ob es mir gut geht. Und ja, das tut es! Verblüffenderweise tut es das wirklich. Schließlich öffnet er meine Hand und wandert mit seinen Lippen innen an meinen Fingern entlang. Er haucht einen letzten Kuss auf die Innenfläche meiner Hand. Dann verwebt er unsere Finger, und Hand in Hand spazieren wir los.

 *Sam*

**16**   »Norman«, sage ich, als ich das *Electric* an diesem Dienstagabend betrete, »ich glaube, ich habe meine Alice gefunden.«

Der alte Mann, der gerade dabei ist, für zwei mittelalte Damen Popcorn in Papiertüten zu füllen, blickt auf und schenkt mir ein vorsichtiges Lächeln. »Ich habe mit ihr über dich gesprochen«, sagt er. »Letzte Nacht.« Er reicht den Damen das Popcorn und weist ihnen den Weg in den kleinen Kinosaal. »Wir sind beide der Meinung, dass das Mädchen mit den bunten Haaren einfach nicht die Richtige war.«

»Sie haben recht, Norman. Sie haben beide absolut recht. Zelda war nicht die Richtige.« Tatsächlich spreche ich über Tamsin, aber es würde zu weit führen, Norman das auseinanderzusetzen. Es ging nie um Tamsin. Es ging um die Erfüllung einer Sehnsucht, die ich jetzt mit Amy gefunden habe. »Wir sind beste Freunde. Mehr wie Geschwister, wenn man ehrlich ist.«

»Das hat Alice auch gesagt.« Mir kommt es so vor, als sähe Norman heute noch älter aus als sonst.

»Richten Sie ihr aus, dass ich jemanden gefunden habe, mit dem es anders ist. Besser. Perfekt auf eine unperfekte Art.« Ich denke an all das, was Amy und ich schon überwunden haben, an all die Hürden. Und es werden mit Sicherheit noch weitere kommen. Aber das ist in Ordnung. Es ist mehr als in Ordnung. Perfekt auf unperfekte Art eben.

»Das werde ich, mein Junge. Nach all den schlimmen Nachrichten wird sie das sicher freuen.«

»Was denn für schlimme Nachrichten?«, frage ich alarmiert. »Ist mit Ihnen alles in Ordnung?«

»Das muss dich nicht kümmern«, sagt er. »Aber ich weiß nicht, wie lange es das *Electric* noch geben wird.« Norman sieht mich betrübt an. »Mir ist da etwas durchgerutscht, fürchte ich.« Sein Blick wird ein wenig wässrig.

Ich bin wie vom Donner gerührt. Natürlich wusste ich, dass es nicht sonderlich gut um das Kino stehen kann, so wenig Kundschaft, wie Norman hat. Aber dass es so akut ist, er sogar darüber nachdenken muss, das *Electric* zu schließen, ist neu. »Was meinen Sie damit?«, frage ich.

»Als Alice noch die Buchhaltung gemacht hat, ist so etwas nie passiert«, sagt er und schüttelt betrübt den Kopf. »Aber sie ist ja nicht mehr da. Und jetzt fehlt Geld.«

Das darf nicht sein. Das *Electric* darf nicht pleitegehen. »Kann ich vielleicht mal einen Blick darauf werfen? Auf die Buchhaltung, meine ich?« Ich habe zwar keine Ahnung davon, aber wer weiß!

»Würdest du das tun?« Norman schluckt. »Ich wusste nicht, ob ich dich fragen kann … Aber du bist bestimmt fitter im Kopf als ich. Alice war immer fit im Kopf.«

»Ich mache das sehr gern, Norman.«

»Ohne das *Electric* weiß ich doch gar nicht, wohin mit mir.«

Ich tätschle seine alte Hand, die ganz runzlig auf dem Tresen liegt. »Machen Sie sich keine Sorgen, Norman«, sage ich mit mehr Überzeugung in der Stimme, als ich verspüre. »Wir finden sicher eine Lösung. Und jetzt hätte ich gern eine Karte für *Citizen Kane.*«

»Du bist eingeladen, Junge«, sagt er dankbar.

»Nein, das bin ich nicht. Der erste Schritt ist, Norman, dass hier niemand eingeladen wird, der genug Geld hat, um sich eine Karte zu kaufen.« Ich lege ihm ein paar Dollar-Noten auf den Tresen und gehe in den Kinosaal. Wie nah Glück und Unglück beieinanderliegen, ist fast herzzerreißend. Man muss manchmal nur um eine Ecke biegen.

»Es sieht nicht gut aus«, sage ich zu Tamsin und Zelda. »Die Buchhaltung hat gigantische Löcher, und es gibt eigentlich keine Rücklagen.«

Wir sitzen in *Mal's Café*, einem urgemütlichen, unabhängigen Café, in dem örtliche Künstler ihre Werke ausstellen und zum Verkauf anbieten. Die Holzeinrichtung ist bunt zusammengewürfelt. An den Wänden hängen außerdem hübsche Bücherregale, die von Mal zu Mal voller werden. Ein selbst gebasteltes Schild fordert die Gäste auf, aussortierte Bücher zu spenden. Obwohl *Mal's* ein wenig ab vom Schuss liegt, treffen wir uns häufig hier. Denn Tamsins Wohnung befindet sich auf der gegenüberliegenden Straßenseite. Außerdem ist Rhys der Barista und macht fantastischen Kaffee. Dass Che, der Koch, den besten Käsekuchen der ganzen Stadt bäckt, könnte allerdings auch der Grund sein.

»Kannst du mir noch mal genau sagen, warum Zelda das Kino kennt und ich nicht?«, fragt Tamsin, die ich offensichtlich ein bisschen überfahren habe mit der Bitte, mir bei der Rettung des *Electric* zu helfen. Zelda war sofort Feuer und Flamme. Aber im Gegensatz zu Tamsin war sie eben schon einmal dort und weiß, was für ein magischer Ort das Kino ist.

»Irgendwie hat es sich nicht ergeben«, sage ich und zucke mit den Schultern. Ich habe ein schlechtes Gewissen, weil ich meine beste Freundin nie an meinen Seelenort mitgenommen habe. Wenn ich nun darüber nachdenke, kommt es mir wirklich seltsam vor, aber ich fühle mich dem *Electric* auf so intime Weise verbunden, dass es mir tatsächlich nie in den Sinn gekommen ist. Zelda war nur zufällig einmal dabei, weil es ihr an dem Abend schlecht ging.

Tamsin scheint es nichts auszumachen. Es ist auch einfach nicht ihre Art, lange auf einem Thema herumzureiten. Dazu ist sie ein viel zu fröhlicher, unbeschwerter Mensch. »Also, was können wir tun?«, fragt sie. »An was für eine Art von Rettungsaktion hast du gedacht?«

Das ist eine gute Frage. Ich habe mir noch keine konkreten Maßnahmen überlegt. Stattdessen saß ich die ganze Nacht über Normans kryptischer Buchhaltung.

»Wir müssen sogar zwei Probleme lösen«, sage ich. »Einerseits brauchen wir schnell einen Batzen Geld, um zu verhindern, dass das *Electric* sofort dichtgemacht wird. Und dann müssen wir uns eine Strategie überlegen, wie wir langfristig den Umsatz steigern können, damit so etwas nicht gleich wieder passiert.«

»Okay, Punkt eins ist leicht«, sagt Zelda und grinst. »Wir organisieren ein Filmfestival.«

»An so etwas in der Art hatte ich auch schon gedacht. Allerdings brauchen wir Geld, wenn es ein Erfolg werden soll«, gebe ich zu bedenken.

»Natürlich«, sagt Zelda. »Ohne Investment gibt's keinen Erfolg.« Sie dreht sich zum Tresen, hinter dem Rhys steht und Schichtpläne studiert. »*Garçon?* Hast du mal einen Stift für mich?«

Rhys runzelt die Stirn. »Du hast wirklich ein verdammtes Glück, dass du so klein und niedlich bist«, sagt Rhys, kommt aber tatsächlich zu uns an den Tisch und reicht Zelda einen Bleistift.

»Ist es in Ordnung, wenn ich die Speisekarte vollkritzle?«, fragt Zelda.

»Wir drucken morgen neue, tu, was du nicht lassen kannst«, erwidert Rhys.

»Also, was brauchen wir?«, fragt Zelda.

»Ein Konzept«, beginne ich. »Irgendwas Besonderes.«

»McPerfects Lieblingsfilme?«, schlägt Tamsin vor. »Das würde sicher viele Studentinnen anlocken.« Sie kichert.

»Wie wäre es mit McPerfects Liebesfilmen?«, schlägt Zelda vor, und Tamsin prustet los.

»Sehr witzig, ihr zwei«, sage ich, muss aber selbst lachen. »Vielleicht ist die Idee aber gar nicht so verkehrt. Vielleicht wäre es wirklich schön, die größten Liebesfilmklassiker aller Zeiten zu zeigen.«

»Ooooh, das ist eine schöne Idee«, sagt Tamsin und scrollt auf ihrem Handy herum. »Und hier, schaut mal, am sechsten Juli ist Tag des Kusses! Das würde doch passen!«

»Wer sich alle Filme anschaut, bekommt einen Kuss von McPerfect«, schlägt Zelda vor. »Damit ist das Marketing auch abgehakt.«

»Okay, das reicht jetzt«, sage ich ein bisschen lauter, als ich vorhatte.

»Seit wann bist du denn so empfindlich?«, fragt Tamsin. »Hast du nicht vor Kurzem selbst noch Witze über deinen Frauenverschleiß gemacht?«

»Ja, aber das war vor …« Ich beiße mir auf die Zunge.

»Hast du etwa jemanden kennengelernt?« Zeldas Stimme überschlägt sich fast.

Ich schiebe mir schnell ein Stück Käsekuchen in den

Mund und gebe ihr mit einer Geste zu verstehen, dass ich den Mund voll habe und nicht antworten kann.

»Ich glaube es nicht«, ruft Tamsin. »Du hast wirklich jemanden kennengelernt!«

Ich merke, wie mir eine verräterische Röte ins Gesicht steigt.

»Erzähl!«, sagt Zelda begeistert. »Wer ist sie? Was macht sie? Wann lernen wir sie kennen?«

Ich kaue so langsam wie möglich. Natürlich ist mir bewusst, dass ich keine Chance habe, Zeldas und Tamsins Fragen aus dem Weg zu gehen, aber ich muss nachdenken. Ich habe mit Amy noch nicht darüber gesprochen, was das mit uns ist. Dass es etwas ist, weiß ich, aber ich traue mich nicht, es zu benennen. Und ob es ihr recht ist, dass andere von uns erfahren, weiß ich auch nicht.

»Komm schon«, sagt Tamsin. »Mach nicht so ein Geheimnis draus!«

»Du hast geschluckt, ich habe es genau gesehen.« Zelda zeigt auf meinen Kehlkopf. »Da! Schon wieder!«

»Vielleicht ist es eben einfach genau das«, sage ich. »Ein Geheimnis.«

»Seit wann haben wir Geheimnisse voreinander?«, fragt Tamsin beinahe vorwurfsvoll.

Ja, seit wann eigentlich? Seit meiner Gefühlsverwirrung? Seit sie mit Rhys zusammen ist? Sie hat recht, früher hätte ich es ihr sofort erzählt. Und genau dahin wollen wir zurück. Also gebe ich mir einen Ruck.

»Okay.« Ich spreche sehr leise, damit Rhys mich nicht hören kann. Glücklicherweise sind gerade neue Gäste gekommen, deren Bestellung er aufnimmt. »Aber das muss wirklich erst mal unter uns bleiben. Und mit ›unter uns‹ meine ich ›unter uns *dreien*‹.«

Beide nicken eifrig und lehnen sich verschwörerisch in meine Richtung.

»Und ihr müsst versprechen, nicht auszuflippen.« Die Sorge, dass sie meine Absichten in Bezug auf Amy falsch deuten oder einfach grundsätzlich nichts davon halten, ist definitiv vorhanden. »Ach, wem mache ich was vor, ihr werdet eh ausflippen.«

Tamsins und Zeldas Augen werden immer größer.

»Jetzt sag schon«, drängt Zelda.

»Es ist nicht so, als wäre das geplant gewesen«, beginne ich. »Eine Reihe von Zufällen hat zu einer Reihe von ... Zusammenkünften geführt.«

»*Zusammenkünfte!*«, sagt Zelda ein bisschen zu laut. »Du alter Romantiker.«

»Wollt ihr es nun hören oder lieber blöde Bemerkungen machen?«, frage ich grinsend.

»Geht nicht beides?«, fragt Zelda.

»Jetzt mach es nicht so spannend!« Tamsin klopft ungeduldig mit den Fingern auf den Tisch.

»Ja, ernsthaft, McPerfect, du bist ein lausiger Erzähler.«

»Ehrlich gesagt, macht es mich zu einem ganz hervorragenden Erzähler, dass ihr nicht erwarten könnt, wie es weitergeht«, sage ich und grinse sie an. »Spannungsaufbau und so. Vielleicht solltest du mal wieder in meinen Kurs kommen, deine Erzähltheorie auffrischen.«

»Quatsch nicht rum.« Zelda pikt mich in den Oberarm.

»Gib uns einen Na-men«, sagt Tamsin und zieht die Vokale genervt in die Länge.

»Was haltet ihr beispielsweise von dem Namen Amy?«, frage ich. Tamsins Mund steht offen, und Zelda haut mit der flachen Hand auf den Tisch.

»Waaaaas?«, quietscht sie. »Das ist ja großartig! Es ist großartig, oder?«

»Ich finde es ziemlich großartig«, gebe ich zu.

»Wow«, sagt jetzt auch Tamsin, die offensichtlich ihre Sprache wiedergefunden hat. »Seid ihr …?«

»Schhhhhh«, mache ich Richtung Rhys. »Nicht so laut. Wir haben noch nicht darüber gesprochen, was wir sind und wem wir davon erzählen.«

»Okay, okay«, flüstert Tamsin. »Ich bin schon still. Aber … es ist mehr als einfach nur …?«

»Warum sprichst du auf einmal nur noch in Fragmenten?«, frage ich, kann jedoch nichts dagegen tun, dass sich ein breites Grinsen in mein Gesicht stiehlt. »Und ja, es ist definitiv mehr als ›einfach nur‹.«

Zelda jauchzt, schlägt sich aber sofort die Hände vor den Mund, als sie meinen mahnenden Blick bemerkt. »Verblüffend«, sagt sie. »Ich hoffe, du verstehst das nicht falsch, aber ich hätte nie gedacht, dass ihr zusammenpasst.«

»Wie meinst du das?«

»Na ja, Amy ist so pragmatisch. Du bist einer, der Kinos mit Liebesfilmen rettet.«

Kurz versetzt mir Zeldas Aussage einen Stich. Aber natürlich hat sie recht. Amy und ich sind vollkommen unterschiedlich. Wir kommen aus zwei verschiedenen Welten. Ich bin privilegiert aufgewachsen mit zwei Eltern, die mich und sich unendlich liebten, während ihr diese Möglichkeit genommen wurde. Stattdessen erlebte sie während ihrer gesamten Jugend, was es heißt, wenn man der Welt gleichgültig ist. Aber das muss nicht bedeuten, dass es nicht funktioniert. Es bedeutet nur, dass ich aufmerksamer sein und Verständnis aufbringen muss. Mir fällt ein, was Norman gesagt hat: *Egal, was der andere für einen Blöd-*

*sinn macht, mindestens die Hälfte der Beweggründe kennt man nicht.* Ich bin mir sicher, dass er recht hat. Und wenn ich mir Amys und meinen bisherigen Weg ansehe, habe ich den Eindruck, dass es mir ganz gut gelingt, Amys Beweggründe kennenzulernen.

Die Tür des Cafés geht auf, und Ollie kommt herein. Rhys' Schicht ist vorbei, und sie übernimmt. Obwohl ich inzwischen meinen Frieden mit Rhys gemacht habe und überzeugt davon bin, dass er und Tamsin füreinander geschaffen sind, werde ich dennoch das Gefühl nicht los, dass nach wie vor etwas zwischen uns steht. Der Umgang ist freundlich, vielleicht zu freundlich. Deswegen bin ich nicht allzu enttäuscht, als er sich verabschiedet.

»Okay, Leute, ich bin dann mal weg«, sagt er, legt von hinten seine Arme um Tamsin und küsst sie auf die Wange. Die Situation ist seltsam. Ich freue mich so sehr für die beiden, dass sie sich gefunden haben, habe aber das Gefühl, dass jede Reaktion, die ich zeige, gegen mich verwendet werden kann. Der natürliche Umgang fehlt. Ich hoffe, wir können das eines Tages hinter uns lassen.

»Viel Erfolg!«, sagt Tamsin. Zur Erklärung für Zelda und mich fügt sie hinzu: »Rhys hat sein letztes offizielles Quartalsgespräch mit Amy, bevor das Programm ausläuft.«

»Ooooh, viel Erfolg«, sagt jetzt auch Zelda, die nachvollziehen kann, dass das für ihn eine große Sache ist. Schließlich ist ihr Freund in der gleichen Situation.

»Sprecht ihr auch darüber, wie es danach weitergeht?«, frage ich.

»Ich schätze schon«, sagt Rhys.

»Dann drücke ich dir die Daumen, dass alles so funktioniert, wie du es dir wünschst.« Ich stehe auf und klopfe ihm auf die Schulter.

»Danke, Mann«, sagt er und lächelt noch mal in die Runde, ehe er sich auf den Weg macht.

»Aufregend«, flüstert Zelda, als er gegangen ist.

»Ich weiß.« Tamsin sieht ein bisschen besorgt aus. »Gerade läuft alles so gut, ich hoffe, dass eine so große Veränderung, wie sie in ein paar Monaten ansteht, nichts kaputt macht.«

»Ach was«, sage ich. »Ihr seid so gut zusammen, ich glaube nicht, dass irgendetwas euer Gleichgewicht stören kann. Nicht an diesem Punkt.«

Tamsin lächelt mich dankbar an. »Und Amy ist ja auch nicht aus der Welt. Es sei denn …« Ihr Grinsen wird schelmisch. »… du beanspruchst sie nur noch für dich.«

»Zurück zu den Liebesfilmen«, sage ich streng. Im gleichen Moment wird mir bewusst, dass sich Liebesfilme mit Strenge nicht vertragen, und wir brechen alle in so lautes Gelächter aus, dass die anderen Gäste sich nach uns umdrehen und Ollie hinter dem Tresen grinsend den Kopf schüttelt.

**17**  Für meine Schützlinge versuche ich, so zugänglich wie möglich zu sein. Ich bemühe mich, wenigstens einmal wöchentlich mit ihnen in direkten Kontakt zu treten, sodass ich schnell intervenieren kann, wenn etwas nicht nach Plan läuft. Manchmal gelingt es mir nicht – sehr zur Freude der meisten Teilnehmer meines Programms, die sich durch mich oft kontrolliert fühlen. Aber so ist mein Job: Ich bin die Böse, während ich gleichzeitig weiß, dass ich das Richtige tue.

Die meisten Gespräche finden in ungezwungener Atmosphäre statt. Doch es gibt in diesem einen Jahr, währenddessen ich mich um sie kümmere, vier Termine, für die eine professionelle Umgebung unerlässlich ist. Die Quartalsgespräche sind einerseits wichtig für meine offiziellen Evaluationen, andererseits vermitteln sie die nötige Ernsthaftigkeit, die es braucht, um wieder voll in der Gesellschaft anzukommen.

Es klopft an der Tür zu meinem Büro.

»Komm rein«, rufe ich, und im nächsten Moment erscheint Rhys' Gesicht in der Tür.

»Ich bin ein bisschen zu früh«, sagt er entschuldigend.

»Kein Problem, ich bin gleich so weit. Setz dich schon mal rüber, ich drucke eben noch deinen Bogen aus.«

Rhys nickt und geht nach nebenan in mein Gesprächszimmer.

Ich speichere die Excel-Tabelle ab, in der ich die Kalkulation für die Renovierungsarbeiten ein Stockwerk höher aufgestellt habe, und schnappe mir den Ausdruck mit den vorgefertigten Fragen.

»Dann wollen wir mal«, sage ich, als ich mich Rhys gegenüber auf den Sessel setze. »Wie geht's dir?« Ich lasse meine Gesprächspartner gerne erst einmal auftauen.

»Ja, läuft, würde ich sagen.« Es ist faszinierend. Rhys und ich haben einen so entspannten Umgang miteinander. Aber sobald wir uns professionell begegnen, ist es, als würde all sein Selbstbewusstsein schwinden.

»Im Café alles gut?«

»Alles gut.«

»Bist du nach wie vor zufrieden dort?«

»Jup.«

Es ist frustrierend, ihm alles aus der Nase zu ziehen. Glücklicherweise bin ich in den letzten Jahren zum absoluten Profi geworden, was das Aus-der-Nase-Ziehen anbelangt.

»Und was macht dich dort zufrieden?«

Er räuspert sich. »Also ... ich mag die Arbeit. Ich fühle mich wohl dort.«

»Ich habe mir überlegt, ob wir vielleicht einen Job für dich suchen sollten, bei dem du mehr gefordert wirst«, sage ich, weil ich weiß, dass ich ihn so zum Sprechen bringe.

»Warum?«, fragt er und sieht mich erschrocken aus seinen stechend blauen Augen an.

»Weil du ein schlauer Typ bist, dem ein bisschen Herausforderung sicher guttun würde.«

»Ich glaube nicht, dass das eine gute Idee ist«, sagt Rhys. Aha! »Erklärst du mir, warum?«

»Ich fühle mich dort wohl, weil ich die Umgebung kenne. Ich weiß, was auf mich zukommt. Ich mag meine Kollegen und die Arbeit. Malcolm ist zufrieden mit mir und lässt mich inzwischen sogar die Bestellungen machen.«

So viele Worte! Ich bin ganz begeistert. Noch begeisterter bin ich davon, wie selbstreflektiert er über seine Beziehung zu seiner Arbeitsstelle spricht.

»Also bist du wirklich zufrieden dort.« Ich mache mir Notizen auf dem Fragebogen.

Rhys nickt. »Ich bin wirklich zufrieden, Amy. Das Drumherum ist Herausforderung genug.«

»Was meinst du damit?«

»Das Soziale. Die Interaktion mit anderen. Das normale Leben.«

»Ich hatte den Eindruck, dass du dich ganz hervorragend zurechtfindest. Im Umgang mit Jeannie könntest du kaum verantwortungsbewusster sein. Und das Zusammenleben mit Malik läuft auch gut, oder?«

»Ja, schon. Das ist alles leicht.«

»Und Tamsin und du, ihr seid glücklich?«

»Ja, natürlich.«

»Dann sehe ich eigentlich nicht, dass du große Probleme hast. Dass einem andere Menschen manchmal zu viel sind, ist völlig selbstverständlich. In vielen Fällen liegt es an ihnen, nicht an dir.« Ich lächle ihm aufmunternd zu, denn ich weiß, wovon ich rede.

»Aber woher weiß ich, ob es an mir liegt?«, fragt er.

»Erfahrung. Das braucht einfach Zeit. Aber wenn ich sehe, wie du dir innerhalb weniger Monate ein Netzwerk aus Freunden aufgebaut hast, würde ich nicht sagen, dass du dir Sorgen machen musst.«

Rhys wird rot und reibt sich den Nacken. »Echt?«

Ich lasse ihn von einer Situation erzählen, in der er sich unterlegen gefühlt hat. Frage für Frage arbeite ich den Evaluationsbogen ab, stets bemüht, unsere Unterhaltung wie ein normales, ernstes Gespräch wirken zu lassen.

»Gibt es denn etwas, das du in diesem Moment an deiner Situation selbst gerne ändern würdest?« Es ist die letzte Frage auf meiner Liste.

Rhys überlegt. »Ich schätze, ich wäre gern mehr für Jeannie da. Durch die Arbeit kommt sie einfach zu kurz. Bis ich nach Feierabend bei euch bin, ist es viel zu spät. Und ich habe ein schlechtes Gewissen, dass das alles an dir hängen bleibt.«

»Das musst du nicht!«, sage ich bestimmt. Dann kommt mir eine Idee. »Vielleicht … ich weiß allerdings nicht, wie es finanzierbar wäre. Aber ich hätte da …«

Rhys blickt mich erwartungsvoll an.

»Du erinnerst dich, dass ich dich gefragt habe, ob du am Wochenende bei Renovierungsarbeiten helfen könntest?«

»Ja klar, Samstag neun Uhr. Wir werden da sein.«

»Die Wohnung soll vermietet werden«, sage ich. »Wenn sie fertig ist. Die Einnahmen fließen direkt in das Programm.«

»Und?«, fragt er.

»Ich überlege gerade, ob die Wohnung etwas für dich wäre, dann wärst du direkt in Jeannies Nähe …«, sage ich.

Rhys sieht mich ungläubig an. Einen Moment sagt er nichts. Dann: »Meinst du wirklich?« Er klingt ganz aufgeregt.

»Warum denn nicht? Aber dafür müsstest du das Programm verlassen. Du kannst nicht mit deinen Mietzahlungen dein eigenes Resozialisierungsprogramm finanzieren. Das fühlt sich falsch an.« Dass Rhys das Programm vorzeitig verlassen könnte, ist keine spontane Eingabe von mir. Im Gegenteil, ich hatte es bereits im Evaluationsschreiben vorgeschlagen. Ich bin davon überzeugt, dass es der richtige Schritt ist, sofern Rhys sich bereit fühlt.

»Das heißt aber, Malik könnte nicht mit einziehen?«

»Das halte ich für keine gute Idee. Auch für ihn nicht. Tür an Tür mit mir zu wohnen ist vielleicht doch ein bisschen viel.«

Rhys nickt. »Könnte ich mir die Wohnung denn allein überhaupt leisten?«

»Du könntest dir einen anderen Mitbewohner suchen«, schlage ich vor. »Also nur, wenn du willst.«

Wenn Rhys tatsächlich neben uns einziehen würde, wäre das die Lösung für all unsere Probleme. Er wäre präsenter in Jeannies Leben, könnte spontan ihre Betreuung übernehmen. Er könnte mein Auto leihen an Tagen, an denen ich an meinem Schreibtisch versauere.

Aber womöglich bin ich auch zu schnell mit meinen Plänen. Ich hoffe, ich habe ihn nicht überfordert.

»Das wäre toll«, sagt Rhys und strahlt.

Ich schaue auf die Uhr. »Das war also unser letztes Quartalsgespräch.« Rhys grinst etwas verlegen. »Überleg dir einfach, ob du dir vorstellen kannst, unser Nachbar zu sein.«

»Das mache ich. Danke, Amy.«

»Und jetzt ab mit dir, sonst wundert sich deine Schwester, wo du bleibst.«

Doch Rhys macht keine Anstalten zu gehen. Im Gegenteil, er stützt seine Ellenbogen auf seine Knie und verbirgt das Gesicht in seinen Händen.

»Was ist los?«, frage ich. »Kann ich noch etwas für dich tun?«

Er räuspert sich. »Das nicht«, sagt er zögerlich. »Aber ich würde dir gerne noch etwas sagen. Etwas, das ich schon eine ganze Weile mit mir herumtrage.«

»Okay?«, sage ich leicht fragend.

»Es ist nichts, was ich absichtlich geheim gehalten hätte«, fährt er fort, und in meinem Kopf schrillen sofort alle Alarmglocken. »Tamsin weiß Bescheid, und auch Malik habe ich eingeweiht. Aber bei dir fiel es mir nicht so leicht. Ich hatte Angst, du würdest mir nicht glauben. Jetzt kennen wir uns allerdings gut genug, schätze ich.«

»Raus mit der Sprache«, sage ich und bemühe mich, sanft zu klingen.

»Also. Ähm«, macht er. »Die Zeit, die ich im Gefängnis verbracht habe. Der Prozess und alles. Meine Strafe. Was man mir vorgeworfen hat.«

Ich habe Mühe, einen Zusammenhang zu finden, doch ich lasse ihn weitersprechen.

»Meine Vergangenheit und so. Also. Ich. Ähm. Ich war unschuldig.« Er blickt auf.

»Was?« Ich schreie es fast in den Raum.

»Ja. Es stimmt. Du musst mir nicht glauben, es spielt ohnehin keine Rolle. Aber ich wollte, dass du es weißt.«

»Was sagst du da?« Meine Stimme ist immer noch ungewöhnlich laut. Ich glaube, mir wird schlecht.

»Ich habe keinen Grund, dich anzulügen«, sagt er, deutlich gefasster, als ich es bin. »Ob du mich weiterhin als Straftäter siehst und vollkommen vorurteilsfrei mit mir umgehst oder die Wahrheit kennst – ich würde mit einer Lüge nichts gewinnen.«

Ich nicke langsam. Er hat recht. Natürlich hat er recht. Ich sinke in mich zusammen. »Erzähl mir alles«, sage ich.

Nach dem Gespräch mit Rhys bin ich absolut erschüttert. Die Hochstimmung darüber, dass er vielleicht neben Jeannie und mir einzieht, ist dem Entsetzen darüber gewichen, was ihm widerfahren ist. Er hat mir alles erzählt. Von seinem Stiefvater, von dem Prozess, der so schnell vorbei war, dass niemand verstand, was passierte. Und ich treffe eine Entscheidung. Ich werde mich umhören. Werde Nachforschungen anstellen. Versuchen, Gerechtigkeit für Rhys zu erwirken. Ich kann ihn nicht einweihen, denn vermutlich ist dies ein Kampf, den man nicht gewinnen kann. Aber mein Kontaktmann bei der Polizei weiß vielleicht etwas. Und Malcolm hat einen alten Freund, der Staatsanwalt ist. Ich verliere keine Zeit und setze mich sofort an meinen Schreibtisch, um zwei E-Mails zu schreiben.

Dann atme ich einmal tief durch und versuche, meine Gedanken zu strukturieren. Ich habe es nicht in der Hand. Aber andere Dinge kann ich kontrollieren. Am Wochenende werden wir erst einmal renovieren. Heute Abend kommt außerdem noch Maliks Dad, der Elektriker ist, um die Leitungen in der Wohnung zu kontrollieren. Wenn alles fertig ist, wird es sicher ein wunderschönes Zuhause – vielleicht für Rhys. Vielleicht wird es das Zuhause, in dem er wohnt, wenn er rehabilitiert ist. Falls.

Aber egal, wie die Geschichte ausgeht: Ihn näher bei uns zu haben wäre für uns alle großartig. Für Jeannie und für ihn. Und auch für mich, wie ich mir eingestehen muss. Denn es ist das erste Mal in meinem Leben, dass ich das Gefühl habe, ich könnte Freizeit brauchen. Freizeit mit Sam. Die Geschichte zwischen uns ist natürlich alles andere als geklärt, aber ich fühle mich in seiner Gegenwart wohl. So wohl, dass ich mehr davon will. Immer mehr. Ich frage mich, ob Drogenabhängige sich so fühlen. Ob die

Sehnsucht nach dem nächsten Schuss ähnlich intensiv ist wie die Sehnsucht nach der nächsten Berührung. Kurz flackert ein ungutes Gefühl in mir auf. Die schemenhafte Erinnerung an Imogen. Während ich auf einmal das Leben genieße, hatten andere nicht so ein Glück. Ist es in Ordnung, dass ich mich wohlfühle? Darf ich das? Doch ich schiebe den Gedanken beiseite. Ich muss vorsichtig sein. Wenn mein Kopf eine falsche Abzweigung nimmt, kann das ganz schnell nach hinten losgehen. Denn Gedanken triggern Erinnerungen. Und Erinnerungen lähmen.

Stattdessen beschließe ich, Sams Nummer zu wählen. Seine Stimme zu hören nach einem solchen Nachmittag, ist genau das, was ich brauche. Ich will, dass das für mich zu etwas Alltäglichem wird.

»Womit habe ich dieses Vergnügen verdient?«, fragt er am anderen Ende der Leitung. An seiner Stimme kann ich hören, dass er lächelt. Unwillkürlich muss auch ich lächeln.

»Ich habe mich gefragt, was du gerade machst«, sage ich.

»Ich entwerfe mit Antheas Hilfe Flyer für ein Filmfestival.«

»Den Augen Wonne, dem Verstand ein Wunder«, höre ich sie sagen.

Sam stöhnt. »Rette mich, holde Amy«, sagt er. »Rette mich vor dem Wahnsinn!«

»Was machst du am Wochenende?«, frage ich plötzlich ganz aufgekratzt, weil seine Freundin Anthea nun weiß, dass er mit mir spricht.

»Alles stehen und liegen lassen, falls du dich mit mir verabreden willst.«

»Die Lust an leichter Sünde ...«, säuselt Anthea lachend neben ihm, und ich höre, wie Sam jetzt aufsteht und sich anscheinend von ihr entfernt. Ihr Lachen wird schwächer und schwächer.

»Ich habe nächstes Wochenende eine umfassende Renovierungsaktion für die Wohnung nebenan geplant«, sage ich. »Ich weiß nicht, ob das als Verabredung zählt ...«

»Ich bin dabei«, sagt Sam. »Ich bin sehr gut darin, in Farbeimer zu treten und mir Stromschläge an nackten Kabeln zu holen.«

»Eins musst du allerdings wissen«, sage ich. »Wir werden nicht allein sein.«

Er lacht. »Es ist nicht so, als wäre ich das nicht von dir gewohnt.«

»Aber diesmal ist es nicht nur Jeannie. Malik und Rhys helfen auch. Tamsin wird da sein. Und vielleicht Maliks Freundin Zelda.«

Am anderen Ende der Leitung herrscht Schweigen, und ich bin mir sicher, dass ich zu weit gegangen bin. Doch dann sagt Sam: »Das klingt ganz wunderbar.«

 *Sam*

**18**  Meine Samstage folgen normalerweise immer dem gleichen Rhythmus. Ich hole mir Frühstück im Café um die Ecke, skype mit meinen Eltern, räume meine Wohnung auf und gehe am Abend, wenn ich nicht verabredet bin, ins *Electric*. Ich nenne es meinen »Einzelkind-Samstag«. Als ich noch in Rosedale bei meinen Eltern lebte, waren die Samstage Tamsins und meine »Geschwistertage«, sodass unsere Eltern jede zweite Woche einen Tag für sich hatten. In Pearley, wo ich mich von Anfang an ins Studentenleben stürzte, merkte ich schnell, dass ich einen Tag für mich brauchte.

Doch dieser Samstag ist anders. An diesem Samstag ist die Welt schöner, bunter, lebendiger. Mein Donut schmeckt süßer als an allen anderen Samstagen zuvor. Die Sonne scheint heller, und die Menschen sind freundlicher.

Selbst meine Eltern sehen auf dem kleinen Bildschirm meines Laptops glücklicher aus. Noch glücklicher, denke ich, was eigentlich unmöglich ist.

»Hi, Sam«, rufen sie im Chor, und mein Dad legt seinen Arm um meine Mom.

Meine Eltern sind großartig. Als Eltern, als Partner, es ist beinahe scheußlich, ein so perfektes Vorbild zu haben. Manchmal denke ich, dass ich deswegen Schwierigkeiten hatte, mich auf längere Beziehungen einzulassen.

Ich erzähle ihnen, dass mein Essay veröffentlicht werden soll und ich es in die Endrunde für den Nachwuchspreis geschafft habe. Kurz bin ich versucht, ihnen etwas von Amy zu erzählen, aber dann kommt es mir komisch vor, als wäre es zu früh, diesen Druck aufzubauen.

»So ein Preis würde sicher auch deine Chancen erhöhen, nach der Promotion an der Uni zu bleiben, oder?«, fragt mein Dad. Er lässt es sich nicht anmerken, aber ich weiß, dass er sich manchmal Sorgen macht, die Literaturwissenschaft könnte eine Sackgasse gewesen sein.

»Als hätte er das nötig«, sagt meine Mom. Sie war schon immer der Ansicht, dass es sinnvoller ist, seinen Leidenschaften nachzugehen, als sich zu etwas drängen zu lassen, das einem keinen Spaß macht. »Arbeitslos kannst du immer werden. Aber wenn du die Zeit davor mit etwas verbringst, das dir Spaß macht, bereust du weniger«, sagte sie mir, als es um die Auswahl meines Hauptfachs ging.

Unser Telefonat ist deutlich kürzer als sonst, schließlich habe ich zugesagt, Amy bei ihren Renovierungsarbeiten zu unterstützen. Sobald ich das Gefühl habe, dass es nicht mehr unhöflich ist, sie abzuwürgen, beende ich das Gespräch. Dann ziehe ich mir eine alte, zerschlissene Jeans und ein ausgeleiertes T-Shirt an.

Amy öffnet mir die Tür, und ihr Anblick, wie sie in ihren abgetragenen Leggins und dem schlabbrigen T-Shirt vor mir steht, raubt mir den Atem. Sie verzaubert mich jedes Mal, wenn ich sie sehe, aufs Neue. Sie trägt ihre Haare zu einem unordentlichen Dutt hochgebunden, und ich würde sie am liebsten sofort an mich ziehen, ihr die Ponyfransen aus der Stirn streichen und sie küssen. Aber ich bin unsicher, ob ihr das vor den anderen recht ist. Ob ihr das allgemein recht ist. Aus dem Inneren der Wohnung hört man Stimmen und Gelächter.

»Komm rein«, sagt sie und haucht mir zur Begrüßung einen schnellen Kuss auf die Wange. Ich lasse meine Finger flüchtig über ihren Arm wandern, und sie schenkt mir ein Lächeln.

»Wir haben Verstärkung bekommen«, verkündet Amy, als ich hinter ihr in einen der leeren Räume trete. Leer bis auf den Schuttberg in der Mitte. »Und falls ihr euch wundert – Sam und ich sind gerade dabei ...« Sie bricht ab und blickt mich an.

»Uns kennenzulernen?«, biete ich an.

»Wir sind dabei, uns kennenzulernen«, sagt Amy.

Rhys und Malik sehen überrascht aus, reagieren aber nicht weiter auf diese Nachricht. Tamsin und Zelda hingegen geben komische Geräusche von sich. Eine Mischung aus unterdrücktem Quietschen, Kichern und Jubel.

»Was tun sie?«, flüstert Amy. »Was ist mit ihnen?«

Ich zucke die Schulter. »Ich glaube, das ist ihre Art, sich zu freuen.«

»Ich bin froh, dass es nicht auch deine Art ist«, sagt sie und beginnt dann aufzuzählen, was wir heute alles schaffen wollen. Den Müll entsorgen, die Wände streichen, Boden verlegen. »Vor dem Haus steht Malcolms Van. Rhys, Jeannie und ich waren heute Morgen schon bei *Home and Hardware* und haben alles besorgt. Als Erstes würde ich also vorschlagen, dass wir das Zeug nach oben schaffen.«

Wir machen uns daran, das Auto auszuladen. Auf dem Weg nach unten nimmt jeder so viel Schutt mit, wie er tragen kann. Das Auto ist zwar voll beladen, aber mehr als dreimal müssen wir nicht rauf- und runterlaufen.

Als wir uns das letzte Mal aufmachen, die Treppen hochzustiefeln – Tamsin, Amy und Jeannie sind oben geblieben, um schon mal Ordnung in das Chaos zu bringen –, sagt Zelda: »Trag mich, Malik!«

Er lacht. »Bist du deswegen noch mal mit runtergekommen? Damit ich dich wieder hochtrage?«

Sie zuckt mit den Schultern. »Vielleicht?«

»Und wenn ich dich trage, wer trägt dann die Farbeimer?«, fragt Malik.

»Das könnte ich machen.«

Malik schnaubt. »Ja, sicher. Dann kann ich sie gleich selbst nehmen.«

»Okay, wenn du mich *und* die Farbeimer tragen kannst, ist das natürlich umso besser.« Sie grinst breit.

»Du bist unmöglich«, sagt Malik, geht aber tatsächlich in die Hocke.

Rhys und ich sehen mit offenen Mündern dabei zu, wie Malik Zelda huckepack nimmt. Sie klammert sich an ihn, sodass er tatsächlich noch zwei Hände frei hat, um die letzten beiden Farbeimer zu tragen. Zelda jauchzt, als er sich in Bewegung setzt. Sprachlos stehen wir am Fuß der Treppe und beobachten, wie Malik immer noch relativ leichtfüßig nach oben läuft.

»Wahnsinn«, sagt Rhys, und ich nicke. Dann: »Du und Amy also, hm?«

»Sieht so aus«, erwidere ich. Es fühlt sich seltsam an, mit Rhys darüber zu sprechen.

»Coole Sache.« Er klopft mir auf die Schulter.

Es ist erstaunlich, aber ich habe das Gefühl, als würde diese Geste etwas bedeuten. Akzeptanz vielleicht. Entspanntheit. Wir schnappen uns den Rest der Laminatdielen und tragen sie nach oben in die Wohnung.

Die Renovierungsarbeiten sind ein großer Spaß mit genau der richtigen Portion Ernst. Es gibt ein Streichteam und ein Bodenteam. Sobald ein Raum gestrichen ist, wird Laminat verlegt. Amy weiß genau, was sie tut, und ich bin wirklich beeindruckt von ihren Fähigkeiten. Während ich mit Malik, Zelda und Tamsin streiche, sind sie und Rhys ein Zimmer weiter beschäftigt. Ich habe dennoch den Eindruck, als würde sie öfter als nötig in meiner Nähe auftauchen. Wir berühren uns, wenn überhaupt, zwar nur flüchtig, aber jedes Mal entfacht ihre Nähe in mir den unbedingten Wunsch, sie vor den Augen aller zu küssen. Und wenn ich ihre Blicke richtig deute, lässt sie meine Anwesenheit auch nicht völlig kalt.

Jeannie springt unterdessen aufgeregt hin und her, streicht mit ihrem Pinsel ein wenig ziellos an den Wänden entlang oder hopst auf dem frisch verlegten Laminat herum.

»He, einziger Mensch, der kleiner ist als ich«, sagt Zelda zu ihr. »Wie wäre es, wenn wir beide mal Getränke besorgen?« Sie nimmt Jeannie an der Hand.

»Iiiiih«, quietscht sie. »Du machst mich ganz voller Farbe!« Mit ihrem Pinsel malt sie Zelda einen Fleck auf die Hand. Daraufhin stupst Zelda Jeannie mit ihrem Pinsel Farbe auf die Nase. Jeannie kreischt und lacht.

»Im Kühlschrank drüben ist Wasser«, sagt Amy, die in die Küche kommt, in der wir gerade mit dem Streichen begonnen haben. »Die Tür müsste offen sein. Jeannie, zeigst du Zelda, wo alles ist?«

Jeannie nickt eifrig und läuft mit Zelda im Schlepptau davon. Tamsin geht nach nebenan zu Rhys, und Malik, der erst unschlüssig herumsteht, nuschelt etwas von »Toilette« und verlässt ebenfalls den Raum.

»Wir kommen gut voran«, sagt Amy. »Danke für deine Hilfe!«

»Jederzeit«, erwidere ich und gehe langsam auf sie zu. Ihre Körpersprache signalisiert Alarmbereitschaft – aber andererseits kommt sie mir entgegen. Ihr Blick ist sanft und suchend.

Im nächsten Moment steht sie dicht vor mir. Ich habe das dringende Bedürfnis, sie in die Arme zu nehmen, entscheide mich aber dagegen, um sie nicht zu erschrecken. Dennoch kann ich den fruchtigen Duft ihres Haars riechen. Mir wird beinahe schwindelig vor Sehnsucht nach Berührung.

»Vorsicht, ich bin voller Farbe«, sage ich leise, als sie noch näher kommt, aber sie schüttelt nur den Kopf, streckt sich zu mir und drückt mir einen flüchtigen Kuss auf die Lippen. Sofort steht mein Körper in Flammen. Ich will sie so dringend nah, näher und immer näher bei mir haben. Körper an Körper, Haut an Haut. Aber es ist zu früh. Meine Hand sucht ihre Wange. Mit dem Daumen streiche ich über ihre zarte Haut und hinterlasse eine Spur aus weißer Farbe. Beim Versuch, sie wegzuwischen, verteile ich sie nur noch großzügiger.

»Bitte entschuldige«, sage ich lachend, während ich immer noch versuche, die Farbe mit dem Handballen wegzubekommen.

»Macht nichts«, erwidert Amy. »Allerdings bedeutet das wohl, dass du mich behalten musst, jetzt, wo du mich markiert hast.«

»Das war von Anfang an der Plan«, sage ich und wage es, ihr ebenfalls einen leichten Kuss auf die Lippen zu drücken. Ich bin mir nicht sicher, ob wir schon so weit in die Zukunft planen, ob ihr das recht ist, aber ich nehme all meinen Mut zusammen und sage: »Hör mal, ich wollte dich etwas fragen.«

Sie blickt auf.

»Ich bin in der Endauswahl für so einen Preis. Es ist keine große Sache. Oder vielleicht doch. Also ja, es ist eine große Sache. Deswegen bin ich zu einem Fakultätsdinner eingeladen. Ich kann jemanden mitbringen, und da habe ich mich gefragt, ob du vielleicht ...« Ich traue mich kaum, den Satz zu beenden.

»Wenn ich Zeit habe, komme ich sehr gern«, sagt Amy und küsst mich sanft auf den Mundwinkel.

Aus dem Nebenraum hört man auf einmal lautes, hallendes Lachen und Jubelrufe. Wir sehen uns fragend an. Im nächsten Moment springt Tamsin in den Raum. Sie zieht Rhys an der Hand hinter sich her und strahlt breit. Rhys blickt grinsend zu Boden.

»Sag schon«, fordert Tamsin ihn auf und boxt ihn in die Seite.

»Also, ähm«, beginnt er. »Wenn das Angebot noch steht ...« Er sieht auf, entzieht Tamsin seine Hand und steckt sie in die Hosentasche. »Tamsin und ich würden gerne hier einziehen.«

Tamsin springt auf und ab und klatscht in die Hände. Sie sieht glücklich aus. So glücklich!

»Natürlich steht das Angebot noch«, sagt Amy. »Wann wollt ihr einziehen?« Sie strahlt ebenso, und auch ich lasse mich vom allgemeinen Freudentaumel anstecken.

Tamsin läuft auf Amy zu und will sie umarmen. Doch sie weicht einen Schritt zurück.

»Oh, sorry, vergessen, dass du nicht so auf Umarmungen stehst.« Stattdessen umarmt sie nun mich. »Ist das nicht großartig?«, fragt sie.

»Ja, wirklich großartig. Ich freue mich sehr für euch«, sage ich. Ich blicke zu Rhys, der sich nun sichtlich entspannt hat. Er sieht mich und Tamsin an – und lächelt.

»Was ist denn das für ein Lärm?«, fragt Zelda. Sie und Jeannie sind beladen mit Wasserflaschen zurückgekehrt.

»Rhys und ich ziehen zusammen«, sagt Tamsin und lächelt.

»Ich schätze, das bedeutet, du putzt für den Rest unseres Zusammenwohnens die Wohnung.« Malik, der sich ebenfalls zu uns gesellt, klatscht mit Rhys ab. Zur Erklärung fügt er hinzu: »Wir haben gewettet. Ich wusste, dass Tamsin nicht ablehnen würde. Aber Rhys – na ja, ihr kennt ihn ja. Eine Ausgeburt von Optimismus.«

»Halt die Klappe«, sagt Rhys scherzhaft.

»Vorsicht, Mann«, erwidert Malik. »Ich darf ab jetzt nur noch mit Samthandschuhen angefasst werden. Mein Mitbewohner verlässt mich.«

»Ich hätte dir meine Samthandschuhe leihen können. Aber leider habe ich sie bei meinen Eltern vergessen«, sagt Zelda. »Dabei hatte ich wirklich schöne. Gingen bis hier.« Sie zeigt auf ihren Ellenbogen.

»Wir finden einen neuen Mitbewohner für dich, Malik«, mischt sich Amy ein. »Nächste Woche lerne ich einen Kandidaten kennen.«

»Frag ihn, was er gerne isst«, sagt Malik. »Man lernt durch ihre Essgewohnheiten eine Menge über Menschen.«

»Was hast du über mich gelernt?«, fragt Zelda.

»Und über mich?« Tamsin blickt ihn interessiert an.

Malik grinst. »Also bei dir ist es wirklich offensichtlich, Zelda. Du bist der süßeste Mensch, den ich kenne. Wenn andere zu Staub zerfallen, wirst du zu Puderzucker.«

»Morbide«, sagt sie. »Aber gefällt mir.«

»Du, Tamsin, liebst das Sichere, aber in all seinen Formen. Experimente in geregelten Bahnen. Abenteuer, die auf jeden Fall gut ausgehen.«

»Und das liest du aus meiner Begeisterung für Pasta?« Tamsin sieht Malik ungläubig an.

»Na ja, Pasta gibt es in allen Formen und Farben. Aber es ist eben immer Pasta. Bekannt und trotzdem neu.« Malik zuckt mit den Schultern.

»Was ist dein Lieblingsessen«, fragt Amy an mich gewandt. Will sie das Spiel mitspielen? Ich blicke sie an, und mir wird ganz warm. Sie ist so gelöst hier inmitten ihrer Freunde. Und ich kann mich glücklich schätzen, dass ich dazugehöre.

»O ja«, sagt Tamsin. »Mal schauen, ob du auch so treffsicher bei jemandem bist, den du nicht gut kennst!«

»Ich habe nicht wirklich ein Lieblingsessen«, sage ich. »Aber wenn ich mich entscheiden muss, dann sage ich: alles, was mit Käse überbacken wird.« Ich schiebe noch ein »Sorry« hinterher, weil ich nicht glaube, dass Malik damit sonderlich viel anfangen kann.

Doch er sieht mich konzentriert an, denkt einen Moment nach und sagt dann: »Du bist überzeugt davon, dass am Ende alles gut wird. Du hast ein Grundvertrauen in dich und die Welt um dich herum. Du glaubst fest an ein Happy End – im Leben, in der Liebe« – er zwinkert Amy zu – »und beim Essen.«

Kurz bin ich sprachlos. Ich habe noch nie wirklich darüber nachgedacht, aber ich bin mir sicher, dass Maliks Beschreibung stimmt. Die Tatsache, dass mein Leben bislang so problemfrei verlaufen ist, hat mich dieses Grundvertrauen nie hinterfragen lassen. Unbewusst habe ich mich immer als Glückskind gesehen.

»Das passt zu hundert Prozent«, sagt Tamsin und lacht. »Malik, damit könntest du auftreten!«

»Du bist, was du isst«, ruft Zelda. »Selten hat ein Spruch so gut gepasst! Das wird der Titel deiner Welttournee!«

Maliks bescheidenes »Ich weiß nicht« geht im allgemeinen Gelächter unter. Jeannie kugelt sich auf dem schmutzigen Boden, obwohl ich mir nicht einmal sicher bin, ob sie alles verstanden hat. Andererseits ist Jeannie das weiseste Kind weit und breit. Vielleicht könnte Sie Maliks Sidekick sein.

Als es langsam dämmert, beschließen wir, den Rest auf den nächsten Tag zu verschieben. Wir haben heute schon viel geschafft. Bis auf den Flur und das Badezimmer sind alle Räume gestrichen. Im Schlafzimmer ist bereits Laminat verlegt, und Amy hat in der letzten Stunde in allen Zimmern Lampen installiert.

»Wenn ich mir das so ansehe«, sagt sie, »kriege ich beinahe Lust, mein Büro auch zu renovieren. Würde sicher nicht schaden.«

Rhys und Malik bieten sofort ihre Hilfe an, aber Amy winkt ab. »Eins nach dem anderen. Aber wenn irgendwer mal zu viel Zeit haben sollte, der Flur freut sich sicher über einen neuen Anstrich.«

Als sich wenig später allgemeine Aufbruchsstimmung breitmacht, fragt Jeannie: »Kann ich mit zu Rhys und Malik?«

»Hast du denn Rhys und Malik gefragt?«, will Amy wissen.

»Rhys hat *mich* gefragt.« Jeannie stemmt die Hände in die Hüften, als wäre Amys Frage unverschämt.

»Malik macht morgen Pancakes«, schaltet sich Rhys

ein, der gerade in die Küche kommt. »Das sollte Jeannie auf keinen Fall verpassen.«

Mir entgeht nicht, dass er mir einen Blick zuwirft. Ein Schmunzeln breitet sich auf seinem Gesicht aus. Will er uns den Rücken frei halten? Das ist rührend, aber so weit sind Amy und ich sicher noch nicht.

»Also gut, dann sehen wir uns morgen«, sagt Amy, und Jeannie springt jubelnd durch die leere Küche.

Ich mache mich ebenfalls zum Gehen bereit. Doch als ich mich von Amy verabschieden will, flüstert sie: »Magst du noch bleiben?«

»Ist dir das denn recht?«

Als Antwort nimmt sie meine Hand und drückt mir einen Kuss auf den Mund. Sie tut dies so selbstverständlich, dass es mir beinahe unwirklich vorkommt.

 Amy

**19**  Ich bin seltsam aufgekratzt. Dank der vielen Helfer sieht die Nachbarwohnung schon richtig gut aus. Ich habe das Gefühl, dass wir richtig viel geschafft haben. Und ich bin bereit, den nächsten Schritt zu gehen. Ich will, dass Sam bei mir übernachtet. Es fühlt sich gut an. Natürlich. Ein bisschen schnell vielleicht, aber mir fällt kein Grund ein, warum es nicht funktionieren sollte. Ich darf das, sage ich mir immer wieder, obwohl ich genau spüre, dass sich irgendwo tief in mir drin Widerstand regt. Doch jetzt, da alle Bescheid wissen und es niemanden zu stören scheint, können wir einen weiteren Schritt wagen. Sam, der so geduldig mit mir ist, hat es verdient. Er soll wissen, dass es mir mit ihm gut geht. Den Rest verschiebe ich auf später.

»Ich glaube, ich will mich fallen lassen«, sage ich, und meine Stimme hallt von den kahlen Wänden wider.

Sam macht große Augen. Schöne Augen. »Bist du dir sicher? Ich meine, die Farbdämpfe könnten dir die Sinne vernebelt haben.« Wieder ist da dieses schelmische Grinsen.

»Ich bin mir sicher. Ob es nun die Farbe ist oder mein eigener hausgemachter Irrsinn, spielt dabei keine Rolle.«

Jetzt oder nie. So fühlt es sich an. Bevor mein Kopf mich davon abhalten kann, positioniere ich mich mit dem Rücken zu Sam. Nur keine Gedanken zulassen.

»Ich hab dich«, sagt Sam, sein Versprechen wiederholend, und seine Stimme weckt etwas in mir.

Ich schließe die Augen, atme tief ein – und lasse mich fallen. Der Moment kommt mir vor wie in Zeitlupe. Ich sehe mich selbst nach hinten sinken, das mulmige Gefühl in meinem Bauch weicht einer schwindeligen Schwärze, die jedoch viel weniger bedrohlich ist, als ich dachte. Die Welt kippt um – so fühlt es sich an – und ich mit ihr. Ich falle und falle. Und dann ist da Sam. Seine Arme fangen mich auf. Ich lande weich gegen seine Brust. Das lang gezogene Keuchen, das ich nicht zurückhalten konnte, verstummt, und ich sinke einfach nur tiefer in seine Umarmung.

»Du hast es geschafft«, jubelt Sam und richtet mich wieder auf.

Ich habe die Sprache noch nicht wiedergefunden und nicke nur, die Augen weit aufgerissen. Mir wird warm und kalt, und das Adrenalin beginnt mein Gehirn zu besetzen.

»Das war ... Du hast mich aufgefangen.« Ich weiß nicht, warum ich so überrascht klinge.

»Natürlich.« Sam grinst. »Du kannst mir vertrauen.«

Dieser Satz ist so schön und so fremd. Vertrauen. Ein großes Wort. Zwischen Jeannie und mir funktioniert es. Sie vertraut mir, und ich weiß nicht einmal warum. Denn nach allem, was sie erlebt hat, muss es für sie schwierig gewesen sein, sich in ihrem neuen Leben zurechtzufinden. In einem Leben bei einer ihr unbekannten Person. Und wenn Jeannie es kann, warum soll ich scheitern?

»Ich weiß«, sage ich leise und nehme Sams Hand, verwebe unsere Finger. Erneut fühlt es sich an, als würde ich fallen, und wieder ist Sam da und fängt mich.

Ganz sanft zieht er mich an sich. Beinahe glaube ich, mir nur einzubilden, dass die Bewegung von ihm ausgeht. Es ist wie bei unserem Tanz beim Improvisationskurs im

Studentencafé. Kaum merklich bedeutet er mir, zu ihm zu kommen. Dicht zu ihm. Ganz nah. Noch näher. Es ist eng, und es ist beängstigend, aber ich lasse zu, dass er seine Arme um meinen Körper legt und mich an sich drückt. Nicht zu fest, nicht zu zaghaft. Er gibt mir das Gefühl, jederzeit abhauen zu können, und zeigt mir gleichzeitig, dass er es nicht möchte. Mir wird bewusst, dass ich es auch nicht möchte. Ein erstaunliches Gefühl. Die freiwillige Nähe zu einer anderen Person. Und wieder spüre ich die Geborgenheit, die mich schon bei unserer ersten vorsichtigen Umarmung überrascht hat.

»Verrückt«, flüstere ich und hoffe, dass Sam mich nicht gehört hat.

»Was meinst du?«, fragt er dicht an meinem Ohr. Sein Atem kitzelt mich.

»Das hier. Du. Nein, eher ich.«

Sam lacht leise. »Weißt du, was die Grinsekatze dazu sagen würde?«

»Was?« Ich hebe den Kopf und sehe ihn an. Unsere Blicke treffen sich.

»*Wir sind hier alle verrückt. Ich bin verrückt. Du bist verrückt. Wenn du es nicht wärst, dann wärst du nicht hier.*«

Sam hat kaum zu Ende gesprochen, als ich merke, wie die Mauer, die ich in mir und um mich errichtet hatte, in sich zusammenfällt. Fast meine ich, er müsse das Rumpeln der schweren Steine hören, diesen gewaltigen Donner, mit dem das Gebilde zerbirst.

Ich schlinge meine Arme um seinen Hals und ziehe seinen Kopf zu mir. Er kommt näher und näher, und dann senkt er seine Lippen auf meine. In mir breitet sich eine süße Wärme aus, die auf meinen Lippen beginnt und von dort in jeden Winkel meines Körpers vordringt. Doch es reicht nicht. Ich öffne vorsichtig meinen Mund, fordere ihn heraus, es mir gleichzutun. Jede noch so kleine Bewegung ist von Bedeutung. Sam öffnet ebenfalls seine Lippen, und sogleich tastet sich meine Zunge suchend vor. Ich will ihn schmecken, will mich in seiner Umarmung und unserem Kuss verlieren. Unsere Zungen treffen aufeinander, zögerlich, zaghaft. Sam entweicht ein Stöhnen. Ich kann nicht anders und kralle meine Hände in seine weichen, welligen Haare. Ich will ihn näher, noch näher. Er drückt mich fester an sich, während meine Zunge in seinen Mund vordringt. Jetzt gibt es kein Entkommen mehr für mich. Ich kann nicht mehr weg. Aber ich merke, ich will nicht entkommen, will nicht weglaufen. Ich will genau hier sein, in Sams Armen, die mich fangen, wenn ich falle.

Ich ziehe mich wieder etwas zurück und signalisiere ihm so, dass er nun auch mich kennenlernen soll. Er reagiert sofort und bahnt sich behutsam und doch leidenschaftlich seinen Weg in meinen Mund. Ein gieriges, sehnsüchtiges Schnaufen dringt an mein Ohr, und ich stelle überrascht fest, dass ich es bin, die dieses Geräusch von sich gibt. Während unsere Zungen einander umkreisen und sich liebkosen, lassen unsere Lippen nicht voneinander ab. Wir sind in perfektem Einklang, spüren einander, kommunizieren durch Berührungen. Zeigen unser gegenseitiges Verständnis und Vertrauen. Es ist ein erhabenes Gefühl und sprengt jede Vorstellung, die ich vielleicht mal von Zwischenmenschlichkeit hatte. Ich erlebe die seltsamsten, intensivsten, verlangendsten Empfindungen meines Lebens, und ich falle. Hinein ins Ungewisse, das mir so schön vorkommt wie nichts je zuvor.

Langsam lösen wir uns voneinander. Atemlos und überrascht. Wir sehen uns in die Augen und grinsen beide breit.

»Willst du heute Nacht hierbleiben?«, frage ich, weil ich ganz und gar nicht bereit bin, ihn nach diesem Kuss irgendwohin gehen zu lassen.

Als Antwort zieht er mich wieder zu sich und drückt mir seine warmen Lippen auf die Stirn, auf die Schläfe. Es ist die ultimative Geborgenheit. Ein vollkommen unbekanntes Phänomen für mich. Das Beste. Das Absolute.

»In der Schublade müsste eine frische Zahnbürste sein«, sage ich, den Mund selbst voller Zahnpastaschaum.

Wir vollführen in meinem Badezimmer einen seltsamen Tanz umeinander herum. Ich merke, dass er unsicher ist, vorsichtig. Ich bin ihm so dankbar dafür und streiche mit einer etwas unbeholfenen Bewegung über seinen Arm, um ihm zu signalisieren, dass er sich entspannen kann. Er lächelt mich an und zieht triumphierend eine Zahnbürste aus der Schublade.

Ich spüle mir den Mund aus und wasche mir das Gesicht. Dann bedeute ich ihm, dass ich schon einmal nach nebenan gehe. In meinem Schlafzimmer bin ich unschlüssig. Es ist das erste Mal, dass ein Mann über Nacht bleibt. Ich horche in mich hinein, aber da ist nichts. Keine Angst. Stattdessen macht sich eine freudige Aufregung in mir breit. Sie weitet sich auf alle Teile meines Körpers aus. Um mich zu beruhigen, streiche ich langsam an meinen Armen auf und ab. Es passt einfach. Mit Sam passt es. Warum zögern? Warum warten? Und da sind weitere Fragen in meinem Kopf.

Werden wir miteinander schlafen? Die Frage, ob ich will, ist, ehrlich gesagt, seit unserem Zusammentreffen in der Bar beantwortet. Ich hätte mit ihm geschlafen, allerdings ohne all das Emotionale, das nun zwischen uns ist. Und ich würde es heute tun. Sam ist anziehend. Er ist schön, zärtlich. Er macht mich auf jede erdenkliche Weise an. Aber ich weiß auch, dass ich nicht bereit bin für Sex nach seinen Regeln. Das ist keine Option. Wenn ich mir vorstelle, nackt und verletzlich zu sein, während er über mir – auf mir – thront, ich mich nicht befreien kann! Sofort habe ich leichte Schweißausbrüche. Aber wenn er bereit wäre, es nach meinen Regeln zu tun … Doch ich bin unsicher. Denn er hat mich bereits einmal abgewiesen. Beim ersten Mal war es in Ordnung. Aber jetzt, da wir zusammen sind – oder so etwas Ähnliches –, wäre eine weitere Zurückweisung sicher schmerzhaft.

Nach ein paar Minuten höre ich die Badezimmertür. Gleich darauf tritt er zum zweiten Mal in mein Schlafzimmer.

»Hi«, sagt er und fährt sich durch die Haare.

»Hi.«

Es ist, als würden wir uns zum ersten Mal sehen. Sein Lächeln ist zaghaft. Ich setze mich auf mein Bett und blicke zu ihm auf. Ist Angriff die beste Verteidigung?

»Hör zu«, beginnt er. »Ich habe keinerlei Erwartungen an dich. Ich fühle mich geschmeichelt, dass ich die Nacht hier verbringen darf. Und ich hoffe, du weißt, dass ich auch noch ein paar Monate darauf gewartet hätte …«

»Schhhhh«, mache ich und lege mir einen Finger auf die Lippen, um ihn zum Schweigen zu bringen. »Ich will es.« Ich *darf* es.

»Das ist gut«, sagt er und setzt sich neben mich. »Ich will es auch.«

»Und ich will mehr«, höre ich mich sagen. »Alles.« Ich *darf* alles. Die nagende Stimme tief in mir drin zwinge ich zu schweigen.

»Okay?« Noch bevor ich ihn ansehe, höre ich das Lächeln in seiner Stimme.

»Aber ich habe Angst davor, abgewiesen zu werden.«

»Wie bitte?« Jetzt klingt er ungläubig. Aber nach wie vor amüsiert. »Darüber machst du dir Sorgen? Wie kommst du darauf, ich könnte dich abweisen?«

»Weil es schon einmal passiert ist«, sage ich leise. »Und ich bin nicht bereit, es auf deine Weise zu tun.«

»Wir reden also über Sex«, sagt er glucksend, und ich nicke. »Manchmal lohnt es sich, die Dinge beim Namen zu nennen, wenn eine Unterhaltung voraussetzt, dass beide Gesprächspartner wissen, um was es geht.«

»Halt die Klappe!« Ich boxe ihn in die Schulter.

»Dann willst du also nicht hören, wie ich über das Thema denke?«

»Doch«, beeile ich mich zu sagen. »Natürlich.« Mein Herz schlägt schnell.

»Ich könnte dich nicht abweisen, selbst wenn ich es wollte.«

»Aber …«

»An unserem ersten Abend war es etwas anderes. Du warst eine Fremde, die auf sehr seltsamen Sex stand. Aber jetzt ergibt alles Sinn, verstehst du? Je mehr ich über dich weiß, Amy, desto mehr will ich dich.«

»Denkst du, du könntest mir die Kontrolle überlassen?«

»Ich würde dir meine Seele überlassen«, sagt er, ohne mit der Wimper zu zucken.

Ich sinke nach hinten aufs Bett. In meiner Kehle hat sich bei Sams Worten ein Kloß gebildet, den ich erst einmal hinunterschlucken muss, bevor ich ihm wieder in die Augen sehen kann. Die Knöpfe, die er drückt, sind genau die richtigen, um mich aus der Reserve zu locken. Vom ersten Moment an. Immer wieder. Ich weiß nicht, wie es ihm gelingt, aber seine Worte, sein Sein hüllen mich in einen Wattebausch aus Sicherheit und Vertrauen, von dem ich nicht einmal wusste, dass er existiert.

»Das war ein bisschen zu kitschig«, sagt Sam. »Wow! Mich gruselt es fast vor mir selbst.«

»Nein«, erwidere ich ein bisschen erstickt. »Das war nicht kitschig.«

Er legt sich neben mich, stützt sich auf seinen Ellenbogen und verwebt unsere Finger miteinander. Allein die Tatsache, dass ich das nach so kurzer Zeit zulassen kann – es genieße –, ist ein kleines Wunder.

Eine Weile liegen wir schweigend nebeneinander. Mein Puls beruhigt sich, der Kloß in meinem Hals verschwindet. Als ich es wage, Sam wieder anzusehen, treffen sich unsere Blicke. Aus seinem spricht so viel Zuneigung, so viel zärtliches Begehren, dass ich wünschte, ich könnte mich ihm so hingeben, wie es als »normal« gilt. Aber bei dem Gedanken daran kehrt der Kloß sofort zurück. Ich habe mich zwar fallen gelassen, aber das Schlimmste, was dabei hätte passieren können, war ein schmerzhafter Sturz auf den Boden. Das Schlimmste, was passieren kann, wenn ich die Kontrolle über mich abgebe … Ich bin definitiv nicht bereit.

»Sam?« Meine Stimme ist zögerlich, weil meine Gedanken erst einmal wieder ins Hier und Jetzt zurückkehren müssen. Und dafür brauche ich Sams Hilfe.

»Hm?«, fragt er und lässt eine meiner Haarsträhnen durch seine Finger gleiten.

»Sagst du noch mal meinen Namen?« Es ist wohl das erste Mal in meinem Leben, dass ich eine andere Person, die nicht Malcolm ist, um etwas bitte. Um etwas Intimes. Denn mein Name stammt aus einer Zeit, als alles noch in Ordnung war. Meine Eltern haben ihn mir gegeben. Meine Bitte macht mich verletzlich, aber es ist aushaltbar. Emotionale Nähe ist leichter als körperliche.

Sam nähert sich mir, aber statt seine Lippen auf meinen Mund zu pressen, vergräbt er sein Gesicht in meinen Haaren. Er ist jetzt genau an meinem Ohr und raunt: »Amy ...« Und noch mal, leiser: »Amy ...«

Die Vibration seiner Stimme in Kombination mit dem leichten Lufthauch lässt mich erschaudern. Ich habe das Gefühl, dass Glück sich genauso anfühlen könnte. Er küsst die empfindliche Stelle hinter meinem Ohr und zieht sich dann wieder zurück.

»Wenn du willst«, sagt er, »tun wir es. Nach deinen Regeln. Alles, was du willst. Ich bin bereit.« Er ist etwas atemlos, aber sein Lächeln ist wunderschön. Frech und herausfordernd. Neugierig. »Du hast die Kontrolle. Was bedeutet das?«

»Ich bin oben«, sage ich.

»Damit habe ich kein Problem. Wie ist es mit Anfassen?«

Ich weiß, welche Antwort er sich erhofft, aber die kann ich ihm nicht geben. Das spüre ich. »Noch nicht. Nicht beim Sex. Dazu bin ich noch nicht bereit. Ist das in Ordnung?«

Er nickt. »Ich kann warten«, sagt er. »Für dich warte ich.«

Ich stehe auf und ziehe mir das T-Shirt mit den Farbklecksen über den Kopf. Sams Blick ist auf mich geheftet, und es gefällt mir, wie er mich ansieht. Als würde er nie wieder etwas anderes sehen wollen.

»Wie schön du bist«, sagt er. »Sieh dich an! Es ist fast grausam.«

»Spinn nicht rum«, erwidere ich, weil ich merke, wie ich rot werde.

Er grinst. »Warum macht dich das so verlegen?«, fragt er. »Wirf mal einen Blick in den Spiegel!« Er deutet an die Wand über meiner Kommode.

Ich drehe mich um und blicke mir selbst ins Gesicht. Ich weiß nicht, wann ich das zuletzt bewusst getan habe. Ich habe morgens keine Zeit für großartige Eitelkeiten. Ein bisschen Mascara, das ist eigentlich alles, was meine Make-up-Sammlung hergibt. Zumindest der Teil, den ich aktiv benutze.

Sam stellt sich hinter mich, allerdings ohne mich zu berühren. »Siehst du das?«, fragt er.

»Was denn?«

»Na, dich!« Er klingt beinahe empört.

Ich sehe vor allem ihn. Seine vollen Haare, seine braunen Augen, seine perfekt geformten Lippen.

»Wir sehen gut aus zusammen«, sage ich, und er küsst mich sanft auf den Hinterkopf.

»Wie wäre es mit etwas Musik?«, fragt er.

»Wenn du willst ...« Ich verstehe diesen Wunsch nach Musik nicht so ganz.

»Nein, ist nicht dringend nötig«, sagt er. »Ich dachte nur ...«

Statt noch etwas zu dem Thema zu sagen, drehe ich mich zu ihm um und beginne, sein T-Shirt nach oben zu schieben. Schon beim letzten Mal, als ich ihn oben ohne gesehen habe, fiel mir sein schöner Körper auf. Wieder fahre ich mit der Hand über seine Brust und seinen schlanken Bauch. Er zieht sich das Shirt über den Kopf. Ich sehe in seinem Blick, dass auch er mich berühren will. Beinahe kriege ich ein schlechtes Gewissen, doch ich hoffe einfach, dass es sich für ihn um eine süße Qual handelt. Denn als er seine Finger nach mir ausstreckt, weiche ich automatisch einen Schritt zurück.

»Entschuldige«, sagen wir beide gleichzeitig.

 *Sam*

**20**  O Gott, wie sehr ich sie berühren will. Es nicht zu tun verlangt ein Maß an Selbstkontrolle und Konzentration, zu dem ich normalerweise in solchen Momenten nicht mehr in der Lage bin. Aber gut, dann ist es eben so. Ihr Tempo, ihre Grenzen. Und wenn ich es mir recht überlege, ist es auf eine Art auch reizvoll. Neu, aufregend. Beinahe bin ich fasziniert davon, wie sehr es mich erregt, dass ich sie nicht anfassen darf.

»Legst du dich schon mal aufs Bett?«, fragt sie, und ich tue wie mir geheißen. Was auch immer sie will, sie wird es von mir bekommen. Sie öffnet ihren BH und lässt ihn von den Schultern gleiten. Im nächsten Moment streift sie sich ihren Slip von den Beinen. In meinen Boxershorts regt sich mein Penis, und ich kann es kaum erwarten, sie endlich aus der Nähe betrachten zu dürfen. Sie ist schön, so verflucht schön!

Amy dimmt das Licht, kommt zu mir und setzt sich aufs Bett. Ich kann nicht anders und setze mich auf, um mit der Hand durch ihr Haar zu streichen. Sie lässt es einen kurzen Moment geschehen, dann stupst sie mich sanft zurück aufs Bett. Ich gebe ein halb frustriertes, halb erregtes Seufzen von mir. Aus der Schublade ihres Nachtkästchens zieht sie ein Kondom. Am liebsten würde ich mich auf sie stürzen, ihren Kopf in meine Hände nehmen und sie leidenschaftlich küssen. Ich möchte mit meinen

Händen ihren Körper erkunden, ihre Brüste kneten und dann in sie eindringen. Langsam schaltet sich mein Verstand aus. Ich will Amy spüren, will in ihr sein. Ich will, dass wir uns beide verlieren. Will sie ausfüllen, sie alles um sich herum vergessen lassen. Es kostet mich unendlich viel Überwindung, hier still liegen zu bleiben und abzuwarten.

»Zieh dich aus«, flüstert sie.

Als ich meine Erektion befreit habe, sieht sie mich an, und ich bin mir fast sicher, dass ihre Mundwinkel leicht nach oben zucken. Ihr scheint zu gefallen, was sie sieht.

»Wenn wir von gutem Aussehen sprechen ...«, sagt sie.

Mit einer gekonnten Bewegung streift sie mir das Kondom über. Bei der Berührung bäume ich mich ihr leicht entgegen. Sie soll spüren, dass sie mich wahnsinnig macht. Jetzt kniet sie sich über mich, ihre Schienbeine links und rechts von mir. Der Körperkontakt ist schön, aber viel zu wenig. Meine Hände zucken nach vorne, und ich kann mich gerade so davon abhalten, Amy anzufassen. Stattdessen kralle ich mich in die Bettdecke, um ihr den Raum zu geben, den sie braucht. Sie lässt sich langsam auf mich sinken, und ich schließe kurz die Augen, während sie meinen Penis in sich aufnimmt. Ihr entfährt ein leises Stöhnen, als sie komplett auf mir sitzt. Es ist ein unglaubliches Gefühl, sie um mich zu spüren, auch wenn es nur ein kleiner Teil von mir ist. Als sie sich an mich gewöhnt hat, beginnt sie sich zu bewegen. Auf und ab, auf und ab. Ihr Rhythmus ist ruhig, und ich passe mich ihr an. Ich betrachte sie aus meiner machtlosen Position unter ihr. Im Zwielicht sieht ihre Haut beinahe weiß aus. Ihre schönen Brüste wippen auf und ab, und ihre langen Haare fallen ihr über die Schultern. Ihre Lippen sind leicht geöffnet, sodass ich die kleine Zahnlücke zwischen ihren oberen Schneidezähnen sehen kann. Es ist ein unglaublich erotischer Anblick. Sie erhöht langsam das Tempo, reitet immer schneller auf mir. Ihre runden Brüste, die spitzen Brustwarzen, ich in ihr – mein Kopf setzt aus, meine Hände umfassen ihren Po, und ich stöhne. In diesem Moment hält sie inne. Ich reiße meine Augen auf und blicke sie fragend an.

»Hör nicht auf«, keuche ich. Dann erst fällt mir auf, dass ich sie berühre. Sie sieht etwas erschrocken aus. »Bitte entschuldige«, sage ich und nehme die Hände weg.

»Nein«, sagt sie. »Lass sie da.«

Ich streiche ihr einmal sanft über den Po und lasse meine Hände dann liegen. »Bist du sicher?« Meine Stimme ist heiser, und ich will einfach nur, dass sie sich weiter bewegt.

Sie nickt. »Kleine Schritte«, sagt sie. »Aber nach vorne.«

Sie beugt sich zu mir und küsst meine Lippen. Vorsichtig und verheißungsvoll. Mein Penis zuckt in ihr, und ich schließe die Augen. Sie fährt mit der Hand durch meine Haare. Dann nimmt sie langsam den Rhythmus wieder auf. Ich bäume mich ihr entgegen, wieder und wieder. Sie wird schneller – und ich merke, dass es nicht mehr lange dauert, bis ich komme. Die innere Spannung, die Explosion, die sich anbahnt, ich kann sie spüren. Meine Beine zucken, mein ganzer Körper verkrampft sich auf diese süße, erlösende Weise. Ich nehme wahr, wie Amy nun ihre Finger zu Hilfe nimmt und sich selbst reibt. Sie stöhnt, schließt die Augen. Sie erhöht noch einmal das Tempo ihres Ritts. Ich spüre, wie sie sich um mich zusammenzieht. Wieder und wieder. Ihr Stöhnen und Keuchen wird lauter, ich stimme mit ein, und – wir kommen gemeinsam.

Im nächsten Augenblick ist Amy von mir hinuntergeklettert. Sex wie ein Punk-Song: mit einem sehr abrupten Ende. Sie reicht mir ein paar Taschentücher.

»Für das Kondom«, sagt sie.

Auf einmal muss ich lachen. Die ganze Situation ist so merkwürdig, dass ich einfach nicht anders kann. »Weißt du, was mir gerade klar geworden ist?«, frage ich kichernd.

»Was?« Sie lächelt. Zufrieden. Befriedigt.

»Dass ich nach dem Sex gern in den Arm genommen werde. Sonst fühle ich mich irgendwie ... benutzt.«

»Okay, warte.«

Sie steht auf, zieht sich ihr Shirt und ihren Slip wieder an. Dann klettert sie zurück ins Bett.

»Ich glaube, das geht.«

Sie legt sich in meinen Arm, und ich drücke sie an mich. Nicht zu fest, aber doch so, dass ich mir ihrer Anwesenheit sicher sein kann. Mit den Fingern fährt sie sanft über meinen Oberkörper.

»War es für dich in Ordnung?«, frage ich.

Amy nickt. »Ja, sehr. Danke.« Nach einer Weile fragt sie etwas zögerlich: »Und wie war es für dich?«

Ich küsse ihr Haar und lache leise. »Es war ungewohnt. Aber ziemlich heiß.« Und doch kann ich es kaum erwarten, irgendwann ohne ihre Regeln mit ihr zu schlafen.

**21** Ein paar Tage später wandere ich zum bestimmt zehnten Mal durch die leere Nachbarwohnung. Es ist uns an einem Wochenende gelungen, alle Wände zu streichen und das Laminat zu verlegen. Ich habe im Internet eine gebrauchte, relativ günstige Einbauküche gefunden, die ich mit Malcolms Unterstützung kaufen konnte. Rhys wird sich Malcolms Transporter leihen und sie abholen. Den Einbau organisiert er selbst, hat er gesagt. Mir kommt es sehr gelegen, dass Rhys ein geschickter Handwerker ist.

Meine Schritte hallen in den großen Zimmern wider, durch deren Fenster an diesem Morgen wie so oft die kalifornische Sonne strahlt. Die Wohnung ist alles andere als perfekt – ebenso wie meine. Sie ist nicht modern ausgestattet, die Sanitäranlagen entsprechen sicher nicht den neuesten Standards. Aber ich habe nicht den geringsten Zweifel, dass Rhys und Tamsin ein wunderschönes Zuhause daraus machen werden.

Die Leere der Wohnung hat auf mich eine ungeheuer beruhigende Wirkung. Der Stress meines Jobs, die neuen, aufregenden Erfahrungen einer Familie und eines festen Freundes – denn ich gehe davon aus, dass Sam genau das sein möchte –, die Gespenster meiner Vergangenheit. Macht, Schuld. All dies scheint hier, wo noch nichts ist und doch alles nach Möglichkeiten schreit, bewältigbar und schön.

Ein ruhiger Vormittag im Büro geht in einen Nachmittag über, der interessant zu werden verspricht. Ich habe einen Termin im Pearley Juvenile Prison, um meinen neuen Schützling und Maliks neuen Mitbewohner kennenzulernen – sollte sich T. J. als geeignet herausstellen.

Der seelenlose Betonbau, der von hohen Mauern und Maschendrahtzaun umgeben ist, erscheint auf den ersten Blick wie der letzte Ort der Welt, an dem man sein möchte. Das ultimative Scheitern in Gebäudeform. Ich sehe den Gefängnisbau allerdings mit anderen Augen. Für mich ist dies der Ort, an dem junge Leute, die sich selbst meist aufgegeben haben, eine neue Chance kriegen. Nicht alle natürlich. Viel zu wenige, wenn man darüber nachdenkt. Aber jedes Mal, wenn ich jemanden in mein Programm aufnehme, spende ich Hoffnung. Einem jugendlichen Straftäter und, wenn man ehrlich ist, auch mir selbst.

Den Besuchereingang bildet eine schmucklose, schwere Tür. Beim Eintreten werde ich gescannt, mein Rucksack wird kontrolliert. Ein schmutziges, gelbliches Licht beleuchtet die hellgrauen Fliesen und vergilbten Wände. Die Sicherheitsleute sind barsch, unterhalten sich rufend. Walkie-Talkies knarzen, aus dem Inneren des Baus hört man ein Surren und gelegentlich ein rhythmisches Dröhnen, wenn Türen entriegelt werden.

Ich melde mich am Empfang, wo ich meinen Namen und den Grund meines Besuchs nennen muss.

»Amy, schön, Sie zu sehen«, sagt Patricia, die mir ein Klemmbrett mit dem Formular unter der Glasscheibe durchschiebt.

»Schön, *Sie* zu sehen, liebe Pat«, erwidere ich und zaubere damit ein Lächeln auf ihr müdes Gesicht.

Ich nehme das Klemmbrett entgegen und setze mich

auf die Bank gegenüber. Die harten Plastiksitzschalen sind mit Filzschreiber beschmiert. An der Seite kleben alte Kaugummis. Als Erstes trage ich meinen Namen, der mir so viel bedeutet, mein Geburtsdatum und meinen Wohnsitz ein. Diese Formulare sind für mich bereits zur Routine geworden. Als Nächstes wird nach dem Grund für meinen Besuch gefragt. Daneben ist ein Feld für den Namen des Insassen und die Identifikationsnummer, die allerdings Pat für mich eintragen wird. In diesem Moment kommt eine junge Mutter mit zwei kleinen Töchtern aus dem Flur, der zum Besuchsraum führt. Eines der Mädchen weint. Die Augen der Frau sind dunkel umrandet, und sie zerrt ihre beiden Töchter grob an der Hand hinter sich her. Sie haben bestimmt ihren Vater besucht. Ich zwinge mich, den Blick abzuwenden, ehe er mir als Neugierde ausgelegt werden kann.

Als die drei unter lautem Protest des einen Mädchens und Fluchen der Mutter das Gebäude verlassen haben, blicke ich wieder auf mein Formular. Irgendetwas hat sich verändert. In mir. Irgendetwas übernimmt die Kontrolle. Ein merkwürdiges Gefühl beschleicht mich. Ich denke nicht mehr nach, ich handle einfach. Ohne zu wissen, warum, schreibe ich den Namen »Sophia Marin« in das für den Insassen vorgesehene Feld.

Nachdem ich Pat das Formular zurückgegeben habe und ein Beamter mich durch den kahlen Flur in den Besuchsraum gebracht hat, sitze ich nun zwischen Familien und warte auf Sophia. Ich könnte mich ohrfeigen, dass ich meine Entscheidung im letzten Moment geändert habe. Aber nun ist es passiert, und ich gebe dem Mädchen anscheinend eine Chance. Ich mache mir eine geistige Notiz, für T. J. ein anderes Programm zu finden.

Die Kunststofftische und -stühle sind im Boden verankert. Schon seit meinem ersten Besuch hier frage ich mich, was wohl passiert sein muss, dass eine solche Maßnahme für nötig befunden wurde. Ist ein Häftling durchgedreht und hat Tische und Stühle geworfen? So muss es wohl gewesen sein.

Ich warte ungefähr fünfzehn Minuten auf Sophia. Eine Viertelstunde, in der ich angestrengt versuche, bei den Gesprächen, die um mich herum geführt werden, wegzuhören. Die meisten Unterhaltungen sind leise, beinahe verschämt. Nur ab und zu wird es an einem der Tische lauter. Schließlich öffnet sich die Tür auf der anderen Seite des Raums, und ein schmales Mädchen schlurft herein. Sie wird von einer Wärterin eskortiert. Sophia runzelt die Stirn und blickt die junge Frau unsicher an. Ich hebe die Hand zu einem Gruß. Nicht zu euphorisch und einladend, aber deutlich genug, dass sie weiß: Ich bin ihretwegen hier.

Sophia kommt langsam auf mich zu. Ihr Blick ist immer noch fragend. Die dunklen Haare, die auf dem Foto, das ich von ihr habe, noch verfilzt und strähnig sind, hat sie zu einem Pferdeschwanz zusammengebunden. In der orangefarbenen Gefängniskluft sieht ihre Haut noch blasser aus.

»Sophia Marin?«, frage ich, als sie sich lustlos auf den Stuhl mir gegenüber fallen lässt.

»Jup.« Ihre Stimme ist erstaunlich tief für ein so zartes Mädchen. Etwas kratzig.

»Hi, ich bin Amy. Ich bin Sozialarbeiterin.«

»Schön für dich«, erwidert sie und fährt mit dem Fingernagel an einem Kratzer im Tisch entlang.

»Ich leite ein Resozialisierungsprogramm für junge Straftäter«, fahre ich unbeirrt fort. Denn ich weiß, dass es

Zeit braucht, bis so etwas wie Neugierde bei den Jugendlichen aufkommt. Im Moment bin ich für sie nur eine weitere Person, die sie enttäuschen wird. »Ich nehme immer wieder junge Erwachsene in deiner Situation unter meine Fittiche, helfe ihnen mit dem Start in ein neues Leben. Ich weiß nicht, ob das für dich interessant ist. Ich könnte dir etwas darüber erzählen.«

»Wenn es dich glücklich macht …« Sie zuckt mit den Schultern. Dann schiebt sie hinterher: »Aber wenn es so ein religiöser Scheiß ist, kannst du dich gleich verpissen.«

Ich muss lachen. »Nein, das ist es nicht. Es geht um zweite Chancen, die meiner Meinung nach jeder verdient hat.«

Sophia hebt den Kopf. »Also gut, dann erzähl mal von deinem *tollen* Programm.« Sie sagt es so spöttisch und herablassend, dass ich unwillkürlich erneut an T. J. denken muss. Unsere Blicke treffen sich, und etwas blitzt in ihren Augen auf. Sie lehnt sich zurück, verschränkt die Arme vor der Brust und kaut auf ihrer Lippe herum. Diese verschlossene Haltung, diese kleine Geste der Verunsicherung in genau dieser Reihenfolge. Ich kenne das. Für immer abgespeichert an einem Ort in meinem Gehirn, an den ich so selten wie möglich zurückgehe. Er ist ebenso abgeschlossen wie die Galerie über meiner Wohnung. Denn beides wird von Imogen bewohnt.

Ich räuspere mich und fahre mir etwas verwirrt mit der Hand durchs Haar. Sophias Blick durchbohrt mich beinahe, während sie weiter auf ihrer Lippe herumkaut.

*Dann erzähl doch mal, wo du herkommst,* sagt eine Stimme in meinem Kopf. *Oder bist du stumm?* Es ist Imogens Stimme. Ich höre sie, aber ihr Gesicht kann ich nicht vor mir sehen.

»Wir kümmern uns um jugendliche Straftäter«, beginne ich.

»Hast du schon gesagt. Und weiter?«

Wieder fahre ich mir durchs Haar. »Es geht uns darum, den Teilnehmern des Programms einen Wiedereinstieg ins Leben draußen zu ermöglichen.«

*Hör auf, mich so blöd anzuglotzen. Was stimmt nicht mit dir?* Auf einmal bin ich wieder vierzehn Jahre alt. Es ist der erste Tag bei meiner neuen Pflegefamilie. Vor mir sitzt ein Mädchen, sie ist ein wenig älter als ich. Sie hat dunkle Haare, ein schönes Gesicht, das sich jetzt nur noch schemenhaft vor meinem inneren Auge zusammensetzt. Sie lehnt sich mit verschränkten Armen zurück. Wenn sie nicht redet, kaut sie auf ihrer Unterlippe herum.

»Und was habe ich damit zu tun?«, fragt Sophia und reißt mich aus der Vergangenheit.

»Wir haben einen Platz frei und suchen jemanden, der geeignet wäre. Ich würde dich gerne kennenlernen und herausfinden, ob es mit uns beiden passt.«

*Du bist meine beste Freundin, Amy. Meine Schwester. Solange wir zusammen sind, kann uns nichts passieren.* Imogen legt ihre Arme um mich und drückt mich fest an sich. *Hast du Angst?* Ich schüttle den Kopf. Mit Imogen an meiner Seite habe ich vor nichts Angst. Sie zieht das Taschenmesser, das sie unserem Pflegevater geklaut hat, aus der Hosentasche und schneidet sich damit in die Handfläche. Es sieht kinderleicht aus. Und wehzutun scheint es auch nicht. Sie gibt mir das Messer. Meine rechte Hand zittert, als ich die Klinge auf meine linke Handfläche presse. Ich beiße die Zähne zusammen, schließe die Augen. Und dann – der Schnitt. Es tut ein bisschen weh, aber die Freude darüber, dass ich mich getraut habe, überwiegt. Wir pressen unsere

Hände aufeinander. Die Wärme des Bluts mischt sich mit dem Pochen in meiner Hand. Oder ist es in meiner Brust? *Jetzt sind wir Blutsschwestern.*

»Ich gehe in keine Pflegefamilie mehr.« Sophias Tonfall lässt keinen Spielraum für Verhandlungen. »Kannst du vergessen.«

»Du bist siebzehn, richtig?«, frage ich.

Sie nickt.

»Es wäre einfacher, wenn du noch für ein Jahr bei einer Familie unterkämst«, sage ich vorsichtig.

»Dann bin ich raus.«

»Aber wir bieten auch betreutes Wohnen an. Es gibt die Möglichkeit, einen Härtefall zu beantragen.«

*Geh in dein Zimmer! Du darfst hier nicht sein. Nicht nachts. Verschwinde!* Meine Brust wird eng, und ich habe das Gefühl, keine Luft mehr zu bekommen. Ich höre das Flehen in Imogens Stimme. Die Panik, die darin mitschwingt. Ich schließe enttäuscht ihre Zimmertür und schleiche mich barfuß zurück ans andere Ende des dunklen Flurs, wo sich mein Zimmer befindet. Ich rolle mich im Bett zusammen, enttäuscht darüber, dass wir wohl doch keine Freundinnen sind.

Sophia beugt sich nach vorne. Ihre Stimme ist leise, als sie wieder spricht. »Ich tue alles.«

*Ich tue alles für dich, Amy. Aber du kannst mir nichts verbieten. Ich brauche das.* Heiße Tränen rinnen meine Wangen hinunter. Die Angst um Imogen, die inzwischen längst volljährig und ausgezogen ist, schnürt mir die Luft ab. Ihre Stimme kommt von sehr weit weg. Mit einem Seufzen lässt sie sich auf die alte, ramponierte Couch sinken. Sie entspannt sich, ihre Arme sinken schlaff herab. Ich nehme ihr die Spritze aus der Hand und lege eine Decke über sie.

Ich blicke zu Sophia. In ihren Akten steht, dass sie clean ist. Doch kann sie es bleiben? In ein paar Wochen wird sie entlassen. Eigentlich ist es viel zu spät, um sie jetzt noch kennenzulernen. Wenn ich sie in mein Programm aufnehme, gehe ich ein hohes Risiko ein.

»Ich kann dir nichts versprechen«, sage ich. »Aber ich werde in den nächsten Tagen öfter kommen, um dich kennenzulernen. Die Zeit drängt. Wenn es funktioniert, sehen wir weiter.« Mir ist schwindelig. In diesem verdammten Besuchsraum ist es viel zu stickig.

»Dann sehen wir uns bald, Amy«, sagt Sophia, erhebt sich und nickt mir zu. Ein kleines Lächeln umspielt ihre Mundwinkel. Es sieht leicht spöttisch aus. Aber ich weiß es einzuordnen.

Draußen schnappe ich nach Luft. Es ist warm, aber wenigstens weht ein leichter Wind. Ich lehne mich an mein Auto, dessen Lack von der Sonne so aufgeheizt ist, dass die Hitze sich durch meine Bluse brennt.

*Was hast du getan?,* höre ich mich selbst schreien. Ich habe Imogen am Kragen ihres fleckigen T-Shirts gepackt und schüttle sie, doch sie regt sich nicht. Ihr Kopf baumelt schlaff von ihrem Hals herab. *Was hast du getan?* Meine Stimme wird immer heiserer. Mein Hals ist schon ganz rau. Doch ich schreie und schüttle immer weiter. Schlage mit den Fäusten auf ihre Brust. Aber sie reagiert nicht. Der Gummiriemen ist noch um ihren Oberarm gespannt. In mir sammelt sich so eine Wut, so ein Hass! Nicht auf Imogen. Niemals auf Imogen. Aber auf die Welt. Auf das Leben. Ich breche schluchzend auf dem leblosen Körper meiner Schwester zusammen. *Es tut mir so leid.* Ich weiß nicht, wie viel Zeit vergangen ist, als die Sanitäter, die ich gerufen habe, mich von ihr wegziehen. Sie können nichts mehr für sie tun. Ich trockne meine tränennassen Wangen mit meinem Ärmel. Rückwärtstaumelnd verlasse ich die Wohnung. Beinahe stoße ich mit Brian, Imogens Freund, zusammen, der gerade nach Hause kommt. In welcher Hölle auch immer er gewesen ist, ich hoffe, er kehrt dorthin zurück und bleibt dieses Mal für immer.

Der Autolack ist so heiß, dass ich es nicht mehr aushalte. Ich straffe meine Schultern und berühre mit den Fingern meine Wangen. Beinahe glaube ich, sie müssten feucht sein. Doch ich habe seit jenem Tag nicht mehr geweint. Dazu habe ich nicht das Recht. Nicht, nachdem ich Imogen alleingelassen habe. Ihr Leid übertrifft alles. Es ist der Grund, warum mir Glück nicht zusteht. Ich hatte es vergessen. Ich hatte sie vergessen.

Ich steige in mein Auto, lasse den Motor an und fahre über den tristen Highway zurück nach Pearley, wo ich Jeannie von der Schule abhole.

 *Sam*

**22** Norman ist begeistert von unserer Idee mit dem Liebesfilmmarathon zum Tag des Kusses. Allerdings wird er uns keine große Hilfe sein. Er kümmert sich zwar darum, dass wir die Filme von den Verleihern bekommen, aber alles andere werden wir – wie erwartet – selbst organisieren. Deswegen bin ich froh, dass ich heute Tamsin als Unterstützung habe.

Wir sitzen wieder einmal in *Mal's*. Es ist kurz vor Feierabend, und Ollie, die heute für Rhys eingesprungen ist, hört laut feministische Punkmusik, während sie die Kasse macht.

»Malcolm und Rhys haben zugesagt, einen Kaffeestand zu organisieren«, sagt Tamsin und blättert in ihrer Mappe, in der sie To-do-Listen, Kontaktdaten und andere wichtige Notizen sammelt. Ich bin ihr wirklich dankbar dafür, denn so haben wir alle Informationen an einer Stelle und jemanden, der den Überblick behält.

»Das ist gut. Ich habe die Genehmigungen für Essensstände eingeholt. Solange wir auf der Straße keinen Alkohol ausschenken, sollte alles passen.«

Tamsin hakt fleißig Aufgaben ab. »Weiter geht's. Was ist mit kalten Getränken? Und Essen? Schließlich wollen die Leute auch etwas anderes als Popcorn. Rhys würde gern Kuchen und Sandwiches anbieten. Aber vielleicht mögen die Leute zum Abend hin etwas Warmes?«, fragt sie.

Als ich gerade antworten will, stürmt Che, der kubanische Koch des Cafés, aus seiner Küche. »Ollie, mach das Geschrei aus«, brüllt er seiner Kollegin zu. »Ich kann mich nicht denken hören!«

Tamsin und ich werfen uns amüsierte Blicke zu.

»Wozu musst du dich denn denken hören?«, fragt Ollie. »*Weirdo.*«

»Das sagt die Richtige«, erwidert er.

Das Schmunzeln auf Tamsins Gesicht wird breiter, und ich weiß genau, dass es nur eine Frage der Zeit ist, bis sie losprustet. Che und Ollie könnten zusammen wirklich wunderbar als Comedy-Duo auftreten. Zwischen ihnen herrscht eine unglaublich unterhaltsame Hassliebe, die besser ins Kabarett passen würde als in ein unscheinbares Café.

Als Ollie schließlich die Musik leiser dreht, habe ich den Faden verloren.

»Essen und Trinken«, erinnert mich Tamsin.

»Richtig. Also. Drinnen hätte ich gern eine Bar«, sage ich. »Norman hat die Lizenz, leichten Alkohol zu verkaufen. Allerdings erst nach achtzehn Uhr.«

»Habt ihr schon einen Bierlieferanten?«, mischt sich Che ein.

»Äh, nein«, sage ich. »Hast du eine Idee?«

»Ich braue selbst.« Er sagt es mit so viel Stolz und Begeisterung in der Stimme, dass ich neugierig werde.

»Genug, um ein Filmfestival zu beliefern?«

»In letzter Zeit wird es immer mehr. Ich habe in meiner Wohnung angefangen. Dann durfte ich einen alten Wohnwagen von einem Kumpel benutzen. Aber vor zwei Monaten hat Malcolm mir angeboten, die leere Garage hinter dem Café zu nutzen. Ich habe Geld in eine richtige Bierbrauanlage investiert. Jetzt suche ich, ehrlich gesagt, Abnehmer, um einen Fuß in die Tür zu kriegen. Und Investoren.« Er grinst.

»Das klingt großartig!«, sage ich. »Du bist engagiert!«

Che strahlt. »Wollt ihr mein neues Summer Ale probieren? Es ist ganz leicht und fruchtig.«

»Immer«, sagt Tamsin begeistert, und Che eilt nach hinten.

Kurz darauf kommt er strahlend zurück. »Ich habe jetzt sogar ein Logo und Etiketten!«

Auf den Flaschen prangt in schnörkeligen Lettern der Schriftzug *Wish you were beer.* Tamsin und ich lachen.

»Bist du dir mit dem Namen sicher, Che?«, fragt sie.

»Ich finde ihn großartig«, sage ich und proste Tamsin und Che zu.

»Auf dich, Sam«, sagt Tamsin. »Auf deine Liebe zu kleinen Kinos und deinen wissenschaftlichen Erfolg.«

Ich grinse bescheiden und winke ab. Heute Morgen habe ich die Nachricht bekommen, dass mein Aufsatz tatsächlich von der Jury ausgewählt wurde. Professor Armitage schickte mir auf ihre unnachahmlich gefühlskalte Weise eine Gratulationsmail.

»Sam hat einen Nachwuchspreis gewonnen«, erklärt sie Che.

»Darauf trinke ich auch«, sagt der und stößt noch mal mit mir an.

Das Summer Ale ist, wie Che es beschrieben hat. Es schmeckt erfrischend und leicht zitronig.

»Das ist der Hopfen«, erklärt Che.

»Du hast nicht zufällig auch einen Essensstand in der Hinterhand?«, fragt Tamsin ihn übermütig.

»Was schwebt euch denn vor?« Che scheint ihre Frage vollkommen ernst zu nehmen.

»Das ist eigentlich egal. Irgendetwas Warmes, aber gleichzeitig Sommerliches für den Abend wäre gut«, sage ich, weil ich tatsächlich die Hoffnung habe, dass Che uns helfen kann.

»Zwei Kumpels von mir haben einen Foodtruck. Man kriegt bei ihnen die besten Burritos der Stadt«, schwärmt Che. »Wenn ihr wollt, frage ich sie.«

Wir nicken begeistert. Das läuft ja wie am Schnürchen! Tamsin notiert sich den Namen und hakt weitere Punkte auf ihrer Liste ab.

Im Kopf gehe ich meine eigenen Aufgaben durch. Die Flyer, die ich mit Anthea gemacht habe, hole ich morgen von der Druckerei ab. Ich werde sie sowohl überall an der Uni als auch in allen Kneipen rund um das *Electric* auslegen. Zelda und Malik werden am Wochenende Plakate in allen Universitätsgebäuden aufhängen. Die Leute vom Uniradio haben zugesagt, für uns Werbung zu machen. Es kommt mir vor wie ein Wunder, aber bislang mussten wir kaum in Vorkasse gehen. Tamsins Kalkulationen sehen wirklich optimistisch aus. Und ich habe das Gefühl, dass meine Herangehensweise mit dem Urvertrauen gar nicht mal so schlecht ist, solange man genug hilfsbereite Leute kennt.

Nachdem Ollie noch ein Bier mit uns getrunken hat – auch sie hat Lust, beim Festival auszuhelfen –, schmeißt sie uns raus. Tamsin und ich umarmen uns zum Abschied, und sie überquert die Straße zu ihrer Wohnung. Ich sehe auf mein Handy. Immer noch nichts von Amy. Seit wir vor ein paar Tagen miteinander geschlafen haben, haben wir uns nicht mehr gesehen. Und die letzte Nachricht von ihr ist von gestern früh. Erst habe ich mir Sorgen gemacht, aber Tamsin hat mir vorhin erzählt, dass Rhys Jeannie bei ihr abgesetzt hat. Wahrscheinlich hat sie einfach viel Stress.

*Gute Nacht, Traumfrau. Sehen wir uns diese Woche noch?*, tippe ich in mein Handy und lasse das Telefon wieder in meiner Hosentasche verschwinden.

Um drei Uhr nachts werde ich vom Vibrieren meines Handys geweckt.

*Viel los, sorry.*

Das ist alles? Ich reibe mir verschlafen die Augen.

*Kein Stress,* schreibe ich umständlich, weil meine Feinmotorik noch schläft. *Hast du noch mal über meine Einladung nachgedacht?*

Jetzt, da ich den Preis gewonnen habe, ist das Fakultätsessen, das in anderthalb Wochen stattfindet, noch mal wichtiger geworden. Es ist schwierig, Amy mitzuteilen, dass ich eine Antwort brauche, ohne sie unter Druck zu setzen. Und ich frage mich zum wiederholten Mal, ob ihr die Nähe zu viel geworden ist, nachdem wir miteinander geschlafen haben. Eigentlich schien alles perfekt zu laufen.

*Weiß nicht, ob ich Zeit habe.*

Als hätte sie das inzwischen nicht herausfinden können. Ich runzle die Stirn. Sie hält mich definitiv auf Abstand. Das ist für mich okay, schließlich habe ich mehr als genug mit dem Festival und meiner Forschung zu tun. Wäre da nicht dieses Dinner. Auch wenn ich es vor Amy vielleicht anders darstelle, um ihr genug Raum zu geben: Es ist eine große Sache für mich, und ich würde mir wirklich wünschen, sie mit ihr teilen zu können. Deswegen nervt mich ihre Unverbindlichkeit gerade. Es nervt mich, dass sie mich dafür geweckt hat. Aber gleichzeitig weiß ich, dass ich kein Recht dazu habe. Das wiederum führt dazu, dass ich von mir selbst genervt bin.

*Kannst du mir bis morgen Bescheid geben?*, frage ich. *Ich muss zurückmelden, ob ich in Begleitung komme.*

*Okay,* antwortet sie nach geschlagenen fünf Minuten, in denen ich müde und unglücklich auf mein Handy starre. *Ich werde da sein.*

Immerhin, denke ich. Vor oder nach dem Dinner werde ich noch mal die Gelegenheit ergreifen, Amy zu sagen, dass sie das Tempo vorgibt. Niemand hetzt uns. Ich kann warten. Der Sex war schön, aber ich kann darauf verzichten, wenn das bedeutet, dass wir zurück zu dem Punkt gehen, an dem alles funktionierte. Meine Hand und die Erinnerung an Amys nackten Körper erweisen mir gute Dienste. So hart es wäre, meiner Lust nicht mehr mit ihr zusammen nachzugeben, so groß ist auch die Vorfreude auf das, was kommt.

Da ich jetzt schon mal wach bin und meine Gedanken ohnehin in diese Richtung wandern, schiebe ich eben meine Hand in meine Boxershorts. Ich sehe Amys Gesicht vor mir, ihren leicht geöffneten Mund, der den Blick auf die kleine Zahnlücke freigibt. In meinen Gedanken löst sie ihren Haargummi, und die langen, blonden Haare fallen über ihre Schultern auf ihre Brüste. Ihre unglaublichen Brüste. Ich fahre mit der Hand schneller und schneller an meinem Schaft entlang, bis ich merke, dass ich dem Höhepunkt nahe bin. Ich stelle mir das Gefühl von meiner Haut an Amys Haut vor, obwohl das etwas ist, das ich noch viel zu wenig gespürt habe. Meine linke Hand krallt sich in das Laken, und mit einem Stöhnen und einem letzten Gedanken an Amy komme ich.

Die nächsten Tage verbringe ich mit Anthea und Tim in unserem Turmbüro. Ich brauche Alltag, um mich von der Funkstille zwischen mir und Amy abzulenken. Es fällt mir nicht leicht, meine Gedanken auf die Arbeit zu fokussieren, denn Amy spukt ständig in meinem Kopf herum. Ich bin mir sicher, dass Anthea es merkt, denn sie wirft mir immer wieder mitleidige Blicke zu und zitiert verblüffend wenig Shakespeare. Auch wenn sich der Kontakt zu Amy auf ein Minimum beschränkt und jede Kontaktaufnahme von mir ausgeht, weiß ich wenigstens, dass wir uns beim Fakultätsdinner sehen und die Dinge, die zwischen uns stehen, aus der Welt schaffen werden. Denn nichts anderes habe ich vor. Nichts anderes zählt im Moment. Ich will dorthin zurück, wo wir waren, ehe wir miteinander geschlafen haben. An diesen guten Ort, an dem wir zu zweit waren. An dem sie sich traute, sich mir zu öffnen, mir näherzukommen.

Amy

**23** Ich stürze mich kopfüber in die Arbeit. Mein Kopf, der in der letzten Zeit so viel mit Dingen beschäftigt war, die nicht für ihn bestimmt sind – ein fester Freund, Gefühle, Sicherheit – hat sich zurückbesonnen auf das, was er kann und was gut für ihn ist. Dass diese Erkenntnis Sophia und Rhys zugutekommt, bestärkt mich darin, dass ich mein Leben nicht mit dem von anderen mischen sollte. Zumindest nicht auf eine intime Weise, die bewirkt, dass Leute, die eigenständig sind, die auch ohne mich ein glückliches und zufriedenes Leben führen, in das tiefe schwarze Loch gezogen werden, das von mir ausgeht. Wenn ich mich fallen lasse, fallen andere mit. Also muss ich funktionieren, für diejenigen da sein, die mich brauchen. Um etwas von der Schuld, die ich auf mich geladen habe, abzutragen. Um nicht in meinem Abgrund zu versinken.

»Du kommst jetzt wohl ständig«, begrüßt mich Sophia mit kratziger Stimme auf ihre unnachahmliche Weise.

»Stört es dich?«, frage ich. Ich blicke sie an und sehe im ersten Moment Imogen. Doch dann ist es wieder nur Sophia.

»Nein, wenn es dich glücklich macht …«

Ich lache, obwohl mir nicht wirklich nach Lachen zumute ist. Selbst mir ist klar, dass ich mir etwas vormache. Aber um zu einem gesunden Leben zurückzukehren, zu einem Leben, in dem ich mich sicher fühle und meiner verdammten Pflicht dieser Welt gegenüber nachgehen kann, muss ich mit Sophia so umgehen, wie sie es braucht.

»Ich hoffe, ehrlich gesagt, dass es eines Tages *dich* glücklich macht«, sage ich und zücke – ehe sie etwas Sarkastisches erwidern kann – den Härtefallantrag heraus, den ich gemeinsam mit ihr ausfüllen will. Da sie minderjährig ist, brauche ich außerdem noch die Unterschrift von Mr Brentford.

»Als würdest du das hier für mich machen«, sagt Sophia und verdreht die Augen.

»Was glaubst du denn, warum ich es mache?« Ich drücke auf das Ende des Kugelschreibers, um Sophias Personalien einzutragen.

»Keine Ahnung. Weil du spinnst.« Sie zuckt mit den Schultern.

»Wie auch immer«, sage ich. »Verrätst du mir deinen Geburtsort?« Eigentlich habe ich all diese Informationen bereits vorliegen, aber Sophia soll das Gefühl haben, dass ich sie an diesem Prozess teilhaben lasse. Wenn sie sieht, dass Dinge vorangehen, dass ich mich für sie einsetze, wird sie früher oder später anfangen, mir zu vertrauen.

Dieses Wort. Vertrauen. Früher war es Jeannie und mir vorbehalten. Dann kam Sam. Mit seinen schönen, weichen Haaren. Mit seiner rauen Stimme, die meinen Namen sagte. Ich seufze leise und erschrecke selbst darüber. Glücklicherweise hat Sophia nichts gemerkt. Ich weiß nicht, wie man Gefühle rückgängig machen kann. Aber ich fürchte, es muss sein. Es ist zu seinem Besten. Ich ärgere mich, dass ich zu seinem Dinner zugesagt habe. Sein großer Abend ist mit Sicherheit der falsche Moment, um zurückzurudern.

Ich reiße mich zusammen, setze mich auf. Es ist zu viel Ablenkung. Jetzt geht es um einen lebenswichtigen Antrag für Sophia. Sie antwortet brav auf meine Fragen, und ich trage ihren Geburtsort ein sowie ihren zweiten und dritten Namen. Weiter unten folgen Felder, die man ausführlicher beantworten muss.

»Warum beantragen wir einen Härtefall für dich?«, frage ich.

»Weil ich keinen Bock mehr auf die Scheiße habe«, sagt Sophia.

»Soll ich das so aufschreiben?« Ich lächle sie an.

»Mir egal. Wenn es funktioniert …«

Zurück in meinem Büro, öffne ich meine E-Mails. Sowohl Amir, mein Kontaktmann bei der Pearley Police, als auch Mr Ecclestone, der ein alter Freund von Malcolm und zufällig Staatsanwalt ist, haben auf meine Mails bezüglich Rhys' Fall geantwortet.

Amir schreibt, dass er sich die Akten angesehen hat und ihm einiges unvollständig und schlampig vorkommt. Belastende Beweise, sagt er, waren zwar vorhanden, allerdings gab es weder Zeugen noch ein glaubwürdiges Motiv, warum ein Junge, der bis zu diesem Moment noch nie mit dem Gesetz aneinandergeraten war, auf einmal zu einem gesuchten Drogendealer mutieren sollte. Auf meine vorsichtigen Hinweise bezüglich des Stiefvaters geht er kaum ein. Aber er hat Kontakt zur Polizei in Arden aufgenommen, wo Donalds letzter Wohnsitz war. Er gebraucht die Worte »kein unbeschriebenes Blatt«, was in mir die Hoffnung weckt, dass tatsächlich in Donalds Richtung ermittelt werden könnte.

Mr Ecclestones E-Mail ist freundlich und distanziert.

*Liebe Amy,* schreibt er. *Ja, mir geht es gut, vielen Dank für die Nachfrage! Die Familie ist wohlauf, und der Ruhestand rückt in greifbare Nähe, was meine Frau freut.*

*Bezüglich deiner Frage – ich gehe davon aus, es gibt einen konkreten Anlass? Es kommt tatsächlich selten einmal vor, dass die Justiz einen Fehler macht. Manchmal ist es Schlamperei aus Zeit- und/oder Geldmangel. Manchmal werden Leute unter Druck gesetzt. Es ist erschreckend, aber selbst in der westlichen Welt ist man davor nicht gefeit. Um Gerechtigkeit herzustellen, müsste man einen alten Fall noch einmal aufrollen. Neue Zeugen vorladen, alte der Falschaussage überführen. Oder natürlich den wahren Täter finden.*

*Wenn du weitere Fragen hast, wende dich immer gern an mich.*

Er bestätigt eigentlich genau, was ich erwartet hatte. Die sicherste Spur ist Donald, sodass ich Amir gleich zurückschreibe, er möge mich auf dem Laufenden halten, was die Spur nach Arden hergibt.

Mein Handy vibriert. Unwillkürlich schlägt mein Herz vor Freude schneller, weil ich mir sicher bin, dass es eine Nachricht von Sam ist. Doch im nächsten Moment verbiete ich mir diese Empfindung. Gefühle rückgängig machen, das ist es, was ich tun sollte. Diese Sache zwischen uns, was immer sie war, kann nichts werden, egal, wie schön es war.

 *Sam*

**24**   Das Fakultätsdinner findet einmal im Monat statt. Eingeladen sind alle Professoren des Instituts sowie ausgewählte Gäste. Autoren, Gastprofessoren und -dozenten und – in seltenen Ausnahmefällen – Doktoranden. Das Dinner wird im Rittersaal abgehalten, mit dem man offensichtlich englischen Prunk nachahmen wollte. Die Wände sind mit dunklem Holz vertäfelt. Zu beiden Seiten des langen Saals stehen Büsten von ehemaligen Universitätspräsidenten. An den Wänden hängen düstere Porträts in mächtigen goldenen Rahmen. Der Saal ist normalerweise bestuhlt und wird für Konzerte und Zeugnisverleihungen verwendet. Bei einem großen Dinner steht in der Mitte des Raums eine lange Tafel umgeben von schweren Stühlen, die aussehen, als hätten die Ritter der Tafelrunde schon auf ihnen gesessen.

Ich habe mich richtig in Schale geworfen, denn mit weniger als Anzug und Krawatte wäre ich underdressed. Tim war bereits einmal bei einem solchen Dinner und hat mir Tipps gegeben.

Ich bin mit Amy, die ich seit unserer gemeinsamen Nacht immer noch nicht wiedergesehen habe, vor dem Haupteingang der Universität verabredet. Abgesehen von ein paar unverbindlichen Nachrichten hatten wir keinen Kontakt mehr. In einer halben Stunde geht es los, aber ich habe vorgeschlagen, noch ein bisschen über den Campus zu spazieren, weil ich die Hoffnung habe, dass wir vorab die Dinge klären können, die offensichtlich zwischen uns stehen. Ich will, dass Amy heute einen guten Abend hat. Sie soll sich nicht die ganze Zeit Sorgen machen, dass ich sie zu etwas dränge.

Doch sie ist spät dran. Wahrscheinlich wurde sie aufgehalten. Dann muss unser Spaziergang eben ein bisschen kürzer ausfallen. Ich checke mein Handy, aber sie hat keine Nachricht geschrieben. Ich öffne unsere letzte Konversation. Vielleicht habe ich etwas übersehen?

Um halb acht vor dem Hauptgebäude.

Geht klar.

Ich freu mich auf später.

Ich mich auch.

Langsam werde ich nervös. Seit einer Viertelstunde sollte sie hier sein. Meine Handflächen werden feucht.

Zehn Minuten bevor es losgeht, versuche ich sie anzurufen. Es klingelt viermal, dann geht die Mailbox ran. Ich schreibe ihr eine Nachricht: *Kommst du noch?*

Die Mitteilung wurde zugestellt, aber gelesen hat sie sie nicht. Ich kann nicht glauben, dass sie mich hier stehen lässt, ohne abzusagen. Hätte ich geahnt, dass diese eine Nacht alles zwischen uns verändern würde, wäre ich mit Sicherheit einfach nach Hause gegangen. Ich bin ein bisschen sauer, weil der Sex schließlich ihre Idee war. Und jetzt bin ich derjenige, der hier wartet.

Mein Handy vibriert. Erleichterung durchströmt mich, als ich meine Nachrichten aufrufe. Doch die Mitteilung ist nicht von Amy, sondern von Tamsin.

*Hab einen schönen Abend! Viele Grüße aus der Bibliothek.*

Ich schnaube. In sieben Minuten geht es los und meine Begleitung hat mich versetzt. Ein ganz bezaubernder Abend. In diesem Moment weiß ich es. Sie wird nicht mehr kommen. Es hat keinen Sinn, weiterhin hier herumzustehen. Ich muss den Abend allein verbringen. Mit einem leeren Stuhl neben mir, als ständige Erinnerung daran, dass Amy mich versetzt hat.

*Sie kommt nicht, Tamsin,* schreibe ich und schlucke. Meine beste Freundin weiß von unseren Schwierigkeiten, aber das nützt mir jetzt auch nichts. Ich bin wirklich, wirklich frustriert.

Fünf Minuten. Es ist Zeit reinzugehen. Denn als Ehrengast sollte man nicht zu spät kommen. Gerade als ich mich umdrehen will, sehe ich eine dunkelhaarige Gestalt über den Rasen rennen. Ich traue meinen Augen kaum. Sie winkt.

»Hey«, ruft Tamsin außer Atem, als sie nur noch ungefähr zwanzig Meter entfernt ist. »Ich bin zwar nicht so schick angezogen wie du« – sie steht jetzt vor mir und zupft an ihrem sommerlichen Blumenkleid –, »aber ich finde nicht, dass mein bester Freund seinen großen Abend ohne Begleitung durchstehen sollte.«

Ich bin völlig platt. »Und es gibt eigentlich niemanden, den ich lieber dabeihätte als meine beste Freundin«, sage ich und umarme sie.

»Wir werden mal darüber hinweggehen, dass das eine Lüge ist. Aber eine schöne Lüge. Danke.«

»Ich danke *dir.* Du ersparst mir eine Menge Frust«, sage ich, und gemeinsam gehen wir hinein.

»... freue ich mich ganz besonders, dass heute Abend einer unserer besten Nachwuchsakademiker mit am Tisch sitzt.

Sein Aufsatz zu T. S. Eliots *Das wüste Land* wurde soeben mit dem Jungforscher-Preis der literaturwissenschaftlichen Gesellschaft Kaliforniens ausgezeichnet – verdientermaßen, wie ich sagen muss. Wenn Sie Sam McPhersons Essay noch nicht gelesen haben, sollten Sie es schleunigst nachholen.«

Die Rede von Professor Fielding, der Dekanin, treibt mir die Röte ins Gesicht. Alle Blicke sind nun auf mich gerichtet. Professor Fielding und alle anderen applaudieren, und Tamsin drückt meinen Arm.

»Auf den zukünftigen Doctor McPherson und den akademischen Nachwuchs, von dem wir noch viel erwarten dürfen.« Die Dekanin hebt ihr Glas, und alle anderen tun es ihr nach. Mein Blick bleibt an meiner Betreuerin Professor Armitage hängen. Sie lächelt mir zu und formt mit den Lippen ein »Herzlichen Glückwunsch«.

Die Kellner, allesamt Studenten, die sich etwas Geld dazuverdienen, tragen die Vorspeise auf.

»Was für ein Glück ich habe, dass Amy nicht gekommen ist«, sagt Tamsin, als ein Teller mit Leberpastete vor sie gestellt wird.

Ich lächle sie an, obwohl es schmerzt, dass Amy nicht hier ist. Aber Tamsin ist der beste Ersatz, den ich mir vorstellen kann. Und wenigstens muss ich mir keine Sorgen machen, dass ich ihr mit irgendetwas zu nahe trete. Im Grunde genommen hat sie recht. Was für ein Glück. Es gefällt mir nicht, dass ich so bitter werde, und ich schlucke die negativen Gedanken mit Champagner hinunter. Ich wusste von Anfang an, auf was ich mich bei Amy einlasse. Da kann ich es ihr jetzt schlecht übel nehmen.

»Auf einen schönen Abend«, sage ich deswegen einfach und stoße mit Tamsin an.

Nach dem Dinner bin ich in absoluter Hochstimmung. Tamsin und ich haben jede Menge fantastischen Wein getrunken, wir haben gut gegessen und uns noch besser unterhalten.

Ich weiß nicht, ob es eine gute Idee ist, aber ich habe den unbedingten Drang, Amy anzurufen und ihr zu sagen, dass ich trotz allem einen guten Abend hatte. Vermutlich ist es kindisch, aber der Wein hat in meinem Kopf die Grenzen ein wenig verschoben.

Also wähle ich auf dem Heimweg ihre Nummer. Als die Mailbox drangeht, sage ich: »Guten Abend, Amy! Mir ist aufgefallen, dass du zu meinem Dinner gar nicht da warst. Dass du in letzter Zeit nirgendwo warst, wo ich war. Aber ich wollte dich nur wissen lassen, dass du einen großartigen Abend verpasst hast. Und dass dein Freund – hoppla, ich habe ›Freund‹ gesagt – na ja, dass dein Freund einer der besten Nachwuchsakademiker Kaliforniens ist.« Ich mache eine kurze Pause, weil mir dämmert, dass das hier ganz und gar nicht das ist, was ich tun sollte. »Wie auch immer, Amy, vielleicht sieht man sich ja bald mal wieder. Und das sage ich ohne jeden Vorwurf oder Druck.« Wieder eine Pause. »Ich sehe dich eben einfach gern. Okay? Schlaf schön.« Ich lege auf und verziehe das Gesicht. Das war … ungeschickt.

Doch im nächsten Moment klingelt mein Handy. Amys Name steht auf dem Display.

»Hallo?«, sage ich unsicher.

»Hi.« Ich höre ihren Atem.

»Was verschafft mir die Ehre?«, frage ich.

»Das schlechte Gewissen, nehme ich an. Es tut mir leid, Sam. Ich habe es nicht geschafft.«

»Hättest du nicht Bescheid geben können?«

»Auch das tut mir leid.«

»Was war denn los?« Ich biege in meine Straße ein, doch statt direkt zu meinem Wohnhaus zu gehen, bleibe ich unter einer Straßenlaterne stehen.

»Ich kümmere mich seit Kurzem um einen neuen Fall. Das kostet Zeit und bedeutet viel Stress …« Sie druckst herum, und ich merke, dass sie mir nicht alles erzählt. Wenn ich sie nur sehen könnte, um ihr begreiflich zu machen, dass auch das in Ordnung ist.

»Kann ich dir irgendwie helfen?«, frage ich. »Soll ich Jeannie in den nächsten Tagen mal von der Schule abholen, damit du mehr Zeit für die Arbeit hast?«

Sie schweigt. Dann sagt sie: »Ich bin mir nicht sicher, ob das eine gute Idee ist, Sam. Jeannie ist meine Verantwortung.«

»Aber das bedeutet doch nicht, dass du das alles allein machen musst.«

»Ich bin nicht allein.« Die Stimmung kippt spürbar.

»Komm schon, Amy, mach dir das Leben nicht schwerer, als es ist. Und mach es anderen nicht so schwer, für dich da zu sein.«

»Du hast doch keine Ahnung.« Ich erschrecke beinahe über die Kälte in ihrer Stimme.

»Und woran liegt das wohl?« Es fällt mir immer schwerer, meine Frustration zu verbergen.

Wieder herrscht einen Moment Schweigen. Dann: »Okay, vielleicht könntest du Jeannie tatsächlich nächste Woche mal übernehmen.«

»Schick mir einfach eine Nachricht«, sage ich. Dann legt sie auf.

## Amy ∞

**25**  Sophias Augen leuchten. Ich habe ihr gerade gesagt, dass der Härtefall im Eilverfahren genehmigt wurde. Sie muss weder in eine Pflegefamilie noch in ein Heim, sondern kann tatsächlich bei Malik einziehen. Sofern sie für ihre Miete selbst aufkommt und ihren Highschool-Abschluss nachholt. Das sind die Bedingungen. Sie wird also, obwohl sie mit ihren siebzehn Jahren noch minderjährig ist, das Programm genauso durchlaufen wie Rhys oder Malik. Es wird vermutlich schwieriger werden, als sie ahnt. Aber ich werde für sie da sein und alles daransetzen, dass sie das Leben führen kann, das sie bislang nicht hatte. Wieder mache ich ein klitzekleines bisschen wieder gut von dem, was ich versäumt habe.

»Und dieses Café, von dem du geredet hast«, sagt Sophia, »da dürfte ich sofort anfangen?«

Nachdem klar war, dass Sophia nicht in eine Pflegefamilie gehen würde, habe ich bereits letzte Woche mit Rhys und Malcolm gesprochen. Und beide sind mehr als glücklich darüber, Sophia eine Chance zu geben. Vor allem bedeutet es auch, dass Rhys wieder mehr Zeit für Jeannie haben wird, nachdem er in den letzten Wochen aufgrund von Liz' plötzlichem Weggang ständig Doppelschichten schieben musste. Und Malcolm kann hoffentlich ein bisschen kürzertreten, wenn er nicht mehr selbst im Café stehen muss.

»Sobald du bereit bist«, antworte ich.

Seit knapp drei Wochen besuche ich Sophia nun regelmäßig. Die Gespräche mit ihr werden von Mal zu Mal einfacher. Die anfängliche Skepsis mir gegenüber hat sie innerhalb weniger Tage beinahe komplett abgelegt. Inzwischen scheint es, als würde sie sich über meine Besuche regelrecht freuen. Und ich freue mich darüber, dass ich ihr statt der Leere und der Planlosigkeit, vor der sie sich in Freiheit fürchtete, ein richtiges Leben ermöglichen kann.

Ab und zu ertappe ich mich dabei, wie ich mich diesem Mädchen näher fühle, als ich sollte. Ich versuche mir einzureden, dass es nichts damit zu tun hat, dass sie Imogen so ähnlich ist. Ihre Mimik, ihre Gestik. Es ist beinahe beängstigend. So vieles, was ich über die Jahre vergessen glaubte, bahnt sich langsam wieder den Weg an die Oberfläche meines Bewusstseins. Und allen voran ist da die Schuld. Diese enorme Schuld, die ich auf mich geladen habe, als ich ihr nicht helfen konnte. Als ich meine Schwester im Stich gelassen habe. Die Schuld, die wie ein haariges Ungeheuer auf meinen Schultern sitzt und mir mit ihren Klauen die Luft abschnürt. Doch sie lockert ihren Griff ein wenig, wenn ich bei Sophia bin. Wenn ich alles gebe, was ich habe. Wenn ich nicht meine Zeit verplempere.

»Was hältst du davon, wenn ich dich nächste Woche mit dem Auto abhole? Dann musst du nicht den Bus nehmen.«

Ich freue mich auf meine Arbeit mit Sophia. Ihr zu helfen ist meine Pflicht. Zu helfen lindert mein Vergehen. In letzter Zeit habe ich meinen wahren Zweck auf dieser Welt vernachlässigt. Ich bin egoistisch gewesen, habe mich auf mein Leben konzentriert. Etwas, wozu ich nicht das Recht habe. Und ich habe beinahe einen guten Menschen in mein kaputtes Herz gelassen. Ihn fast mit in den Abgrund gerissen. Aus reiner Selbstsucht.

Als ich gerade die Tür zu meiner Wohnung aufschließen will, dringt aus der Nachbarwohnung lautes Gelächter. Ich halte inne. Es klingt wie Jeannie. Und tatsächlich, jetzt höre ich es wieder. Es besteht kein Zweifel. Also muss Rhys auch da sein. Ich klopfe an der Tür.

»Eine Sekunde«, ruft Rhys von drinnen. Dann höre ich Schritte. »Komm rein«, sagt er, als er die Tür öffnet. »Die Küche ist fertig und in Betrieb.«

»Wie bitte?« Jetzt erst fällt mir auf, dass es nach Essen riecht. »Aber ihr seid doch noch gar nicht eingezogen …«

Ich bin beeindruckt davon, wie viel Rhys in den letzten Tagen geleistet hat. Neben seinen Schichten im Café und Zeit mit seiner Schwester hat er eine komplette Küche in seine zukünftige Wohnung eingebaut. Als klar wurde, dass Sophia sein Zimmer bekommen könnte, verlor Rhys keine Zeit.

»Wir kochen Bolognese«, ruft Jeannie begeistert, als ich in die Küche trete.

Mit »wir« meint sie … Sam. Richtig, Sam hat sie heute von der Schule abgeholt, weil Rhys keine Zeit hatte und ich bei Sophia war. Ich hatte ihn darum gebeten. Widerwillig, aber aus der Not heraus. Und dann habe ich es verdrängt. Ihn jetzt hier in Rhys' und Tamsins Wohnung zu sehen, wie er in meinen Töpfen kocht, haut mich um.

»Möchtest du auch ein Bier?«, fragt er und reicht mir eine Flasche. Dann prostet er mir zu und lehnt sich auf seine lässige Art an den Kühlschrank. Wir haben uns seit ungefähr drei Wochen nicht getroffen. Diese unverkennbare Sam-Pose zu sehen, macht mich fertig. Die unvergleichliche Selbstverständlichkeit, mit der er so tut, als wäre alles in Ordnung. Als würde er nicht zulassen, dass das, was zwischen uns war, verschwindet. Obwohl es das muss, wenn wir beide einigermaßen unbeschadet bleiben wollen.

Rhys lässt sich auf dem Boden nieder, wo auch er an einem Bier nippt.

»Was ist das hier für eine seltsame Verbrüderung?«, frage ich. »Und was machst du mit meinem Geschirr?« Dass ich so kalt klinge, ist nur zu seinem Besten. Es zerreißt mich beinahe, aber je schneller er merkt, wer ich wirklich bin, desto besser. Ich bin nicht gut für ihn, mache ihn nur kaputt. Statt die begrenzte Zeit, die ich habe, um wiedergutzumachen, was ich versäumt habe, zu nutzen. Ich kann sie nicht an romantische Luftschlösser verschwenden.

»Entschuldige, wir hätten fragen sollen«, sagt Sam und fährt sich verlegen durch die Haare. Schon wieder so eine Geste. Und sie erinnert mich daran, wie sich seine Haare anfühlen.

»Sam hat mir bei den letzten Schränken geholfen. Die hätte ich allein nicht montieren können. Er hat mich fluchen gehört«, erklärt Rhys. »Danke noch mal, Mann!«

»Keine Ursache.« Sam grinst und nimmt noch einen Schluck aus der Flasche. Er sieht unsicher aus. Etwas verloren. Er blickt kurz zu mir, es ist nur der Bruchteil einer Sekunde, aber er sieht so traurig aus. Es tut mir weh, zu wissen, dass ich der Grund dafür bin. Aber es geht hier um mehr als um ihn und mich.

»Ich dachte, du würdest Jeannie einfach nach Hause bringen …«, sage ich und bin wie gelähmt, unfähig, mich zu rühren. Solange wir uns nicht begegnen, ist alles in Ordnung. Aber ihm gegenüberzustehen, macht die Situation unerträglich. Auf einmal sehe ich nichts mehr so klar, wie ich es müsste. Auf einmal sind da wieder Zweifel. Aber sie müssen verschwinden. Müssen.

Sam wischt sich die Hände an einem Küchentuch ab, das offensichtlich auch aus meiner Küche entwendet wurde. »Hey, tut mir leid, wenn das hier übergriffig war. Wir hatten Hunger und dachten uns, wir könnten die Küche einweihen. Wir spülen gleich nach dem Essen alles ab und bringen es an Ort und Stelle zurück.«

»Es war meine Idee«, sagt jetzt Jeannie, die Sam offenbar zur Seite springen will. »Bist du böse?«

»Nein, Süße, alles gut.« Ich streiche ihr übers Haar. »Ich bin nur überrascht, das ist alles.«

»Hilfst du mir kurz, das Werkzeug runterzubringen?«, fragt Rhys an seine Schwester gewandt, und ich werfe ihm einen wütenden Blick zu.

Als sie den Raum verlassen haben, sagt Sam: »Das war sehr subtil.« Er lächelt mich etwas unsicher an. »Wie geht's dir?«

»Bis gerade eben ging es mir gut«, sage ich und klinge pampiger, als ich geplant hatte. Aber die ganze Situation ist mir zu viel. Ich hatte mich auf einen Abend mit Jeannie eingestellt, nicht auf ein soziales Event. Ich wollte nicht mehr an Sam denken. Die Ablenkung, die er bedeutet, aus meinem Kopf verbannen. Und damit mich aus seinem – so, wie es sein sollte. Nur dass ich ihm das natürlich noch nicht gesagt habe. Aber wie erklärt man so etwas auch? Wie sagt man jemandem, dass man so viel Schuld auf sich geladen hat, dass man sein ganzes Leben dafür bezahlen muss? Dass er besser dran ist ohne meinen Ballast?

»Was ist los mit dir?«, fragt er, während er einen Schritt auf mich zukommt. »Habe ich etwas falsch gemacht? Seit

Wochen vertröstest du mich. Ohne jede Erklärung. Dabei hatte ich den Eindruck, zwischen uns wäre es eigentlich ganz gut. Wenn neulich Abend zu intim war ...«

Ich blicke zu Boden. »Es ist einfach zu viel. Es ist nicht gut. Es ist ...« Ich weiß nicht, was ich sagen soll. *Ich habe das hier nicht verdient. Bitte geh!*

»Ich gebe mir wirklich Mühe, Amy. Ich dachte, du würdest dich freuen. Jeannie dachte, du würdest dich freuen. Ich weiß nicht, was ich machen soll. Solange ich keine Erklärung von dir bekomme, versuche ich so zu tun, als wäre alles in Ordnung, aber ehrlich gesagt bin ich mir langsam wirklich nicht mehr sicher.«

In mir verknotet sich etwas. Es ist schmerzhaft, Sam so sprechen zu hören. Ich will ihm nicht wehtun, aber ich bin definitiv nicht die Richtige für ihn. Ich habe meinen eigenen Scheiß, um den ich mich kümmern muss.

»Möchtest du, dass ich dich in Ruhe lasse?«, fragt er leise. »Wenn dem so ist, musst du es sagen. Aber deine Abwehrhaltung wirft bei mir immer nur noch mehr Fragen auf. Ich hatte gehofft, wir könnten über alles sprechen. Ohne Druck. Ohne Erwartungen. Aber so, dass ich es verstehe.«

So, dass er es versteht. Das ist nicht möglich. »Da gibt es nichts zu verstehen. Ich habe einfach keine Zeit. Das ist alles.«

»Aber das stimmt eben nicht«, sagt er. »Für wie blöd hältst du mich? Wir haben miteinander geschlafen. Du wolltest es. Ich dachte, es hätte dir gefallen. Ich dachte, wir würden einen Schritt nach dem anderen gehen. Kleine Schritte, aber zusammen. Nach vorne ...«

»Ich schulde dir nichts«, fauche ich und bin selbst erschrocken darüber, wie gemein ich klinge. Aber so ist es. *Ihm* schulde ich nichts. *Imogen* schulde ich alles. Ich blicke ihn an. Er sieht niedergeschmettert aus, und es tut mir weh, dass ich der Auslöser dafür bin.

Gerade will ich sagen, dass es mir leidtut. Doch er kommt mir zuvor. »Das stimmt wohl. Du schuldest mir nichts. Ich dir übrigens auch nicht, wo wir schon dabei sind. Oder glaubst du, ich tue das hier aus Pflichtgefühl?« Er knallt das Küchentuch auf die Anrichte. »Sag Rhys und Jeannie liebe Grüße.«

Mit diesen Worten verlässt er die Küche. Ich höre, wie die Wohnungstür geöffnet wird. Dann knallt er sie von außen zu. Ich atme einmal tief ein. Erleichtert. Ich bin definitiv erleichtert. Mein Kopf fühlt sich schwerelos und leer an. Puh! Ich bin so erleichtert, dass ich keinen klaren Gedanken mehr fassen kann. Mir wird ein bisschen warm, heiß beinahe, und dann kalt. Hinter meinen Augen brennt es. Ich muss mich an der Arbeitsplatte abstützen, weil mir etwas schwindelig ist.

»Die Soße!« Es ist Jeannies Stimme, die mich aufschrecken lässt. Ich hechte zum Herd und schalte die Platten aus. Die Bolognese-Soße riecht leicht beißend nach angebranntem Essen.

»Wo ist Sam?«, fragt Rhys und schiebt mich zur Seite. Er beginnt Soße abzuschöpfen. Vermutlich hofft er, dass noch etwas zu retten ist. »Amy!« Seine Stimme ist jetzt streng.

»Entschuldige. Ich war in Gedanken«, sage ich. »Sam lässt euch grüßen, er musste los.«

»Wohin?«, fragt Jeannie. »Er wollte doch mit uns essen!«

»Kann es sein, dass du ein bisschen überarbeitet bist?« Rhys sieht mich besorgt an. »Wie wäre es, wenn du dich einfach schon mal hinlegst? Jeannie und ich kümmern uns um das hier.« Er deutet auf das Chaos, das ich mit Sams Essen angerichtet habe.

Wie mechanisch nicke ich. Ich verstehe gar nicht, was mit mir los ist. Vielleicht war wirklich alles ein bisschen viel in letzter Zeit. Dieser ganze emotionale Kram mit Sam – kein Wunder, dass ich so ausgelaugt bin.

»Ich muss einfach mal richtig schlafen«, sage ich.

»Vielleicht musst du mal etwas kürzertreten«, schlägt Rhys vor. »Wie du dich für Sophia aufreibst, ist einfach zu viel.«

»Sophia hat damit nichts zu tun«, sage ich. »Ich *muss* mich aufreiben, wenn sie eine Chance haben soll. Und dazu hat sie ebenso das Recht wie du oder Malik.« Ich verstehe nicht, warum ich auf einmal so fies werde.

»Natürlich hat sie das. Aber du warst diese Woche jeden Nachmittag bei ihr ...«

»Das stimmt doch gar nicht«, sage ich. »Gestern war ich nur kurz da. Und am Montag musste ich ohnehin zu Mr Brentford.«

»Ich will dir nicht reinreden. Du weißt, was für sie das Beste ist.« Rhys zuckt mit den Schultern und gießt die Nudeln ab, die vermutlich zu Brei zerkocht sind. »Ich glaube nur, dass du auch sehen musst, wo du selbst bleibst.«

»Es spielt keine Rolle, wo ich selbst bleibe. Es geht hier um Wichtigeres als ... als ...« Mir bleiben die Worte im Hals stecken.

»Du bist der hilfsbereiteste Mensch, den ich kenne, Amy. Ich verdanke dir alles. Aber ich weiß nicht, wie lange du noch so weitermachen willst, ehe du ausgebrannt bist. Und dann kannst du niemandem mehr helfen.«

Jeannie blickt von Rhys zu mir und von mir zu Rhys. »Streitet ihr?«, fragt sie.

»Nein«, sagen wir im Chor.

»Ja klar. Ich bin doch nicht blöd«, erwidert sie. »Ist Sam deswegen gegangen? Habt ihr auch gestritten?«

Die Tatsache, dass Sam sie so beschäftigt, bekräftigt mich in meiner Entscheidung, mein Leben wieder von ihm zu entkoppeln. Sie braucht Stabilität, keinen launischen privilegierten Casanova, der versucht, sie mit Bolognese auf seine Seite zu ziehen. Sofort fühle ich mich schlecht. Diese Gedanken sind ungerecht. Ich weiß es. Und trotzdem kann ich nicht anders, als sie zu denken. Für ihn war immer alles leicht. Er kann sich im Traum nicht vorstellen, was es für Leute wie Jeannie bedeutet, ihn in ihr Leben zu lassen. Oder für Leute wie mich.

»Vielleicht lege ich mich wirklich hin«, sage ich lahm. »Tut mir leid, dass ich so schlecht drauf bin. Vielleicht ist es tatsächlich ein bisschen viel gewesen in letzter Zeit.« Ich beuge mich zu Jeannie hinunter und umarme sie. »Drei Minuten Zähneputzen, okay?«

»Okay«, sagt Jeannie und legt ihre Arme um meinen Hals. »Gute Nacht.«

Trotz meiner offensichtlichen Erschöpfung kann ich nicht einschlafen. Ich schlinge meine Arme um meinen Körper, umarme mich selbst. Dann streiche ich langsam mit den Händen über meine Schultern. Normalerweise kann ich mich so selbst in den Schlaf streicheln. Es ist der ultimative Beweis, dass ich niemand anderen brauche als mich selbst. Doch heute schlägt es fehl. Ich rieche Sam in meiner Bettwäsche. Jeannie und Rhys lachen in der Nachbarwohnung. Obwohl die Geräusche beruhigend sind, werde ich auch davon nicht schläfrig.

Nach einer Weile bringt Rhys Jeannie ins Bett. Zuerst

gehen sie ins Badezimmer. Obwohl sie versuchen, leise zu sein, kann ich doch jedes Wort verstehen.

»Das waren niemals drei Minuten«, sagt Rhys, und Jeannie kichert.

»Verrate es nicht Amy!«

In Jeannies Zimmer verabschieden sie sich voneinander.

»Tür auf oder zu?«, fragt Rhys und knipst das Licht aus.

»Tür auf, bitte.«

»Alles klar. Schlaf schön, Jeannie.«

»Gute Nacht, Rhys.«

Ich höre seine Schritte im Flur. Dann öffnet er die Tür und schließt sie mit einem leisen Klicken von außen.

In der absoluten Stille, die sich nun über die Wohnung gelegt hat, wird mir nur noch bewusster, wie wach ich bin. Mein Körper ist zwar fix und fertig, aber mein Gehirn rast. Bilder von Sam blitzen vor meinem inneren Auge auf. Sein trauriger Blick, seine Frustration mit mir. Würde er nur verstehen, dass es so auch für ihn das Beste ist. Aber ich kann ihm nicht sagen, dass mein Zweck auf dieser Welt ist, mich um diejenigen zu kümmern, die sonst vor die Hunde gehen würden. Dass da kein Platz für ihn ist und niemals sein kann. Weil ich etwas wiedergutzumachen habe. Eine Schuld abtragen muss, die nie beglichen werden kann.

Schon sehe ich Imogen wieder vor mir. Ihren leblosen Körper, die Haut, die ganz wächsern aussieht. Ich presse meine Handballen auf die Augen, um die Bilder zu vertreiben. In meiner Erinnerung suche ich nach anderen, schöneren Bildern meiner Schwester. Doch sie verschwimmen sofort. Imogen beim Frühstück, den Kopf auf die Hand gestützt. Sie ist müde, weil sie schon wieder die ganze Nacht nicht geschlafen hat. Denn unser Pflegevater ist da. *Ich beschütze dich.* Das waren ihre Worte, als er mich das erste Mal von oben bis unten musterte. Sie hat ihr Versprechen gehalten. Sie hat sich für mich geopfert. Doch ich konnte mein Versprechen, das ich ihr im Stillen ebenfalls gegeben hatte, nicht einhalten. Mein Herz schlägt so hart gegen meine Brust, dass ich das Gefühl habe, es müsse jeden Moment platzen. Das Atmen fällt mir schwer, und ich zwinge mich, ganz bewusst tief Luft zu holen. Imogen und ich auf dem Spielplatz. Die Schaukeln so fest eingedreht, dass es nicht mehr weitergeht. *Drei, zwei, eins,* wir heben die Füße, die unsere Anker im Boden waren, und beginnen uns zu drehen. Schneller, immer schneller. Ich höre mein eigenes fröhliches Kreischen und Imogens Jubelschreie. Als wir aufstehen, dreht es sich in unseren Köpfen weiter. Wir lassen uns nebeneinander in den Sand fallen und lachen und lachen. Ihr Gesicht kann ich dennoch nicht erkennen. *Wenn ich volljährig bin, hole ich uns hier raus.* Doch als sie volljährig wurde, lernte sie zu schnell die falschen Leute kennen. *Ich* hätte *sie* rausholen müssen. Ich hätte fragen müssen, was mit ihr passiert. Hätte es erkennen müssen. Aber ich war blind. Und meine Angst, von Imogen getrennt zu werden, war stärker als alles andere. Nie wieder. Nie, nie, nie wieder darf ich einem Menschen so nahe sein, dass ich blind für das Essenzielle werde. Damit mir das nicht passiert, werde ich weiterhin in ihrem Namen Gutes tun. Und meine albernen Sehnsüchte begraben, so wie wir ihren Körper begraben mussten.

## Sam

**26** Sieht man dich irgendwann mal wieder?

Bei jedem anderen würde sich diese Nachricht wie ein stiller Vorwurf lesen. Aber weil sie von Tim kommt, weiß ich, dass es so nicht gemeint ist. Außerdem hat er ja recht. In den letzten Tagen habe ich tatsächlich ein bisschen sehr eremitisch gelebt. Die Tatsache, dass Amy versucht, mich endgültig von sich zu stoßen, ist unerträglich. Ich könnte vermutlich besser damit leben, wenn ich mir sicher wäre, dass sie einfach genug von mir hat. Ich kann nur mutmaßen, dass sie sich von mir in die Enge getrieben fühlt, obwohl das nie meine Absicht war. Und jetzt gibt sie mir keine Chance mehr, zu ihr durchzudringen.

Um mich abzulenken, habe ich angefangen, eine Filmauswahl für unser Festival zu treffen. Mehr als einmal habe ich dabei die Idee, einen *Liebes*filmmarathon zu organisieren, verflucht. Denn wenn mich etwas nicht von Amy ablenkt, dann sind es Liebesfilme. Immerhin komme ich voran. Wir wollen zwölf Stunden lang Filme zeigen mit jeweils einer zwanzigminütigen Pause dazwischen. *Frühstück bei Tiffany* steht bereits auf der Liste – Tamsin hat darauf bestanden, und Norman ist auch der Meinung, dass es ein großartiger Film ist. Ich will ihn in die Auswahl mit einbeziehen, denn er soll nicht das Gefühl haben, dass wir sein Kino besetzen. Beim nochmaligen Ansehen bin ich von der Chemie zwischen Audrey Hepburn und George Peppard ganz begeistert. Wie liebevoll er sie beim Gitarrespielen auf ihrem Fensterbrett betrachtet, wie offen und fröhlich ihr Blick ist, als sie ihn bemerkt. Es sieht aus wie Liebe und macht, dass sich meine Eingeweide verknoten.

*Casablanca* ist ein Muss. Die Szene, in der Rick seine Ilsa ziehen lässt, weil er sie so sehr liebt, führt mir schmerzhaft vor Augen, in welcher Zwickmühle ich mich befinde, und ich frage mich, ob aus Amys Augen jemals diese Art von Zuneigung gesprochen hat, beginne zu zweifeln, ob die Momente zwischen uns überhaupt echt waren. Und ehrlich gesagt fange ich an zu glauben, dass nichts von alldem je wirklich passiert ist. So weit entfernt fühlt es sich an.

Gestern habe ich *Dirty Dancing* (den ich zum ersten Mal gesehen habe) und *Love Story* auf die Liste gesetzt.

Für heute habe ich mir ein paar Disneyfilme vorgenommen, denn wir wollen den Marathon mit einem Film starten, der für Kinder geeignet ist, um so auch Familien auf das Event aufmerksam zu machen. Ich kenne die meisten Disneyfilme aus meiner Kindheit, aber ob sie sich für einen Liebesfilmmarathon eignen, kann ich inzwischen nicht mehr sagen. *Susi und Strolch, Die Schöne und das Biest* und *Cinderella* warten darauf, von mir auf ihre Tauglichkeit geprüft zu werden. Wenigstens werden die Zeichentrickfilme mehr Ablenkung für mich bereithalten als die anderen.

Vorher antworte ich noch auf Tims Nachricht. *Ich bin morgen wieder im Büro. Musste Filmrecherche betreiben.*

Ich schicke noch einen Smiley hinterher, den mit Brille, der aussieht wie ein Streber. Dann setze ich mir meine eigene Brille auf und starte *Susi und Strolch*. Ich mache es mir auf meinem Sofa bequem, den Laptop auf dem Couchtisch. Zu meinen Füßen liegt ein Pizzakarton, und ich fische nach einem übrig gebliebenen, inzwischen kalten Stück Pizza, an dem ich ein bisschen lustlos herumknabbere. Aber tatsächlich, der Zeichentrickfilm entspannt mich, lenkt mich etwas ab. Susis bequemes Leben gerät aus den Fugen, als Herrchen und Frauchen ein Baby bekommen. Tante Clara, die ein paar Tage babysittet, treibt die Hundedame aus dem Haus und in die Arme von Strolch, dem draufgängerischen Streuner. Erst als die beiden ein romantisches Date beim Italiener haben, denke ich wieder an Amy. Verdammt! Ich kriege sie nicht einmal für eine Stunde aus meinen Gedanken!

Nach der ersten gemeinsamen Nacht erzählt Strolch Susi von einem Leben ohne Zäune. Aber was, wenn die Zäune von der Person selbst errichtet wurden, um andere fernzuhalten? Ich habe mich – wie Susi und Strolch – an den Zäunen vorbeigestohlen. Hatte für einen kurzen Moment die Möglichkeit, Amy nahe zu sein. Doch jetzt sind die Zäune höher denn je. Die kalte Pizza macht meinen Mund ganz trocken, und das Schlucken fällt mir auf einmal schwer.

Im Hundezwinger berichten die anderen Hunde Susi von Strolchs Casanova-Leben. Bis ein Mädchen kommt, das anders ist, wie einer der Hunde sagt. Eines, bei dem Strolch das Bedürfnis hat, es zu beschützen. Und ich weiß, für mich ist Amy dieses andere Mädchen. Nur dass sie nicht beschützt werden muss. Das tut sie selbst. Aber sie versteht nicht, dass sie sich vor dem Falschen schützt.

*Ich glaube, ich brauche einen Drink,* schreibe ich Tim. *Hast du Lust auf einen frühen Feierabend?*

Auch wenn Tim und ich nicht die engsten Freunde sind, weiß ich doch, dass ich mit jemandem reden muss. Es hat keinen Sinn, sich zu Hause zu verschanzen und kalte Pizza vom Lieferdienst zu essen. Ich brauche eine zweite Meinung von jemandem, der Amy nicht kennt.

Während ich auf seine Antwort warte, kehre ich den Liebesfilmen den Rücken und schalte eine unverfängliche Tierdoku an.

Eine Stunde später kommt Tim durch die Tür des *Vertigo*. Wann immer wir uns außerhalb der Universität treffen, wann immer wir genug vom Campus haben, fällt die Wahl auf das *Vertigo*. Es ist eine angenehme Mischung aus studentisch, hip und ramschig. Und für jede Lebenssituation findet man auf einem der Metallschilder einen passenden Spruch. Ich habe mich sinnigerweise an einen Tisch gesetzt, über dem ein Shakespeare-Zitat hängt: »Gram, der nicht spricht, presst das beladene Herz, bis dass es bricht.« Es ist Antheas, Tims und mein Stammplatz. Wenn wir hier sind, rezitiert Anthea oft Teile der Szene aus dem vierten Akt von *Macbeth*, aus der das Zitat stammt. Dass es Tim und mich nicht wirklich unterhält, verraten wir nicht. Aber heute passt es gut zu meiner Stimmung, denn tatsächlich habe ich das Gefühl, dass die ganze Frustration mit Amy so schwer auf mir lastet, dass ich darüber sprechen muss.

»Also, wo drückt der Schuh?«, fragt Tim, nachdem wir uns zugeprostet haben.

»Amy«, sage ich. Selbst ihren Namen auszusprechen, ist schwer. Es erinnert mich an unsere gemeinsame Nacht, in der sie mich bat, ihren Namen zu sagen. Ich erzähle Tim so viel, wie er wissen muss, um ein Bild von unserer Situation zu kriegen. Allzu intime Details lasse ich weg. Er hört mir aufmerksam zu, nimmt ab und zu einen Schluck von seinem Bier und nickt verständnisvoll.

»Seitdem wir miteinander geschlafen haben, ist sie komplett abgetaucht«, schließe ich meine Erzählung. »All die Zäune, die sie um sich gebaut hatte, sind plötzlich wieder da. Ich dringe überhaupt nicht mehr zu ihr durch.« Frustriert reibe ich mir den Nacken.

»O Mann, du suchst dir aber auch immer die einfachsten Fälle aus«, sagt Tim. »Es ist fast so, als würdest du dir selbst kein Happy End gönnen.«

Ich schlucke. Ist es so? Ich habe noch nie darüber nachgedacht.

»Nicht ernst gemeint, Kumpel. Keine Sorge. Ich glaube nicht, dass du dich selbst sabotierst. Aber weißt du was? Es zeigt mir mal wieder, wie viel Glück ich mit Anthea habe. Kein Drama, keine Komplikationen, einfach rundheraus Liebe.« Tim lächelt in sich hinein.

»Vielleicht spanne ich sie dir aus«, sage ich. »So ein bisschen *rundheraus Liebe* könnte ich wirklich gut vertragen.«

»Untersteh dich!« Tim lacht. »Lieber löse ich dein Amy-Problem für dich! Du sagst, sie ist seltsam, seit ihr miteinander geschlafen habt?«

»Genau.«

»Aber sie wollte es?«

»Absolut. Sie hat eher mich gedrängt als andersherum. Deswegen bin ich ja jetzt so machtlos.«

»Und wenn es das nicht ist?«, fragt Tim.

»Wie meinst du das?«

»Wenn eure gemeinsame Nacht nicht der springende Punkt ist? Vielleicht ist etwas anderes vorgefallen, von dem sie dir nicht erzählt.« Er zuckt mit den Schultern. »Ehrlich gesagt, klingt es nicht danach, als hättest du irgendwas falsch gemacht.«

»Hm.« Ich denke nach. Der Gedanke ist mir auch schon

gekommen. »Ich werde es allerdings niemals herausfinden. Sie ist keine, die sich anderen anvertraut.«

»Vielleicht sollten wir Anthea auf sie loslassen. Ich kann vor ihr nichts geheim halten.«

»Nichts für ungut, Tim, aber du kannst vor niemandem etwas geheim halten.« Ich lache. Gleichzeitig frage ich mich aber, wie falsch es wäre, mit Rhys zu sprechen. Ich will mich nicht in Amys Angelegenheiten einmischen. Aber falls wirklich etwas passiert ist und sie mal wieder versucht, alle Probleme der Welt allein auf ihre Schultern zu nehmen, wäre es vielleicht angebracht, sich Sorgen zu machen.

»Und wenn wir sie zusammen in einen Raum sperren und Anthea so lange Sonette zitiert, bis Amy einknickt?«, schlägt Tim vor.

»Das ist ein todsicherer Plan. Und wahrscheinlich würde es nicht mal lange dauern. Nach zehn Minuten hat Anthea jeden mürbe gemacht.« Wir lachen. »Aber das Trauma muss man dann auch erst mal überwinden.«

Nachdem wir uns verabschiedet haben, beschließe ich, Norman einen Besuch abzustatten, wo ich schon mal in der Nähe bin. Die Filmauswahl ist beinahe fertig, und ich will allgemein wissen, wie es ihm geht. Das Festival wird ein großes Event, und ich habe die Befürchtung, dass es ihm alles zu viel sein könnte.

Doch als ich die Tür zum *Electric* öffne, traue ich meinen Augen kaum. Am Ticketschalter steht eine kleine Schlange! Ich scanne die Leute und stelle fest, dass sie allesamt studentisch aussehen. Ob unsere kleine Flyer- und Plakataktion auch im Vorfeld schon etwas gebracht hat? Es scheint fast so.

Da Norman heute *Boulevard der Dämmerung* zeigt, beschließe ich kurzerhand, mich ebenfalls anzustellen.

»Wow, Norman, was ist denn heute los?«, frage ich, als ich an der Reihe bin.

Norman ist ganz hektisch hinter seiner Plexiglasscheibe. »Wer hätte gedacht, dass Billy Wilder so ein Publikumsmagnet ist!« Er schüttelt ungläubig den Kopf und gibt mir dann mein Ticket.

»Dr McPherson«, höre ich eine Stimme hinter mir. »Vielen Dank für diesen großartigen Tipp!«

Ich drehe mich um und blicke in die Gesichter von zwei meiner Studentinnen. Normalerweise wäre es mir wohl unangenehm, sie in einer privaten Situation zu treffen, doch heute Abend bin ich einfach nur begeistert zu sehen, dass sie meiner Empfehlung folgen.

»Können wir Sie auf eine Portion Popcorn einladen?«, fragt eines der Mädchen, ein blonder Lockenkopf namens Katie.

»Setzen Sie sich zu uns?«, fragt die Zweite – Sierra, wenn mich nicht alles täuscht.

»Ähm ...« Ich habe auf einmal wieder den Zettel vor Augen, den Reidy in der Bibliothek gefunden hat. Aber gleichzeitig will ich nicht unhöflich sein. Die beiden gehören zu den wenigen Studentinnen, die sich ab und zu aktiv an der Diskussion beteiligen. »Gern«, sage ich deswegen. »Aber auf das Popcorn verzichte ich.«

Der Kinosaal ist so voll, wie ich ihn noch nie zuvor erlebt habe. Das heißt allerdings nicht viel. Dennoch, es sind bestimmt zwanzig Leute da. Für das *Electric* ist es auf jeden Fall eine Hausnummer. Sierra und Katie steuern die letzte Reihe an. Immer wieder sehen sie sich nach mir um und lächeln. Was ich am Anfang für Höflichkeit gehalten habe, entwickelt sich schnell zu etwas Vertrauterem. Und als wir ganz hinten angekommen sind, nimmt Sierra meine Hand und zieht mich mit sich, als wollte sie sicherstellen, dass ich auf jeden Fall mitkomme. So bescheuert es klingt, aber nach der ganzen Sache mit Amy fühle ich mich auf eine unschuldige Art geschmeichelt von so viel Aufmerksamkeit zweier hübscher junger Frauen.

»Dass ich mal in einem dunklen Kino neben Ihnen sitzen würde, hätte ich mir auch nicht träumen lassen«, sagt Sierra und fährt sich mit der Hand durch ihr langes braunes Haar. Sie lehnt sich in meine Richtung, sodass unsere Arme sich berühren.

»Sie sind übrigens unser Lieblingsdozent«, sagt Katie und strahlt mich an.

»Das freut mich«, sage ich. Ein bisschen unangenehm ist mir die Aufmerksamkeit der beiden nun doch, aber irgendwie tut es mir gut, mal wieder eine andere Rolle zu haben als der beste Freund oder der Trottel, der versucht, einer Person nahezukommen, die das offensichtlich nicht will.

Als das Licht ausgeht, setze ich meine Brille auf und spüre auf einmal, wie Sierra noch ein bisschen dichter an mich heranrückt. »Sie sind übrigens auch der heißeste Dozent«, sagt sie und kichert. »Vor allem mit Ihrer sexy Brille.« Dann legt sie ihre Hand auf mein Bein.

Das ist zu viel. Nicht nur, dass Sierra viel zu jung und meine Studentin ist, sie ist außerdem nicht die Frau, die ich will. Ich schiebe ihre Hand von meinem Bein.

»Entschuldigt«, sage ich. »Ihr seid sicher ganz großartige Mädchen, aber das hier läuft nicht.« Ich erinnere mich daran, wie Amy den armen Jungen im *Vertigo* hat abblitzen lassen. Mit wie viel Klasse und Verständnis. Die Zeit habe ich nicht. In dem Moment, da die Paramount-Melodie erklingt, stehe ich auf und bahne mir hektisch meinen Weg aus dem Kinosaal.

Vor der Tür atme ich einmal tief durch. Um mich abzulenken, ziehe ich mein Handy aus der Tasche meiner Jeans. Es ist eine ganz automatische Bewegung. Aber tatsächlich, ich habe eine Nachricht – von Rhys.

*Hi, Sam,* schreibt er, *hast du zufällig nächstes Wochenende Zeit, mir mit ein paar Möbeln zu helfen? Ich würde Tamsin gern überraschen.*

Ich muss nicht lange überlegen. Erstens gefällt es mir, dass ich mich inzwischen mit Tamsins Freund gut verstehe, und zweitens weiß er vielleicht doch irgendwas über Amys Sinneswandel.

*Sag mir, wann und wo,* antworte ich.

Amy

**27**  Der Anruf kommt am frühen Morgen und reißt mich aus wirren Träumen.

»Ms Davies?«, sagt eine unbekannte Frauenstimme am anderen Ende der Leitung.

»Ja?« Ich klinge verschlafen. Es kann nicht später als sechs Uhr morgens sein.

»Sie sind der Notfallkontakt von Mr Malcolm Vanderhurst. Es tut mir leid, Ihnen mitteilen zu müssen, dass er vor etwas mehr als einer Stunde mit einem Herzinfarkt bei uns eingeliefert wurde.«

»Wie bitte?« Ich setze mich auf und reibe mir die Augen. Ich bin noch nicht richtig wach. Das muss ein Albtraum sein.

»Mr Vanderhurst liegt bei uns auf der Intensivstation. Sein Zustand ist stabil, aber wir überwachen ihn mittels EKG-Monitoring. Ich kann Ihnen noch nichts Genaueres sagen.«

»Ich komme sofort«, sage ich und springe aus dem Bett. »In welchem Krankenhaus liegt er, sagten Sie?«

»St Mary Medical Center«, antwortet die Frau.

Ich nehme mir nicht einmal Zeit für eine Katzenwäsche. Auf einen Zettel kritzle ich eine Nachricht für Jeannie, damit sie sich keine Sorgen macht, wenn sie in einer Stunde aufwacht. Innerhalb von zehn Minuten sitze ich in meinem Auto. Ich versuche mir in Erinnerung zu rufen, was die Schwester am Telefon gesagt hat, aber ich kriege es nicht mehr zusammen. Wie ernst ist es? Schwebt er in Lebensgefahr?

Ehe ich den Motor starte, zwinge ich mich dazu durchzuatmen. Für einen kurzen Moment schalte ich in meinen Funktionsmodus. Jeannie muss trotz allem in die Schule gebracht werden.

Ich ziehe mein Handy heraus, das ich in die Tasche meiner Jogginghose gesteckt habe, und wähle Rhys' Nummer. Natürlich ist er noch nicht wach, aber ich lasse es so lange klingeln, bis er sich endlich meldet.

»Hm?«, brummt er verschlafen.

»Rhys, du musst Jeannie in die Schule fahren. Am besten, du machst dich gleich auf den Weg, damit sie nicht allein ist, wenn sie aufwacht.«

»Was redest du?«, fragt er. Auch er ist noch nicht ganz wach.

»Malcolm liegt im Krankenhaus. Ich muss sofort zu ihm.«

»Oh, fuck!« Ich höre, wie er aus dem Bett springt. »Ich bin auf dem Weg. Mach dir keine Sorgen, Jeannie ist versorgt.«

»Danke, Rhys«, sage ich erleichtert.

Kurz sickert ein warmes Gefühl in mein Bewusstsein. Die Erleichterung darüber, dass ich nicht mehr allein bin. Dass ich Rhys anrufen kann und er alles stehen und liegen lässt, um mir zu helfen. Aber dann kehrt die Panik mit aller Macht zurück. Malcolm ist über Jahre meine wichtigste Bezugsperson gewesen. Ich verdanke ihm genau genommen alles. Wenn ihm etwas passiert … Ich darf gar nicht darüber nachdenken. Ohne Malcolm bin ich nichts.

Zwanzig Minuten später betrete ich durch eine große Glastür das St Mary Medical Center. Es riecht nach Desinfektionsmittel und leicht nach Erbrochenem. Im Wartebereich weint ein Kind, die anderen Wartenden – ob Patienten oder Angehörige lässt sich auf den ersten Blick nicht sagen – starren vor sich hin. Ich trete an die Rezeption und muss beinahe die Augen zusammenkneifen, weil mich das grelle Licht blendet.

»Malcolm Vanderhurst«, sage ich mit klopfendem Herzen. »Er wurde hier heute Morgen eingeliefert.«

»Und Sie sind …?« Der Pfleger, der hinter der Theke sitzt, blickt auf. »Amy Davies. Man hat mich angerufen. Ich bin sein Notfallkontakt.«

»Sind Sie eine Verwandte von Mr Vanderhurst?«, fragt er.

»Ich bin … seine Tochter«, sage ich, ehe ich noch darüber nachdenken kann. Die Sorge, dass man mich nicht zu ihm lassen könnte, hat mein Gehirn offensichtlich ausgeschaltet.

Der Pfleger beschreibt mir den Weg zur Intensivstation, wo ich mich noch einmal anmelden soll.

Zwei Aufzüge, einen Glastunnel und etliche Automatiktüren später bin ich endlich als Besucherin auf der Intensivstation registriert. Ich trage einen grünen Kittel über meinen Klamotten und folge einer Schwester zu Malcolms Bett.

»Er ist wach«, erklärt sie mir. »Sie können ihn sehen, allerdings muss ich darauf bestehen, dass Sie nicht länger als zehn Minuten bei ihm bleiben. Er braucht Ruhe. Die Besuchszeiten auf der Intensivstation sind streng. Aber wir machen in Ihrem Fall eine Ausnahme, Ms Vanderhurst.«

Ich nicke dankbar und mache mir nicht die Mühe, sie auf ihren Fehler hinzuweisen. Sie zieht einen Vorhang zur

Seite, und ich erblicke Malcolm. Er sieht blass aus. Und alt. So alt! Seine dünnen, weißen Haare kleben in Strähnen an seinem Kopf. Sein Gesicht ist ganz eingefallen und runzlig. Viel runzliger, als ich es in Erinnerung habe. Er ist an ein Gerät angeschlossen, das seine Herzfrequenz misst. Es piept regelmäßig. Zumindest wirkt es auf mich regelmäßig. Ich sehe die Schwester fragend an, kann in ihrem Gesicht jedoch nichts lesen.

»Zehn Minuten«, ermahnt sie mich stattdessen erneut und lässt uns dann allein.

»Was machst du denn für Sachen?«, frage ich.

Malcolm dreht den Kopf umständlich in meine Richtung und schenkt mir ein müdes Lächeln. »Amy«, sagt er, und ich habe das Gefühl, als würde es ihn alles an Energie kosten, was er aufzubringen imstande ist. »Mädchen.«

Ich setze mich auf einen Stuhl, der neben dem Bett steht. In meiner Kehle ist ein fetter Kloß, und hinter meinen Augen brennen ungeweinte Tränen. Ihn so zu sehen macht mir Angst.

»Du kannst mich doch nicht so erschrecken!«

Malcolms Hand, in der eine Kanüle steckt, liegt auf der Bettdecke, und ohne darüber nachzudenken, ergreife ich sie. Erst an seinem überraschten Blick merke ich, dass das ein für mich sehr untypisches Verhalten ist. Sein Lächeln wird noch sanfter.

»Ich wollte dir sicher keine Angst machen.«

In mir beginnt es zu brodeln. Ich habe ihm so oft gesagt, er soll kürzertreten. Aber statt auf mich zu hören, hat er sich immer noch mehr aufgehalst. Gleichzeitig weiß ich, dass ich unfair bin. Unfair und egoistisch. Ich drücke seine Hand. Dann führe ich sie an meine Lippen und hauche einen vorsichtigen Kuss darauf.

»Was ist passiert?«, frage ich und merke, dass ich ihm nicht böse sein kann.

»Ich schätze, ich hatte einen Herzinfarkt«, sagt Malcolm.

»Das weiß ich, alter Mann. Aber warum? Und wie schlimm ist es? Und …«

»Schhhhhh«, macht Malcolm. »Es ist alles gut. Sie machen gerade Tests. Der Arzt war kurz vor dir hier, sie können noch nichts Genaues sagen.«

Einen Moment lang schweigen wir.

»Malcolm«, beginne ich dann und merke, dass meine Stimme zittert. »Du musst auf dich aufpassen. Du kannst nicht verschwinden, verstehst du? Das geht nicht.«

»Wie meinst du das, *das geht nicht?*« Er atmet hörbar ein und aus.

»Es geht eben einfach nicht. Die Leute verlassen sich auf dich.«

»Die Leute?« Seine Augenlider werden schwer.

»Ich, Malcolm. Ich verlasse mich auf dich. Ich brauche dich.«

»Na siehst du. War das so schwer?«, fragt er und öffnet seine Augen wieder. »Aber du irrst dich, Amy. Ich fühle mich geehrt, dass du mir in deinem Leben so einen großen Stellenwert einräumst. Aber zur Not schaffst du alles auch allein.«

Ich schüttle den Kopf und versuche das Brennen hinter meinen Augen, das immer stärker wird, zu ignorieren.

»Auch vor zehn Jahren hättest du mich nicht gebraucht, Amy. Du bist der stärkste Mensch, den ich kenne.«

Ich beiße mir auf die Unterlippe. Mein Kopfschütteln wird vehementer.

»Wehr dich nur dagegen, das ist auch in Ordnung. Du musst es mir nicht glauben. Mir reicht, dass ich es *weiß*.«

»Mir reicht, wenn du mir versprichst, für immer da zu sein«, sage ich trotzig.

Er lacht leise und kraftlos. »Für immer kann ich nicht versprechen. Aber ein bisschen bleibe ich noch.« Nun ist er derjenige, der meine Hand drückt. Zaghaft und vorsichtig, aber deutlich spürbar.

Während der nächsten Tage bin ich jeden Nachmittag bei Malcolm im Krankenhaus. Rhys kümmert sich um Jeannie, nimmt sie entweder mit ins Café oder verbringt den Nachmittag mit ihr bei uns zu Hause. Er hat die Schichten im Café so organisiert, dass Ollie die meisten Nachmittage arbeitet. Und sogar Malik hat angeboten, an seinen freien Tagen einzuspringen. Die Menschen um mich herum sind wie ein Sicherheitsnetz, das mich und Malcolm auffängt.

Auch heute bin ich wieder im St Mary und suche als Erstes das Gespräch mit Dr Fuller, Malcolms behandelndem Arzt.

»Sein Leben wird sich radikal ändern müssen. Wenn er so weitermacht wie bisher, dauert es nicht lang, und er liegt erneut hier. Die Zeit wird zeigen, wann er wieder einigermaßen belastbar ist, aber das Stresslevel muss dauerhaft gesenkt werden. Können Sie dafür sorgen, dass er sich daran hält, Ms Davies?« Dr Fuller weiß inzwischen, dass ich nicht wirklich Malcolms Tochter bin, aber entgegen meiner Erwartung war er nicht wütend darüber, dass ich mich auf seine Station geschwindelt habe. »Ich habe das Gefühl, dass Mr Vanderhurst offen ist für Vorschläge. Allerdings will er mit Ihnen darüber sprechen«, fährt er dann fort und zwinkert mir zu, aber ich höre die Sorge in seiner Stimme.

»Sie können sich auf mich verlassen«, erwidere ich. Die lähmende Angst, die ich seit dem ersten Anruf immer wieder verspürt habe, ist für mich Grund genug, alles daranzusetzen, Malcolm zu helfen.

Als ich an Malcolms Bett trete, sieht seine Gesichtsfarbe schon wieder etwas gesünder aus. Man erkennt von Tag zu Tag Verbesserungen, auch wenn Dr Fuller uns noch keine Hoffnungen macht, dass Malcolm innerhalb der nächsten Tage nach Hause kann. Die Rede war von bis zu zwei Wochen im Krankenhaus. Und danach ist immer noch strenge Bettruhe verordnet.

»Ich muss etwas mit dir besprechen.« Malcolm nimmt ein Notizbuch von seinem Nachttisch. Wer zur Hölle hat ihm das gegeben? »Ich habe nachgedacht.«

»Aha«, sage ich, weil ich alles andere als begeistert davon bin, dass Malcolm anscheinend schon wieder große Pläne schmiedet.

»Du hattest recht«, fährt er fort. »Ich werde mir Hilfe holen. Im Haushalt und für die Verwaltung der Immobilien.« Er sieht mich schuldbewusst an.

»Dem Himmel sei Dank«, rufe ich theatralisch und klatsche in die Hände.

»Das ist aber noch nicht alles.«

Seit dem ersten Morgen im Krankenhaus hat er mich nicht mehr berührt, doch jetzt tastet er wieder nach meiner Hand. Ich lasse ihn gewähren.

Malcolm holt tief Luft. Er räuspert sich. Dann sagt er: »Ich überschreibe dir das Café, Amy.«

»Was?« Ich bin wie vom Donner gerührt.

»Es ist für mich an der Zeit, das Leben eines Rentners zu führen. Ich will Zeit haben, noch etwas von der Welt zu sehen. Zeit mit dir haben, mit Jeannie. Und ich weiß das Café bei dir in guten Händen. Du wirst es so weiterführen, wie es ist. Du wirst jungen Leuten eine zweite Chance geben.«

Ich muss mich einen Moment sammeln. »Aber …«, beginne ich.

»Ich dulde keine Widerrede, Amy. Du bist die Einzige, der ich das Café anvertrauen kann. Du hast die Wahl. Entweder du nimmst es, oder ich bin wohl oder übel gezwungen, es selbst zu machen.«

»Das ist Erpressung«, beschwere ich mich, merke aber, wie mein Herz vor Aufregung rast.

In meinem Kopf spiele ich die Möglichkeiten durch. Wenn Malcolm sich nicht schont, liegt er bald wieder hier – oder Schlimmeres. Das würde ich mir nie verzeihen. Andererseits ist es ein zu großes Geschenk. Es erscheint mir einfach nicht richtig, Malcolms Großzügigkeit anzunehmen. Ganz abgesehen davon, dass ich nicht weiß, wie ich zu allem anderen auch noch ein Café leiten soll.

»Amy«, sagt Malcolm sanft. »Es ist deins.«

Ich schlucke. Dann nicke ich. »Danke.«


Als ich nach meinem Besuch im Krankenhaus, der mich wohl mehr aufgewühlt hat, als ich zugeben möchte, Jeannie in *Mal's Café* abhole, sehe ich den Laden mit ganz anderen Augen. Malcolm hat einen befreundeten Notar gebeten, die Unterlagen bis Ende der Woche fertig zu machen, sodass mir kaum Zeit bleibt, mich daran zu gewöhnen, dass ich bald etwas *besitze*. Durch die große Glasfront scheint warmes Licht. An den Holztischen, die Malcolm über Jahre zusammengesammelt hat, sitzen Leute und lesen oder unterhalten sich. Eine alte Frau sieht auf die Straße, und unsere Blicke treffen sich. Es fühlt sich unwirklich an. Aber gleichzeitig dehnt sich in meinem Bauch eine angenehme Wärme aus. Der Gedanke, dass ich Malcolms Café weiterführen werde, hat etwas sehr Familiäres.

Ich öffne die Tür, und ein Glöckchen kündigt mein Eintreten an. Rhys steht hinter dem Tresen und tippt gerade etwas in die Kasse ein. Dann gibt er einem Kunden Wechselgeld und wünscht ihm einen schönen Tag. Er passt so gut zu diesem Ort. Auch wenn er anfangs fremd war, nicht wusste, wie er mit Menschen umgehen sollte. Inzwischen ist er *Mal's Café*. Ich kann mir den Laden ohne ihn nicht mehr vorstellen. Genau das wollte Malcolm sicherstellen, schießt es mir durch den Kopf. Hätte er das Café verkauft, hätte sich eine große Kette das *Mal's* unter den Nagel gerissen, wer weiß, ob Rhys und Ollie und Che weiterhin einen Job gehabt hätten. Und Sophia, denke ich dann. Sophia wird hier ebenfalls einen Ort haben, der ihr Weiterkommen in der Welt sichert.

»Willst du etwas trinken?«, fragt Rhys, als er mich erblickt. »Meine Schicht ist gleich vorbei.«

»Können wir noch bleiben?« Jeannie sieht von ihren Hausaufgaben auf, die sie über den größten Tisch des Cafés ausgebreitet hat. »Tamsin kommt gleich!« Ihre Augen leuchten.

»Okay«, sage ich, obwohl ich mich eigentlich gern in die Ruhe meines Zuhauses zurückgezogen hätte. Aber seit Jeannie in meinem Leben ist, dehne ich meine Komfortzone täglich weiter aus.

Ollie kommt lachend aus dem hinteren Bereich des Ladens, wo sich ein kleiner Raum für die Angestellten und die Küche befinden. »Trottel«, murmelt sie und verdreht die Augen in Richtung Küche. Ihre Hassliebe zu Che, dem Koch, ist für Außenstehende vermutlich irritierend, für alle, die die beiden kennen, aber sehr unterhaltsam. Hinter Ollie steckt Che seinen Kopf durch den Vorhang, der den vorderen Teil des Cafés vom hinteren trennt. »Ein Date, Ollie«, sagt er.

»Wenn du dich richtig schick machst, mich zum Essen einlädst, mich dann nach Hause fährst. Die Bettdecke um mich herum feststeckst und das Licht ausmachst. Meinetwegen kannst du es dann ein Date nennen.«

»Bin ich noch da, wenn das Licht aus ist?«, fragt Che halb scherzhaft, halb hoffnungsvoll.

»Nein, du bist auf dem Weg nach draußen«, sagt Ollie und schnippt ihm mit dem Finger gegen den Arm. »Du wärst auch dann nicht mein Typ, lieber Che, wenn du die schönsten Männerbrüste der Welt hättest. Falsches Geschlecht.«

Che zuckt mit den Schultern und geht zurück in die Küche. »Ich weiß, dass du mich liebst«, sagt er noch. »Das reicht mir.« Den Stinkefinger, den Ollie ihm zeigt, sieht er nicht mehr.

»Magst du Milch schäumen?«, fragt Ollie jetzt an Jeannie gewandt.

»Ja!« Jeannie strahlt, klettert von ihrem Stuhl hinunter und eilt hinter den Tresen.

Rhys setzt sich währenddessen zu mir, und ich mache ihm etwas Platz, indem ich Jeannies Hefte und Bücher aufeinanderstaple.

»Wie geht's ihm?«, fragt Rhys.

»Es wird von Tag zu Tag besser. Dr Fuller ist sehr zufrieden mit seinen Fortschritten. Allerdings muss er radikal kürzertreten, wenn er entlassen wird. Erst mal ist ohnehin weiter Bettruhe angesagt. Aber auch danach kann er nicht mehr … so präsent sein.« Ich weiß nicht, wie ich Rhys die Neuigkeiten verkaufen soll. Oder ob ich ihm überhaupt davon erzählen sollte. Aber irgendjemandem muss ich mich anvertrauen.

»Okay. Kann ich etwas tun, um ihn weiter zu entlasten?«, fragt Rhys. »Amy?« Er hat meinen nachdenklichen Blick bemerkt.

»Es gibt da etwas«, beginne ich. »Aber es muss erst mal unter uns bleiben.« Ich habe meine Stimme gesenkt, obwohl Ollie und Jeannie ohnehin nichts hören, weil der Milchschäumer zu laut ist.

»Was ist los?«

»Malcolm wird mir das Café überschreiben.«

Ich gebe ihm Zeit, die Nachricht zu verdauen. Doch statt schockiert zu sein, lächelt er. »Das ist ja großartig!«

»Was ist denn daran großartig?«, frage ich ein bisschen verwirrt.

»Na ja, wir hatten alle die Sorge, dass Malcolm das Café verkaufen könnte und wir uns nach neuen Jobs umsehen müssen. Aber so …« Rhys' Augen glänzen. »Du wirst doch nicht verkaufen, oder?«

»Natürlich nicht!«

In diesem Moment hört man einen spitzen Schrei.

»Oh, fuck!«, sagt Ollie, und Jeannie beginnt zu kichern.

»Das war wohl zu viel«, sagt sie. Jetzt lachen beide und sehen sich etwas hilflos nach Rhys um. Jeannie ist von oben bis unten mit Milchschaum eingesaut.

Rhys springt auf, um den beiden zu helfen, die übergelaufene Milch aufzuwischen und Jeannie etwas zu reinigen. Ich schüttle den Kopf und will auch aufstehen, aber Rhys bedeutet mir, sitzen zu bleiben.

Im Trubel haben wir gar nicht gemerkt, dass Tamsin das Café betreten hat. Sie kommt an den Tisch und fragt: »Was ist denn da los?«

»Mittlere Milchkatastrophe«, sage ich grinsend. »Du hältst besser Abstand.«

Einen Moment sitzen wir schweigend da, während im Hintergrund immer noch das Lachen und Kichern von Rhys, Jeannie und Ollie zu hören ist. Dann räuspert sie sich.

»Du, Amy?«, fragt sie.

Ich weiß sofort, worauf das hinausläuft. Sam. Die letzten Tage waren so nervenzehrend, dass ich nicht dazu gekommen bin, viele Gedanken an ihn zu verschwenden.

»Ich will mich nicht aufdrängen«, beginnt sie zögerlich, »und deine Seite der Geschichte geht mich auch kaum etwas an …«

»Aber?« Ich kann nichts dagegen tun, dass ich ein bisschen genervt klinge. Ich habe weiß Gott andere Dinge zu tun, als mich mit Sams verletztem Ego zu beschäftigen. Mein Ziehvater liegt im Krankenhaus, ich bin Ziehmutter einer Zehnjährigen, Sophias Leben in Freiheit muss vorbereitet werden, und ich selbst bin ein seelisches Wrack.

»Na ja …« Tamsin zögert. »Ich schätze, Sams Seite der Geschichte geht mich ein bisschen was an.«

Ich weiche ihrem Blick aus und tue so, als würde ich mich auf die Reinigungsaktion hinter dem Tresen konzentrieren.

»Er mag dich wirklich, Amy.«

Ich erstarre. Mein Körper fühlt sich auf einmal ganz hohl an. So hohl, dass Tamsins Worte darin widerhallen. Ihr Echo prallt mit voller Wucht gegen mein Herz, das einen Satz macht.

Das Einzige, was ich sagen kann, ist: »Ich weiß.« Dann wird meine Stimme dünn und bringt nichts mehr hervor. Denn ich mag ihn auch. Nur ändert es nichts.

 *Sam*

**28**   Als Rhys mich bat, ihm bei der Einrichtung des Schlafzimmers zu helfen, wusste ich nicht, dass er die Möbel tatsächlich selbst bauen würde. Ich bin schwer beeindruckt.

»Not macht erfinderisch, schätze ich«, sagt er und zuckt mit den Schultern.

Wir schleppen Paletten, Bretter und Ziegelsteine nach oben. Bislang kann ich mir noch nicht so wirklich vorstellen, wie es am Ende aussehen wird, aber Rhys ist regelrecht euphorisch, sodass ich mich gern anstecken lasse. Ein bisschen gute Laune nach den letzten Tagen, in denen ich kein einziges Lebenszeichen von Amy bekommen habe, kann nicht schaden.

»Sie ist nicht zu Hause«, sagt Rhys, als er meinen Blick in Richtung Amys Wohnungstür bemerkt.

»Dachte ich mir.«

»Sie ist mit Jeannie im Krankenhaus.«

Ich nicke. Es ist mir etwas unangenehm, dass Rhys genau zu wissen scheint, worüber ich nachdenke. Aber andererseits ist er vermutlich die engste Verbindung zu Amy, die ich im Moment habe. Tamsin hat mir zwar erzählt, dass Malcolm nach einem Herzinfarkt im Krankenhaus liegt – auf meine Nachfrage, ob ich etwas tun könne, reagierte Amy natürlich nicht –, aber eine richtig enge Beziehung haben die beiden auch nicht.

»Sie kriegt sich schon wieder ein, Mann«, sagt Rhys und schließt die Wohnungstür hinter uns.

»Mal sehen«, gebe ich zurück, denn ich kann seinen Optimismus nur schwer teilen.

»Die Sache mit Malcolm, Sophia, das ist einfach gerade viel, schätze ich.«

»Wer ist Sophia?«, frage ich.

»Hat sie dir gar nicht von ihr erzählt? Amy ist regelrecht besessen von dem Mädchen. Sie hat sie ins Programm aufgenommen. Sehr kurzfristig. Komische Geschichte. Jedenfalls kriegt sie mein Zimmer. Deswegen müssen wir heute hier fertig werden.« Er wirft mir eine Wasserflasche zu und bedeutet mir, ins Schlafzimmer zu gehen.

Sophia ... Ich denke nach. Ich bin mir sicher, dass Amy sie nicht erwähnt hat. Sie hatte einen neuen Fall erwähnt, der Zeit koste und viel Stress bringe.

»Seit wann arbeitet sie mit Sophia zusammen, sagst du?«

»Noch nicht so lang. Ein paar Wochen oder so. Ich habe ihr gesagt, sie soll ein bisschen langsamer machen. Vorsichtig sein. So Zeug. Aber sie wollte nichts davon wissen.«

Es ist, als würden sich in meinem Kopf die Puzzleteile langsam zusammenfügen. Könnte es sein, dass nicht ich der Grund für Amys abweisendes Verhalten bin, sondern Sophia? Aber wie sollte ein fremdes Mädchen aus Amys Programm ihre Einstellung mir gegenüber derart verändern? Und doch – zeitlich könnte es passen.

»Vielleicht muss eine große Geste her«, sagt Rhys und grinst. »Bei mir hat es jedenfalls geholfen.«

Während er mir von seinem Plan erzählt, aus den Paletten ein Bett zu bauen und die Ziegel und Bretter zu einem Regal für Tamsins Bücher zu stapeln, rattert es in meinem

Kopf weiter. Große Gesten. Dass ich nicht lache. Amy würde mir die Tür vor der Nase zuschlagen. Amy ist nicht wie Tamsin. Mit Tamsin funktioniert diese Susi-und-Strolch-Nummer. Tamsin ist wie ein Koalabär. Sie hat keine Angst vor anderen und ist zufrieden, wenn sie in einem Baum sitzt und giftigen Eukalyptus isst – solange Rhys ihn ihr serviert. Amy ist wie eine dieser Schwarzfußkatzen, über die ich neulich eine Dokumentation gesehen habe. Scheu und solitär lebend. Bei der leisesten Störung geht sie in Deckung und verteidigt sich entschlossen, drängt man sie in die Ecke.

Wir beginnen, die Paletten aneinanderzuschrauben. So entsteht erst eine Liegefläche, dann das Kopfteil. Schließlich verbinden wir beides. Rhys weiß genau, was er tut.

»Im Gefängnis habe ich gelernt, mit Holz zu arbeiten«, erklärt er, als er meinen bewundernden Blick bemerkt. »Sie nannten das ›Ausbildung‹. Aber es war eher so, dass wir für einen Hungerlohn kleine Möbelstücke zusammengeschraubt haben, die dann für viel Geld an irgendwelche Reichen verkauft wurden. Die hatten das Gefühl, sie tun etwas Gutes, wenn sie jugendlichen Straftätern helfen. Haben sie wohl auch irgendwie, denn jetzt kann ich das hier.« Er deutet auf das Bett. Ich nicke anerkennend.

Die Bretter für das Regal hat Rhys schon auf die richtige Länge zurechtgesägt. Auf zwei Ziegelsteine legen wir immer ein Brett, bis ein ganzes Regal daraus entstanden ist. Es sieht richtig gut aus. Minimalistisch, schick, deutlich besser als die Obstkisten, die Tamsin im Moment in ihrer Bruchbude als Bücherregal verwendet.

»Tamsin wird es lieben«, sage ich, und Rhys lächelt.

»Meinst du?«

»Das hier ist genau ihr Ding. Das Gegenteil ihrer Eltern. Originell, funktional und persönlich.«

Im Treppenhaus hört man Schritte, und ich blicke auf. »Amy und Jeannie«, sagt Rhys und steht auf. »Ich verschaffe dir etwas Zeit mit ihr.«

Bevor ich ihn noch davon abhalten kann, ist er aufgesprungen und zur Tür raus. Ich höre entfernt das Hallen ihrer Stimmen. Jeannies freudiges Jubeln beim Anblick ihres Bruders, Rhys' lautes Lachen. Als Amy etwas sagt, das ich nicht verstehe, beschleunigt sich mein Herzschlag. Ich presse mir die Hand auf meine Brust und atme tief ein. Mir ist absolut bewusst, dass ich mich komplett in Amy verknallt habe. Aber meine körperliche Reaktion so deutlich wahrzunehmen, allein in diesem halb fertigen Raum – ihr so nah und gleichzeitig so unerreichbar fern –, ist etwas ganz anderes, als sich zu verschanzen und Liebesfilme und Tierdokus anzuschauen.

Im nächsten Augenblick geht die Wohnungstür wieder auf, und Jeannie kommt ins Schlafzimmer gelaufen, gefolgt von ihrem Bruder.

»Sam!«, ruft sie und umarmt mich.

»Hi«, sage ich und streiche ihr über den Kopf.

»Warum kommst du nicht mehr?«, fragt sie.

Mein Blick trifft auf Rhys, der entschuldigend mit den Schultern zuckt.

»Ihr habt euch gestritten, oder?«

»So kann man das nicht sagen«, erwidere ich, unsicher, wie viel man einer Zehnjährigen erzählen sollte.

Glücklicherweise springt Rhys ein. »Für Amy ist das alles gerade ein bisschen viel. Mit Malcolm, weißt du? Deswegen braucht sie etwas Zeit für sich. Das heißt aber nicht immer, dass man sich streitet.«

»Also kommst du bald wieder, wenn es Malcolm besser geht?«

Wieder ist es Rhys, der antwortet. »Was hältst du davon, wenn wir Sam und Amy kurz reden lassen? Du könntest mir helfen, hier ein bisschen aufzuräumen. Wie findest du überhaupt die Möbel hier?«

Während Jeannie sich im Raum umsieht, bedeutet Rhys mir, zu verschwinden, bevor sie ihre Aufmerksamkeit wieder mir zuwendet. Denn Jeannie lässt solche ausweichenden Antworten eigentlich nie gelten.

»Du musst noch Bilder an die Wand hängen«, höre ich Jeannie sagen, als ich die Wohnungstür von außen schließe.

Im nächsten Augenblick stehe ich vor Amys Wohnung. Ich klopfe.

»Hast du schon genug …« Amy öffnet die Tür und erstarrt. »Sam!«, sagt sie mit großen Augen. Ihre blonden Haare trägt sie heute offen.

»Hi.« Ich fahre mir etwas verlegen mit der Hand über den Hinterkopf. Vielleicht hätte ich mir irgendeine große Rede überlegen sollen. Aber Rhys ließ mir nicht wirklich viel Zeit. »Wie geht's Malcolm?«, frage ich deswegen. Doch dann überlege ich es mir anders. »Nein, halt, ich will erst wissen, wie es dir geht.«

Amys Mundwinkel zucken kaum merklich etwas nach oben. Aber es ist ein sehr müdes Zucken. »Gut. Gut geht's mir. Und Malcolm wird jeden Tag ein bisschen fitter. Nächste Woche wird er wohl entlassen.«

»Er hat sich sicher gefreut, dich zu sehen.« Ich schwafle einfach. Versuche irgendwie, ein Gespräch zu führen, wieder Vertrauen zwischen uns aufzubauen.

»Er hat sich noch mehr gefreut, Jeannie zu sehen. Ich bin jeden Tag da.« Sie lässt den Haargummi, den sie immer um ihr Handgelenk trägt, schnalzen.

»Wow, das ist toll«, sage ich, weil ich tatsächlich beeindruckt davon bin, wie sie sich um den alten Mann kümmert.

»Nein, das ist selbstverständlich«, erwidert sie mit diesem leisen Pfeifen, das mir so fehlt.

»Meinst du?«

»Malcolm ist …« Sie bricht ab. »Er ist das, was einer Familie für mich am nächsten kommt.« Sie streicht sich eine Strähne aus dem Gesicht, und ich würde es ihr so gerne nachtun. Ihre schönen Haare berühren.

»Können wir …«, frage ich, weil ich es nicht mehr aushalte. »Können wir reden?«

Ihre Augen sehen traurig aus. »Ich werde dich nicht hereinbitten«, sagt sie.

»Das ist in Ordnung«, erwidere ich. »Ich kann gerne hier draußen stehen bleiben. Aber vielleicht könnten wir darüber reden, warum du mich nicht hereinbitten willst? Denn ich bin, ehrlich gesagt, ziemlich verwirrt. Ich hatte eigentlich nicht das Gefühl, irgendwas falsch gemacht zu haben. Aber vielleicht habe ich es auch nicht mitgekriegt. Wenn du sauer auf mich bist, hast du sicher einen guten Grund dafür, aber es wäre gut, ihn zu kennen.«

Amy ist während meines kleinen Ausbruchs unbeweglich geblieben. Ihr Gesicht zeigt keine Regung. Sie blickt an mir vorbei, in eine Weite, die nicht da ist. Denn hinter mir ist nichts als die Treppe, die nach oben auf den Dachboden führt. »Ich bin nicht sauer auf dich«, sagt sie schließlich.

»Okay, gut.« Ich bin erleichtert, das endlich zu hören.

»Das bedeutet aber nicht, dass wir wieder an den Punkt zurückkehren, an dem wir waren. Hör zu, Sam, wir haben es probiert. Ich habe es probiert. Aber es funktioniert nicht. Es kann nicht gehen …«

»Hier würde ich dir gern widersprechen«, unterbreche ich sie. »Ich fand, es hat hervorragend funktioniert.«

Amy blickt zu Boden. »Ja, vielleicht kurz. Aber das war nur eine Illusion. Mach es doch nicht schwerer, als es ist.« Bei den letzten Worten schiebt sie die Tür langsam ein Stück zu.

»Warte, Amy«, sage ich und drücke mit der Hand dagegen. Das ist natürlich genau die falsche Geste. Viel zu forsch, viel zu fordernd, viel zu sehr innerhalb von Amys persönlichem Bereich. Ich weiß es sofort, doch als ich meine Hand zurückziehe, ist es bereits zu spät.

»Es hat keinen Sinn, Sam«, sagt sie. »Ich kann dir keine Erklärungen geben. Es ist, wie es ist. Und dabei ist es egal, wie sehr ich wünschte, es wäre anders.« Ihre Stimme wird ganz dünn und leise. Dann schiebt sie die Tür langsam zu.

**29** Es ist die nächste Nacht, in der ich nicht schlafen kann. Eine weitere Nacht, die aus Herumwälzen, Herzrasen, Sorgen besteht. Malcolms Fortschritte sind zwar vielversprechend – wir haben einen ungefähr zweiminütigen Spaziergang gemacht –, aber die Tatsache, dass ich ihn beinahe verloren hätte, ändert alles.

Sophia zieht nächsten Montag zu Malik, und es gibt bis dahin noch so irre viel Papierkram zu erledigen, dass ich nicht weiß, wo mir der Kopf steht. Ich übernehme die legale Vormundschaft für sie. Das ist eine Verantwortung, die jedes Mal schwer auf mir lastet. Aber ich weiß, dass es der einzige Weg ist, ihr Vertrauen zu gewinnen. Hätte ich sie an eine weitere Pflegefamilie übergeben, wir hätten keine Grundlage gehabt.

Ich weiß außerdem, dass es mir im Moment nicht gelingt, Jeannie gerecht zu werden. Ich reibe mich für Sophia auf und schiebe Jeannie zu Rhys. Das ist unfair. Denn Jeannie muss meine Priorität sein. Sie ist meine Familie, und ich bin ihre.

Und dennoch – sobald ich nachts meine Augen schließe, ist da Imogen. Mit ihr wird die Schuld auf meinen Schultern real. Und ich weiß, dass ich kein Recht habe, irgendjemanden hängen zu lassen. Imogen ist mächtiger als alles. Sie vertreibt Sophia, Jeannie, Malcolm ... und auch Sam. Doch wenn ich ehrlich bin, ist Sam etwas hartnäckiger als die anderen. Ich sehe ihn vor mir und verspüre wieder diese ungeheure Erleichterung, dass ich mich von ihm zurückgezogen habe und ihn so vor all dem Unglück schützen kann, das ich mit mir herumtrage. Dieses Kribbeln, das mir sagt, dass ich alles richtig gemacht habe. Denn das bedeutet es doch, oder? Ein leichtes Ziehen ist auch dabei, aber ich ignoriere es mit aller Gewalt. Ich kehre zu Imogen zurück, und alles andere tritt in den Hintergrund.

So wandern meine Gedanken. Sie kommen nicht zur Ruhe. Und ich drehe mich von der Seite auf den Rücken, auf den Bauch, auf die andere Seite. Ich winkle die Beine an, strecke sie wieder aus, ziehe sie an meine Brust, schlinge die Arme darum. Es gibt keine Position, die meinen Kopf zum Schweigen bringt. Wenn ich mich zwinge, für einen Moment auf die Geräusche der Nacht zu hören, ist da nichts außer meinem wummernden Herzschlag.

Ich streiche mir mit den Händen über die Oberarme. Auf und ab, auf und ab. Langsam und sanft. Mein alter Trick, der mich selten im Stich gelassen hat. Auf und ab. Meine Eltern haben mich sicher früher in den Schlaf gestreichelt, aber ich habe keine Erinnerung daran. So sind die einzigen Hände, die ich auf meiner Haut kenne, meine eigenen.

Irgendwann falle ich in einen unruhigen Dämmerschlaf und erwache am nächsten Morgen wie gerädert.

Mein erster Termin ist heute in *Mal's Café*. Malcolm hat mich gebeten, nicht zu lange zu warten, bis ich allen die – seiner Meinung nach – frohe Kunde überbringe. Zwar ist das Café für mich im Moment nur ein weiterer Punkt auf meiner nicht enden wollenden Liste an Sorgen, Pflichten und Verantwortungen, aber ich bringe es nicht übers Herz, Malcolm zu enttäuschen. Außerdem kann ich ihm nun endlich einmal etwas zurückgeben nach all den Jahren, die er sich um mich gekümmert hat.

Ich habe Ollie gebeten, auch herzukommen, obwohl sie heute freihat. Aber es ist wichtig, dass wir uns von Anfang an als Team verstehen, so wie sie mit Malcolm ein Team waren.

»Willst du einen Kaffee?«, fragt Rhys, der sich gerade die Hände abtrocknet. »Oder eine Kleinigkeit zu essen?«

»Gerne einen Kaffee«, sage ich und drehe das Schild, das an der Glastür hängt, auf »Geschlossen«.

»Es ist also so weit?« Rhys, der ja schon Bescheid weiß, riecht den Braten sofort.

»Malcolm hat mich gebeten, euch so schnell wie möglich über alles zu informieren. Und wahrscheinlich hat er recht. Es hat keinen Sinn, es ewig hinauszuschieben.« Ich setze mich an einen der Tische. »Außerdem brauche ich wohl auch einfach eure Hilfe«, sage ich dann. »Ich kenne mich hier kaum aus.«

»Das kriegen wir schon hin.« Rhys zwinkert mir zu. Es tut gut zu wissen, dass ich das Café nicht allein am Laufen halten muss.

»Bevor ich es vergesse«, sagt er dann und stellt mir einen Becher mit dampfendem Kaffee vor die Nase, »ich hab noch was für dich.« Aus seiner Hosentasche zieht er etwas aus Papier. Einen Brief? »Tamsin hat gesagt, ich soll dir das von Sam geben.« Er grinst und verschwindet dann wieder hinter dem Tresen.

Es ist ein gefalteter Umschlag. Erst will ich ihn schon in meiner Tasche verschwinden lassen, weil ich gerade wirklich andere Sorgen habe, dann siegt aber doch die Neugierde – und die Gewissheit, dass es mir vermutlich ohnehin keine Ruhe lassen würde. Ich öffne ihn und ziehe eine herausgerissene Seite aus einem Buch heraus. Sie ist aus *Alice im Wunderland,* wie sich unschwer anhand der Illustration – ein Fisch und ein Frosch, die einen überdimensionalen Briefumschlag halten – erkennen lässt. Sam hat wieder eine Passage umrandet. Diesmal hat er allerdings einzelne Worte durchgestrichen und andere darübergeschrieben.

> *Der Fisch-Lakai fing damit an, einen ungeheuren Brief,*
> *beinah so groß wie er selbst, unter dem Arm hervorzuzie-*
> *hen; diesen überreichte er dem anderen, in feierlichem Ton*
> *sprechend: »Für* ~~die Herzogin~~ [Amy]*. Eine Einladung von* ~~der~~
> ~~Königin, Croquet zu spielen~~ [Sam] [zum Liebesfilmmarathon im Electric].*«*
> *Der Frosch-Lakai erwiderte in demselben feierlichen Ton,*
> *indem er nur die Abfolge der Wörter etwas veränderte:*
> *»Von* ~~der Königin~~ [Sam]*. Eine Einladung für* ~~die Herzogin~~ [Amy]*,*
> ~~Croquet zu spielen~~ [zum Liebesfilmmarathon im Electric].*«*

Ich starre auf die Buchstaben und muss unwillkürlich lächeln. Ich bin mir sicher, dass die Einladungen, die andere bekommen haben, nicht so aussehen. Einen kurzen Moment gestatte ich mir, mich über diese Geste zu freuen. Es ist nur ein Augenblick, in dem ich mir erlaube, meine Sorgen zu vergessen. Dem Ausschnitt beigelegt ist ein Flyer, auf dem ich Ort und Zeit sowie eine Liste der Filme finde, die gezeigt werden. Der Marathon beginnt mit *Susi und Strolch.* Ich schlucke. Mir fällt mein Eimer ein, der mit den Muscheln und Glasscherben vom Strand. Mein erster Kinobesuch mit meinen Eltern. *Susi und Strolch,* mein Lieblingsfilm. Als hätte Sam es gewusst.

In diesem Moment geht die Tür des Cafés auf. Eine Glocke kündigt Ollie an. Sofort bin ich wieder im Hier und Jetzt.

»Rhys, sagst du Che Bescheid?«, frage ich.

Während er in die Küche geht, bedeute ich Ollie, sich zu setzen. Als die anderen beiden zu uns stoßen, entgeht mir der fragende Blick, den Ollie Che zuwirft, nicht. Wahrscheinlich sorgen sie sich um ihre Jobs, jetzt, da Malcolm krank ist.

»Okay«, beginne ich und atme einmal tief ein. »Ihr fragt euch sicherlich, warum wir uns in dieser ungewöhnlichen Besetzung heute Morgen hier treffen.« Drei Augenpaare blicken mich erwartungsvoll an, niemand regt sich. »Also … Malcolm wird nicht mehr zurückkehren«, sage ich. »Das habt ihr euch wahrscheinlich ohnehin schon gedacht. Er muss kürzertreten, das tun, was Leute in seinem Alter eben tun. In den Ruhestand gehen.«

»Okay …?«, sagt Ollie und runzelt die Stirn. »Und was heißt das?«

»Ihr kennt ihn ja«, fahre ich fort. »Es ist für Malcolm das Allerwichtigste, dass für euch alle gesorgt ist. Deswegen bleibt das Café bestehen.«

»Und wer …?« Che unterbricht mich, doch ich bedeute ihm, sich noch einen Moment zu gedulden.

»Malcolm hat mir das Café überschrieben.« Diesen Satz lasse ich erst einmal auf sie wirken. »Aber ihr müsst euch keine Sorgen machen. Ich will *Mal's* so weiterführen wie bisher.«

»Sorgen machen? Soll das ein Scherz sein?«, fragt Ollie. »Ich find's absolut geil, dass du jetzt unsere Chefin bist. Jemand Besseren hätte Malcolm nicht finden können.«

»Herzlichen Glückwunsch, Amy!«, sagt jetzt auch Che

und klopft mir auf die Schulter. Ich ertrage es stoisch. »Du bist sicher die Richtige für den Job.«

Ich werde ein bisschen rot und merke, wie mich eine große Woge der Erleichterung überkommt. Anscheinend hatte ich tatsächlich Bedenken, wie Ollie und Che die Nachricht aufnehmen würden.

»Allerdings brauche ich eure Hilfe«, sage ich. »Ich habe keine Ahnung, wie man ein Café führt. Woher ich die Zeit nehmen soll, weiß ich, ehrlich gesagt, auch noch nicht. Aber eins nach dem anderen. Ich muss die Bücher sehen, muss wissen, wer unsere Zulieferer sind und so weiter.«

»Ich kenne mich in den Büchern etwas aus«, sagt Rhys. »Ich habe Malcolm gebeten, mir ein bisschen was über Buchführung beizubringen. Und die Bestellungen mache ich seit einigen Wochen ganz ohne seine Hilfe. Das kann ich dir alles zeigen.« Er blickt auf die Tischplatte, als gäbe es dort etwas Interessantes zu sehen.

»Perfekt. Vielleicht wollen wir das gleich im Anschluss machen?«

»Klar.« Er zuckt mit den Schultern und nickt.

»Ähm.« Che räuspert sich. »Also, ich …«

»Ja?«, frage ich.

»Das ist wahrscheinlich nicht der beste Moment«, sagt er. »Aber ich habe schon vor seinem Herzinfarkt mit Malcolm darüber gesprochen. Es war zwar noch nicht offiziell, aber da er nun nicht mehr kommt, ist dieser Augenblick so gut wie jeder, schätze ich.«

Alle Augen sind nun auf Che gerichtet. Er fährt sich unsicher mit dem Handrücken über die Stirn.

»Was gibt es?«, frage ich und kann die Sorge in meiner Stimme kaum verbergen.

»Ich würde gerne zum Monatsende kündigen. Ich habe

jetzt genug Kapital, um mich mit meiner Brauerei richtig selbstständig zu machen. Es ist zwar ein Risiko, aber eins, das ich eingehen muss. Den offiziellen Mietvertrag für Malcolms Garage habe ich schon unterschrieben.« Er blickt von einem zum anderen.

»Okay, wow!«, sage ich. »Gerade mal seit zehn Minuten deine Chefin, und schon kündigst du. Das ist ja eine tolle Quote.« Dass wir am Monatsende ohne Koch dastehen sollen, ist eine mittlere Katastrophe. »Dann werde ich mich mal nach einem würdigen Nachfolger für dich umsehen.« Innerlich seufze ich. Noch ein Punkt auf meiner Liste. Ich hatte gehofft, mit diesem Gespräch ein bisschen Klarheit für mich schaffen zu können. Stattdessen wird das Chaos in meinem Kopf größer.

»Ich freu mich für dich, du Verräter«, sagt Ollie und zieht Che am Ohr.

»Und ich werde dir fehlen, stimmt's?«, fragt er hoffnungsvoll.

»Sicher nicht«, erwidert Ollie, und Che nimmt sie in den Schwitzkasten. »Vor allem, wenn du ohnehin den ganzen Tag in der Garage abhängst.« Sie klingt etwas erstickt, und Che lässt sie wieder los.

»Dürfen wir dein Bier hier verkaufen?«, fragt Rhys und sieht Che und mich gleichermaßen fragend an. »Das wäre doch vielleicht ganz cool.«

»Meinetwegen gern«, sagt Che.

»Wir müssen aber erst checken, wie das mit der Lizenz funktioniert«, gebe ich zu bedenken und schreibe auch das auf meine endlose mentale To-do-Liste.

Nach unserem Gespräch zeigt Rhys mir die Bücher. Malcolm hat alles ordentlich aufgelistet, allerdings ist nichts digitalisiert. Das ist das Erste, was ich in Angriff nehmen muss, fürchte ich. Große Gewinne wirft das Café nicht ab, aber es trägt sich definitiv selbst, und ab und zu erwirtschaften wir tatsächlich ein kleines Plus, das in das Resozialisierungsprojekt fließen kann. Ich mache mir eine Liste von all unseren Zulieferern und bin ziemlich beeindruckt, dass Malcolm die Produkte vor allem von einer Gruppe regionaler Bauern bezieht, die sich zusammengeschlossen haben und unabhängige Restaurants und Cafés beliefern. Daran werde ich auf jeden Fall nichts verändern. Aber ich werde ihnen mitteilen müssen, dass ich ab jetzt übernehme.

Che zeigt mir die Ausstattung der Küche. Der Herd, sagt er, müsse wohl bald ausgetauscht werden, und ein Blick auf das alte, klapprige Ding bestätigt mir, dass er damit recht hat. Aber immerhin ist der Ofen nagelneu. Und auch sonst scheint alles gut in Schuss zu sein.

»Willst du noch die Garage sehen?«, fragt er dann, und ich lasse mir von ihm zeigen, was er dort neben seinem Job als Koch schon auf die Beine gestellt hat.

Es ist das erste Mal, dass ich einen Blick in den Hinterhof werfe. Ich wundere mich fast über so viel ungenutzten Raum. Mit ein paar Pflanzen sähe es hier sicher ziemlich cool aus. Ob man einen Außenbereich schaffen könnte zwischen Café und Brauerei?

Wenig später verabschiede ich mich von allen und mache mich auf den Weg ins Büro, wo ich den Antrag auf zusätzliche Förderung aktualisiere. Schließlich habe ich mit Sophia eine weitere Minderjährige im Programm, sodass die Genehmigung immer wahrscheinlicher wird. Dann führe ich einige Telefonate, unter anderem mit Amir, der Neuigkeiten aus Arden hat. Man hat Donald im Visier. Schon vor meiner E-Mail wurde er anscheinend überwacht. Ich werde ganz aufgeregt, mein Herz schlägt schnell, als ich den Hörer wieder auflege.

Ein paar Minuten starre ich vor mich hin, dann stelle ich mich bei den Zulieferern vor und vereinbare ein Gespräch für Sophia bei einer Abendschule, wo sie ihren Highschool-Abschluss nachholen könnte. Jetzt habe ich nur noch eine Sache zu klären.

»Hi, Malik«, sage ich, als er ans Telefon geht. »Ich habe eine Frage ...«

 *Sam*

**30** Es ist kaum zu glauben, dass der große Tag tatsächlich gekommen ist. So viel Arbeit steckt in diesem Event, so viele Leute haben ihre Zeit dafür geopfert, das *Electric* durch eine schnelle Geldspritze für den Moment zu retten, dass ich nervös bin, als handle es sich um meine Hochzeit. Außerdem habe ich Amy eingeladen. Und nicht zu wissen, ob sie kommt, steigert meine Aufregung ins Unermessliche, auch wenn ich mir keine großen Hoffnungen mache. Ich lerne eben auch dazu.

Als ich am *Electric* ankomme, sind sowohl Rhys und Ollie mit dem Kaffeestand als auch Ches Kumpels mit dem Burritowagen bereits da und bauen auf. Tamsin spricht mit Rhys, der gerade zwei Liegestühle vor den Stand stellt, und winkt begeistert, als sie mich sieht. Die Plakate und Wimpelgirlanden, die wir gestern noch an der Fassade angebracht haben, sehen auch im Tageslicht wunderbar aus. Noch ist es ganz ruhig hier, aber in wenigen Stunden werden sich hier hoffentlich Menschen tummeln.

Ich bedeute Tamsin und Rhys, dass ich nach Norman sehe, und gehe nach drinnen. Während der letzten Tage haben wir hier alles auf Vordermann gebracht. Wir haben den Teppichboden gereinigt, die Rahmen der Filmplakate entstaubt und das Glas geputzt. Wir haben Getränkespenden und -lieferungen entgegengenommen, Getränkepreise festgelegt und Karten ausgedruckt, die wir sogar mit einem eigenen Logo versehen haben. Anthea hat es designt, und es sieht absolut schick aus. Eine perfekte Mischung aus alt und modern. Norman hatte Tränen in den Augen, als wir es ihm gezeigt haben. Das Logo befindet sich nun außerdem auf den Abreißtickets und auf den Popcorntüten. Die Druckerei, bei der wir die Plakate und Flyer haben drucken lassen, hat uns ein bombastisches Angebot gemacht, weil sie die Aktion so cool fand.

»Guten Morgen, Norman!«, begrüße ich den alten Mann hinter dem Tresen. »Na? Sind Sie auf den großen Ansturm vorbereitet?«

»Vor ein paar Wochen konnte ich mir noch nicht vorstellen, dass hier jemals wieder Leute herkommen. Aber in der letzten Zeit waren die Vorstellungen immer gut besucht!« Er schüttelt ungläubig den Kopf. »Wenn ich *den* Ansturm hingekriegt habe, dann wird das heute ein Kinderspiel!« Sein zahnloses Lächeln steckt mich an. Ich sage ihm nicht, dass heute deutlich mehr Menschen kommen müssen, damit das Event ein Erfolg wird. Denn ich möchte nicht, dass er so nervös ist wie ich.

»Sind die Filme alle bereit?«, frage ich deswegen, obwohl wir das gestern mehrfach kontrolliert haben.

»Alle bereit. Ich habe das Mädchen mit den bunten Haaren …«

»Zelda.«

»Ja, genau. Sie hat mir die Uhrzeiten der Filme aufgeschrieben, damit ich nicht durcheinanderkomme. Den Zettel habe ich oben angepinnt.«

Ich habe Norman mehrfach gebeten, mir zu zeigen, wie man die Filme einlegt, damit er nicht immer rauf- und runterlaufen muss. Aber er wollte nichts davon hören.

Als die Popcornmaschine zu knacken und zu rumpeln

beginnt, kontrolliere ich noch mal die Getränke im Hinterzimmer. Für den Abend haben wir Ches Bier, tagsüber gibt es verschiedene Sodas. Tamsin übernimmt den Verkauf, während Zelda und Anthea sich die Betreuung des Ticketschalters teilen.

»Braucht ihr noch was?«, frage ich an Rhys und Emilio, Ches Kumpel mit dem Burritowagen, gewandt, als ich wieder nach draußen komme. »Kann ich noch etwas helfen?«

»Trink mal einen Kaffee«, sagt Rhys und drückt mir einen Pappbecher in die Hand.

Ich nehme einen Schluck. Dann frage ich: »Sag mal, weißt du zufällig, ob Amy heute kommt?« Eigentlich hatte ich mir fest vorgenommen, mich überraschen zu lassen, aber die Neugierde siegt.

»Keine Ahnung«, sagt Rhys. »Ich habe sie diese Woche nur zweimal gesehen, als sie im Café war und verkündet hat, dass Malcolm es ihr überschrieben hat, und am Donnerstag, als ich Jeannie bei ihr abgesetzt habe.«

»Malcolm hat ihr das Café überschrieben?« Eigentlich sollte ich nicht überrascht sein, aber es versetzt mir doch einen Stich, dass in Amys Leben etwas so Großes passiert und ich davon nichts mitbekomme.

»Ist wohl ein ganz schöner Stress für sie«, sagt Rhys, und ich nicke. Die Hoffnung, sie hier gleich zu sehen, schwindet.

»Sam?« Es ist Anthea, die anscheinend von mir unbemerkt eingetroffen ist. »Weißt du, wo der Schlüssel für die Kasse ist?«

»War der nicht gestern noch da?«, frage ich und eile ihr zu Hilfe.

Er steckt nicht an der Kasse und befindet sich auch

nicht in der Schublade, in der Norman ihn sonst aufbewahrt.

»Hat Zelda ihn aus Versehen eingesteckt?« Ich schreibe ihr eine Nachricht, doch sie antwortet sofort, dass sie ihn nicht hat und wir in der Schublade nachsehen sollen.

»Was sucht ihr?«, fragt Norman, der seinen Kopf zu uns hineinsteckt.

»Den Schlüssel für die Kasse«, sagt Anthea. »Sie wissen nicht zufällig ...«

»Warum fragt ihr mich nicht gleich?« Norman grinst und zieht an einem Bändel unter seinem Hemd. Zum Vorschein kommt der Schlüssel.

»Aber ich dachte, der Schlüssel liegt immer in der Schublade?«, fragt Anthea und nimmt ihn dankbar entgegen.

»Ab und zu muss man das System ändern, um den Verbrechern ein Schnippchen zu schlagen«, sagt Norman triumphierend.

Als er sich abgewendet hat, schüttelt Anthea den Kopf. »Vielleicht hätte er das System ja auch morgen ändern können. Ich glaube, hier hängt noch ein Brusthaar dran.« Sie lässt den Schlüssel vor meinem Gesicht baumeln.

»Schön«, sage ich und versuche, sie und den Schlüssel auf Abstand zu halten. »Ich schaue mal, ob ich draußen noch was helfen kann.«

»Ja, ja, lass mich ruhig allein hier mit dem Brusthaar! *Dein Recht, mich zu verstoßen, kenn' ich an, da mir kein Anspruch deine Huld gewann.*«

Ich zeige ihr den Vogel, trete wieder nach draußen und bin überrascht, wie viele Leute sich hier inzwischen versammelt haben. Einige Gesichter kenne ich aus der Uni, aber es sind auch Familien dabei. An Rhys' Stand hat sich bereits eine Schlange gebildet, und die Ersten gehen nach drinnen – hoffentlich, um sich Tickets zu kaufen. Das System ist einfach, entweder man kauft sich ein Einzelticket für nur einen Film oder ein Tagesticket, mit dem man insgesamt zehn Dollar spart. Ich bin begeistert davon, wie gut das Event jetzt schon anzukommen scheint. Bis zum ersten Film dauert es noch eine Dreiviertelstunde, und trotzdem ist so viel Leben auf dem Vorplatz wie bestimmt seit zwanzig Jahren nicht mehr.

Gerade kommt Malik mit seinen Geschwistern an. Im Schlepptau hat er Jeannie. Mein Herz sackt einen halben Meter hinunter. Das bedeutet, dass Amy nicht kommt.

Wir begrüßen uns, und Malik sagt: »Jasmine kennst du ja schon. Und das hier sind Theo, Ebony, Ellie und Esther.« Der Reihe nach zeigt er auf seine Geschwister.

»Und mich kennst du auch«, sagt Jeannie und umarmt mich.

»Das kann man wohl sagen«, erwidere ich. »Bist du heute mit Malik unterwegs?« Ich sollte nicht nachfragen, aber ich kann nicht anders.

»Ja, Amy muss arbeiten. Sie wollte eigentlich kommen, aber jetzt schafft sie es doch nicht.« Jeannie zuckt mit den Schultern. »Dabei ist *Susi und Strolch* ihr Lieblingsfilm. Bald hat sie wieder mehr Zeit, hat sie versprochen.«

Dass Amy eigentlich vorhatte zu kommen, ist ein schwacher Trost, aber ich wusste schließlich von Anfang an, dass die Wahrscheinlichkeit, sie hier zu sehen, nicht sonderlich hoch ist. Ich wollte mir keine Hoffnungen machen, aber wie das so ist mit Hoffnungen, sie schleichen sich eben doch irgendwie immer wieder von hinten an.

Als *Susi und Strolch* beginnt, haben wir bereits fünfzig Tageskarten verkauft.

»Und wie viele von den Einzelkarten?«, frage ich.

»Schau doch mal in den Saal«, sagt Anthea, die nach dem Ansturm an ihrem Ticketschalter gerade etwas Zeit für einen Kaffee hat.

Ich wage einen Blick hinein und stelle fest, dass es kaum noch freie Plätze gibt.

»Wir sind beinahe ausverkauft!«, sage ich begeistert.

»Ich weiß!« Anthea klingelt triumphierend mit der Kasse.

Norman sitzt hinter dem Tresen und schüttelt den Kopf. Tamsin steht neben ihm und hält ihm eine Flasche Limonade hin, damit er etwas trinkt.

»Norman, können Sie das glauben?«, frage ich.

»Er ist gerade etwas überwältigt«, sagt Tamsin, als Norman ihr die Flasche langsam aus der Hand nimmt.

Norman schüttelt weiterhin den Kopf und murmelt etwas mit erstickter Stimme.

»Wie bitte?«, fragt Tamsin. »Was haben Sie gesagt?«

»Wenn das meine Alice sehen könnte!«, wiederholt Norman nun etwas lauter. »Was wäre sie stolz!«

»Sie können es ihr heute Nacht ja erzählen«, sage ich und lege Norman eine Hand auf die Schulter. Er nickt und nimmt einen Schluck Limonade.

»Wer ist Alice?«, fragt Tamsin leise.

»Seine verstorbene Frau«, erwidere ich.


Nach *Susi und Strolch* zeigen wir *Casablanca,* und wieder ist der Saal voll. Auch draußen vor dem Kino sind jede Menge Leute, die Burritos und Muffins essen. Ich helfe abwechselnd Tamsin mit Getränken und Popcorn, fege jedes Mal schnell durch die Sitzreihen, wenn sich der Saal geleert hat, stocke den Kühlschrank auf und berichte Norman, wie hervorragend alles läuft.

Zwischen den Filmen ist die Stimmung absolut enthusiastisch. Drinnen holen sich die Leute neue Getränke oder Popcorn und reden über den letzten Film, den sie gesehen haben. Draußen stehen sie zum Essen an, lassen sich auf den Stufen vor dem *Electric* nieder, blättern in den Programmheften, die ich mit Anthea und Tim in den letzten Tagen noch geschrieben habe, und genießen die Sonne.

Es ist eine ausgesprochen Festival-mäßige Stimmung, und der Besucherstrom reißt nicht ab. Auch als es langsam dunkel wird und wir draußen mit Lampions für eine schöne Beleuchtung sorgen – gerade läuft der Abspann von *Dirty Dancing*, und die ersten Leute verlassen wieder den Kinosaal –, verkaufen wir weiterhin Tickets. Der vorletzte Film des Abends ist *Love Story*, und Tamsin hatte die Idee, beim Kontrollieren der Tickets Taschentücher zu verteilen, weil bei dem Film, wie sie sagt, »kein Auge trocken bleibt«.

Das große Finale des Liebesfilmmarathons bildet *Frühstück bei Tiffany* – der Film, auf den wir uns sofort geeinigt haben. Wir, die wir alle den ganzen Tag gearbeitet haben, sind zwar müde, aber richtig euphorisiert von dem großen Erfolg, den unser Event hatte. Und weil es im Moment nichts mehr für uns zu tun gibt, setzen wir uns auf die Stufen des Kinosaals und sehen uns an, wie Audrey Hepburn und George Peppard zueinanderfinden. Zelda singt leise *Moon River* mit und lehnt sich an Malik, der seine Babysitterpflichten hinter sich hat und für die letzten beiden Filme zurückgekommen ist. Tamsin hat ihren Kopf auf Rhys' Schulter gelegt, und Anthea krault Tims Nacken. Ich bin umgeben von glücklichen Paaren. Es ist wunderschön, zu sehen, wie perfekt sie zusammenpassen, wie eine andere Person das jeweils Beste aus ihnen herausholt, ohne sie verändern oder verbessern zu wollen. Dass alle sechs wie selbstverständlich die Liebe ihres Lebens gefunden haben, ist beeindruckend. Ihre Zweisamkeit wirkt wie das Einfachste auf der Welt. Sie ist absolut logisch und natürlich. Es ist das, was meine Eltern haben. Das, was Norman hatte. Das, wonach ich lange gesucht und was ich bei Amy gespürt habe. Bei meinen Freunden sieht es vollkommen mühelos aus. Ich weiß natürlich, dass bei Tamsin und Rhys ebenso wie bei Zelda und Malik der Weg hierher alles andere als geradlinig war. Sie mussten gegen so viele äußere Widrigkeiten kämpfen. Doch es bestand nie auch nur der Hauch eines Zweifels, dass das, was zwischen ihnen war, es nicht wert sein könnte. Und dieses Gefühl habe ich bei Amy und mir auch. Sie ist es wert. Noch einfacher gesagt: Sie ist es. Drei kleine Worte mit einer ungeheuren Bedeutung. Denn ich weiß, wir könnten so gut miteinander sein. Besser als gut. Wir können uns miteinander fallen lassen. Amy konnte sich fallen lassen. Die Bedeutung dessen wird mir erst in diesem Moment so richtig bewusst. Für sie war es ein riesiger Schritt. Zuzulassen, dass ein anderer Mensch ihr so nahe kommt, war für sie einmalig. All die Berührungen, die intimen Momente kommen mir in den Sinn. Unser Waschtag, meine Hände auf ihren Wangen. Wie ihre Anspannung langsam weniger wurde und sie geschehen ließ, dass ihr meine Berührung gefiel. Unser erster zaghafter Kuss. Ich neben ihr in ihrem Bett, nachdem wir Sex nach ihren Regeln hatten. Seltsamen, verrückten, unbeschreiblichen Sex.

Audrey Hepburn und George Peppard fahren inzwischen im Taxi durch New York. Er gesteht ihr seine Liebe, während sie weint, weil sie Angst hat, er könnte sie einsperren. Die Verzweiflung, mit der sie ihm gesteht, sie habe keine Ahnung, wer sie sei, beschert mir eine Gänsehaut. Wir hätten einen Actionfilmmarathon organisieren sollen. Audrey bittet den Taxifahrer, kurz anzuhalten. Es gießt in Strömen. Sie setzt ihren roten Kater aus, denn nicht einmal zu ihm gehört sie. Wie er nach dem nächsten Schnitt patschnass durch ein Geländer blickt, so als habe er keine Ahnung, wie sein Leben eigentlich so den Bach runtergehen konnte, ist beinahe komisch, wäre es nicht so traurig.

George Peppards Rede, in der er Audrey erklärt, dass es normal ist, sich zu verlieben, weil das die einzige Möglichkeit ist, auf dieser Welt ein bisschen glücklich zu sein, erinnert mich wieder schmerzhaft an Amy. Hätte ich nur eine ebenso schwungvolle Rede parat, mit der ich Amy überzeugen könnte, aus *ihrem* Käfig auszubrechen. Nur würde ich auf das herablassende »mein liebes Kind« verzichten.

George verlässt wütend das Taxi, Audrey weint und betrachtet den Ring, den er ihr hatte geben wollen. Bis sie begreift, dass sie ihn will. Dass sie nicht allein sein und Angst haben will. Das Davonlaufen gehört der Vergangenheit an.

Am Ende sind sie wieder vereint. Audrey, George und der Kater, im Hintergrund *Moon River*. Und ich frage mich einerseits, wie Küsse im Regen eigentlich so unendlich romantisch sein können, und andererseits, warum die Leute in Filmen immer schon nach ein paar Sekunden bis auf die Haut durchnässt sind.

**31** »Wie war der Film?«, frage ich Jeannie beim Frühstück am Sonntagmorgen.

»Gut«, antwortet sie und nimmt einen Schluck von dem viel zu süßen Kakao, den sie sich jeden Sonntag machen darf. Das Rezept ist Kakaopulver mit ein bisschen Milch. Nicht andersherum.

»Mehr nicht?«

»Nur weil es dein Lieblingsfilm ist, muss es ja nicht auch meiner sein, oder?«

»Welche Laus ist dir denn über die Leber gelaufen?« So schlecht gelaunt habe ich sie noch nie ihren Kakao trinken sehen.

»Hm«, macht sie und vertieft sich in ihre Cornflakes.

»Okay, dann reden wir nicht. Auch gut.« Ich stehe auf und fülle die Gießkanne, um die Pflanzen zu wässern. Auch das habe ich in der letzten Zeit etwas vernachlässigt, und einige der Blätter werden am Rand schon braun.

»Ist doch eh alles nur ein Film«, sagt Jeannie plötzlich.

»Was meinst du?«

»Na ja, dass am Ende alles gut ausgeht. Das gibt es eh nur im Film.«

»Wie kommst du denn jetzt darauf?«, frage ich, während ich ein paar vertrocknete Blätter von meinem Ficus benjamina abpflücke.

»Strolch rettet das Baby, und alle haben sich lieb. Das

passiert nur im Film. Im echten Leben bleibt Susi allein. Da kann er sich noch so verrenken.«

»Süße«, sage ich langsam, denn mir dämmert, was hier los ist. »Über was reden wir hier? Geht es darum, dass Disneyfilme dir eine unrealistische Sicht auf die Dinge vermitteln? Oder bist du in Wirklichkeit vielleicht sauer auf mich? Hast du mit Sam gesprochen?« Seinen Namen zu sagen verursacht ein komisches Gefühl in meiner Magengegend, und ich pflücke aus Versehen ein gesundes, grünes Blatt vom Ficus ab.

»Nein und ja und ja«, antwortet sie, und ich muss erst noch einmal meine Fragen sortieren, um herauszufinden, auf was sie nun mit Nein und auf was sie mit Ja geantwortet hat.

»Du hast Sam gern, stimmt's?« Wieder ist da dieses seltsame Gefühl.

»Ja. Und du auch. Aber das ist dir egal. Du arbeitest immer nur.«

Das hat gesessen. Aber so ist mein Leben nun mal. »Weißt du noch, wie wir darüber geredet haben, dass ich wenig Zeit für neue Freunde habe? Jetzt siehst du, was ich damit gemeint habe. Mein Beruf ist wichtig. Ohne meinen Beruf hätten Rhys und Malik es viel schwerer gehabt, wieder auf eigenen Beinen zu stehen. Und ich helfe eben nicht nur Rhys und Malik, sondern auch anderen. Weil sie mich brauchen.« Und was *ich* brauche, spielt keine Rolle.

»Aber ich brauche dich auch.«

Das versetzt mir einen schmerzhaften Stich, und ich gehe zu ihr und nehme sie in den Arm. »Ich weiß, Süße. In letzter Zeit haben wir zu wenig voneinander. Sobald Sophia in Rhys' Zimmer gezogen ist, wird es wieder besser. Das verspreche ich. Und es tut mir sehr leid, dass du gerade zu kurz kommst. Das darf eigentlich nicht passieren.«

»Ist schon gut«, sagt sie und versetzt mir damit erneut einen Stich. »Aber das solltest du auch Sam sagen.«

Ich schlucke. Wann immer ich an Sam denke, breitet sich in mir eine Wärme aus, die ich so überhaupt nicht kannte. Die merkwürdigsten Sachen passieren in meinem Körper. Ich bin nicht dumm. Ich weiß, dass ich zum ersten Mal in meinem Leben verknallt bin. Aber es wäre ebenfalls dumm zu glauben, dass eine Einheit aus Sam und mir eine gute Idee wäre.

»Okay, ich sage es ihm.« Ich streiche Jeannie über den Rücken. »Aber als Freund. Nicht als Susi und Strolch.«

Sie seufzt und nickt.

»So, und jetzt mach dich fertig, Tamsin und Rhys sind jeden Moment mit dem Umzugswagen da. Und sie brauchen unsere Hilfe.«

»Ich geh zuerst ins Bad«, ruft sie und sprintet aus der Küche. Der Zucker scheint zu wirken, denn ihre gute Laune ist wieder da. Und ich mache mich erleichtert daran, den Frühstückstisch abzuräumen.


Kurz darauf hören wir Tamsin und Rhys. Jeannie rennt sofort ins Treppenhaus.

»Ihr seid da! Ihr seid da!«, ruft sie, und mir entgeht nicht, wie Rhys versucht, sie etwas zu bremsen. Als auch ich an die Tür komme, sehe ich, warum. Er balanciert zwei Umzugskisten aufeinander, während Tamsin mit dem Schlüssel hantiert, um ihn in die Wohnung zu lassen.

»Wenn ich die Kisten einmal abstelle, hebe ich sie nie wieder hoch«, sagt er und drückt sie an die Wand, um das Gewicht nicht mehr komplett tragen zu müssen.

»Er hat von gestern einen Muskelkater. Zu viele Getränkekisten«, erklärt Tamsin.

Gestern. Sams Filmfestival. Das schlechte Gewissen, das ich bislang erfolgreich verdrängt hatte, bahnt sich langsam seinen Weg an die Oberfläche.

»War es denn ein Erfolg?«, frage ich.

»Es war krass«, sagt Tamsin. »Wir haben so viel Geld eingenommen, dass der Besitzer des Kinos seine Schulden zurückzahlen kann. Erst mal ist das *Electric* also gerettet. Aber ein Langzeitplan fehlt noch.«

Mir kommt da eine Idee. »Wird das Kino eigentlich subventioniert?«

»Keine Ahnung. Das musst du Sam fragen.« Sie blickt mich unsicher an. »Oder ich kann ihn fragen?«

In diesem Moment springt endlich die Tür auf, sodass mein »Schon gut« in der allgemeinen Begeisterung untergeht. Tamsin sieht zum ersten Mal die Küche und die Möbel, die Rhys im Schlafzimmer gebaut hat.

»Wow!«, keucht sie immer wieder. »Wow! Wie schön ist das denn bitte?«

Rhys hat die Kisten in den Flur gestellt und lehnt jetzt in der Tür zum Schlafzimmer. »Gefällt's dir?«, fragt er und lächelt schüchtern.

»Soll das ein Witz sein? Es ist unglaublich!« Sie stellt sich vor ihn auf die Zehenspitzen und drückt ihm einen Kuss auf den Mund. »*Du* bist unglaublich.«

Ich wende meinen Blick ab. Dann frage ich: »Also, womit fangen wir an?«

»Mit Moby Dick«, sagt Tamsin und als sie meinen fragenden Blick bemerkt, fügt sie lachend hinzu: »Das ist meine Matratze. Das weiße Ungetüm, das Rhys und ich zusammen bezwungen haben.«

»Muss man das verstehen?«, frage ich an Jeannie gewandt, und sie zuckt kichernd mit den Schultern.

»Ich habe gehört, hier werden noch Helfer gesucht?«, vernehmen wir eine Stimme aus dem Treppenhaus. Es ist Zelda, die Malik im Schlepptau hat. Beide haben bereits eine Kiste nach oben getragen. »Ist das sicher, das Auto offen zu lassen?«

»Äh, das sind nicht unsere Kisten«, sagt Tamsin. Als sie Zeldas erschrockenes Gesicht sieht, fängt sie augenblicklich an zu lachen. »Natürlich sind das unsere. Und bei uns gibt es ohnehin nichts Wertvolles zu holen. Wenn jemand dringend eins meiner zerfledderten Bücher klauen will – bitte. Dann muss er ein echter Fan sein.«

Weil Rhys und Tamsin nicht gerade viel Kram haben, sind wir nach nur vier Touren fertig mit dem Ausladen. Trotzdem sind wir ganz schön außer Atem und lassen uns in Ermangelung anderer Sitzgelegenheiten erst mal aufs Bett sinken.

»Woher kriegt ihr denn die anderen Möbel?«, will Jeannie wissen.

»Die müssen wir uns nach und nach besorgen. Ins Arbeitszimmer kommt auch eine Ausziehcouch, damit du bei uns übernachten kannst«, sagt Tamsin. »Das dauert aber wohl noch ein bisschen. Nachher kriegen wir immerhin schon mal einen Tisch und Stühle für die Küche, die ich auf eBay gefunden habe.« Sie zückt ihr Handy, um Jeannie Bilder zu zeigen. Doch im nächsten Moment springt sie mit Blick Richtung Eingang auf. »Du bist ja schon da!«, ruft sie und läuft zur Tür, in der … Sam steht. »Ich dachte, du müsstest dich nach gestern erst mal ordentlich ausschlafen. Wie lange ging es denn noch?«

»Ich war um drei zu Hause, glaube ich. Aber ich dachte,

dass ihr bestimmt auf irgendwas sitzen wollt. Wie ich sehe, wäre das aber nicht nötig gewesen.« Er grinst, als er uns alle auf dem Bett hocken sieht. Sein Blick bleibt ein wenig länger an mir hängen, und mein Herz macht einen Satz. »Hi«, sagt er und hebt die Hand zu einem Gruß.

»Hi.« Auf einmal bin ich ganz heiser. Und in meinem Körper zieht es, als wäre irgendetwas gar nicht in Ordnung. Dämliches Verknalltsein.

»Rhys? Sollen wir dann Sams Auto ausladen?«, fragt Malik und steht auf.

»Ich komme mit«, ruft Jeannie begeistert und ist bereits zur Tür raus.

»Ich räume mal ein wenig Geschirr ein«, sagt Zelda. »Da kann man nicht viel falsch machen.«

»Denkst du«, erwidert Tamsin. »Wir wollen auf jeden Fall eine sinnvolle Ordnung haben!«

»Na, dann erklär mir, wie die aussehen soll!« Zelda grinst und marschiert in die Küche.

»Soll ich dir erst mal einen Kaffee kochen?«, fragt Tamsin an Sam gewandt. »Allerdings weiß ich nicht, in welcher Kiste sich die Maschine befindet. Du müsstest dich einen kleinen Moment gedulden.«

»Nein, schon in Ordnung. Sag mir einfach, was ich tun soll.«

»Wenn du vielleicht meine Bücher …?«

Sam lächelt. »Du willst, dass ich deine Bücher sortiere? Bist du dir sicher?«

»Ich vertraue dir voll und ganz«, sagt Tamsin und weist auf die Kisten, die Rhys neben das Regal gestapelt hat.

»Irgendwelche Präferenzen?«, fragt Sam. »Alphabetisch? Chronologisch? Thematisch?«

»Überrasch mich!«

»Na, dann bin ich mal gespannt, ob du das System am Ende verstehst.« Sam grinst diabolisch.

Ich blicke von einem zum anderen und ärgere mich, dass ich nicht angeboten habe, auch Stühle zu tragen oder Geschirr einzuräumen. Jetzt ist es zu spät. Aber ich möchte sicher nicht, dass es so aussieht, als würde ich Sam aus dem Weg gehen. Und wenn ich ganz ehrlich bin, will ich das auch gar nicht. Das Ziehen in meinem Körper wird stärker und stärker, und ich traue mich gar nicht wirklich, es zu benennen. Aber müsste ich es, ich würde es Sehnsucht nennen.

»Ich schätze, dann helfe ich dir, wenn das okay ist«, sage ich zu Sam und versuche, unverkrampft zu klingen. Denn ich will auch mir beweisen, dass ich entspannt mit ihm umgehen kann.

Sam schenkt mir ein Lächeln, das in mir ein Gefühl hervorruft, als würden meine Eingeweide tanzen. Dann fährt er sich durch die Haare und sieht sich etwas verloren im Zimmer um. Verdammter Sam mit seinem sexy Lächeln und den blöden Haaren, von denen ich genau weiß, wie weich sie sich anfühlen.

»Hast du eine Idee für eine verrückte Ordnung?«, fragt er.

Ich schüttle den Kopf. »Ich glaube, das ist eher dein Gebiet, oder?«

Er öffnet eine Kiste und zieht zwei Bücher heraus. »*Jenseits von Eden* und *Jane Eyre*«, sagt er, nachdem er einen Blick auf die Cover geworfen hat. »Was hältst du von einer Ordnung nach Eignung von James Dean als Hauptfigur in Prozent? Dann wäre *Jenseits von Eden* bei hundert Prozent und *Jane Eyre* … hm. Bei ungefähr drei?« Er grinst. »Oder wir sortieren sie nach unserem Geschmack. Wir vergeben Punkte und nehmen die Quersumme – und voilà, eine Ordnung, an der Tamsin sich die Zähne ausbeißt.«

»Das ist also das Ziel. Ich verstehe.« Ich muss nun auch grinsen. »Dann lass mich mal nachdenken.« Langsam entspanne ich mich tatsächlich. Vielleicht können wir wirklich Freunde sein, wie ich es Jeannie versprochen habe?

Er nimmt weitere Bücher aus der Kiste und reicht mir *Anna Karenina* und *Das Bildnis des Dorian Gray*.

»Wie wäre es mit etwas Feministischem?«, fragt er. »Bedeutung der Frauenfiguren oder so ähnlich?«

»Das ist eine großartige Idee. Eine Art Bechdel-Test für Bücher!« Ich merke, wie meine Mundwinkel immer weiter nach oben zucken, und ich versuche mich ein wenig zu bremsen. Aber mein bekloppptes Herz schlägt so schnell, und mein Bauch scheint gerade einen selbst produzierten Zuckerschock zu erleiden. Dabei habe ich Jeannies Kakao nicht angerührt. Freunde, ermahne ich mich im Stillen. Denn weder habe ich Kapazitäten, seine feste Freundin zu sein, während ich meine Schuld abarbeite, noch will ich riskieren, dass er von meiner kaputten Seele in den Abgrund gerissen wird. *Ein* ruiniertes Leben meinetwegen reicht.

»Klingt nach der perfekten Ordnung für Tamsin, wenn du mich fragst. Und es ist etwas, worauf sie kommen kann.« Sam hält mir die Hand für ein High five hin, und ich klatsche ab. Doch statt meine Hand gleich wegzuziehen, lasse ich sie einen kurzen Moment gegen seine gedrückt. Unsere Blicke treffen sich, und in seinem erkenne ich so etwas wie Überraschung.

Es ist schön, ihn zu berühren. Was sage ich, es ist mehr als das. Es ist genau, wonach sich mein Körper, wonach ich mich geradezu verzehre. Alles in mir schreit danach, die Berührung nicht zu unterbrechen, sondern im Gegenteil: sie zu intensivieren. Ganz unfreundschaftlich. Ich will mich gegen ihn fallen lassen, seine Arme um mich spüren. Und dieser Wunsch ist es, der mich schließlich zurück in die Realität holt. Der mich weckt und mir zeigt, wie unglaublich und unmöglich das hier alles ist. Ich bin und bleibe ich. Amy. Kaputt und schuldig. Die, die keine Berührung zulässt, weil sie selbst die Kontrolle braucht.

Ich räuspere mich und wende mich ab. Glücklicherweise geht Sam einfach darüber hinweg und zieht weitere Bücher aus den Kartons.

Während man aus der Küche Stimmen und Gelächter hört – es wird lauter, als Malik und Rhys die Möbel aus Sams Auto aufbauen –, finden Sam und ich einen guten Rhythmus. Ich ziehe Bücher aus den Kisten und reiche sie ihm. Er sortiert sie auf Stapel. Schließlich räumen wir sie ins Regal, und er übernimmt die Feinsortierung. Ab und zu erzählt er mir etwas zu dem ein oder anderen Buch. So richtig kann ich allerdings nicht zuhören. Nicht, dass es uninteressant wäre, aber ich starre mehr auf seine Lippen, als dass ich dem Inhalt seiner Worte folge.

»Bei Dickens sind alle Figuren, die tiefer charakterisiert werden, männlich. Die Frauen sind eher Typen. Das arme Hascherl, die verbitterte alte Jungfer. Man kann nicht behaupten, dass das feministisch wäre.« Ich schließe kurz die Augen, um meinen Blick von seinem Lächeln loszureißen.

Am Ende haben wir fast alle Bücher sortiert – von Sylvia Plaths *Die Glasglocke* und Margaret Atwoods *Der Report der Magd* über Jane Austen und die Brontë-Schwestern bis zu Dickens und Shakespeare.

*Geschichte meines Lebens* von Casanova ordnen wir ganz am Ende ein. Schließlich ist nur noch eine Gesamtausgabe von Sigmund Freuds Werken übrig.

»Wenn ich das Wort ›Penisneid‹ nur höre, stellen sich mir die Nackenhaare auf«, sage ich.

»Du bist kein Fan?«, fragt Sam.

»Wirklich nicht.« Ich habe einige Aufsätze von Freud gelesen, weil es eine Zeit gab, in der ich wissen wollte, auf was sich die alten Männer bezogen, die mir erklären wollten, warum ich war, wie ich war.

Ich reiche Sam einen Band nach dem anderen, und er reiht sie ganz hinten ein.

»Fertig!« Er dreht sich zu mir um. »Das ist zwar jetzt ohne Gewähr, aber es ist eine ziemlich ausgefuchste Logik, finde ich.«

»Ich glaube, das reicht für heute«, verkündet Tamsin am späten Nachmittag und lässt sich auf ihr Bett fallen. »Den Rest machen wir ein andermal.«

Rhys kommt aus der Küche, die schon richtig wohnlich aussieht, reicht ihr ein Bier und lässt sich neben ihr nieder. »Wenn ihr auch was zu trinken wollt, der Kühlschrank ist aufgestockt. Und für dich gibt's Limonade«, sagt er an Jeannie gewandt.

»Ich habe noch was für euch.« Mir ist gerade der Blumentopf eingefallen, der bei mir in der Küche auf der Anrichte steht. Ich laufe nach drüben und komme gleich darauf wieder.

»Das ist ein Ableger von meiner Bananenstaude. Jeannie hat den Topf bemalt«, erkläre ich und drücke ihn etwas unbeholfen Tamsin in die Hand. »Als Geschenk zum Einzug.«

»Danke!«, sagt Tamsin und strahlt. Sie will aufstehen, um mich zu umarmen, aber ich mache zwei schnelle Schritte zurück – und stoße an etwas. Oder jemanden. Ich bin jemandem auf den Fuß getreten. Erschrocken wirble ich herum und blicke direkt in Sams karamellbraune Augen. Mein Herz schlägt schnell, weil ich so überrascht bin. Aber es hört auch gar nicht mehr auf damit, solange ich ihn ansehe.

»Autsch«, sagt er und reicht mir eine Flasche Bier.

Ich werde schon wieder rot und nuschle ein »Entschuldige«.

Zelda und Malik kommen ebenfalls ins Schlafzimmer und setzen sich zu Rhys aufs Bett. Jeannie legt sich irgendwo dazwischen.

»Willst du dir mal deine Bücher ansehen, Tams?«, fragt Sam. »Amy und ich waren ziemlich kreativ.«

Sie tritt mit leuchtenden Augen ans Regal und fährt mit der Hand an den Buchrücken entlang. Dabei murmelt sie Titel und Autoren vor sich hin. Dann lacht sie laut auf.

»Ha! Großartig! Ihr habt nach feministischen Gesichtspunkten sortiert? War das deine Idee, Amy?«

»Ehrlich gesagt, war es Sams Idee«, gebe ich zu.

Er fährt sich verlegen mit der Hand über den Nacken. »Was soll ich machen? Ich kenne dich eben«, sagt er, und in meinem Bauch sticht es unangenehm.

Tamsin kehrt aufs Bett zurück, Sam setzt sich auf den Boden und lehnt sich mit dem Rücken ans Bücherregal. Ich bin nun die Einzige, die noch steht, und fühle mich ein bisschen fehl am Platz. Die Unbeschwertheit, das zweisame Glück zwischen Tamsin und Rhys - und zwischen Zelda und Malik -, das Lachen. All das ist nach wie vor ungewohnt für mich. Und in letzter Zeit ist es in noch weitere Ferne gerückt.

»Na komm«, sagt Sam und klopft auf den Boden neben sich.

Doch ich bin unschlüssig und bleibe, wo ich bin. Während sich Tamsin und Rhys nun darüber unterhalten, was sie noch alles mit ihrer gemeinsamen Wohnung machen wollen, und Zelda ihnen Ratschläge gibt, blickt Sam mich an. Und ich ihn.

»Amy«, seufzt er dann, und die Art, wie er meinen Namen sagt, jagt mir wieder einmal Schauer über den Rücken.

Ich weiß nicht genau, was ich tue, aber ich gehe langsam zu ihm und nehme neben ihm Platz.

»Sam«, sage ich leise, obwohl ich mir sicher bin, dass ich das eigentlich nicht will.

Mein Körper ist wie auf Autopilot. Die Unterhaltung der anderen dringt nicht mehr vollständig in mein Bewusstsein, und in meinem Kopf passiert eigentlich gar nichts mehr. Nur wenn ich mich richtig, richtig konzentriere, weiß ich, dass das hier gefährlich ist. Aber es kostet mich eine ungeheure Anstrengung, sodass ich es einfach bleiben lasse.

»Für mich ist es auch nicht leicht«, flüstere ich, als sich unsere Finger, die zwischen uns auf dem Boden liegen, leicht berühren.

»Was meinst du damit?«, fragt er. Unser Gespräch ist durch die Musik absolut privat.

»Du sollst nicht glauben, dass ich dich leichten Herzens abweise.« Ich räuspere mich und starre auf den frisch verlegten Boden. Dann hebe ich den Blick und sehe, dass Sam lächelt. Er legt seinen kleinen Finger vorsichtig über meinen, und ich kann nicht verhindern, dass ich geräuschvoll einatme. Mein Herz klopft wie verrückt, und das Einzige, was ich in diesem Moment will, ist, mich an ihn zu lehnen, die Augen zu schließen und einfach nur zu sein. Und das ist genau das, was ich tue. Ich lasse meinen Kopf auf seine Schulter sinken. Seine Finger wandern langsam über meine Hand und verweben sich mit meinen. Ich schlucke. Höre mein Atmen – ein und aus, ein und aus. In meinen Ohren rauscht es, in meinem Körper wummert mein Herz.

»Wenn ich es nur verstehen würde«, flüstert Sam und klingt dabei so traurig, dass sich tief in mir etwas verknotet.

Ganz behutsam löst er unsere Finger voneinander und legt mir seinen Arm um den Rücken. Sam übt keinerlei Druck aus. Die Berührung ist sanft und schön. Er streicht auf und ab über mein altes, sackiges *Fuck off*-T-Shirt, das ich schon bei unserem Waschtag anhatte.

»Glaub mir, du willst es nicht wissen …«, versuche ich zu sagen, doch durch den riesigen Kloß in meinem Hals klingt es eher wie ein ersticktes Gurgeln. Ich bin froh, dass die anderen keine Notiz von uns nehmen.

»Natürlich will ich es wissen«, sagt er.

Die Sehnsucht in mir, mich einfach mit ihm fallen zu lassen, ist stark. Aber ich habe noch nie mit irgendjemandem darüber gesprochen. Wäre es für ihn einfacher, wenn er Bescheid wüsste? Könnte ich zu meinem alten Leben zurückkehren, wenn ich mich ihm anvertraute? Und in einem Moment der absoluten Losgelöstheit von allem, an das ich bislang geglaubt habe, nehme ich seine Hand, richte mich auf und ziehe ihn hinter mir aus dem Zimmer.

»Was …?« Sam sieht mich fragend an. Doch ich weiß ja selbst nicht, was ich hier mache. Ich weiß nur, dass ich einen Moment mit ihm brauche.

Im Flur, in dem es inzwischen dunkel ist, wende ich mich ihm zu und schlinge meine Arme um seinen Hals. Ich umarme ihn und drücke mein Gesicht gegen seine Schulter. Zum ersten Mal in meinem Leben glaube ich zu wissen, wie es sich anfühlt, wenn der Wunsch nach der Droge stärker ist als alles andere. Und ich verstehe, dass man dagegen nicht ankommt. Nicht, wenn man nicht über eine beinahe unmenschliche Stärke verfügt.

»Du glaubst, ich will es nicht wissen«, sagt er. »Wann siehst du endlich ein, dass ich alles wissen will, was mit dir zu tun hat?« Ich spüre, wie sich meine Nackenhärchen aufstellen. »Ja, ich weiß, du glaubst mir das nicht, aber ich meine es wirklich, wirklich ernst, Amy. Alles, was dich betrifft. Alles, was auch nur im Entferntesten mit dir zu tun hat. Ich will es wissen.«

 *Sam*

**32** »Okay«, sagt sie und klingt beinahe erstickt. Sie löst sich von mir. Dann etwas gefasster: »Dann komm!«

Mein Herz schlägt mir bis zum Hals, als ich Amy aus Tamsins und Rhys' neuer Wohnung hinaus folge. Ich kann nicht glauben, dass sie das tatsächlich tut. Dass sie auch nur in Erwägung zieht, etwas von sich preiszugeben.

»Warte hier«, sagt sie und verschwindet kurz nach nebenan.

Nach wenigen Sekunden kommt sie wieder ins Treppenhaus, ein Schlüssel baumelt von ihrer Hand. Sie sieht gequält aus. Ängstlich. So, als könnte sie jeden Moment die Flucht ergreifen. Aber sie tut es nicht. Ich erwarte, dass sie mich die Treppe hinunter in ihr Büro führt. Aber stattdessen schlägt sie den Weg nach oben ein. Ich habe mir nie Gedanken darüber gemacht, was über ihrer Wohnung sein könnte. Vermutlich ein Dachboden.

Amys Schritte sind langsam und zögerlich. Mehr als einmal dreht sie sich zu mir um, wie um sich zu vergewissern, dass ich noch da bin. Oder im Gegenteil, vielleicht hofft sie, dass ich es nicht mehr bin. Doch ich bin direkt hinter ihr. So nah, dass ich ihren Duft riechen kann. Er vermischt sich mit der warmen Luft, die sich unter dem Dach angestaut hat, zu einer fiebrig-betörenden Mischung.

Im obersten Stockwerk befindet sich nur eine einzige

Tür. Amy steckt den Schlüssel ins Schloss und dreht ihn um. Dann atmet sie einmal tief ein.

»Okay«, sagt sie noch mal, wie schon gerade eben im Flur von Tamsins und Rhys' Wohnung. Dann schiebt sie die Tür auf und schaltet das Licht an.

Was sich dahinter verbirgt, entlockt mir einen leisen Pfiff. Denn es ist kein muffiger Dachboden voller Gerümpel, in dessen hinterster Ecke eine Truhe mit Geheimnissen aus Amys Vergangenheit steht. Es handelt sich um so etwas wie ein Atelier. Jetzt erhellt eine nackte Glühbirne den Raum, doch tagsüber ist er durch große Fenster sowie ein Oberlicht in der Decke sicher perfekt ausgeleuchtet. Der Boden besteht aus rohem Beton, der hier und da mit Farbe bekleckst ist. Bis auf einen Tisch mit Farben und Pinseln, zwei Staffeleien und einige großformatige Bilder, die mit dem Motiv zur Wand stehen, ist der Raum komplett leer.

»Wo sind wir?«, frage ich verblüfft.

»Hier habe ich früher gemalt«, erwidert Amy und dreht sich zu mir um. »Aber das ist lange her.«

»Warum hast du aufgehört?«

»Ich habe einen anderen Weg gefunden, damit umzugehen. Mit allem. Und mein Motiv ...« Sie bricht ab.

»Was ist mit deinem Motiv?«

»Es wurde immer unschärfer.«

Ich habe keine Ahnung, was das hier alles zu bedeuten hat. Ich war davon ausgegangen, dass sie mir irgendein erschreckendes Geheimnis anvertrauen würde. Etwas, das ihr Verhalten begründet, das Sinn ergibt. Stattdessen wird alles immer nur noch kryptischer.

»Erklärst du es mir?«, frage ich deswegen vorsichtig.

»Ich glaube, das habe ich vor, auch wenn ich nicht weiß, wie es dazu gekommen ist.« Sie geht zu den umgedrehten

Leinwänden und zieht die hinterste hervor. »Ich erinnere mich nicht, wie gut es ist, also erschrick nicht. Ich habe es nicht mehr angesehen, seit ich es fertiggestellt habe.«

Amy dreht die Leinwand um, und ich sehe in das Gesicht einer jungen Frau oder eines Mädchens. Ich kann es nicht genau sagen. Lange braune Haare umrahmen ein hübsches, etwas ausgezehrtes Gesicht. Die grünen Augen sehen traurig, aber gleichzeitig eigensinnig aus. Es ist trotz des jungen Alters ein gezeichnetes Gesicht, das den Kampf, den ihr Leben zu bedeuten scheint, vollkommen annimmt.

»Das hast du gemalt?«, frage ich. »Wow! Du bist echt talentiert.«

»Können wir uns vielleicht hinsetzen?« Amy lässt sich mit dem Rücken zum Bild auf dem Boden nieder. Mir ist nicht entgangen, dass sie das Gemälde nicht angesehen hat.

Ich setze mich ihr gegenüber und blicke immer wieder von dem Bild zu ihr. Schließlich halte ich das Schweigen nicht länger aus. »Wer ist sie?«

»Meine Schwester«, sagt Amy. »Imogen.«

»Du hast eine Schwester?« Ich bin perplex. »Warum hast du nie von ihr erzählt?«

»Imogen war nicht meine leibliche Schwester. Allerdings wurden wir in einem Anfall von jugendlichem Leichtsinn Blutsschwestern.« Sie spricht es so deutlich aus, dass sie bei den s-Lauten wieder leise durch die Zähne pfeift. Bei der Erinnerung zuckt ihr Mundwinkel leicht nach oben. »Wir waren genauso eng wie richtige Schwestern. Vielleicht enger. Wir waren füreinander das Wichtigste auf der Welt.« Sie schluckt, und ich kann sehen, wie schwer es ihr fällt, über Imogen zu reden.

»Was ist passiert?«, frage ich.

»Ich habe sie im Stich gelassen.«

Einen Moment sagt niemand etwas, und es scheint fast, als würde ein Echo in diesem Raum Amys letzte Worte immer wieder von Wand zu Wand werfen.

»Ich habe noch nie mit jemandem über sie gesprochen«, sagt Amy dann. »Nicht mit Malcolm oder sonst jemandem.« Ein bitteres Lachen dringt aus ihrer Kehle. »Ist schon komisch. Plötzlich kommst du und … na ja.« Sie zuckt mit den Schultern. »Imogen und ich waren ein paar Jahre bei derselben Pflegefamilie. Die Leute dort waren furchtbar. Imogen hat mich gewissermaßen adoptiert. Vom ersten Tag an hat sie sich um mich gekümmert. Darauf geachtet, dass mir nichts passiert. Sie war zwei Jahre älter als ich und schon eine ganze Zeit bei diesen Leuten. Ich war erst vierzehn und hatte zwar eine Vorstellung davon, wie sich ein Kochlöffel auf nackter Haut anfühlte, aber keine Ahnung, welches Ausmaß an Sadismus und Widerwärtigkeit in Leuten stecken kann.« Sie hält inne und kratzt mit dem Fingernagel einen Farbklecks vom Beton.

Obwohl ich Angst habe vor dem, was sie mir erzählen wird, bin ich gebannt. Gebannt von Amy, von dem überdimensionalen Mädchengesicht hinter ihr. Ich strecke meine Hand nach ihrer aus, doch sie weicht zurück.

»Nein, bitte, Sam. Ich kann das nicht.«

Ich ziehe meinen Arm zurück und spiele gerade mit dem Gedanken, mich wieder auf meine Hände zu setzen, als sie fortfährt.

»Zuerst hatte ich keine Ahnung, was unser Scheusal von Pflegevater mit ihr machte. Ich merkte, dass zwischen ihnen etwas vor sich ging. Aber es ergab erst sehr später Sinn für mich. Er hat sie missbraucht.« Sie sieht kurz auf, blickt mich direkt an, und ich wage nicht, auch nur

zu blinzeln. Sie muss den Horror in meinen Augen sehen, denn gleich senkt sie den Blick wieder. »Er schlich
sich nachts in ihr Zimmer und ...« Sie bricht ab. »Gott!
Ich hoffe, er erstickt eines Tages an seiner eigenen Kotze.«
Amy fährt sich mit der Hand übers Gesicht. »Wir haben
immer davon geträumt, zusammen abzuhauen. Aber wir
hatten keinen Plan. Als Imogen volljährig wurde, zog sie
zu ihrem Freund, einem abgefuckten Junkie namens Brian
Foster.« Sie spuckt den Namen beinahe aus, und diesmal
ist das Pfeifen nicht niedlich oder hübsch, sondern voller Verachtung. »Diesen Namen vergesse ich nie mehr. Mit
ihm spritzte sie sich regelmäßig in andere Welten, um der
Scheiße in ihrem Leben zu entfliehen. Denn sie kam weiterhin zu uns. Sie kam zu uns, um mich zu schützen. Ich
wusste es zuerst nicht, aber ich habe gehört, wie sie *ihm*
versprach, weiterhin für ihn da zu sein, wenn er mich in
Ruhe ließe. Ich war sechzehn und absolut erschüttert.«
Amys Stimme wird immer dünner. Dann sagt sie: »Ich
habe mich zwei Tage lang übergeben.«

Sie sieht auf und ich schlucke, als sich unsere Blicke
treffen. In ihren Augen liegt so viel Schmerz, der nicht vergehen kann.

»Um Himmels willen«, bringe ich hervor, mehr nicht.

Sie hebt die Hand, um mir zu bedeuten, dass sie noch
nicht fertig ist.

»Wenn ich einmal aufhöre, werde ich nicht weiterre-
den. Also hör bitte einfach nur zu.« Ihre Stimme ist jetzt
so leise, dass ich kaum zu atmen wage. »Mir war klar, dass
Imogen ...« Amy wendet sich ab, schluckt, räuspert sich.
»... dass Imogen nie ein Leben würde haben können, solange ich in diesem Horrorhaus blieb. Ich musste raus.
Also fasste ich den Entschluss, abzuhauen. Ich hatte von

*Mal's Café* gehört, in dem Leute wie ich einen Job kriegen konnten.« Kurz flackert in ihren Augen etwas auf. Der Gedanke an *Mal's* beruhigt sie. »Ich erzählte also Imogen von meinem Plan.« Wieder hält sie kurz inne, um sich zu sammeln. »Sie war so erleichtert! Sie hätte es nie gesagt, aber ich konnte sehen, wie eine große Last von ihr abfiel. Es war, als würde sie sich plötzlich zu ihrer vollen Größe aufrichten. Sie umarmte mich, fragte, ob ich mir sicher sei. Wo ich hinwollte. Ich erfand eine Freundin, bei der ich unterkommen konnte. Ich hatte, ehrlich gesagt, keine Ahnung, wo ich die nächsten Nächte verbringen würde.« Sie hebt den Blick und sieht mich für den Bruchteil einer Sekunde direkt an. »Aber ich hätte lieber in einer Mülltonne geschlafen, als weiterhin bei meinen Pflegeeltern zu bleiben. Wir umarmten uns, und sie wollte mich gar nicht mehr loslassen. Sie sagte nichts. Ich sagte nichts. Dann ging ich nach Hause, um meine Sachen zu packen. Ich wollte einen Rucksack bei Imogen deponieren. Brian, in dessen Wohnung sie wohnte, erlaubte zwar nicht, dass ich bei ihnen blieb, aber gegen einen Rucksack voller alter Klamotten hatte er nichts einzuwenden.«

Amy reibt sich mit den Händen über das Gesicht. Ich ahne, was jetzt kommt, und kann nicht einmal im Ansatz nachfühlen, welche Überwindung es sie kosten muss, darüber zu sprechen.

»Als ich …« Sie bricht ab und nimmt dann einen neuen Anlauf. »Als ich …« Doch die Stimme bebt und versagt ihr erneut. »Fuck!«, sagt sie.

»Es ist in Ordnung«, sage ich. »Du kannst mir alles erzählen, aber du musst nicht, okay?«

»Nein, lass das!« Ihre Stimme klingt nun wieder wie ihre eigene. »Hör auf, immer so verständnisvoll zu sein!

Du sollst wissen, was los ist. Du sollst sehen, wie kaputt ich bin.«

Dieses Wort. *Kaputt.* Mir wird schlecht, als sie es ausspricht. Sie hält sich für kaputt. Dabei ist das Einzige, was ich sehe, eine verzweifelte junge Frau, die nie jemanden hatte, der ihr geholfen hat, ihre traumatische Jugend zu verarbeiten.

»Als ich drei Stunden später mit meinem Rucksack auf dem Rücken an ihre Tür klopfte, reagierte niemand«, fährt sie unvermittelt und überraschend souverän fort. »Aber ich wollte nicht mit meinem ärmlichen Hab und Gut bei diesem Café aufkreuzen. Ich wollte nicht aussehen wie eine Obdachlose. Und ich wusste, dass die Tür ohnehin nicht richtig schloss. Man konnte sie, wenn man lange genug rüttelte, einfach aufdrücken. Es waren nur drei Stunden gewesen. Drei verdammte Stunden, in denen ich sie allein gelassen habe!« Amys Stimme bricht, und mein Blick flackert für einen kurzen Moment zu dem Bild hinter ihr. Zu Imogen. »Sie lag auf der Matratze, der Arm war noch abgebunden und hatte sich leicht bläulich verfärbt. Sie hatte Schaum vor dem Mund. Ihr Kopf hing einfach nur schlaff zur Seite.« Amy wendet den Blick ab. Sie beißt sich auf die Unterlippe, die leicht zittert. »Sie hatte sich den goldenen Schuss gesetzt«, flüstert sie, und ich sehe, wie ihr eine Träne die Wange hinunterrinnt, an ihrem Kinn hängen bleibt und schließlich auf ihr T-Shirt tropft. »Sie konnte sich ihr beschissenes Leben nehmen, weil sie wusste, dass ich … dass ich in Sicherheit war.« Amys Schultern beben. Sie verbirgt das Gesicht in ihren Händen und beginnt zu schluchzen. »Ihr Opfer war, dass sie am Leben blieb, um mich zu schützen.« Die Tränen laufen ihr über das Gesicht, und ich verstehe kaum, was sie sagt, weil ihre Stimme so zittert. »Ich habe zugelassen, dass das geschieht. Dass sie sich opfert. Dass sie keine Chance hatte, ein Leben zu haben. Ich bin schuld. Verstehst du?« Als würde sie erst jetzt merken, dass sie weint, wischt sie sich mit der Hand über die Wange und betrachtet beinahe ungläubig die Nässe auf ihren Fingern.

»Amy«, sage ich nur, weil mir die Worte fehlen. Der Drang, sie in meine Arme zu schließen, ist beinahe übermächtig.

»Ich bin schuld an ihrem verfluchten Leben und an ihrem verfluchten Tod.«

Ich will ihr sagen, dass das Blödsinn ist. Denn natürlich ist es das. Sie war ein Kind. Wenn jemand Schuld hat, dann das Monster von Pflegevater. Aber ich weiß, dass sie es nicht so sehen kann. Nicht in diesem Moment. »Ich bin da«, sage ich deswegen und rutsche ein Stück näher zu ihr, um ihr zu zeigen, dass auch dieses Geständnis nichts an meinem Wunsch geändert hat, ihr nah zu sein.

»Wie kannst du das sagen?«, fragt sie mit zitternder Stimme. »Nach alldem?«

»Für mich ändert es nichts«, sage ich leise. »Ich verstehe dich jetzt besser. Aber an meinen Gefühlen ändert es nichts.«

Sie schüttelt langsam den Kopf. »Es ändert alles.«

Ich lege ihr behutsam eine Hand auf den Arm, in der Hoffnung, dass sie mich gewähren lässt. Und tatsächlich, sie rührt sich nicht. Ich rutsche noch ein wenig näher zu ihr, sodass sich unsere Knie nun beinahe berühren. Ich strecke langsam meine Arme aus und ziehe sie in eine Umarmung. Sie lässt es geschehen. Ihr zitternder Körper lehnt an meinem, und ich fahre mit den Händen vorsichtig über ihren Rücken. Sie weint an meinem Shirt, den Kopf an meine Brust gepresst. Ich streiche über ihr Haar, ihre Schultern, ihre Wange, die tränennass ist. Drücke sie ein bisschen fester an mich, um ihr zu zeigen, dass sie nicht allein ist. Ich bin da. Bin immer für sie da.

**33** Was. Zur. Hölle. Ist das diese Katharsis, von der die alten Griechen geredet haben? Es ist, als hätte ich für eine halbe Stunde meinen Körper – oder zumindest meinen Kopf verlassen. Während dieser halben Stunde hat das, was noch übrig war, beschlossen, alles – EINFACH ALLES – auszupacken. Und jetzt, da ich mich anscheinend wieder in meinem Körper und Kopf befinde, liege ich in Sams Armen und … weine. Ich weine. Die Tränen laufen mir über das Gesicht, hören gar nicht mehr auf. Sie kitzeln meine Haut mit ihrer salzigen Wärme, während sie eine nach der anderen auf sein Hemd tropfen. Ich merke, dass ich zittere, und halte mich umso stärker an Sams Oberkörper fest, der so vertraut und gleichzeitig doch fremd ist. So wohltuend und doch genau das Gegenteil von dem, was ich will.

Aber immerhin ist es nun raus. Jetzt muss er verstehen, dass er nicht Teil meines Lebens sein kann. Ich nicht Teil des seinen. Es ist zu seinem Schutz – und zu meinem. Denn ich kann nicht verantwortlich für ein weiteres an mich verschwendetes Leben sein. Mir reicht ja nicht einmal die Zeit, die Schuld abzuarbeiten, die ich mir mit sechzehn aufgeladen habe.

Mir entfährt ein leises Wimmern, das von einem Beben meiner Schultern begleitet wird. Es ist eine eigenartige Empfindung. Reinigend, lösend. Auf gewisse Weise schaurig-schön. Und ich weine und weine. Um Imogen und Sophia, Jeannie und Malcolm. Um mich und um Sam. So sehr um Sam. Hier in seinen Armen zu liegen, mich geborgen und nicht allein zu fühlen ist gleichzeitig Erleichterung und Gefahr. Aber ich gestatte es mir. Nur für einen kurzen Moment. Nur für diesen Augenblick. Seine Arme um meinen Körper, sein Atem an meiner Schläfe. Ich schließe die Augen, und weitere Tränen kullern meine Wangen hinab.

»Amy«, flüstert Sam, weil er zu spüren scheint, dass mein Name mich erdet, und hält mich einfach nur fest. So fest. Und ich halte mich fest an ihm. Er beginnt seinen Körper sanft hin und her zu wiegen und mich mit. »Darf ich dich etwas fragen?«, sagt er dann.

»Okay.« Es klingt hoch und verschnupft. Vom vielen Weinen ist meine Nase ganz verstopft.

»Warum hast du mit dem Malen aufgehört?« Seine Stimme vibriert angenehm, und er sucht mit seinen Lippen meine Schläfe. Beinahe hoffe ich, dass er mich damit küssen wird, doch dann entscheide ich mich dagegen. Er darf mich nicht küssen. Doch in diesem Moment tut er es. Er presst seinen Mund auf meine Stirn und küsst mich sanft. Ich schließe die Augen, genieße und quäle mich.

»Ich habe ihr Gesicht nicht mehr gesehen«, sage ich und versuche dabei, einigermaßen gefasst zu klingen. Doch es misslingt gründlich. Stattdessen überkommt mich ein neuer Schauer der Traurigkeit, der meinen ganzen Körper zum Zittern und meine Stimme zum Wimmern bringt. »Und ich konnte meine alten Bilder nicht mehr ansehen. Kein einziges habe ich je wieder angesehen. Ich hatte irgendwie das Gefühl, dass das Malen der Grund für das Vergessen ist. Je dringender ich sie festhalten wollte, desto schneller verschwand sie. Bis nur noch Schemen übrig waren. Formen, Farben. Einzelne Punkte.«

»Das Bild über deinem Bett«, sagt er, und ich fasse es nicht, dass er es begriffen hat.

»Das war mein letztes Bild. Ich habe es in einem Wutanfall gemalt. Es soll mich daran erinnern, warum ich noch da bin und Imogen nicht. Deswegen habe ich es aufgehängt. Als Mahnmal.«

»Als ich das erste Mal in deinem Zimmer war, habe ich tatsächlich ein Gesicht erkannt.« Er drückt einen sanften Kuss auf mein Haar, und ich seufze. Kann mich nicht dagegen wehren.

»Du hast sie gesehen?« Meine Stimme ist hoch und piepsig.

»Es scheint so.«

»Ich sehe nur Verpasstes. Verpasste Möglichkeiten, die ich hatte. Verpasste Chancen, die sie hatte. Verpasste Leben, die ich nun aufwiegen muss. Das Bild soll mich ermahnen, Imogens Erbe gerecht zu werden. Jeden Tag.«

Ich merke, dass er etwas sagen will. Aber er schluckt es hinunter. Es ist besser so, das weiß ich. Stattdessen streicht er mir über den Kopf und drückt seine Lippen ein weiteres Mal auf meine Schläfe.

»Hast du kein Foto von ihr?«, fragt er dann vorsichtig.

Ich schüttle den Kopf an seiner Brust und atme seinen Geruch ein, so gut es durch meine verstopfte Nase geht. »Nein.« Wir hatten keine Handys oder Kameras. Wir hatten gar nichts. Außer uns. Wieder jagt ein Schauer der Traurigkeit über meinen ganzen Körper.

»Ich wünschte, du könntest dich mit meinen Augen sehen«, sagt Sam nach einem Moment der absoluten Stille, in dem ich nur seinen Herzschlag höre.

»Wie meinst du das?« Ich hebe den Kopf, um ihn anzusehen. Seine schönen Augen, seine weichen Haare, die ich nicht berühren werde. Er streicht mit seinem Daumen über meine Wange, wo die Tränen langsam trocknen. Diese unbegreiflichen Tränen.

Er zögert. Lächelt sanft. Dann: »Du bist der beste Mensch, den ich kenne. Du reibst dich für andere auf. Für diejenigen, die sonst niemanden haben. Selbst wenn du etwas wiedergutzumachen hättest, deine Schuld wäre längst bezahlt.«

Seine Worte bohren sich in meine Brust. Eins nach dem anderen. Es ist schmerzhaft, ihn das sagen zu hören. Denn ich weiß, dass er sich irrt. Es wäre schön, ihm zu glauben, doch er hat keine Ahnung. Er weiß nicht, was es bedeutet, einen anderen Menschen zerstört zu haben – im Leben und im Tod.

Auf einmal habe ich das Gefühl, keine Luft mehr zu bekommen. Sams Arme zerquetschen mich beinahe. Das, was bis vor ein paar Sekunden noch schön, warm und sicher war, ist jetzt viel zu viel. Ich löse mich aus seiner Umklammerung.

»Was soll das, Sam?«, frage ich und stehe auf. »Wie willst du Imogens Leben denn aufwiegen? Drei gerettete Jugendliche und schwupps bin ich aus dem Schneider? Meinst du, das funktioniert? Glaubst du, ich bin so doof, dass ich nicht checke, was du tust?«

Er sieht mich verwirrt an. »Was tue ich denn?«, fragt er.

»Glaubst du, ich gehe mit dir ins Bett, wenn du mir Absolution erteilst?« Ich bin selbst erschrocken über diesen Satz und weiche einen Schritt zurück. Vor ihm, aber auch vor mir.

»Ich weiß, dass du weißt, dass es mir darum nicht geht«, sagt er ruhig. Und ich weiß, dass er recht hat. »Unsere Perspektiven sind einfach sehr verschieden. Und du bist sehr nah dran. Vielleicht ist mein Blick etwas objektiver.« Es klingt, als würde er laut überlegen.

»Vielleicht hast du aber auch aus genau dem Grund nicht das Recht, überhaupt eine Meinung zu dem Thema zu haben«, sage ich und wende mich ab, weil ich das Gefühl habe, dass da schon wieder diese wundersamen Tränen hinter meinen Augen brennen. Mein Blick streift das Bild von Imogen, und ich schließe schnell die Lider.

»Ich habe natürlich nicht deine Expertise«, sagt er. »Und ich will dir auch gar nicht reinreden. Ich meine ja nur, dass man manchmal aus den Augen verliert, wer man im Hier und Jetzt ist, wenn man alles in Relation zur Vergangenheit setzt. Das ist alles.«

»Und wenn man es nicht tut, vergisst man, wo man herkommt«, sage ich, und meine Kehle wird ganz eng. Denn das ist keine Option. Zu vergessen. Imogen vergessen. Dass ich mich nicht mehr an ihr Gesicht erinnere, ist das Letzte, was ich ihr angetan habe. Der Rest von ihr bleibt für immer. Wie eine innere Tätowierung.

»Zwischen Vergessen und ewigem Büßen liegen ganze Welten, Amy.« Seine Stimme ist ruhig, leise. Ich drehe mich zu ihm um. »Da ist beispielsweise das Erinnern.« Er zuckt mit den Schultern.

Ich balle meine Hände zu Fäusten. Er tut es wieder. Er sagt das Richtige. *Da ist beispielsweise das Erinnern.* Die Worte hängen in der Luft zwischen uns, als wären sie Girlanden. *It's a Girl. Merry X-Mas. Alles Gute zur Pensionierung. Da ist beispielsweise das Erinnern.*

»Du könntest es ja mal ausprobieren. Wenn du Lust dazu hast.« Wieder zuckt er mit den Schultern, und ich weiß, dass er meinetwegen so defensiv ist. Genau genommen ist er offensiv defensiv.

Als ich etwas entgegnen will, beginnt meine Lippe wieder zu zittern, und ich klappe den Mund zu. Ich sammle mich kurz und sage dann nur: »Es ist langsam spät. Ich muss Jeannie ins Bett bringen.«

Sam stöhnt leise. Er klingt frustriert. Aber das ist egal. Er hat kein Recht, frustriert zu sein.

»Warte kurz«, sagt er, als ich an ihm vorbeigehen will. »Was kann ich tun?« Er sieht mich beinahe flehentlich an.

»Kannst du ... kannst du vielleicht versuchen, nicht mehr mit mir zu reden?«, frage ich. »Die Dinge, die du sagst, bringen alles durcheinander. Ich habe dir nicht von Imogen erzählt, damit du mir hilfst. Sondern, damit du verstehst. Und wenn du jetzt immer laut aussprichst, was du dir dazu denkst, verkomplizierst du alles nur noch weiter.«

Er nickt. Sein einer Mundwinkel zuckt leicht nach oben, aber mehr als den traurigen Versuch eines Lächelns bekommt er nicht hin.

»Alles, was du willst«, sagt er.

»Danke.«


Als ich wenig später in Jeannies Zimmer das Licht ausgemacht habe, ziehe ich mir ein Schlafshirt an und will mich ebenfalls ins Bett legen. Ich fühle mich innerlich wie ausgehöhlt. All die Dinge, die ich Sam heute erzählt habe, die ich zum ersten Mal in meinem Leben mit jemandem geteilt habe, sind nun nicht mehr nur in mir drin. Sie schwirren herum, und ich kann sie nicht mehr einfangen. Meine Nachttischlampe hüllt mein Schlafzimmer in ein warmes Dämmerlicht, und mein Blick fällt auf das Bild über meinem Bett. Sam hat darin ein Gesicht erkannt. Wenn ich es ansehe, ist da nichts Menschliches. Nur mein Versagen – als Schwester und als Malerin. Und als Gedächtnis.

Auf einmal zucke ich zusammen. Das Bild im Atelier! Ich habe es einfach stehen lassen – offen, ungeschützt in der Dunkelheit.

Ohne mir auch nur Schuhe anzuziehen, schleiche ich mich noch mal aus der Wohnung und die Treppe hinauf. Ich schließe zum zweiten Mal an diesem Abend die schwere Eisentür auf. Nach all den Jahren, in denen sie geschlossen blieb, quietscht sie unangenehm. Das Licht lasse ich diesmal ausgeschaltet, wie um Imogen nicht zu stören. Barfuß tapse ich über den kalten Betonboden. Er fühlt sich angenehm rau an meinen Fußsohlen an. Der Mond, der sanft durchs Oberlicht in der Decke scheint, erhellt den Raum ein wenig, sodass ich immerhin Schemen erkennen kann. Ich gehe langsam auf Imogens Porträt zu. Ganz behutsam hebe ich es an und drehe es um. Dann schiebe ich es vorsichtig hinter all die anderen Leinwände, die ihr Gesicht – oder besser gesagt das, was davon noch übrig ist – zeigen.

»Entschuldige!«

Der Klang meines Flüsterns in dem dunklen, kahlen Raum jagt mir einen kalten Schauer über den Rücken, und ich kriege eine Gänsehaut. In drei großen Sätzen bin ich wieder bei der Tür. Ich ziehe sie auf und schlüpfe hindurch ins Treppenhaus.

Als ich zurück in meinem Schlafzimmer bin, in der Wärme meines Bettes, schlägt mir das Herz immer noch bis zum Hals.

 *Sam*

**34** Pearleys nächtliche Straßen sind ruhig. Ich bin zu weit entfernt vom belebten Zentrum. Hier, wo der reichere Teil der Stadt in den armen Süden übergeht, erinnern nur vereinzelte betrunkene Heimkehrer daran, dass es in dieser Stadt so etwas wie eine studentische Partyszene gibt. Taucht man tiefer in den Süden ein, ist das Bild wahrscheinlich wiederum ein anderes. Dort, wo Dealer und Zuhälter regieren, laufen die Nächte alles andere als besinnlich ab.

Ich sitze seit circa zwei Stunden auf den Stufen eines, wie es scheint, leer stehenden Gebäudes und starre vor mich hin. Als Amy und ich zu den anderen zurückkehrten, hatte ich beinahe das Gefühl, die halbe Stunde in ihrem Atelier habe es nie gegeben. Amy war wie immer. Abgeklärt, distanziert freundlich und beinahe überschwänglich. Sie und Jeannie verabschiedeten sich kurz darauf. Von Jeannie war keine Gegenwehr mehr zu erwarten, als es hieß, sie müsse nun ins Bett gehen. Sie war ohnehin schon fast eingeschlafen.

»Gute Nacht, alle miteinander«, sagte Amy und winkte in die Runde. Ihr Strahlen sah echt aus. Ich bin mir sicher, ich war der Einzige, der die verblassenden roten Flecken, die die Tränen hinterlassen hatten, überhaupt wahrnahm.

Ich hielt es noch zwanzig Minuten mit den anderen aus. Lauschte der Musik und den Gesprächen. Doch mit meinen Gedanken bin ich seit Amys Offenbarung – nein, was rede ich, seit dem Abend, da ich sie im *Vertigo* getroffen habe – bei ihr. Und heute Abend habe ich endlich, endlich herausgefunden, was genau das Problem ist. Wieder muss ich mich korrigieren: die Probleme.

Dass Amy sich mir anvertraut hat, ehrt mich. Das ist der erste Schluss, zu dem ich gekommen bin. Ich war die erste Person überhaupt, der sie von ihrer traumatischen Jugend erzählt hat. Daran halte ich mich fest. Denn das bedeutet, dass ich mir das Vertrauen, das sie mir entgegengebracht hat, nicht eingebildet habe.

Die wohl schmerzhafteste Erkenntnis ist, dass sie denkt, sie sei unrettbar kaputt. Dieses Wort! *Kaputt.* Sie ist nicht kaputt. Sie ist wunderbar.

In diesem Moment fasse ich einen Entschluss. Ich werde sie nicht allein lassen. Ich werde ihr dabei helfen, sich in einem anderen Licht zu sehen. In dem Licht, das auf sie strahlt, wenn ich sie sehe.

Doch hier stoße ich bereits an meine Grenzen. Denn ich habe ihr versprochen, nichts mehr zu sagen. Mein Versprechen zu brechen würde bedeuten, ihr Vertrauen zu enttäuschen. Für mein Vorhaben der vermutlich schlechteste Start. Und doch: Ich muss ihr begreiflich machen, dass sie nicht schuld ist an dem, was ihrer Schwester widerfahren ist. Sie war ein Kind. Sie hatte es nicht in der Hand. Was Imogen für sie getan hat, ist unglaublich. Dass Amy ihr ein Denkmal setzen will, ist selbstverständlich. Nur sollte sie nicht selbst zu diesem Denkmal werden, indem *sie* sich nun opfert.

Auf einmal merke ich, wie kühl es geworden ist. Ich habe keine Jacke dabei und beschließe, nach Hause zu fahren. Der Rückweg zu Amys Haus ist kurz, und dennoch habe ich eine Gänsehaut, als ich meinen Wagen erreiche. Aber vielleicht liegt es auch daran, dass mit der räumlichen Nähe zu Amy die Erinnerungen noch präsenter werden.

Ich lege eine CD von den Smiths in das alte Autoradio meines noch älteren Volvos. *There Is A Light That Never Goes Out* erklingt, und ich atme einmal tief ein, ehe ich den Wagen aus der Parklücke auf die Straße lenke.

Wie, frage ich mich, wie kann es mir gelingen, Amy davon zu überzeugen, dass ich nicht schutzbedürftig bin? Dass sie nicht diejenige ist, die mein Leben verkompliziert, die mich in einen Abgrund zieht – sondern dass es im Gegenteil ihre Abwesenheit ist, die mich ins Unglück stürzt?

Als ich nach Hause komme, bin ich noch aufgekratzter als vorher. Mein Kopf kommt nicht zur Ruhe. Von meinem Körper, der zu vibrieren scheint, gar nicht zu sprechen. Ich sehe Amy vor mir. Die sich windet, mir alles zu erzählen. Die sich *über*windet. Die so verzweifelt ist, dass sie sich von mir trösten lässt. Wie kann ein Mensch allein so viel Leid ertragen?

Ich beschließe, mein Apartment aufzuräumen. Es ist zwar spät, weit nach Mitternacht, aber in der Dunkelheit zu liegen, ohne die Aussicht auf Schlaf, kommt nicht infrage. Die Gedanken werden in der Dunkelheit nur noch mächtiger.

All das übrige Werbematerial, das wir vor dem Liebesfilmmarathon nicht losgeworden sind, wandert ins Altpapier. Bis auf ein Plakat, das ich innen an meine Wohnungstür hänge. Unter den ganzen Flyern kommt die zerfledderte Ausgabe von *Alice im Wunderland* zum Vorschein, die ich für Amys Einladung verwendet habe. Ich habe sie für einen halben Dollar in einem Secondhand-buchladen gekauft. Diesmal kann Lewis Carroll mir mit seinen auf den ersten Blick verqueren Weisheiten wohl nicht weiterhelfen. Dennoch beginne ich, darin zu blättern. Ich sehe mir zum bestimmt hundertsten Mal die Illustrationen an. Und dann taucht vor meinem inneren Auge Amys Porträt von Imogen auf. Ihr Motiv wurde immer unschärfer, hat Amy gesagt. Deswegen hat sie aufgehört zu malen. Weil das Festhalten die Erinnerung löschte. Wenn es nur die Möglichkeit gäbe, ein Foto von Imogen aufzutreiben, um die Erinnerung für immer aufrechtzuerhalten. Wenn man ihre Bilder abgleichen könnte mit einem Foto, um ihr zu beweisen, dass sie ihr bereits ein Denkmal gesetzt hat.

Ich lege das Buch beiseite. So komme ich nie zur Ruhe. Ich gehe ins Bad und drehe die Dusche auf, in der Hoffnung, dass das heiße Wasser mich etwas entspannen wird.

Es ist beinahe drei Uhr, als ich meinen Laptop aufklappe. Ich muss mit jemandem sprechen. Denn ebenso wie Amy kann auch ich nicht alles mit mir allein ausmachen. Der Unterschied ist nur, dass ich mir dieser Tatsache bewusst bin.

Mein Dad ist Lehrer und behält auch am Wochenende seine Morgenroutine bei. Deswegen habe ich gute Chancen, dass er – in Maine ist es kurz vor sechs – schon wach ist.

Ich skype ihn an, und tatsächlich: »Guten Morgen, Sohn«, sagt er und grinst in die Kamera. Allerdings präsentiert er mir vor allem die Ansicht seines Kinns von unten, da er sein Telefon anscheinend auf die Anrichte gelegt hat, während er sich Frühstück macht. »Solltest du nicht schlafen?«

»Mhm«, sage ich.

»Bist du betrunken?«, fragt er und beugt sich umständlich über sein Handy, sodass ich sehen kann, wie er mir zuzwinkert.

»Ich wünschte es«, gebe ich zur Antwort. »Ich kann nicht schlafen.«

»Ach Gottchen! Soll ich dir was vorsingen?« Er lacht sein schallendes Lachen, in das sich meine Mom laut ihren Erzählungen als Erstes verliebt hat.

»Danke, ich bin mir nicht sicher, ob das helfen würde.«

»Was würde denn helfen?«, fragt er und verschwindet kurz komplett aus dem Bild. Im nächsten Moment höre ich die Kaffeemaschine gluckern.

»Kann ich dir etwas erzählen?«, frage ich.

Sein Gesicht taucht wieder auf. Diesmal blicke ich beinahe in seine Nasenlöcher. »Jederzeit!«

»Es geht um eine Frau«, sage ich.

»Ha!«, macht mein Dad. Ich glaube, er reckt seinen Daumen in die Höhe, aber ich sehe nur die Unterseite seiner Faust.

»Und es ist kompliziert. Ach, was rede ich, kompliziert ist gar kein Ausdruck.«

Und dann erzähle ich. Nicht alles. Nicht von Amys Jugend, nicht von dem Grund für Imogens Selbstmord. Aber ich berichte von meinen diversen Dilemmata. Wie kann ich Amy klarmachen, dass sie unschuldig ist? Wie kann ich ihr beweisen, dass sie keine Angst um mich haben muss?

»Du bist doch gut mit Worten«, sagt mein Dad. »Wenn jemand sie überzeugen kann, dann du, Sam.«

Ich lächle müde, als mein Dad sich sein Handy schnappt und zum Küchentresen geht, um zu frühstücken. Für einen Moment präsentiert er sehr verwackelt seine nackten Füße. Dann setzt er sich und positioniert sein Handy so, dass ich tatsächlich sein Gesicht sehen kann.

»Das ist ja das Problem«, sage ich, als das Bild endlich aufgehört hat zu wackeln. »Sie hat mich gebeten, nicht mehr mit ihr zu sprechen, um nichts durcheinanderzubringen.«

»Du bringst sie also durcheinander!« Er wackelt mit den Augenbrauen.

»Dad, bitte!«, sage ich leicht genervt, kann aber ein Grinsen nur schwer unterdrücken. »Jedenfalls habe ich ihr versprochen, nichts mehr zu sagen.«

Mein Dad kratzt sich am Kopf. »Okay, das ist dumm. Aaaaber …«, er hebt triumphierend seinen Zeigefinger, »hast du ihr auch versprochen, nichts zu schreiben?«

Ich denke nach. Wäre ein Brief eine Grauzone? »Ich weiß nicht«, sage ich. »Schließlich geht es ihr ja um meine Worte und deren Effekt …«

»Ich finde, es macht einen Unterschied«, sagt mein Dad. »Wenn sie es schriftlich hat, kann sie sich die Worte selbst einteilen. Wenn sie sie nicht lesen will, lässt sie es eben.« Er zuckt mit den Schultern. »Deine Mom mochte meine Briefe immer sehr.« Er macht eine seltsame Geste, die ich nicht zuordnen kann. Dann: »O *shit!* Der Kaffee! Neeeeein! Verdammt noch mal! Muss Schluss machen, Sam! *Shit, shit, sh…*« Und weg ist er.

 Amy

**35** Ich fühle mich merkwürdig. Es ist, als könne ich mir selbst nicht mehr trauen, seit ich all die Mauern, die ich mit großer Mühe errichtet hatte, um zu überleben, eingerissen habe – und sei es auch nur für einen kurzen Moment gewesen. Es ging immer nur um diese zwei Dinge: meine Schuld begleichen und allein überleben. Als ich die Entscheidung traf, Jeannie bei mir aufzunehmen, bedeutete das eine große Veränderung. Es bedeutete, mein bisheriges Leben aufzugeben, um einem anderen Menschen zu helfen. Es dauerte nicht einmal dreißig Sekunden, Jeannie in mein Leben und mein Herz zu lassen. Aber es dauerte neun Jahre, bis ich jemandem von meiner Schuld erzählen konnte. Und bis heute, einige Tage später, verstehe ich nicht, wie es dazu kommen konnte.

Ich gehe immer wieder in mich, horche, was es mit mir gemacht hat, ob meine Tränen etwas verändert haben. Und ja, ich fühle mich meiner Schwester auf eine sehr surreale Art wieder näher. Über sie zu sprechen, ihr Andenken mit jemandem zu teilen, hat sie stärker gemacht. Denn jetzt bin ich nicht mehr die Einzige, die von ihr weiß. Es gibt nun zwei Menschen, die Imogen hüten. Auch wenn ich natürlich nicht beurteilen kann, auf welche Weise, so bin ich mir doch sicher, dass sie auch in Sam Spuren hinterlassen hat.

Sam. Auch er ist präsenter denn je. Natürlich ist er das,

schließlich hat er mein Innerstes gesehen. Und ich frage mich, wie man einer Person so verbunden und gleichzeitig so fremd sein kann. Wie man einen anderen Menschen so tief in sich hineinschauen lassen kann, um ihn im selben Moment wegzustoßen.

Da ich mich ablenken muss, verbringe ich noch mehr Zeit bei Malcolm und stürze mich mit Elan in die Arbeit. Aus Arden gibt es keine Neuigkeiten, aber es trifft sich gut, dass Sophia heute entlassen wird. Auch in den letzten Tagen hat sie mich auf Trab gehalten. Ich habe sie bei der Abendschule angemeldet, damit sie ihren Highschool-Abschluss nachholen kann, habe in Rhys' altem Zimmer neue Vorhänge aufgehängt und den Teppichboden gründlich reinigen lassen. Ich hätte gerne noch mehr gemacht – vielleicht ein paar Bilder an die Wand gehängt oder neu gestrichen, aber dafür hat es leider nicht gereicht.

Ich habe ein wenig modisches Outfit aus meinem Kleiderfundus gefischt, das Sophia passen sollte, und beim Pearley Juvenile Prison vorbeigebracht. Die Auswahl ist sehr begrenzt, aber ich habe entschieden, dass wir direkt vom PJP zum Einkaufen fahren. Ich weiß, wie wichtig es für ein junges Mädchen wie Sophia ist, sich wohlzufühlen. Und in ihrem Alter spielen Klamotten dabei eine große Rolle.

Weil Rhys das Café nicht allein lassen kann, hole ich an diesem traumhaften Julitag Jeannie von der Schule ab. Sie klettert auf den Beifahrersitz und schnallt sich an.

»Was hältst du von einer Shoppingtour?«, frage ich und starte den Wagen.

»Eine Shoppingtour?«, fragt Jeannie, als hätte ich den Verstand verloren. »Ich dachte, wir holen Sophia ab.«

»Das machen wir zuerst. Aber danach gehen wir einkaufen. Für dich und für Sophia.«

Jeannies Augen beginnen zu leuchten, und ich muss mich zwingen, den Blick sofort wieder auf die Straße zu richten.

»Darf ich ein Kleid haben?«, fragt sie.

»Klar.«

»Und so einen weichen Pulli mit langen Haaren?«

»Ich weiß nicht genau, was du damit meinst, aber wenn wir so einen finden, kriegst du ihn.«

»Und du?«, fragt Jeannie. »Kaufst du auch was?«

»Ich glaube nicht«, antworte ich.

»Hm«, macht sie. Nach einigem Überlegen sagt sie: »Dann will ich auch nichts.«

»Wie bitte?« Ich traue meinen Ohren nicht.

»Das ist doch ungerecht. Wenn du nichts kaufst, will ich auch nichts.«

Ich muss lachen. »Okay, ich kann ja mal sehen, ob mir was gefällt.«

Zufrieden lehnt sie sich im Autositz zurück. »Dann kann ich auch sehen, ob mir was gefällt.«

Ich kneife sie leicht in die Seite, und sie quietscht.

Als wir auf dem Parkplatz des PJP ankommen, besteht Jeannie darauf, mit nach drinnen zu kommen. Eigentlich will ich Sophia nicht gleich mit meiner ganzen Familie überrumpeln, aber Jeannie ist offensichtlich vorbereitet.

»Das hier ist doch ein Gefängnis, oder?«, sagt sie. »Da sind lauter Menschen drin, die was Böses gemacht haben.«

»Ja, so kann man das sagen«, bestätige ich.

»Und es sind auch schon mal Menschen aus Gefängnissen ausgebrochen«, fährt sie fort.

Ich ahne, worauf das hinausläuft, und nicke nur.

»Und wenn jetzt genau in dem Moment, wenn ich hier draußen allein auf dich warte, jemand ausbricht? Vielleicht braucht er ein Fluchtauto und entführt mich! Da würdest du dich sicher ärgern.«

»Also komm«, sage ich grinsend.

Drinnen werden wir von Pat begrüßt, die sofort einen Narren an Jeannie gefressen hat. Unter ihrem Tisch scheint sie einen grenzenlosen Vorrat an Süßigkeiten zu haben, die sie nun immer wieder unter der Glasscheibe durchschiebt, hinter der sie sitzt. Jeannie stopft sich ein Gummibärchen nach dem anderen in den Mund und sieht maßlos zufrieden aus.

»Sie ist unterwegs«, sagt Pat nach einem kurzen Telefonat.

Ich bin nervös. Zwar kenne ich Sophia jetzt einigermaßen, aber ich habe keine Ahnung, wie sie darauf reagieren wird, wieder draußen zu sein. Und es ist ohnehin lange her, dass ich persönlich jemanden hier abgeholt habe. Das ist normalerweise nicht Teil des Service. Rhys' Worte kommen mir in den Sinn. Natürlich hat Sophia eine Sonderstellung. Natürlich reibe ich mich für sie mehr auf als für andere. Obwohl ich weiß, dass es falsch ist.

Ich bedanke mich bei Pat und bedeute Jeannie, mir zu folgen. Denn der Besuchereingang ist nicht der Ort, an dem die Jugendlichen in die Freiheit entlassen werden.

Wir treten wieder in die Sonne, und Jeannie kneift immer noch kauend die Augen zusammen. Unser Weg führt uns um eine Ecke herum, wo eine unscheinbare Eisentür in den nackten Beton eingelassen ist. Man würde nicht meinen, welche Bedeutung es hat, hier hindurchzutreten.

Nach ein paar weiteren Minuten, die mir vorkommen wie eine Ewigkeit, hören wir von drinnen ein ersticktes Dröhnen. Viermal kurz hintereinander. Jeannie stellt sich gerade hin, sieht mich an, wie um sich zu vergewissern, dass ich noch da bin und sie nicht mit einem geflohenen Häftling allein lassen werde. Dann geht die Tür auf.

Sophia tritt nach draußen und fährt sich mit dem Ärmel ihres Sweatshirts unsicher übers Gesicht.

»Hi«, sage ich überschwänglich. »Schön, dich zu sehen!«

Sie hebt etwas lustlos die Hand. »Ich seh ganz schön scheiße aus«, erwidert sie mit ihrer seltsam dunklen Stimme anstelle einer Begrüßung. »Gib dir das!« Sie deutet auf ihre Hose – eine Schlaghose, die ihr etwas zu kurz ist. Dann sieht sie wieder auf. »Wer ist die Zwergin?«

»Ich bin Jeannie.«

»Mein Pflegekind«, schiebe ich erklärend hinterher.

»Und ich wachse noch. Aber ich war unterernährt, deswegen geht's bei mir langsamer.« Jeannie verzieht ihr Gesicht zu einem leicht spöttisch-belehrenden Ausdruck.

»Pech«, sagt Sophia.

»Dafür bin ich nicht die mit den Hochwasserhosen«, sagt Jeannie und verschränkt die Arme vor der Brust.

Einen kurzen Moment fürchte ich, dass Sophia auf sie losgehen könnte. Aber dann fängt sie an zu lachen. »Guter Punkt, Zwergin«, sagt sie und klatscht mit Jeannie ab.

»Wir gehen dir gleich was Anständiges zum Anziehen kaufen«, verkünde ich.

»Und mir auch«, sagt Jeannie. »Und Amy, wenn sie was findet.«

Sophia mustert mich von oben bis unten. Ich trage mein übliches Outfit: Jeans und ein schwarzes Tanktop. Dann zuckt sie mit den Schultern. »Okay.«

Im Auto besteht Jeannie darauf, wieder vorne zu sitzen. Sophia scheint es egal zu sein, und sie lümmelt sich auf die Rückbank. Ich betrachte ihr Gesicht im Rückspiegel. Ihre grünen Augen, die Imogens so ähnlich sind. Ich bin froh, dass Sophia nun draußen ist. Ich werde alles daransetzen, dass sie von jetzt an ein gutes Leben führen kann.

»Mein Bruder war auch im Gefängnis«, beginnt Jeannie eine weitere vielversprechende Unterhaltung und dreht sich zu Sophia um. »He, du musst dich anschnallen!«

»Nerv nicht rum«, sagt Sophia. »Und hör auf, mich vollzuquaken.« Doch sie schnallt sich tatsächlich an.

»Quak«, macht Jeannie und kichert. »Warum hast du schlechte Laune?« Sie dreht sich wieder zu Sophia um.

»Ich hab keine schlechte Laune. Red keinen Scheiß!«

»Okay«, sagt Jeannie. »Aber wenn du so redest, *denken* alle, dass du schlechte Laune hast, weißt du? Du musst solche Sachen sagen wie ›Sehr erfreut, Sie kennenzulernen‹ oder ›Wie ist das werte Befinden‹.« Ihre Stimme wird ganz hoch und gestelzt, und es verlangt mir alles ab, nicht loszuprusten. Auf einmal bin ich ungeheuer froh, dass Jeannie dabei ist.

»Du bist echt 'ne Nummer, Zwergin«, sagt Sophia.

»Vielen Dank für das Kompliment. Das kann ich nur zurückgeben«, flötet Jeannie weiter, und ich schaffe es nicht mehr, mich zusammenzureißen, und lache laut los.

Hinten auf der Rückbank tut Sophia es mir gleich, und auf einmal sehe ich nicht Imogen, sondern einfach nur sie. »Geil«, sagt sie. »Das ist besser als Fernsehen.«

Eine Weile fahren wir schweigend. Die Gegend wird langsam bewohnter, wenn auch nicht unbedingt einladender. Das Gestrüpp am Rand des Highways wird von Häusern abgelöst, die eher als Bruchbuden zu bezeichnen sind. Die Fenster eingeschlagen, die Vorgärten – wenn man es denn so nennen will – überwuchert oder zugemüllt. Autos, denen man die Räder abmontiert hat, balancieren auf Ziegelsteinen. Der Süden von Pearley wird von den Leuten, die hier leben, auch »Poorley« genannt, weil niemand Geld hat. Zumindest kein legal erworbenes. Es ist eine trostlose Gegend, und ich schätze, dass Sophia und Jeannie vor allem deswegen so ruhig sind, weil sie aus genau solchen Verhältnissen kommen. Wir alle drei, erinnere ich mich.

Wir lassen Poorley links neben uns und folgen weiter dem Highway. Unser Ziel ist ein großer Supermarkt, der eine eigene Klamottenabteilung hat. Zuerst wollte ich in die Mall fahren, aber die vielen verschiedenen Läden, die Masse an Eindrücken kamen mir dann doch etwas viel vor für Sophias ersten Tag nach über einem Jahr.

Während der zwanzigminütigen Fahrt spreche ich mit Sophia über ihre erste Woche. Sie wird sich akklimatisieren, sich häuslich einrichten, Malik kennenlernen. Sie muss sich persönlich bei ihrer Schule vorstellen, sich um den Lehrstoff kümmern, Bücher ausleihen. Im Café fängt sie erst nächste Woche an, aber ich würde ihr gerne schon mal alle vorstellen.

»Reicht das nicht nächste Woche?«, fragt sie.

»Warum?«

»Ich weiß nicht. Erst mal ankommen oder so. Meine Haare abschneiden.« Sie hält eine verfilzte Strähne in die Luft. »Einen Schritt nach dem anderen gehen halt.«

Ich denke kurz nach. Für Sophia ist es vermutlich schon eine große Herausforderung, sich ihrer Schule zu stellen, nach allem was sie durchgemacht hat.

»Na gut. Wir können es auf nächste Woche verschieben. Aber dass ich jeden Tag bei dir vorbeischaue, ist nicht verhandelbar.« Im Rückspiegel treffen sich unsere Blicke. Kurz sehe ich wieder Imogen. Doch ich schüttle das Bild schnell ab.

»Alles klar, Boss.«

In der Kleiderabteilung spazieren wir zu dritt durch die langen Reihen aus Regalen und Kleiderständern. Die Auswahl ist farblich sortiert. Pastellfarben, wo man hinsieht. Sophia schlurft hinter Jeannie und mir her. Sie ist still, und wann immer ich mich zu ihr umsehe, blickt sie auf ihre Schuhe – ein paar Sneakers, die früher wohl einmal weiß waren. Aus den Lautsprechern ertönt die Durchsage, dass es heute Aktionspreise auf Gartenmöbel gibt – aber nur heute! Die Dame, die irgendwo in den Lautsprecher spricht, klingt, als wäre es ein Grund zu feiern. Dann ertönt wieder leise Musik, die die Kunden vermutlich zu einem Kaufrausch animieren soll, indem sie jeglichen Willen, sich dem Konsum zu widersetzen, einschlafen lässt.

Ab und zu ziehe ich eine Bluse oder einen Rock hervor. »Wäre das etwas?«, frage ich. Oder: »Wie wäre es hiermit?« Aber Sophia zuckt nur mit den Schultern. Ich muss zugeben, das meiste sieht hier wirklich nicht sonderlich toll aus. Sehr mädchenhaft und blumig. Aber ich habe nicht das Gefühl, dass dies das eigentliche Problem ist. Sophia ist einfach unsicher, zum ersten Mal seit so langer Zeit wieder in einem riesigen Supermarkt zu sein. Die Eindrücke prasseln auf sie nieder, und sie kann sich dem nicht entziehen.

Wir biegen in einen weiteren Gang ein. Jeannie beginnt, ungeduldig zu werden.

»Wann schauen wir bei den Kindersachen?«, fragt sie.

»Wenn wir etwas für Sophia gefunden haben«, gebe ich

zur Antwort, und als ich mich diesmal zu ihr umwende, blickt sie auf.

»Der gefällt eh nichts!«, sagt Jeannie und sieht Sophia herausfordernd an.

»Na und? Lass mich doch«, erwidert diese und kämmt sich eine Strähne aus dunklen Haaren ins Gesicht, wie zum Schutz vor Jeannies Neckereien.

»Ist eben nicht so einfach«, sage ich. »Ich kenne das gut. Für mich ist Shoppen auch die Hölle.« Ich lächle Sophia aufmunternd zu.

Sie mustert mich von oben bis unten und sagt dann: »Sieht man.«

»Oh, vielen Dank auch!« Vielleicht sollte ich es aufgeben, Sophia einkleiden zu wollen.

Jeannie feixt. »Siehst du!« Zu Sophia gewandt fährt sie fort: »Ich finde, Amy sollte sich auch was kaufen.«

»Solltest du, Amy«, sagt Sophia und zieht dann eine grüne Hose aus einem der Kleiderständer.

»Die wäre was für dich, Zwergin«, sagt sie. »Damit jeder sieht, dass du ein quakender Frosch bist.«

»Quak«, macht Jeannie noch mal und lacht.

Ich bin erleichtert, dass die Stimmung wieder etwas gelöster wird. Jeannie und Sophia fangen an, auf Kleidungsstücke zu zeigen, die sie gern an mir sehen würden. Ein schulterfreies Maxikleid in Dunkelrot, etwas sehr Kurzes, Geblümtes, das um die Taille gerafft ist und irgendwo zwischen Hemd und Kleid anzusiedeln ist. Ein hellblaues, sehr mädchenhaftes Kleid, das vorne geknöpft wird.

»Das ist alles nichts für mich«, sage ich. »Ich mag es nicht so bunt.«

»Wie wäre es, wenn du die Kleider anprobierst und Sophia dafür ...« Jeannie sieht sich schnell um. »... die Jeans und dieses Shirt?« Sie zeigt zufällig auf irgendwas. Aber es scheint zu funktionieren.

»Finde ich gar nicht mal so schlecht«, sagt Sophia und blickt mich fragend an.

»Nimm es mit«, sage ich und greife schon zu den Sommerkleidern, die die beiden für mich ausgesucht haben. Danach ist der Bann gebrochen, und Sophia lässt sich von mir und Jeannie T-Shirts, Blusen, Hosen und sogar einen Rock aufschwatzen.

In der Kinderabteilung will Jeannie ungefähr alles anprobieren. Hosen, Röcke, Kleider, Pullover. Wir entdecken sogar einen kuschligen weichen, den sich Jeannie sofort aufs Gesicht legt.

Wir finden drei Umkleiden nebeneinander. Die Beleuchtung ist unsäglich. Es ist mir ein Rätsel, warum man den Menschen die hässlichste Version ihrer selbst zumutet, während sie sich an einem fremden Ort entblößen. Jede Rötung auf der Haut wird sichtbar, meine Augenringe sehen aus, als hätte ich sie mit lilafarbenem Eyeliner aufgemalt, so definiert sind sie. Ich wende mich von meinem traurigen Spiegelbild ab und ziehe mir mein Tanktop über den Kopf. Meine Haare sind wegen der trockenen Luft hier drinnen sofort elektrisch und stellen sich auf. Ich schlüpfe zuerst in das rote, fast bodenlange Kleid. Der Stoff ist leicht und luftig und fühlt sich schön an auf der Haut. Ich streiche mit den Fingern darüber. Dann blicke ich auf.

Ich bin nicht vorbereitet auf das, was ich sehe. Ich starre mich selbst einen Moment an, von dem ich nicht weiß, wie lange er dauert. Meine Haare fliegen immer noch, und die Rötungen und Augenringe sind nach wie vor da, nur spielen sie keine Rolle mehr. Das Kleid passt sich perfekt meinem Körper an. Es ist figurbetont an den richtigen Stellen und ansonsten locker. Ich sehe – ich kann es nicht anders sagen – schön aus. Frisch irgendwie. Und lebendig. Ich streiche mir meine bescheuerten Haare aus dem Gesicht und mache mit dem Haargummi, den ich für Notfälle immer ums Handgelenk trage, einen unordentlichen Dutt. Dann drehe ich mich nach links und nach rechts. Betrachte mich aus allen Winkeln. Von vorne, von hinten, im Profil. Das Kleid schwingt. Es riecht leicht nach Chemikalien, mit denen neue Klamotten immer behaftet sind. Ich lasse meinen Blick von oben nach unten und wieder nach oben wandern. Kurz stelle ich mir vor, was Malcolm sagen würde, wenn er mich in diesem Kleid sähe. Als meine Gedanken zu jemand anders abzudriften drohen, beiße ich mir auf die Unterlippe und drehe mich noch mal.

»Hallo? Amy?«, höre ich plötzlich eine Stimme. Ich habe keine Ahnung, wie lange sie schon ruft. »Jetzt komm mal raus!«

»Ups, entschuldigt«, sage ich und stecke meinen Kopf aus der Kabine. Der Vorhang verbirgt den Rest von mir. »Wow!« Jeannie trägt ein geblümtes Kleid und darüber den Fusselpullover. Eine gewöhnungsbedürftige Kombination, die ihr aber zu gefallen scheint. Denn sie schreitet vor dem Spiegel auf und ab wie eine Königin. Sophia sitzt auf einem der Hocker, die für Wartende bereitgestellt sind. Sie trägt enge Jeans und ein schwarzes T-Shirt mit aufgedrucktem Anarchie-Symbol. Gerade probiert sie schwarze, martialisch aussehende Schnürstiefel an.

Als sie aufblickt und mich aus der Kabine kommen sieht, werden ihre Augen ganz groß. »Okay, krass«, sagt sie und steht auf. Jetzt sieht man erst so richtig, wie knochig sie ist.

»Bist du schön!«, ruft Jeannie und bleibt ehrfürchtig stehen.

»Ja?«, sage ich etwas unsicher, weil ich mich seltsam entblößt fühle.

»Alter, wenn du das nicht kaufst, gehe ich nackt«, sagt Sophia und macht sich daran, ihre Stiefel fest zuzuschnüren.

»Ihr seht aber auch toll aus.« Ich versuche von mir abzulenken, doch Sophia zuckt nur mit den Schultern.

Wir gehen zurück in unsere Kabinen. Auch die anderen beiden Kleider, die Sophia und Jeannie ausgesucht haben, passen mir und sehen überraschenderweise wirklich gut aus. Ich weiß zwar nicht, was ich mit so vielen Kleidern machen soll, aber gerade bin ich in Hochstimmung und beschließe, alle drei zu kaufen. Vielleicht liegt es auch an der Musik, die meinen freien Willen ausschaltet und mich zu einem leicht manipulierbaren Kaufopfer macht.

»Die Stiefel sind ziemlich teuer«, nuschelt Sophia, als wir uns mit unserer Beute vor den Kabinen treffen.

»Das macht nichts«, sage ich. »Wenn du dich wohl darin fühlst, nehmen wir sie.«

»Ich zahle dir das Geld zurück«, kündigt sie an, aber ich winke ab. »Doch, von meinem ersten Lohn. Ich entscheide, was ich damit mache.« Ihre Mundwinkel verziehen sich zu einem leichten Lächeln, und ich verstehe. Ich verstehe, was für eine große Sache das für sie ist, zum ersten Mal in ihrem Leben wirklich selbst entscheiden zu dürfen.

Wir gehen zur Kasse. Sophia hat ihre Skinny Jeans, die Stiefel und das Anarchie-T-Shirt gleich anbehalten. Die Zettel mit den Barcodes halte ich in der Hand. Doch als es zu den Stiefeln kommt, muss Sophia ihr Bein auf die Kasse legen, weil wir vergessen haben, die Preisschilder, die an den Sohlen kleben, abzumachen. Jeannie amüsiert sich köstlich und lässt ihren neuen Pullover dabei keine Sekunde los. Als die Kassiererin den kompletten Rest über das Band gezogen hat und den Betrag nennt, bin ich froh, dass ich eine Kreditkarte habe, die ich überziehen kann. Scheiß drauf, denke ich. Auch wenn es nur Klamotten sind, aber ich habe heute drei Frauen etwas glücklicher gemacht. Und das ist viel wert.

Auf dem Parkplatz kommen mir unsere Schritte ein wenig leichter vor. Es scheint, als habe uns die Erfahrung zusammengeschweißt. Fast wie Freundinnen, überlege ich, verwerfe aber den Gedanken schnell wieder, weil ich hier nichts durcheinanderbringen darf. Aber ich frage mich, ob ich vielleicht mit Tamsin und Zelda mal in einen der Secondhandläden gehe, von denen sie immer reden.

Vor Sophias neuem Zuhause – einem leicht angegrauten Wohnhaus mit Rissen in der Fassade – übergebe ich ihr feierlich ihre Schlüssel. Jeannie hüpft neben ihr auf und ab.

»Schließ auf! Schließ auf!«, quietscht sie, und Sophia tut, wie ihr geheißen.

Wir gehen die Stufen nach oben in den ersten Stock. Die Holztür hat ein blindes Fenster, durch das zwar kein Licht fällt, aber von drinnen hört man Hip-Hop-Musik.

»Malik ist zu Hause«, sage ich, als wäre uns das nicht allen klar.

Noch bevor Sophia ihre Wohnungstür aufsperren kann, wird sie von innen aufgerissen.

»Hi«, begrüßt uns Zelda und strahlt. Ihre blauen Haare leuchten uns aus dem dunklen Flur entgegen.

»Wer ist sie?«, flüstert Sophia so laut, dass alle es ohne Schwierigkeiten hören. Sie runzelt die Stirn.

»Zelda«, sagt Zelda. »Maliks Freundin.« Sie nimmt Sophia offenbar locker, was mich erleichtert. »Der duscht gerade. Und ich muss gleich los zur Arbeit«, erklärt sie und zeigt auf ihre Stiefel, die Sophias sehr ähnlich sind.

»Coole Schuhe«, sagt Sophia.

»Selber«, erwidert Zelda und grinst. Dann wendet sie sich Jeannie zu. »O mein Gott, bist du gewachsen? Hör bloß auf damit! Du bist der einzige Mensch, der kleiner ist als ich. Das soll bitte so bleiben.«

Jeannie lacht und zuckt mit den Schultern. »Ich kann nichts dafür«, sagt sie. »Das passiert einfach.«

»Na, dann sieh zu, dass es langsamer passiert, damit ich mich wenigstens dran gewöhnen kann! Okay, bin weg!« Mit diesen Worten schnappt sie sich einen Jutebeutel vom Boden und rauscht an uns vorbei. Sophia schiebt sich durch die Tür in die Wohnung. »Rechts«, weise ich sie an, und kurz darauf steht sie vor ihrem Zimmer.

»Cool«, sagt sie kurz und lässt sich aufs Bett fallen.

»Gefällt's dir?«, frage ich.

Sie nickt nur und schließt kurz die Augen. Dann atmet sie laut aus. Ist es Erleichterung? Das Geräusch der Badezimmertür lässt uns alle aufhorchen.

»Malik?«, rufe ich.

Im nächsten Moment steht er im Türrahmen, den er fast vollständig ausfüllt. Er ist groß und muskulös. Doch offenbar vertreibt sein Lächeln jede Reserviertheit, die Sophia ihm entgegenbringen könnte, denn sie hebt die Hand zum Gruß und lächelt zurück. Sie wirkt beinahe entspannt.

»Willkommen zu Hause!«, sagt Malik und reibt sich mit dem Handtuch über die noch nassen Haare.

Sophias Lächeln wird bei dem Begriff *zu Hause* breiter, und ich kann nicht anders, als mich davon anstecken zu lassen.

»Ich glaube, wir sollten uns verabschieden«, sage ich und strecke meine Hand nach Jeannie aus. »Es sei denn, du hast noch Fragen? Brauchst du noch was?«

Sophia schüttelt den Kopf. »Nee, passt«, sagt sie. »Ich glaub, ich penne erst mal 'ne Runde.«

»Wenn du was brauchst, kannst du dich jedenfalls jederzeit melden«, sage ich.

»Äh, ich glaub nicht«, erwidert sie. »Ich hab ja kein Handy.«

»Kannst meins benutzen«, bietet Malik an. »Ich frag mal rum, ob jemand ein altes hat.« Sophia nickt dankbar. »Soll ich dir den Rest der Wohnung zeigen?«, fragt er dann.

»Okay.«

Jeannie und ich treten langsam den Rückzug an, während Sophia sich von ihrem Bett erhebt.

»Wir sehen uns morgen«, sage ich. »Ich komme gegen zehn.« Dann gehen wir und lassen Sophia in ihrem neuen Zuhause allein.

 *Sam*

**36** »Bin ich zu spät?«, fragt Tamsin, als sie die Tür von *Mal's Café* öffnet und uns bereits alle an einem der größeren Tische sitzen sieht.

Es ist kurz vor Ladenschluss, und abgesehen von Malik, Rhys, Jeannie und mir, ist niemand mehr hier. Jeannie klettert von ihrem Stuhl und läuft auf Tamsin zu.

»Hey, Süße«, sagt Tamsin und schließt sie in die Arme. Dann umarmt sie mich und Malik und küsst Rhys auf den Mund. Und noch mal und noch mal. Malik und ich wenden den Blick ab und grinsen uns an. Die Honeymoon-Phase zwischen Tamsin und Rhys scheint für immer anzudauern.

»Zelda hat gerade geschrieben«, verkündet Malik dann mit einem Blick auf sein Handy. »Sie muss im Nagelstudio noch aufräumen und abschließen. Wir sollen nicht auf sie warten.«

Als wir alle sitzen, richten sich wie automatisch die Blicke auf mich.

»Dann schieß mal los«, sagt Rhys. »Was ist das für ein konspiratives Treffen, in das Amy auf keinen Fall reinplatzen darf?«

Ich hatte Rhys gebeten, einen Abend auszuwählen, an dem Amy keine Zeit hat. Heute ist sie anscheinend mit einem Handwerker in Malcolms Haus, um erforderliche Anpassungen zu bereden.

»Ich brauche eure Hilfe«, beginne ich.

Jemand tippt mir auf die Schulter. Es ist Jeannie, die mich mit großen Augen ansieht. »Darf ich auf deinen Schoß?«, fragt sie.

Ich schiebe meinen Stuhl zurück, und sie setzt sich auf mich und lehnt ihren Kopf an meinen Hals. Ich bin jedes Mal wieder überrascht, wie leicht sie ist. Obwohl sie inzwischen schon viel gesünder aussieht als noch vor ein paar Monaten.

»Zurück zum Thema«, sagt Tamsin augenzwinkernd.

»Zurück zum Thema«, bestätige ich. »Also. Ich arbeite an einem Plan. Ich möchte gern etwas für Amy tun.«

»Viel Erfolg dabei«, sagt Tamsin. »Der Moment, in dem Amy zulässt, dass jemand etwas für sie tut, ist der, in dem die Welt implodiert.« Sie grinst.

»Und genau deswegen soll sie davon auch nichts mitbekommen. Ich habe mir gedacht, wir stellen sie einfach vor vollendete Tatsachen.« Ich sage nicht, dass dies hier Teil des noch größeren Plans ist, Amy aus ihren Schuldgefühlen herauszuholen, ihr zu zeigen, dass sie es wert ist, geliebt zu werden, und – wenn alles gut geht – sie bis ungefähr ans Ende aller Tage (bis die Welt implodiert) zu lieben, so wie sie es verdient hat. Aber da ich nicht das Recht habe, Amys Geheimnisse zu erzählen (und meine etwas zu intim sind), muss es eben so gehen.

»Und was hast du dir vorgestellt?«, fragt Malik. »Wie können wir helfen?«

»Ich würde ihr gern vor Augen führen, was für ein großartiger Mensch sie ist. Ich glaube, dass sie vor lauter Bäumen den Wald manchmal nicht sieht.«

»Manchmal. Jaha, genau«, sagt Malik in ironischem Tonfall und schnaubt.

»Sie reibt sich von morgens bis abends für andere auf,

und trotzdem denkt sie, sie tue nicht genug. Deswegen würde ich gern versuchen, ihre Arbeit zu visualisieren. So-dass sie einfach nur die Augen aufmachen muss, um zu erkennen, was sie leistet.« Ich halte die Luft an, so gespannt bin ich auf die Reaktionen.

»Klingt gut«, sagt Rhys. »Ich bin dabei.«

»Hast du schon einen konkreten Plan?«, fragt Tamsin.

»Ja. Ähm. Ich weiß nicht.« Ich bin etwas unsicher, wie meine Idee ankommt. »Wisst ihr noch, dass Amy gesagt hat, sie würde ihr Büro renovieren wollen? Was haltet ihr von der Idee, die Wände zu dekorieren? Vielleicht könnten wir Leute ausfindig machen, denen sie geholfen hat. Fotos und Briefe sammeln. Herausfinden, was aus ihnen geworden ist und so.«

»Mir hat sie geholfen!«, sagt Jeannie und sieht zu mir auf. »Kann ich ein Bild malen?«

»Auf jeden Fall!«

»Ich finde die Idee toll«, sagt Tamsin. »Die Frage ist nur, wie kommen wir an die ganzen Leute? Ich schätze, die Namen und Adressen sind streng vertraulich.«

»Ja, daran habe ich auch schon gedacht«, gebe ich zu.

»Ich glaube, solange wir nicht plötzlich bei denen vor der Tür stehen, stört es niemanden«, sagt Rhys. »Kann mir nicht vorstellen, dass jemand was dagegen hat, wenn wir eine nette Mail schreiben oder so. Die meisten kommen aus einer Gegend, in der man ganz andere Probleme hat.«

»Aber macht es das okay?«, gibt Tamsin zu bedenken. »Heiligt der Zweck die Mittel?«

»Definitiv, ja«, sagt Malik. »Hallo? Wir tun hier was echt Cooles für einen Menschen, von dem wir alle wissen, dass er es braucht.« Er nickt in die Runde. »Ernsthaft, es ist allerhöchste Zeit, dass sie mal durchatmet.«

Ich bin froh, dass ich Malik und Rhys auf meiner Seite habe, aber ich finde auch, dass Tamsin recht hat.

»Warum fragt ihr nicht einfach mich?«, sagt Jeannie.

»Dich?« Rhys runzelt die Stirn.

»Ich war schon ein paarmal mit Amy bei Leuten zu Hause.«

»Aber kennst du die vollen Namen?«, frage ich.

»Klar!«

Malik nickt anerkennend und sagt dann: »Man kennt sich doch auch untereinander. Ich meine, Rhys und ich haben zusammengewohnt. Jetzt ist Sophia eingezogen. Neulich habe ich in Amys Büro einen jungen Vater mit seinem Kind kennengelernt. Steve. Hab seine Nummer im Telefon. Ollie und Che kennen sicher Rhys' Vorgänger hier. Wir müssen uns gar keine Adressen erschleichen. Wir fragen einfach nach.«

Mir fällt ein Stein vom Herzen. »Das ist perfekt, Malik!«

»Ich weiß zufällig, dass der Handwerker, mit dem Amy heute in Malcolms Haus ist, auch in ihrem Projekt war«, ergänzt Rhys. »Und Amy hat mir für den Umzug die Nummer von einem Umzugsunternehmen gegeben. Die beiden, die das machen, haben wohl früher in unserer Wohnung gewohnt, Malik.«

»Ich könnte Joy fragen, ob sie sich noch an jemanden erinnert«, schlägt Malik vor.

»Joy?«, frage ich.

»Die Prostituierte, die bei uns im Haus wohnt.« Als er meinen halb amüsierten Gesichtsausdruck bemerkt, sagt er: »Joy ist echt in Ordnung. Hat uns neulich Sprühsahne geliehen, als ich vergessen hatte, welche zu kaufen.« Als er unsere Blicke sieht, fügt er hinzu: »Zelda mag ihre Pancakes mit Sprühsahne.«

Wir müssen alle lachen.

»Ihr habt Joys Sprühsahne zweckentfremdet?«, fragt Tamsin und verzieht den Mund etwas. »Das ist sowohl das Gruseligste als auch das Witzigste, was ich seit Langem gehört habe.«

»Zweckentfr...?«, beginnt Malik, dann dämmert es ihm, und seine Gesichtszüge entgleiten ihm für einen Augenblick. Im nächsten Moment tut er so, als habe es dieses Gespräch nie gegeben. »Also, soll ich sie fragen?«

»Auf jeden Fall«, sage ich und habe das Gefühl, dass wir eine richtig große Menge von Leuten zusammenkriegen könnten, wenn wir uns dahinterklemmen.

Tamsin zieht Zettel und Stift aus ihrer Tasche. »Wir brauchen einen Codenamen.« Sie blickt erwartungsvoll in die Runde.

»*Projekt Alice*«, schlage ich vor, und sie schreibt es sofort auf.

Dann stellt sie eine Liste der Namen auf, die wir schon haben. Dahinter schreibt sie denjenigen, der die Person kontaktieren soll. Wir vereinbaren, dass wir meine Adresse und Telefonnummer weitergeben, falls sie etwas per Post schicken wollen oder noch Fragen haben.

»Was ist denn der Zeitplan?«, fragt sie dann. »Also, ich meine, setzen wir uns eine Deadline?«

»So schnell wie möglich«, sage ich. »Aber ich weiß natürlich auch, dass es realistischerweise sicher ein paar Wochen dauert.«

»August also«, sagt Tamsin. »Ein guter Monat, um einer Person zu zeigen, wie viel sie einem bedeutet.« Sie zwinkert mir zu. Natürlich weiß sie, dass es mir um mehr geht als einfach nur um eine nette Geste. Aber sonst scheint keiner Notiz von ihr zu nehmen.

Etwas später – es ist schon nach neun – verabschieden sich Tamsin, Rhys und Jeannie, denn für eine Zehnjährige ist es allerhöchste Zeit, ins Bett zu gehen.

»Wir erzählen Amy nicht, dass du heute länger auf warst«, beschließt Rhys. »Aber wir müssen uns ein bisschen beeilen, sie ist sicher schon auf dem Heimweg.«

»Ich kann viele Geheimnisse für mich behalten«, sagt Jeannie und springt auf. »Und ich kann so tun, als hätte ich schon ewig geschlafen.«

»Vielleicht solltest du Schauspielerin werden«, schlage ich vor.

»Vielleicht«, sagt sie. »Oder Glockengießerin.«

»Das ist ein ausgefallener Beruf«, sagt Malik. »Wie kommst du denn darauf?«

»Wir haben in der Schule einen Film darüber gesehen. Und ich fände es toll, so große Sachen zu machen.«

Rhys schüttelt lachend den Kopf. »Meine Schwester, die Glockengießerin.«

Ich bin noch zu aufgekratzt, um schon nach Hause zu gehen. Die Gewissheit, dass ich beim *Projekt Alice* Hilfe habe, gibt mir die nötige Hoffnung, dass es wirklich von Erfolg gekrönt sein könnte. Deswegen schlage ich ein wenig übermütig den Weg zum *Electric* ein. Ich möchte Norman etwas fragen.

Heute läuft *Der dritte Mann*. Allerdings hat der Film schon längst angefangen.

»Du hast zwar den Anfang verpasst«, sagt Norman, als er mich sieht. »Aber du kennst den Film bestimmt schon auswendig.«

»Ich bin heute gar nicht wegen des Films da«, sage ich.

»Nicht?« Norman sieht verwirrt aus.

»Ich wollte Sie etwas fragen.«

Er sieht mich an. »Was gibt es?«

»Erinnern Sie sich noch daran, dass ich meine Alice gefunden hatte?«

»Das bunte Mädchen? Ach nein, halt, es war eine andere, richtig? Ich erinnere mich.«

»Also, wir hatten in letzter Zeit ein paar Schwierigkeiten.«

»Das ist ganz normal«, sagt Norman. »Ohne Schwierigkeiten geht es nicht.«

Ich lächle, denn natürlich kann er nicht ahnen, um was für tief greifende Schwierigkeiten es sich handelt. »Da haben Sie wohl recht. Jedenfalls wollte ich Sie fragen, ob Sie mir demnächst vielleicht das Kino leihen würden. Für ein Date.« Es ist vielleicht etwas voreilig, aber das Glück ist mit den Mutigen. Ist es nicht so?

»Aber selbstverständlich!«, sagt Norman mit glänzenden Augen. »Ohne dich gäbe es das *Electric* wahrscheinlich schon gar nicht mehr. Da ist das ja wohl das Mindeste.«

»Großartig!«, sage ich, und in meinem Kopf formt sich eine Idee.

»War das schon alles?« In Normans Augen blitzt etwas auf.

»Ja, das war alles.«

»Willst du dann noch eine Partie Schach gegen mich spielen? Es gibt sogar noch Bier im Lager.«

»Auf jeden Fall«, sage ich, denn Norman kann ich nichts ausschlagen. Und ich wüsste kaum, was ich an diesem Abend lieber täte.

**37**  Ich weiß nicht, wer nervöser ist, Sophia oder ich. Es spricht einiges für Sophia, denn heute wird sie zum ersten Mal ihre Kollegen im *Mal's* kennenlernen. Andererseits habe ich Dinge zu verkünden. Es wird Umstrukturierungen geben müssen, wenn wir das Café am Laufen halten wollen. Ich habe drei Vorschläge, von denen ich hoffe, dass sie auf Gegenliebe stoßen. Nachdem Malcolm bald nach Hause entlassen wird und die Anpassungen in seinem Haus beinahe abgeschlossen sind, ist das Café und alles, was damit zusammenhängt, gerade meine Hauptsorge. Ich bin auf die Kooperation von Rhys, Ollie und Che angewiesen, und das macht mich unruhig. So unruhig, dass meine Schlafprobleme zurückgekehrt sind und dass es sich anfühlt, als hätte ich einen großen Klumpen irgendwo in meiner Bauchgegend, der drückt und Energie entzieht.

Aber wenn der heutige Tag gut läuft, wird sich der Klumpen in Luft auflösen. Dann atme ich wieder freier und schlafe mit Sicherheit wieder besser. Also bin vielleicht tatsächlich ich diejenige, die nervöser ist, als wir an diesem frühen Morgen durch die Tür treten.

Das Café öffnet erst in einer halben Stunde, weswegen Rhys gerade Cupcakes und Muffins in der Vitrine anordnet. Es duftet nach Kaffee und frischem Gebäck. Unser Eintreten wird von der Glocke über der Tür angekündigt, und er blickt auf.

»Guten Morgen«, sagt er und kommt um den Tresen herum. »Ich bin Rhys.« Bei diesen Worten streckt er Sophia die Hand hin.

»Hi«, sagt sie und blickt angestrengt auf ihre Stiefel.

Ich fühle mich seltsam in der Zeit zurückversetzt. Es ist jetzt beinahe ein Jahr her, dass ich mit Rhys das erste Mal hier war. Damals stand Malcolm hinter dem Tresen und begrüßte uns, und Rhys war derjenige, der nicht wusste, wohin mit sich.

»Ist Ollie schon da?«, frage ich.

»Mit Che in der Küche«, erwidert Rhys. »Ich gehe sie holen.«

Sophia verschränkt die Arme vor der Brust, wie um sich vor der Menge an Leuten zu schützen, die sie gleich kennenlernen wird.

»Che ist der Koch«, sage ich. »Aber er hat leider gekündigt. Ende des Monats eröffnet er eine Brauerei im Hinterhof.«

»Okay«, sagt Sophia.

»Und ich bin Ollie«, sagt Ollie, die in diesem Moment in den Laden kommt. »Du bist Sophia? Du glaubst gar nicht, wie sehr wir uns freuen, dass du endlich da bist.«

Sophia runzelt die Stirn.

»Na ja, wir mussten hier alle ständig Extraschichten schieben«, fügt Ollie als Erklärung hinzu. »Herzlich willkommen im Team!« Sie boxt Sophia kumpelhaft gegen die Schulter.

»Danke«, murmelt Sophia, und ich merke, wie sie sich langsam etwas entspannt.

»Sorry, Leute«, sagt Che, als er aus der Küche kommt. »Musste den Ofen noch programmieren.«

Auch er stellt sich Sophia vor. Nachdem alle Höflichkeiten ausgetauscht sind – wobei man von einem Tausch nicht wirklich sprechen kann, dafür ist es zu einseitig –, setzen wir uns. Rhys stellt Tassen und eine Kaffeekanne auf den Tisch, und wir bedienen uns.

»Kann ich etwas Milch haben?«, fragt Sophia leise.

»Natürlich.« Rhys bringt gleich einen ganzen Plastikkanister.

Am Ende trinkt Sophia Milch mit Kaffee statt andersherum. Während sie sich hinter ihrem Becher versteckt, betrachtet sie nacheinander ihre Kollegen. Ich hoffe wirklich, dass sie sich hier wohlfühlen wird.

»Also, Leute«, beginne ich schließlich. »Es gibt noch ein paar Sachen zu klären. Drei große Punkte, um genau zu sein.«

Jetzt habe ich die ungeteilte Aufmerksamkeit. Sofort ist die Stimmung wieder leicht angespannt. Ollie fährt sich durch die kurzen Haare, und Rhys versucht zwar cool zu wirken, aber an seinem Blick erkenne ich, dass auch er alarmiert ist.

»Ich bin in den letzten Tagen in mich gegangen. Wie ihr wisst, habe ich bereits einen Vollzeitjob, der mich ausfüllt. Und ich habe ein Pflegekind, um das ich mich kümmern will. Es bleibt einfach keine Zeit übrig, um ein Café zu leiten. Wenn ich auch noch hier vor Ort präsent sein muss, geht das auf Kosten von Leuten, die mich brauchen.« Che räuspert sich. Ich merke, dass auch ihn das Café nicht kaltlässt, obwohl ihn das Ganze gar nicht mehr betrifft. »Deswegen«, fahre ich fort, »würde ich gerne jemanden einsetzen, der die Leitung übernimmt. Ich wäre nach wie vor die Besitzerin, genauso wie Malcolm es wollte. Aber ich würde mich komplett im Hintergrund halten.«

»Du setzt uns also einen Chef vor die Nase?«, fragt Ollie.

»Das war es wohl damit, dass hier alles beim Alten bleibt. Scheiße! Ich fange dann mal an, mich nach was Neuem umzusehen.« Sie lehnt sich auf ihrem Stuhl zurück und verschränkt die Arme. Alles an ihrer Haltung zeigt, wie angepisst sie ist.

»Bist du sicher, dass das nötig ist, Amy?«, fragt Rhys, der mehr als nur skeptisch dreinblickt.

»Ich sehe keine andere Möglichkeit«, sage ich. »Aber lasst mich erst mal ausreden, bevor ihr anfangt, euch nach etwas anderem umzusehen. Denn ich habe nicht vor, euch einfach irgendjemanden vor die Nase zu setzen, der dann anfängt, hier herumzuoptimieren. Ich dachte eher …« Ich schlucke, weil ich Angst habe, dass meine Idee nicht auf so viel Gegenliebe stoßen könnte, wie ich hoffe. »Ich dachte, vielleicht hast du Lust, das zu übernehmen, Rhys?«

Für den Bruchteil einer Sekunde ist es totenstill im Café. Dann: »Was?« Rhys sieht aus, als würde ihm gleich etwas aus dem Gesicht fallen.

»Aaaaaaah, wie geil!«, ruft Ollie. »Sorry, dass ich an dir gezweifelt habe, Amy.«

Che klatscht in die Hände. »Ja, Mann!«

»Aber …« Rhys hat es offensichtlich die Sprache verschlagen. »Aber …«

»Du kannst gerne darüber nachdenken. Ich habe das auch getan. Sehr gründlich übrigens. Du hast in den letzten Monaten immer mehr Verantwortung übernommen. Du arbeitest ohnehin schon beinahe Vollzeit hier. Kennst die Buchführung und die Zulieferer. Meiner Meinung nach wärst du der perfekte Kandidat für die Stelle des Managers.«

Rhys hebt den Kopf und blickt mich aus glänzenden Augen an. Feucht glänzend, um genau zu sein. »Ich weiß nicht, was ich sagen soll.« Er schluckt sichtbar. »Manager! Das ist ... ich bin ...«

»Du bist überwältigt, blabla«, sagt Ollie. »Natürlich macht er das. Natürlich machst du das!« Sie schlägt ihm mit der flachen Hand kumpelhaft auf den Rücken. »Alter, das ist der Wahnsinn!«

Auf Rhys' Lippen legt sich ein vorsichtiges Lächeln. »Danke«, sagt er dann leise.

»Heißt das, du bist dabei?«, frage ich.

»Ich schätze schon.« Er reibt sich über die dunkelblonden Haare.

»Fantastisch. Lass uns in den nächsten Tagen mal darüber sprechen, was das im Detail heißt. Personalverantwortung, Budget und so weiter.« Ich bin absolut erleichtert. Nicht nur, weil Rhys das Café leiten wird, sondern auch, weil die anderen sich so darüber freuen.

»Punkt zwei«, fahre ich fort, »Ches Nachfolger.«

»Verdammter Verräter«, sagt Ollie und kneift Che ins Bein.

Ich blicke kurz auf die Uhr auf meinem Handy. Das Timing ist perfekt. »Ich weiß, dass Che eigentlich nicht zu ersetzen ist«, sage ich. »Aber ich dachte, je früher ihr euren neuen Kollegen kennenlernt, desto besser.«

In diesem Moment überquert er die Straße und kommt auf die Tür zu. Ich muss auf einmal breit grinsen. »Liebe Leute, darf ich vorstellen? Ches Nachfolger und der neue Koch in *Mal's Café*.«

Die Tür wird geöffnet, und alle drehen sich um.

»Malik Capela!«, verkünde ich.

Man würde nicht glauben, dass sich nur sechs Personen im Café befinden. Der Lärm, der auf Maliks Ankunft folgt, ist ohrenbetäubend. Alle – abgesehen von Sophia, die ihre Rolle hier verständlicherweise erst noch finden muss – sind aufgesprungen und johlen und jubeln. Ollie fällt Malik um den Hals, und auch Rhys umarmt seinen Kumpel fest. Che klatscht mit ihm ab und sagt irgendetwas auf Mexikanisch.

»Voll cool«, sagt Sophia, etwas verhaltener als die anderen, aber dennoch mit einem Lächeln im Gesicht.

»Was ist mit deinem jetzigen Job im *Sequoia?*«, fragt Rhys.

»Das war von Anfang an nur eine Übergangslösung. Die haben mir immer wieder gesagt, dass ich eigentlich zu gut bin, um dort als Aushilfe zu arbeiten. Aber etwas anderes konnten sie mir nicht anbieten.« Malik zuckt mit den Schultern und lächelt.

»Und was ist Punkt drei?«, fragt Ollie, als wir uns wieder setzen.

»Punkt drei?«

»Du hast doch gesagt, es gibt noch drei Punkte zu klären. Rhys ist Manager, Malik ersetzt Che. Da fehlt doch noch was«, sagt sie.

»Ja, richtig«, sage ich, weil ich tatsächlich fast vergessen hatte, dass wir noch nicht fertig sind. »Ich wollte etwas vorschlagen. Ich weiß nicht, wie praktikabel das ist oder ob es überhaupt funktioniert. Aber als Che mir neulich die Garage gezeigt hat, ist mir aufgefallen, dass der Bereich zwischen Hinterausgang und Garage gar nicht mal übel ist. Ich habe mich gefragt, ob wir da nicht ein paar Tische und Bänke aufstellen könnten. Uns vielleicht mit der Brauerei zusammentun könnten. Was meint ihr?«

»Das wäre verdammt cool«, sagt Che. »Um die Lizenz für den Alkoholausschank würde ich mich dann kümmern.«

»Ob du's glaubst oder nicht, Amy«, sagt Ollie, »aber ich habe mich auch schon ab und zu gefragt, ob man nicht irgendwas mit dem Hinterhof machen könnte. Ich bin dabei.«

»Was sagt der Manager?«, frage ich.

»Dem Manager hat es wohl die Sprache verschlagen«, sagt Ollie, als Rhys nicht sofort antwortet. »Du musst an deiner Autorität arbeiten, Alter. Sonst tanzen wir dir hier nur auf der Nase herum.«

Rhys grinst. »Ich finde die Idee toll. Und meine Autorität finde ich bald wieder, keine Sorge, Ollie. Die Frühschichten an den nächsten Wochenenden sind schon mal deine.«

»Was? Nein!«, beschwert sie sich. »Die Neue soll die machen. Initiationsritus.«

»Seit wann haben wir hier Initiationsriten?«, fragt Rhys.

»Seit ich ausschlafen muss!«

»Ich kann die Schichten übernehmen«, sagt Sophia. »Kein Problem.«

»Gute Frau!« Ollie reckt den Daumen in die Höhe. »Wenn dir hier irgendwer Stress macht, wende dich an mich. Ich hab dich jetzt adoptiert. Klar?«

»Okay«, sagt Sophia und lächelt vorsichtig in sich hinein.

Es gefällt mir, dass sie ihre Wut auf die Welt nicht mit ins Café gebracht hat. Das zeigt, wie sehr sie es schaffen will. Die Patzigkeit, mit der sie mir teilweise begegnet, würde ihr hier im Kreis ihrer Kollegen nur Nachteile bringen. Ich bin beinahe etwas stolz auf sie. Und darauf, dass sie die erste Woche so gut gemeistert hat. Sie geht einen Schritt nach dem anderen. Und wenn sie jemanden braucht, der ihn mit ihr macht, bin ich da.

Als ich wenig später auf dem Weg in mein Büro bin, ist der Klumpen in meinem Bauch trotz allem noch immer nicht weg. Es muss etwas passieren. Die letzten Wochen waren einfach zu krass. Malcolms Herzinfarkt, das Café, Sophia, die Tatsache, dass ich zum ersten Mal in meinem Leben über meine Vergangenheit gesprochen habe. Es ist kein Wunder, dass ich mich nicht mehr entspannen kann.

*Kann Jeannie heute bei euch schlafen? Ich glaube, ich brauche wirklich mal etwas Zeit, um mich zu regenerieren,* schreibe ich an Rhys.

Es ist kurz vor neun, als ich das *Vertigo* betrete. Der leichte Alkoholgeruch, die vertrauten Geräusche, die schummrige Beleuchtung – ich atme tief ein und setze mich an meinen Platz an die Bar.

»Einen Gin Tonic, bitte. Mit Gurke«, sage ich an den Barmann gewandt.

Es ist nicht viel los, und nur wenige Minuten später nippe ich an meinem Drink. Dann lasse ich den Blick durch den Raum schweifen, sehe aber niemanden, der mein Interesse wecken würde. Doch ich kann warten.

Meine Gedanken wandern zurück zu dem Freitagabend vor über zwei Monaten, als plötzlich Sam vor mir stand. Ich hätte heute in eine andere Bar gehen sollen. Andererseits habe ich hier und heute die Chance mir zu beweisen, dass mein Leben immer noch das alte ist. Dass ich hierherkommen, einen Mann aufreißen und mit ihm auf meine Art schlafen kann. So wie ich es immer gemacht habe, wenn ich runterkommen wollte. Mehr Normalität geht eigentlich nicht.

»Bist du allein hier?«, fragt der Barkeeper, und ich sehe auf. Er hat einen gepflegten Vollbart und dunkle Augen, die bei der spärlichen Beleuchtung beinahe schwarz aussehen.

»Ich war eigentlich mit einer Freundin verabredet, aber sie hat mir gerade abgesagt«, schwindle ich und schlage die Augen nieder. Als ich den Blick wieder hebe, zwinkert er mir zu. Sofort wende ich mich wieder ab. Ich kriege eine Gänsehaut. Aber nicht die gute Art.

»Kann ich dich auf den nächsten Drink einladen?«, fragt er. »Als Trost gewissermaßen?«

»Okay«, sage ich und binde mir meine Haare hoch, weil mir auf einmal unangenehm warm wird. Ich rutsche von meinem Barhocker und gehe Richtung Toiletten. Meine Hände kleben, und ich muss mir dringend ein bisschen Wasser ins Gesicht spritzen. Der Barmann nickt mir zu, als ich mich kurz umdrehe. Verdammt! Wieder läuft es mir erst kalt den Rücken hinunter, dann bricht mir der Schweiß aus.

Auf der Damentoilette bin ich nicht allein. Über die Kabinen hinweg unterhalten sich zwei Freundinnen.

»Du kannst es nicht zuerst sagen. Dann hast du verloren«, sagt die eine.

»Ich bin doch nicht blöd, natürlich sage ich es ihm nicht. Erst will ich es von ihm hören.«

»Braves Mädchen.«

»Aber was, wenn er es nicht sagt?«

»Dann vögelt ihr eben einfach weiter rum.«

Aus der einen Kabine dringt ein Schnauben. Ich drehe den Wasserhahn auf und räuspere mich.

»Ups«, sagt die eine und fängt an zu kichern. »Wir reden gleich weiter.«

Das Wasser ist kalt, und ich lasse es über meine Hände, meine Handgelenke und meine Unterarme laufen. Ich schließe die Augen und atme tief ein. Der Barkeeper sieht gut aus. Klar, ich müsste warten, bis seine Schicht vorbei ist, aber ich kann ja ohnehin nicht schlafen. Ich befeuchte ein Papiertuch und wische mir damit über die Stirn und die Wangen.

»Ich glaube, ich sage es ihm doch«, hört man auf einmal die Stimme des einen Mädchens, dicht gefolgt von der Klospülung. Die Tür geht auf, und sie kommt heraus. Dunkle Locken, kurzer Rock. Sie geht aufs Waschbecken zu, dreht das Wasser auf und blickt mich aus dem Spiegel an. »Männerprobleme«, sagt sie erklärend und zuckt mit den Schultern.

Ich nicke ihr zu und erwidere ihr Lächeln. Auch aus der anderen Kabine hört man jetzt die Spülung. Gleich danach wird die Tür entriegelt, und ein Mädchen mit hellblonden kurzen Haaren tritt heraus.

»Wenn er es nicht zurücksagt, war's das eben«, sagt die Erste zu ihrer Freundin. »Scheiß drauf.«

»Wie du meinst. Ich würd's nicht machen.«

Ich verlasse die Toilette und gehe zurück zu meinem Platz.

»Hi, hab dich schon vermisst«, sagt der Barmann. »Willst du jetzt noch einen?« Er schenkt mir ein Lächeln, mit dem er sicher schon bei vielen Studentinnen gelandet ist. Es ist selbstsicher, charmant, objektiv betrachtet heiß.

»Nein danke«, sage ich, denn auf einmal wird mir klar, dass ich keinen Drink von ihm will. Ich will überhaupt nichts von ihm. Keinen Sex, keinen Gin Tonic. »Muss los.« Mit diesen Worten schiebe ich den Barhocker zurück an den Tresen und verlasse die Bar.

Was bin ich für eine dumme Kuh? Warum musste ich ausgerechnet ins *Vertigo* gehen? Warum mir beweisen, dass alles normal ist? Denn krachender hätte ich wohl nicht herausfinden können, dass *nichts* normal ist. Ich bin so wütend, dass ich beinahe renne. Ich lasse den studentischen Teil Pearleys mit seiner Unbeschwertheit hinter mir. Je näher ich meinem Zuhause komme, desto langsamer werden meine Schritte. Von ferne sehe ich, dass bei Rhys und Tamsin noch Licht brennt. Es ist ein ungewohnter Anblick.

Ich bin völlig außer Atem, als ich die Haustür aufdrücke und ins Treppenhaus trete. Mit jeder Stufe, die ich erklimme, wird das Brennen in meiner Lunge schlimmer. Aber ich habe es verdient. Dafür, dass ich versucht habe, mich selbst zu belügen. Dafür, dass ich mir nicht selbst zuhöre. Bis vor Kurzem war das oberste Ziel, nicht in mich hineinzuhorchen. Aber offensichtlich ist mir etwas Essenzielles entgangen. Ich sperre meine Wohnungstür auf und gehe in die Wohnküche. Im Kühlschrank ist noch eine halb volle Flasche Weißwein, die ich mir schnappe. Ich lasse mich auf die Couch fallen und sage ein lautes »Fuck!« in die Dunkelheit hinein. Und noch mal: »Fuck!« Und noch mal und noch mal. »Fuck, fuck, fuck!«

Ich sehe die Zwickmühle beinahe plastisch vor mir. Das Leben, das für mich vorgesehen ist, dem ich immer versucht habe, gerecht zu werden, um Imogens Andenken zu bewahren. Um die Sinnlosigkeit ihres Todes wenigstens ein klitzekleines bisschen zu relativieren. Und dann ist da das Leben, auf das ich einen Blick geworfen habe. Das Leben mit Sam. Das ich nicht verdiene und das mich ablenkt von allem, was mir wichtig ist.

»Fuck!«

Ich nehme einen Schluck aus der Weinflasche. Der Wein schmeckt sauer, aber ich würge ihn trotzdem hinunter. Noch ein Schluck.

»Fuck!«

Ich greife nach einem der Kissen, die neben mir auf dem Sofa liegen, und presse mein Gesicht hinein. Ein weiteres »Fuck!« dringt nur sehr erstickt hervor.

Wie konnte ich es nur so weit kommen lassen? Wie konnte ich zulassen, dass das geschieht? Wie konnte ich denken, dass sinnloser Sex mit jemand anderem mir helfen würde? Wie kann irgendwer glauben, dass Sex mit jemand anderem eine gute Idee ist, nachdem er Sex mit Sam hatte?

*»Fuck!«*

Ich schmeiße das Kissen mit voller Wucht von mir. Man hört es knacken und rascheln und dann mit einem dumpfen Geräusch auf dem Boden landen. O nein! Was habe ich gemacht? Ich rapple mich von der Couch auf und stoße beim Aufstehen die Weinflasche um. Neinneinnein! Als ich endlich das Licht eingeschaltet habe, sehe ich das ganze Ausmaß meiner Wut. Ich habe mit dem Kissen meinen Avocadobaum getroffen. Der neue Zweig, der schöne neue Zweig, ist umgeknickt und hängt nun schlaff herab.

»O nein!«, sage ich, und diesmal ist es kein Kissen, das meine Stimme erstickt. »O nein, es tut mir leid!« Ich betaste mit der Hand den abgebrochenen Zweig. »Es tut mir leid!« Einmal, zweimal streiche ich über die Rinde. Dann hole ich eine große Schere und schneide den wunderschönen Zweig mit den wunderschönen Blättern, den ich zerstört habe, vorsichtig ab. Als Nächstes wische ich den See aus Weißwein vor meinem Sofa auf. Ich merke, dass Tränen hinter meinen Augen brennen, und lasse sie einfach raus. Ein, zwei tropfen zu dem Wein auf den Boden. Ich schniefe und wische. Dann fülle ich die Weinflasche mit Wasser und stelle den abgebrochenen Ast hinein. Erst will ich ihn auf den Küchentisch stellen, aber dann nehme ich ihn mit ins Schlafzimmer.

»Es tut mir leid«, sage ich noch mal und rolle mich dann auf dem Bett zusammen, die Augen auf den Zweig gerichtet.

 *Sam*

**38** Während der nächsten Wochen ist das Highlight jedes meiner Tage der Blick in den Briefkasten. Nicht immer ist etwas darin, aber an den meisten Morgen finde ich etwas für das *Projekt Alice*. Selbst gebastelte Dankeskarten, Fotos, Kinderbilder oder Briefe, die ich allesamt in einer Kiste auf Antheas Schreibtisch sammle.

Die Universität – und damit auch die Stadt – hat sich über den Sommer geleert. Die meisten Studenten fahren während der Ferien nach Hause. Und auch Anthea und Tim sind verreist, sodass ich das Turmzimmer für mich habe. Ich genieße den Platz, die Tatsache, dass ich mich ausbreiten kann. Gleichzeitig tut mir die Ruhe gut. Denn um das letzte Kapitel meiner Doktorarbeit fertigzustellen, muss ich mich komplett von der Außenwelt abschotten.

Parallel schreibe ich Bewerbungen. Mein Stipendium läuft bald aus, und es ist an der Zeit, sich damit auseinanderzusetzen, was nach der Doktorarbeit passieren wird. Neben meinen eigenen Recherchen zu offenen Stellen an Universitäten schickt Reidy mir regelmäßig Links zu Stellenangeboten im ganzen Land, die alle mehr oder weniger infrage kommen, sollte sich herausstellen, dass mich in Pearley nichts mehr hält.

Mein Kontakt zur Außenwelt beschränkt sich auf die wenigen Telefonate mit Tamsin. Sie ruft mich regelmäßig an, damit ich nicht völlig einsiedlerisch werde.

»Wie geht's dir? Wie läuft's mit *Projekt Alice?*«

»Die Box füllt sich.«

»Und *Projekt Dr Sam?*«

»Steht kurz vor dem Abschluss.«

»Jeannie hat ein Bild gemalt«, sagt Tamsin. »Es ist ziemlich cool geworden. Eine Art Comic-Strip. Man sieht, wie sie an Amys Hand immer größer wird. Wirklich bewegend.«

»Wow, das klingt toll«, sage ich.

»Ja, ich habe eine Gänsehaut gekriegt, als ich es gesehen habe. Und ich könnte schwören, Rhys hat eine Träne verdrückt.«


Zwei Wochen später ist es so weit. Ich habe die letzten Seiten meiner Doktorarbeit geschrieben und sie Tamsin zum Korrekturlesen gegeben. Und fast alle ehemaligen Teilnehmer aus Amys Programm haben etwas an meine Adresse geschickt. Der große Tag für die Umsetzung von *Projekt Alice* ist gekommen. Amy hat Rhys und Tamsin gebeten, sich den Tag über um Jeannie zu kümmern, weil sie seit den frühen Morgenstunden unterwegs ist. Deswegen haben wir uns bei Tamsin und Rhys in der Wohnung getroffen, um diese Chance zu nutzen.

»Zeig mal, wie viel Material wir haben«, sagt Tamsin und nimmt mir die Box ab. Sie stellt sie auf den Esstisch. »Wow, das ist ja jede Menge!«

»Ich will's auch sehen«, jammert Jeannie und springt von einem Bein aufs andere. Tamsin gibt ihr einen Stapel Umschläge, und sie vertieft sich sofort darin.

Ich lese zur Sicherheit noch mal die Anleitung zur Wandfarbe, die ich mitgebracht habe.

»Trockenzeit fünf Stunden«, sage ich. »Wenn wir gleich

loslegen, können wir heute Nachmittag die Briefe aufhängen.«

Rhys, der gerade aus der Dusche kommt und sich noch die Haare trocken reibt, tritt in die Küche. »Ich bin in einer Sekunde fertig.«

Wenig später gehen wir mit Box, Farbeimer, Malerrollen und Pinseln ein Stockwerk tiefer zu Amys Büro. Jeannie zieht triumphierend den Schlüssel hervor.

»Hab ich mir gemopst«, sagt sie.

»Dann kann Amy auf uns ja wohl nicht sauer sein«, sagt Rhys, dem anscheinend ebenfalls ein bisschen mulmig ist bei dem Gedanken, dass wir ungefragt hier eindringen.

»Macht euch nicht ins Hemd«, sagt Tamsin. »Wir schnüffeln ja nicht herum. Amy hat selbst gesagt, dass wir streichen sollen, wenn wir mal Zeit haben.«

»Wir können auch einfach erzählen, ihr habt mich gesucht«, sagt Jeannie und steht bereits im Flur. »Ich bin abgehauen, und ihr habt mich dann hier gefunden. Genauso wie ich damals von zu Hause abgehauen bin und Amy mich *zufällig* gefunden hat.«

»Jaha, genauso war's«, sagt Tamsin und boxt Rhys etwas unsanft in die Schulter. »Dein Bruder hatte damit nichts zu tun.«

»Gar nichts«, sagt Jeannie.

Wir lachen. Das ist die offizielle Version. Die inoffizielle beinhaltet, dass Rhys seine kleine Schwester praktisch gekidnappt hat, um sie vor ihrem Vater zu beschützen.

»Also dann los«, sage ich. »Lasst uns nachsehen, wo Jeannie ist.«

Wir betreten Amys Büro. Es ist das erste Mal, dass ich hier bin. Der Flur ist ein wenig schmucklos. An den Wänden – wie auch im Treppenhaus – hängen Plakate für Drogenprävention und Seelsorgetelefone. Das meiste scheint aber schon ziemlich alt zu sein.

Als Erstes nehmen wir vorsichtig die Poster ab und rollen sie zusammen, für den Fall, dass Amy sie behalten will. Weil lange Staubfäden von der Decke hängen, holt Rhys einen Staubsauger von oben und saugt einmal gründlich alles ab, während ich den Boden mit Folie bedecke und Lichtschalter und Türstöcke abklebe. Jeannie und Tamsin liefern sich einen Fechtkampf mit den Farbrollen.

Als der Flur präpariert ist, beginnen wir zu streichen. Rhys balanciert auf einer Leiter, die seit der Renovierungsaktion vor einigen Wochen im Treppenhaus stand, und kümmert sich um die Decke. Ich streiche die Wände, und Tamsin malt mit einem Pinsel vorsichtig an den Rändern entlang. Wir kommen gut voran, auch wenn Jeannie sich schnell zu langweilen beginnt und alles daransetzt, uns abzulenken. Es ist offensichtlich, dass Rhys überglücklich ist, seine Schwester unvernünftig und kindlich zu sehen. Er kann den Blick kaum von ihr abwenden, während sie halsbrecherische Turnübungen an der Leiter vollzieht.

Am späten Vormittag sind wir fertig. Tamsin schlägt vor, auf einen Kaffee nach oben zu gehen, doch Rhys will mit Jeannie auf den Spielplatz, um Malik und dessen kleinen Bruder Theo zu treffen. So sind es nur Tamsin und ich, die sich an den Küchentisch setzen. Ich bin fast ein bisschen froh darüber, denn die Sorge, dass das *Projekt Alice* nicht von Erfolg gekrönt sein könnte, schwelt in mir.

»Glaubst du, es wird ihr gefallen?«, frage ich unsicher und nehme einen Schluck von dem heißen Kaffee, den Tamsin mir eingeschenkt hat.

»Ich glaube, es spielt keine Rolle, ob es ihr gefällt. Es ist nur wichtig, dass sie versteht ...«

»… was sie für ein toller Mensch ist«, beende ich ihren Satz.

»Und was du für ein toller Mensch bist.«

Am Nachmittag gehe ich allein zurück in Amys Büro und sortiere den Inhalt der Box. Die schönsten und bewegendsten Bilder und Briefe sammle ich auf einem Stapel. Sie sollen gut sichtbar auf Augenhöhe platziert werden. Jeannies Bild kommt an die prominenteste Stelle. Die Wandfarbe ist trocken genug, sodass ich nun ein Dokument nach dem anderen mit Reißzwecken in die Wand pinne. Sollte Amy ihre neue Dekoration schrecklich finden, lässt sie sich ganz einfach wieder abhängen. Anfangs bin ich noch skeptisch, ob es am Ende wirklich so aussehen wird, wie ich mir das vorgestellt habe, aber je mehr ich dekoriere, desto begeisterter werde ich. Am Ende blicke ich auf ein beeindruckendes Zeugnis von Amys Bedeutung für all die Menschen, denen sie geholfen hat.

»Was meint ihr?«, frage ich, als Rhys und Jeannie auf dem Rückweg vom Spielplatz das fertige Werk begutachten.

»Sie wird es lieben«, sagt Rhys mit so viel Überzeugung in der Stimme, dass wir auf einmal ganz still sind und den neuen Flur kurz auf uns wirken lassen.

»Wie gefällt es dir, Jeannie?«, frage ich dann.

»Ich liebe es auch«, sagt sie beinahe ehrfürchtig.

Die größte Herausforderung des heutigen Tages steht mir allerdings noch bevor. Was sage ich, wahrscheinlich ist es die größte Herausforderung meines Lebens. Denn wenn es gut geht, könnte dies alles verändern. Versage ich, war es das. Dann gebe ich mich geschlagen. Die Worte meines Dads kommen mir in den Sinn. Ich sei gut mit Worten. Ja, ich schätze, das stimmt. Und seine Zuversicht macht mir Mut. Mit den wichtigen Utensilien, die ich mitgebracht habe, einem Briefblock und dem alten Füllfederhalter, den ich von Tamsins Großvater zu meinem sechzehnten Geburtstag geschenkt bekommen habe – denn weniger tut es in diesem Fall nicht –, ziehe ich mich an einen Ort zurück, an dem ich mich Amy nah fühle.

Ich nehme auf der obersten Stufe des Treppenhauses Platz, nur einen Meter entfernt von der Tür zu ihrem Atelier. Kurz schließe ich die Augen und erinnere mich an ihr herzzerreißendes Geständnis, an ihre Tränen, von denen sie gar nicht glauben konnte, dass sie sie weinte. Ich schraube den Deckel des Füllers ab, atme einmal tief durch und setze ihn aufs Papier.

*Liebe Amy,* schreibe ich. Und dann lasse ich meinen Gedanken und meinen Gefühlen freien Lauf. Ich habe kein Konzept, ich habe nur mich und meinen Kopf und die Liebe für eine Frau, die mich um den Verstand bringt. Dennoch gelingt es mir, meine Gedanken zu fokussieren. Für sie. Für Amy. Ich lege alles, was ich habe, in diesen Brief. Meine Doktorarbeit kommt mir dagegen beinahe vor wie ein schlechter Scherz.

Nach einiger Zeit nehme ich wie durch einen Schleier wahr, dass Jeannie sich neben mich setzt. Sie stellt mir eine heiße Tasse Kaffee hin und lehnt für eine kurze Weile ihren Kopf an meinen Arm. Gedankenverloren streiche ich ihr über den Kopf. Dann lässt sie mich wieder allein mit dem alles entscheidenden Brief.

**39**  Als ich gestern Abend todmüde ins Bett kam, um wieder mal in einen unruhigen und wenig erholsamen Schlaf zu fallen, war mir die Einsamkeit, die mich umgab, nicht wirklich bewusst. Doch jetzt, da ich aufstehe und barfuß in die Küche gehe, um mir einen Kaffee zu kochen, merke ich, wie sehr mir Jeannies Gesellschaft fehlt. Sie hat die Nacht bei Rhys und Tamsin verbracht, da ich nicht sicher war, wie lange ich am Abend bei Malcolm sein würde.

Es ist schon merkwürdig, denke ich, während ich den Espressokocher fülle, wie sehr man sich an die Anwesenheit von anderen gewöhnen kann. Wie unentbehrlich sie nach einer gewissen Zeit werden. Die meisten Leute sehen nur, was ich für Jeannie tue. Aber wie wichtig sie inzwischen auch für mich ist, kann man auf den ersten Blick vermutlich nicht erkennen.

Während der Kaffee kocht, gieße ich die grüne Hölle. Ich untersuche vorsichtig die Wunde, die ich meinem Avocadobaum zugefügt habe. Immerhin scheint er es mir nicht übel zu nehmen. Und erstaunlicherweise ist auch der abgebrochene Zweig, der nach wie vor neben meinem Bett steht, noch nicht welk geworden. Vielleicht, nur vielleicht, muss etwas Schreckliches gar nicht in immer noch mehr Schrecknis resultieren. Vielleicht wird aus meiner Tat ein neuer Baum. Vielleicht kann aus meinem Versagen in der Vergangenheit in der Zukunft etwas entstehen.

Nach einer kurzen Dusche höre ich Stimmen im Hausflur, und so schlüpfe ich in Windeseile in meine Klamotten, um Jeannie wenigstens kurz einen schönen Tag zu wünschen. Sie ist mit Maliks Bruder Theo zum Spielen verabredet. Sie üben wie so oft in letzter Zeit Werfen und Fangen, damit Jeannie im nächsten Schuljahr gewappnet ist für den Sportunterricht.

»Guten Morgen«, sagt Rhys, der gerade die Tür zu seiner Wohnung zuzieht.

»Hi!«, jauchzt Jeannie und wirft sich in meine Arme.

Ich drücke sie fest an mich. Als wir uns wieder voneinander lösen, fällt mir etwas auf.

»Sag mal, was ist denn mit deinen Haaren?«, frage ich.

»Hat Tamsin gemacht.« In ihrer Stimme schwingt Stolz mit. »Wie findest du's?«

Ich fahre über ihre Haare, die heute zu einem einfachen Pferdeschwanz zusammengebunden sind. Keine wilden Rattenschwänze mehr in Sicht. »Ich finde, du siehst schön aus«, sage ich. »Aber ich fand auch, dass du mit der alten Frisur schön ausgesehen hast.« Ich weiß, dass es für Jeannie ein großer Schritt ist, die Frisur, die sie während der letzten Jahre jeden Tag getragen hat, zu verändern. Es ist ein Zeichen für einen neuen Abschnitt in ihrem Leben. Sie löst sich langsam von ihrer Vergangenheit und kommt voll und ganz bei uns an. Bei mir und Rhys und Tamsin.

»Manchmal muss man sich von alten Überzeugungen und Gewohnheiten lösen«, sagt sie altklug. »Hat Tamsin gesagt.«

»Und da hat sie absolut recht«, erwidere ich.

Wir gehen zusammen ein Stockwerk tiefer, wo wir uns vor meinem Büro verabschieden. Jeannie ist seltsam hibbelig und kann es nicht erwarten, endlich loszukommen.

»Tschüss«, ruft sie und rast schon die nächste Treppe hinunter. Man hört sie kichern.

»So viel Begeisterung fürs Ballspielen«, sage ich und schüttle den Kopf.

»Ich glaube, das ist es gar nicht«, meint Rhys.

Ich runzle die Stirn und sehe ihn fragend an. Er grinst wissend, zuckt aber mit den Schultern. Dann läuft er Jeannie hinterher. Was haben die beiden nur ausgeheckt?

Als ich die Tür zu meinem Büro öffne, fällt etwas auf den Boden. Es ist ein Briefumschlag, der anscheinend zwischen Tür und Türstock geklemmt war. Ich nehme ihn an mich, trete ein und – erstarre. Was zur Hölle ist das? Es riecht nach frischer Farbe und … Ich schalte die Deckenlampe ein, weil in den Flur nicht genug natürliches Licht dringt. Ich presse den Brief an meine Brust, während ich langsam auf mich wirken lasse, was ich sehe. Die Wände sind tatsächlich frisch gestrichen. Vor ein paar Wochen hatte ich noch Witze darüber gemacht. Doch das ist nicht alles. Sie sind außerdem über und über behängt. Aber womit sie behängt sind! Ich schreite langsam die Wand ab und lasse meine Finger über Briefe, Bilder, Fotos wandern. Langsam verstehe ich, was das alles ist. Leute, die mein Resozialisierungsprojekt durchlaufen haben, bedanken sich bei mir. Da ist ein Foto von Steve und seiner Familie. Etwas weiter hat Kylie, seine Frau, ein paar Zeilen geschrieben. *Vielen Dank, liebe Amy! Ohne dich wären wir nicht da, wo wir sind. Deinetwegen sind wir so glücklich wie noch nie.*

Ich schlucke schwer. In meinem Hals bildet sich ein fetter Kloß, als ich am nächsten Brief hängen bleibe.

*Amy, bis du mir eine Chance gegeben hast, hatte ich nichts im Leben. Keine Perspektive, keine Freunde, nichts. Du bist der An-*

*fang von allem, was heute gut ist. Ich weiß nicht, wie ich meine Dankbarkeit ausdrücken soll, aber du sollst wissen, dass ich voller Bewunderung bin für dich. Rhys.*

Mir steigen Tränen in die Augen. Neben seinem Brief hängt ein Bild, das Jeannie gemalt hat. Ich erkenne es auf den ersten Blick. Sie ist so talentiert! Einen Moment brauche ich, bis ich verstehe, was ich dort sehe. Dann begreife ich es. Verschiedene kleine Szenen zeigen sie und mich. Während ich ihre Hand halte, wird sie immer größer. Schniefend wische ich mir eine Träne von der Wange. So sieht sie mich! Als diejenige, mit der zusammen sie wachsen kann. Ich bin so tief bewegt, dass ich mich an der Wand abstützen muss, um nicht zu Boden zu sinken.

*Danke, Amy, danke für alles! Du gibst mir den Mut, alles zu sein, was ich je wollte,* steht auf einem weiteren Brief. Darunter ist ein Foto von Zelda und Malik, die mit ihren Händen ein Herz formen. Weitere Tränen fließen über mein Gesicht. Ich habe inzwischen aufgegeben, sie aufhalten zu wollen. Selbst Sophia hat etwas geschrieben und eine Bleistiftzeichnung von einer Frau angefertigt. Von einer schönen Frau. Auf den zweiten Blick fällt mir auf, dass ich das sein soll. *Du bist ziemlich cool,* schreibt sie. *Sorry, dass ich am Anfang so eine Bitch war. Und ja, danke für alles.*

Zu meinem Schluchzen mischt sich ein seltsam gurgelndes Lachen. Ich bin so überwältigt, weiß nicht, wo ich als Nächstes hinsehen soll. Ich drehe mich um und betrachte die Bilder und Briefe auf der gegenüberliegenden Wand. Es sind mindestens noch mal so viele. Unzählige, um ehrlich zu sein. Mein Blick bleibt an einer mir wohlbekannten Handschrift hängen.

*Für Amy, die stärkste Frau der Welt. Du denkst, ich habe dich gerettet. Aber das ist nur die halbe Wahrheit. Denn alles, was ich für dich getan habe, zahlst du mir doppelt und dreifach durch deine Liebe zurück. Du bist wie eine Tochter für mich, Amy. Mein Leben ist durch dich vollkommen geworden. Dein Malcolm.*

Und nun lasse ich mich doch auf den Boden sinken. Malcolms Worte hauen mich vollkommen um. Natürlich wusste ich, dass ich ihm wichtig bin, aber schwarz auf weiß zu lesen, was für eine Bedeutung ich in seinem Leben habe, ist mehr, als ich verkraften kann. Diese Collage ist das Bewegendste, was ich jemals in meinem Leben gesehen habe. All die Bilder, die kleine Kinder gemalt haben, zeigen mich inmitten von inzwischen glücklichen Familien. Von den Fotos strahlen mich bekannte Gesichter an, einige von ihnen habe ich allerdings seit Ewigkeiten nicht mehr gesehen, weil sie mich nach Abschluss ihres betreuten Jahres glücklicherweise nicht mehr brauchten. Ich sehe so viel *Danke, Amy!*, dass mir davon ganz schwindelig wird. Ich hatte ja keine Ahnung! Bevor sich ein neuer Schwall Tränen ergießt, presse ich meine Hände auf meine Augen und bleibe einen Moment in meiner selbst gemachten Dunkelheit sitzen. Bis sich unter meinen Lidern durch den Druck meiner Hände geometrische Formen bilden.

Mir fällt der Brief ein, der vorhin aus der Tür gefallen ist. Er liegt neben mir auf dem Boden. Ich war so geflasht von allem, dass ich ihn etwas zerknittert habe. Jetzt streiche ich ihn wieder glatt. Mit bebenden Händen öffne ich den Umschlag und ziehe ein paar Briefbögen heraus. Sie sind in einer schönen Handschrift beschrieben. Nicht zu ordentlich. Mit einem entschlossenen Schwung der Buchstaben. Ich erkenne Sams Handschrift und muss abermals schlucken. Er war es. Natürlich. Und bestimmt haben ihm Rhys, Jeannie und Tamsin geholfen. Das erklärt auch ihr seltsames Benehmen vorhin.

Ich falte die Bögen auf und beginne zu lesen - mit pochendem Herzen und zitternden Fingern.

*Liebe Amy,*
*vermutlich hältst du mich jetzt für einen liebeskranken Vollidioten. Und vielleicht liegst du damit gar nicht mal so daneben. Aber keine Sorge, ich werde versuchen, den kranken Vollidioten so wenig wie möglich zu Wort kommen zu lassen.*
*Du wunderst dich sicher über diesen antiquierten Kommunikationsweg. Vielleicht findest du es auch übergriffig. Vielleicht wirfst du mir vor, mein Versprechen dir gegenüber gebrochen zu haben.*
*Wenn dem so ist, kannst du an dieser Stelle abbrechen. Ich will dich zu nichts drängen. Ob du weiterlesen willst, ist einzig und allein deine Entscheidung. Allerdings muss ich zu meiner Verteidigung – sollte es nötig sein – hinzufügen, dass ich mein Versprechen hiermit nicht breche. Der Brief ist eine Grauzone, da es sich genau genommen nicht um »Reden« handelt. Ich hoffe, auf diese Weise ist es für dich vielleicht leichter, selbst zu entscheiden, in welchem Tempo du meinen Gedanken folgen willst – falls du das willst.*
*Liebe Amy, es ist mir eine große Ehre, dass ich in den letzten Monaten so viel Zeit mit dir verbringen durfte. Dass wir uns nahegekommen sind, dass du mich zu deinem Vertrauten auserkoren hast. Ich kann nur erahnen, wie schwer es dir gefallen sein muss, mir dein Innerstes zu offenbaren. Und ich bin dir so dankbar, dass du es trotz allem getan hast. Ich kann nun nachvollziehen (wenn auch nicht nachfühlen), mit welchen Dämonen du tagtäglich zu ringen hast. Dass du diese Kämpfe allein ausfichtst,*

zeigt nur, wie unendlich stark du bist. Für dich, für Jeannie, für Imogen. Für all die Menschen, denen du hilfst, tagein, tagaus.

Du hast gesagt, Imogen und du, ihr wart füreinander das Wichtigste auf der Welt. Ich bin Einzelkind, das ist also wieder etwas, das ich nicht nachempfinden kann. Aber ich denke, ich begreife die Bedeutung einer solchen Nähe. Und ich erkenne die Leerstelle, die entsteht, wenn diese Nähe nicht mehr da ist. Denn die Abwesenheit von etwas, das da war, ist viel intensiver als dieses Etwas, wenn es noch da ist. Es ist der Abgrund, von dem du sprichst. Leerstellen, Abgründe, wie auch immer man sie nennen will, müssen gefüllt werden. So funktionieren wir. Wir füllen. Mit Schuld, mit Buße. Mit Erinnerungen und Vergangenem. Ich stelle mir vor, dass aus alldem eine zähe Masse wird, damit man nicht versinkt in dieser Leere. Diese Masse ist es, die einen über Wasser hält.

Je einsamer man im Kampf gegen das Versinken ist, desto mehr muss man strampeln, und desto mehr Füllmasse braucht man, um nicht unterzugehen. Und Amy, dein Rettungsanker warst immer nur du selbst. Dir ist es gelungen, den Kopf über Wasser zu halten, indem du eine Schuld, von der du ausgehst, dass du sie trägst, abarbeitest. Das ist ein Weg, nicht unterzugehen. Aber es ist nicht der einzige.

Denn weißt du was, Amy? Noch besser als eine dickflüssige Masse aus vermeintlicher Schuld, in der du mit den Beinen strampelst, ist eine Hand am Rand, die dich hält. Ich weiß, du hast Sorge, dass du andere mit in deinen Abgrund ziehen könntest. Aber du kannst mir glauben, ich bin stark genug. Ich stelle es gern bei Gelegenheit unter Beweis. Wir hängen dich an eine Klippe, und ich halte dich.

Ich kann das stundenlang machen, ich verspreche es dir. Und wenn du endlich überzeugt bist, ziehe ich dich einfach wieder nach oben.

Liebe Amy, du warst in den letzten Monaten nicht weniger als alles für mich. Ich habe mein Herz an dich verloren, lange bevor ich auch nur eine Chance hatte, deins zu gewinnen. Du hast mein Leben verändert. Meins und so viele andere. Du musst dich nur in diesem Moment umblicken. Die Wand, der wir eine neue Dekoration verpasst haben, ist ein beeindruckendes Zeugnis davon. Du hast gesagt, ich habe nicht das Recht, eine Meinung zu dem Thema zu haben. Und wahrscheinlich liegst du damit richtig. Von deiner Wand sprechen allerdings all diejenigen, die dieses Recht besitzen. Und ich hoffe, sie sprechen für sich. Denn wie auch immer du dich siehst, Amy, lass das Bild, das ich von dir habe und das du nun von all den anderen bestätigt siehst, mitreden. Du bist ein guter Mensch. Du bist der beste Mensch. Du trägst keine Schuld.

So wie du für andere da bist, so wie du immer nur gibst und nie nimmst, so will ich für dich da sein. Ich will, dass du weißt, dass du mich in der Hand hast. Kolossal und unabänderlich. Und ich bin dankbar für das Glück und den Schmerz, den ich dadurch empfinde. Denn was auch immer geschieht, ich habe durch dich den Glauben an die Liebe wiedererlangt.

Ich weiß, du denkst, durch deine Offenheit hat sich alles geändert. Lass mich dir eine Sache, eine einzige Sache mit Vehemenz sagen, Amy. Du liegst falsch. Du bist immer noch du, ich bin immer noch ich – der liebeskranke Vollidiot. Nur sind jetzt die Leerstellen, die zwischen uns standen und die alles verkompliziert haben, mit Antworten gefüllt. Auch dafür bin ich dir dankbar. Denn ich will dich

*kennen. Ganz und gar. Dich zu kennen, Amy, ist etwas*
*Großes.*

*Lass mich Teil davon sein. Lass mich dir helfen, Imogens*
*Andenken zu bewahren. Lass mich Jeannies Freund sein.*
*Lass mich dein Freund sein.*

*In Liebe,*
*Sam*

Die Tränen, die während des Lesens auf den Brief getropft
sind, haben die Tinte an manchen Stellen verwischt. Ich
habe das Gefühl, wenn man einmal angefangen hat zu weinen, kann man eigentlich gar nicht mehr aufhören. Oder
vielleicht muss man all die Jahre nachholen, in denen man
nicht geweint hat. Sams Worte sind so tief in mich ein-
gedrungen, dass ich beinahe meine, seine Anwesenheit zu
spüren.

Dem Brief beigelegt ist ein weiterer Flyer für das Filmfestival. Doch bei nochmaligem Draufschauen fällt mir
auf, dass es keine Einladung zu einem Filmfest ist, sondern zu einem Date. Ich schließe die Augen und atme tief
ein. Dann lege ich mich auf den Boden und presse den
Brief erneut an meine Brust. Ich öffne die Augen und betrachte von meiner Position auf dem Boden aus die Wände
links und rechts von mir und mit ihnen all die Leben, die
ich verändert habe. In ihrer Gegenwart – und sei sie nur
auf dem Papier – ist mir ganz leicht zumute. Es ist beinahe eine unerhörte Empfindung, aber ich fühle mich …
geborgen.

 *Sam*

**40** »Und was bitte ist so wichtig, dass du nicht mit deiner besten Freundin Pasta essen kannst?«, fragt Tamsin am Telefon.

»Ich muss etwas ... erledigen.«

»So konkret!«, erwidert sie. »Ganz wie ich es mag.«

»Okay, pass auf«, sage ich und fasse einen Entschluss. »Magst du mitkommen? Könnte ein Abenteuer werden.«

»Bin dabei! Wann soll ich wo sein?«

»Ich hole dich mit dem Auto ab. Ich darf dir allerdings nicht alles genau erzählen.«

»Macht nichts. Dann erzähle ich dir eben auch eine halbe Geschichte«, sagt sie.

»Klingt fair«, lache ich.

Kurze Zeit später halte ich vor ihrem Haus, das auch Amys Haus ist. Ich blicke nach oben und sehe, dass dort Licht brennt. Ich bin mir sicher, dass sie inzwischen den Brief gelesen hat – falls sie ihn gelesen hat. Der Drang, nach oben zu gehen, sie zu fragen, ob sie zu unserem Date kommen wird, ist beinahe übermächtig. Glücklicherweise tritt Tamsin in diesem Moment aus der Tür. Sie steigt ein.

»Hi«, sagt sie und umarmt mich auf ihre typische überschwängliche Art. Es ist eins ihrer Rezepte, um merkwürdige Situationen weniger merkwürdig zu machen. Körperliche Barrieren einreißen. Und es funktioniert fast immer.

Auch in Momenten, in denen man nicht erzählen kann, zu was für einer Mission man gerade aufbricht. Ihre Haare riechen vertraut nach Tamsin, und ich erlaube mir einen Moment lang, mich einfach nur wohlzufühlen. Dann lösen wir uns voneinander – zwei Freunde, die sich früher mal in- und auswendig kannten.

Ich starte meinen alten, klapprigen Volvo, und Tamsin kramt sofort zwischen meinen CDs nach etwas, auf das sie Lust hat. Die Wahl fällt schlussendlich auf *The Clash*.

»Also, wo fahren wir hin?«, fragt sie.

»Cedar Street.«

»Und was machen wir in der Cedar Street?«

»Wir besuchen eine Mrs Foster.«

»Und warum besuchen wir eine Mrs Foster?«

»Weil wir hoffen, dass sie vielleicht ein Foto von einem Mädchen namens Imogen hat, das vor ungefähr neun Jahren gestorben ist.«

»Und warum hoffen wir das?«

»Weil …« Ich zögere. Aber es ist Tamsin. Meine beste Freundin. »Weil Imogen Amys Schwester war und sie kein Bild von ihr hat.«

Einen Augenblick ist Tamsin still. »Wow«, haucht sie dann.

Die Cedar Street liegt am Rand von Pearley in einem ziemlich durchschnittlichen Wohnviertel. Die Häuser sind nicht groß, nicht prächtig oder beeindruckend, aber die Vorgärten sind in gepflegtem Zustand, und die Autos sehen aus, als würden sie einmal pro Woche gewaschen.

»Ein bisschen wie Rosedale«, sagt Tamsin. »Heile Welt nach außen – aber was hinter den Türen passiert, weiß man nicht.«

»Glückliche Familien und unglückliche Familien. Wie überall, oder?«, frage ich.

»Aber nach außen sieht alles gleich aus.«

Da hat sie recht, und meine Gedanken wandern zu Imogen und Brian Foster. Brian, der aus einem dieser Häuser kam und irgendwie die Drogen für sich entdeckt hat. Brian, der, wie meine Recherchen ergeben haben, ebenfalls vor sechs Jahren an einer Überdosis gestorben ist.

»Weiß Mrs Foster, dass du kommst?«, fragt Tamsin.

»Du meinst, besuche ich einfach so nach Sonnenuntergang eine fremde Frau und reiße alte Wunden wieder auf?«, frage ich. »Natürlich weiß sie, dass ich komme. Ich habe mit ihr telefoniert.«

Ich parke vor der Hausnummer hundertzwölf. Ein einstöckiges, unscheinbares Haus mit kleiner Veranda. Wir steigen aus dem Auto. Ein Fenster ist beleuchtet, der Rest des Hauses liegt in absoluter Dunkelheit. Wir gehen schweigend erst den gepflasterten Weg, dann die Stufen zur Eingangstür hinauf. Ehe ich klopfe, wische ich mir etwas nervös die Hände an meiner Jeans ab und streiche mein Hemd glatt.

Einen kurzen Moment passiert nichts, dann hört man schlurfende Schritte. Die Tür wird von innen entriegelt. Schließlich geht sie auf.

»Mrs Foster«, sage ich zu der weißhaarigen Frau, die vermutlich nicht älter ist als fünfzig, aber durch ihre gebückte Haltung und die hagere Gestalt deutlich älter aussieht. »Ich bin Sam MacPherson. Wir hatten telefoniert. Das hier ist meine Freundin Tamsin.«

»Jaaa«, sagt Mrs Foster gedehnt. Ihre Stimme ist dünn und hoch. »Du hast wegen Brian angerufen. Kommt rein, kommt rein!«

Wir folgen ihr nach drinnen, und sie betätigt jeden Lichtschalter, an dem wir vorbeikommen. An den Wänden hängen Familienfotos, Bilder von einem Jungen und einem Mädchen mit Golden Retriever. Mrs Foster führt uns ins Wohnzimmer. Nachdem sie auch hier das Licht eingeschaltet hat, weist sie auf ein gemütlich aussehendes Sofa und fragt: »Wollt ihr etwas trinken? Limonade?«

»Gern«, sagt Tamsin, und ich nicke ebenfalls.

Kurz darauf kommt Mrs Foster mit einem Tablett zurück, auf dem sie drei Gläser balanciert.

»Selbst gemacht«, sagt sie, als sie sie vor uns stellt. »Früher hatten wir einen Zitronenbaum. Mit den eigenen Zitronen schmeckte die Limonade noch besser. Aber das Haus war zu groß, nachdem sie alle gegangen waren. Deswegen bin ich hierher gezogen. Ohne Zitronenbaum.« Sie seufzt. »Aber ihr seid sicher nicht hier, um euch Geschichten über Bäume anzuhören.« Sie lächelt. Es ist ein Lächeln, das mehr über Schmerz als über Freude erzählt.

»Die Limonade ist wirklich köstlich«, sage ich, als ich einen Schluck genommen habe. »Ich kann mir kaum vorstellen, dass es noch besser geht.« Mrs Foster lächelt ein wenig breiter, aber der Schmerz in ihren Augen nimmt nicht ab.

»Woher kennt ihr denn nun meinen Brian?«, fragt Mrs Foster. »Denn darum geht es doch, oder?«

»Genau«, sage ich. »Aber ehrlich gesagt, kannten wir Brian gar nicht. Unsere Freundin Amy kannte ihn.«

»Amy …« Mrs Foster grübelt nach. »Ich glaube, ich kenne keine Amy.«

»Erinnern Sie sich vielleicht an eine Imogen?«, frage ich.

»Ach Gott, ja.« Mrs Fosters Stimme wird noch ein wenig höher. »Das arme Ding. Brian hat sie einmal hergebracht. Das war zu einer Zeit, als man noch dachte, dass alles wieder gut werden könnte.«

»Was ist passiert?«, frage ich.

»Als mein Mann an Krebs gestorben ist«, beginnt Mrs Foster, »hat Brian das nicht verkraftet. Er war achtzehn, wollte gerade ausziehen, aufs College gehen, Physik studieren wie seine große Schwester Mia.« Sie schluckt und blickt auf ein Bild an der Wand, das sie und ihre beiden Kinder zeigt. Am Tag von Brians Schulabschluss. »Mia stürzte sich in die Arbeit, aber Brian wurde völlig aus der Bahn geworfen. Er ging nicht aufs College, sondern blieb in Pearley. Wir waren alle in Trauer erstarrt, aber trotzdem versuchte ich, ihn dazu zu bewegen, sein Leben nicht aufzugeben. Doch je mehr ich versuchte, für ihn da zu sein, desto mehr schien er sich von mir zu entfernen. Er war immer weniger zu Hause, traf sich mit neuen Freunden. Probierte mit ihnen neue Sachen aus. Bis er das Heroin für sich entdeckte.« Sie bricht ab.

»Fuck«, flüstert Tamsin.

Mrs Foster nickt. »Das kann man so sagen.« Eine Träne löst sich aus ihrem Augenwinkel, doch sie wischt sie schnell weg. »Es ist schon lange her, aber man kommt einfach nicht darüber hinweg, wenn das eigene Kind stirbt. Vor allem, wenn man dabei zusehen muss, wie es immer weniger wird. Er zog aus, in ein erbärmliches Loch von einer Wohnung. Ich war nur zweimal dort. Einmal direkt nachdem er eingezogen war und dann noch einmal, als seine Freundin gestorben war.«

»Imogen?«, frage ich.

Sie nickt. »Er rief mich an. Bat mich herzukommen. Er weinte in meinen Armen. Die ganze Nacht. Und er versprach mir, aufzuhören. Er wollte wieder nach Hause kommen. Ich richtete sein Zimmer her, kochte für ihn. Aber er kam nicht. Fand Trost im nächsten Rausch, statt sein Versprechen zu halten.«

Ich höre, wie Tamsin neben mir laut schluckt. Ich greife nach ihrer Hand und drücke sie kurz.

»Ein paar Jahre später hat er es ihr dann gleichgetan. Ich glaube, er ist über ihren Tod auch nie hinweggekommen. Er hat es nicht ausgehalten in einer Welt, die ihm einen geliebten Menschen nach dem anderen nimmt.«

»Und wie halten Sie das aus?«, fragt Tamsin.

Mrs Foster sieht sie direkt an. So viel Trauer liegt in ihrem Blick. »Man hält es nicht aus«, sagt sie. »Man lebt vor sich hin. Und dann gibt es die Momente, für die es sich lohnt, dass man noch vor sich hin lebt. Wenn Mia mit den Kindern kommt zum Beispiel.« Sie greift hinter sich und reicht uns ein gerahmtes Bild von einer Frau mit ihren drei Kindern. »Lucas, Mikey und Andrea. Nach Mias Vater, Andrew.« Das erste Mal an diesem Abend scheint der Schleier aus Trauer, der über ihr hängt, ein wenig gelüftet zu werden. »Sie wohnen in L. A. Mia ist dort Professorin für Physik.«

»Wow«, sagt Tamsin. »Beeindruckend.«

»Sie ist beeindruckend«, stimmt Mrs Foster zu.

»Haben Sie …«, beginne ich zögernd. »Haben Sie vielleicht noch Fotos aus der Zeit, in der Brian mit Imogen zusammen war?«

»Ich habe in der Garage ein paar Kisten mit Brians Sachen. Ich habe noch kein einziges Mal hineingesehen. Aber ich bringe es auch nicht übers Herz, sie wegzuwerfen. Obwohl Mia bestimmt recht hat, wenn sie sagt, dass es nur schmerzhaft ist, den alten Kram aufzuheben.«

»Meinen Sie, wir könnten nachsehen, ob wir ein Bild von den beiden finden?«, frage ich.

»Aber natürlich! Wenn sich jemand darüber freut, ist es eine Verschwendung, es hier in meiner Garage verfaulen zu lassen.« Sie erhebt sich. »Kommt mit!«

Wir folgen ihr in den Flur zurück und zu einer Tür, die in die Garage führt. Sie zieht an einer Schnur, und der Raum, den Mrs Foster offensichtlich nur als Abstellkammer nutzt, wird augenblicklich von einem schummrigen Licht erhellt. Neben Regalen mit Eingemachtem und aussortiertem Krempel in Kisten stehen hier alte Fahrräder, ein Surfboard und Autoreifen.

»Diese drei Kisten sind Brians«, sagt Mrs Foster und zeigt auf drei Umzugskartons hinter den Fahrrädern. »Schaut sie gerne durch. Aber bitte nehmt nichts mit, ohne mich vorher zu fragen.«

»Natürlich nicht«, beeile ich mich zu sagen.

»Ich lasse euch allein, wenn das in Ordnung ist. Nehmt euch ruhig Zeit. Ich gehe nie vor eins schlafen.« Wir nicken, und Mrs Foster kehrt ins Haus zurück.

»Puh«, macht Tamsin und sieht mich an. »Krasse Geschichte.«

»Das kann man wohl sagen«, erwidere ich und reibe mir über die Haare. »Hilfst du mir trotzdem, die Kisten durchzusehen?«

Als Antwort ist Tamsin bereits hinter die Fahrräder geklettert und hievt eine der Kisten nach oben. Ich nehme sie ihr ab, ebenso die zweite und die dritte. Dann macht sich jeder von uns über eine Kiste her. In meiner finde ich verschiedene Baseballkappen, eine Tasse, zerlesene Science-Fiction-Romane und eine muffige, mottenzerfressene Wolldecke. In Tamsins Kiste scheinen vor allem Klamotten zu sein.

Ich wende mich der dritten und kleinsten Kiste zu. In ihr befindet sich wesentlich mehr Kleinkram. Ein Geldbeutel, der bis auf ein paar Münzen leer ist, gerahmte Bilder von einer Mrs Foster mit blonden Haaren und einer wesentlich jüngeren Mia, Notizbücher, die bis auf ein paar Beschreibungen von wirren Träumen – oder sind es Trips? – leer sind. Auf dem Boden der Kiste befindet sich eine kleine Pappbox. Ich hebe sie heraus, öffne sie – und sie ist voller Fotos.

»Bingo!«, sage ich.

Tamsin kommt sofort neben mich, und gemeinsam gehen wir die Abzüge durch. Viele Familienbilder, Fotos von Mia und Brian, dem Golden Retriever. Dahinter sind Fotos von Brian und seinen Kumpels. Beim Sport, beim Feiern. Dann werden die Gesichter langsam älter, ausgemergelter, eingefallener. Die Blicke werden müder. Und dann …

»Das ist sie«, sage ich, und mein Herz pocht schnell. »Imogen!«

»Zeig«, sagt Tamsin und nimmt mir das Foto aus der Hand, das Imogen neben Brian zeigt. Unter dem Bild kommt noch ein weiteres von ihr zum Vorschein. Eine Nahaufnahme von ihrem Gesicht.

»Wow!«, sage ich, weil ich nie damit gerechnet hätte, dass dieser Ausflug so von Erfolg gekrönt sein würde.

»Sie ist echt verdammt hübsch«, sagt Tamsin. »Aber sie sieht Amy überhaupt nicht ähnlich.«

»Sie waren nicht blutsverwandt«, erkläre ich.

Das Mädchen auf den Bildern sieht haargenau so aus wie das Mädchen auf dem Gemälde, das Amy angefertigt hat. Ein bisschen definierter natürlich, aber es besteht überhaupt kein Zweifel, dass sie es ist. Die dunklen Haare, die ihr ins Gesicht fallen, die intensiven Augen, die zwar leicht verschleiert sind, aber dennoch klug und gütig wirken.

Wir räumen alles wieder auf, nur die beiden Fotos behalten wir. Dann stellen wir die Kisten an ihren Platz zurück und verlassen die Garage.

»Mrs Foster?«, frage ich, als wir wieder ins Wohnzimmer kommen. »Wir haben zwei Fotos gefunden, die wir gerne mitnehmen würden, wenn das in Ordnung ist.«

Ich reiche sie ihr, damit sie sie ansehen kann. Doch sie hebt abwehrend die Hände. »Behaltet sie ruhig. Ich schaue sie mir ohnehin nicht an.«

Tamsin nimmt mir die Fotos ab und steckt sie in ihre Umhängetasche.

»Vielen Dank!«, sage ich.

»Nichts zu danken. Ich hoffe, eure Freundin freut sich.«

Wir verabschieden uns, und Mrs Foster begleitet uns noch in den Flur. »Ich wünsche euch alles Gute«, sagt sie, dann schließt sie die Tür.

**41** Ich verstaue Tupperboxen mit vorgekochtem, gesundem Essen in Malcolms Kühlschrank, als ich seine langsamen Schritte die Treppe hinunter vernehme. Er hat zwar inzwischen einen Treppenlift, weigert sich aber, ihn zu benutzen.

»Du solltest für diese Woche mit Essen eingedeckt sein«, rufe ich aus der Küche.

»Du weißt schon«, ertönt seine Stimme leicht außer Atem, »dass ich mich selbst um mein Essen kümmern kann? Ich bin schließlich wieder ganz gut beieinander.«

Von wegen. Doch es hat keinen Sinn, eine Diskussion anzufangen. Er würde sich nur unnötig aufregen. Deswegen erwidere ich: »Ich weiß das, aber ich habe es Malik noch nicht gesagt. Er hat für dich vorgekocht.«

»Dann richte ihm bitte meinen herzlichsten Dank aus. Und dass ich ab jetzt wieder für mich selbst koche.«

Ich verdrehe die Augen. Würde es nach mir gehen, läge Malcolm auf der Couch, in der Hand ein langweiliges Buch, das ihn auf keinen Fall auch nur das kleinste bisschen aufregt.

Ich drehe mich um. Er steht nun in der Küchentür, in der Hand seinen Gehstock, zu dem ich ihn wenigstens überreden konnte, und macht große Augen.

»Womit habe ich denn eine solche Erscheinung in meiner Küche verdient?«, fragt er.

»Meinst du das hier?«, frage ich und drehe mich einmal im Kreis. Ich trage das lange dunkelrote Kleid, das ich mit Sophia und Jeannie gekauft habe.

»Du siehst umwerfend aus, Amy«, sagt er. »Und du glaubst, zu kochen würde mein Herz anstrengen?«

»Eistee?«, frage ich, um das Thema zu wechseln. »Veranda?«

Malcolm nickt und will schon nach den Gläsern greifen, doch ich komme ihm zuvor. »Du setzt dich schon mal raus«, befehle ich sanft. »Ich bringe alles nach draußen.«

Aus dem Kühlschrank hole ich die Karaffe mit Eistee. Dann schnappe ich mir zwei Gläser und folge Malcolm nach draußen. Wir setzen uns nebeneinander auf seine Hollywoodschaukel und nippen an unserem Eistee, während ich nach Worten suche.

»Danke für deinen Brief«, sage ich nach einer Weile.

»Nichts zu danken«, erwidert Malcolm. »Ich meine es alles genau so, wie ich es geschrieben habe.«

Ich schlucke. Wann immer ich an seine Worte denke, habe ich einen Kloß im Hals.

»Du, liebe Amy, bist meine Familie. Und das warst du vom ersten Moment an.«

»Übertreib nicht«, sage ich. »Dieses verlotterte Ding, das plötzlich bei dir auf der Matte stand, ohne jede Erklärung, war sicher nicht deine Vorstellung von einer Familie.«

»Ich weiß nicht, wie gut du dich noch an unser erstes Treffen erinnerst«, sagt Malcolm.

»Ehrlich gesagt, nicht so gut«, gebe ich zu. Denn ich hatte schließlich gerade Imogen gefunden.

»Es brauchte keine Erklärung, um dich bei mir aufzunehmen. Ich habe in deine Augen gesehen und Gutes gefunden. Traurigkeit, Wut, Unverständnis, aber so viel Gutes. Ich musste nicht wissen, wo du herkamst oder warum du bei mir aufgetaucht bist.«

»Hast du deswegen nie gefragt?« Der Kloß in meinem Hals wird immer größer. Bald kann ich nicht mehr daran vorbeischlucken.

»Ich wusste, du würdest mir alles erzählen, wenn du nur wolltest. Aber dich zu drängen, hat jetzt keinen Sinn und damals auch nicht. Allerdings habe ich natürlich Nachforschungen angestellt.«

»Im Ernst?«, frage ich. Es ist das erste Mal, dass wir darüber sprechen. Wir waren immer offen zueinander. Aber die Dinge, die in meinem Leben passiert sind, ehe ich zu ihm kam, waren nie Thema.

»Was denkst du denn? Ich wollte schließlich nicht, dass wir beide Ärger mit dem Gesetz bekommen.«

Natürlich. Das ist vollkommen logisch. Nur habe ich darüber nie nachgedacht.

»Ich weiß von dem Unfall. Und von deinen Pflegefamilien. Die letzte hat übrigens nie wieder ein Pflegekind bekommen.« Er sagt das so leichthin, als wäre nichts dabei.

»Wie bitte?«

»Ich wusste zwar nicht, was geschehen war, aber dass etwas ganz und gar nicht stimmte, war offensichtlich. Und das war für mich, ehrlich gesagt, Grund genug, auch über sie Nachforschungen anzustellen. Und dann habe ich sie gemeldet.«

Ich blicke Malcolm an, und in meinem Innern breitet sich eine ungeheure Wärme aus. »Du warst das!« Als ich das erste Mal Zugang zu einer Datenbank von Pflegefamilien hatte, suchte ich nach Imogens und meinen Pflegeeltern, doch sie tauchten nicht mehr auf. Meine Erleichterung war grenzenlos. Nie hätte ich gedacht, dass ich das Malcolm zu verdanken hatte.

»Warum hast du nie etwas gesagt?«, frage ich.

»Ich habe ab und zu versucht, vorsichtig herauszufinden, ob du bereit bist, darüber zu reden. Aber das warst du nicht. Und ich wollte keine alten Wunden aufreißen. Dass sie von der Bildfläche verschwunden sind, war das Wichtigste.«

»Danke«, sage ich leise. Ich atme einmal tief ein. Dann: »Meine Pflegeschwester hat sich ihretwegen das Leben genommen. An dem Abend, als ich zu dir kam, hatte ich sie gerade gefunden.« Ich weiß nicht, warum ich auf einmal den Drang habe, mit Malcolm darüber zu sprechen. Aber die Befreiung, die ich in diesem Moment verspüre, lässt mein Herz ganz leicht werden.

»Ach, Kindchen«, sagt Malcolm und nimmt meine Hand – eine Geste, die inzwischen vollkommen normal geworden ist. »Und das hast du so lange mit dir herumgeschleppt?«

Ich nicke und schlucke die Tränen, die schon wieder einen Weg hinaus suchen, herunter. Irgendwann muss auch mal wieder Schluss sein. »Ich konnte es dir nicht sagen. Dass ich nicht in der Lage war, ihr zu helfen … Ich wollte nicht, dass du mich so siehst, wie ich mich selbst sehe.«

»Und wie siehst du dich?«

»Kaputt.«

»Das denkst du?«, fragt Malcolm ungläubig. »Dass du kaputt bist? Vielleicht hätte ich dich doch dazu drängen sollen, mit mir darüber zu reden. Du bist doch nicht kaputt! Ein bisschen eingedellt vielleicht. Aber sind wir das nicht alle? Schau dir Jeannie an. Sie ist nicht kaputt. Oder mein Herz. Einfach nur ein bisschen eingedellt. Nichts, was man nicht wieder hinkriegen würde, wenn man von der anderen Seite dagegendrückt.«

»Meinst du?«, frage ich.

»Ich weiß es.«

In meinem Kopf überschlagen sich die Gedanken, und ich merke, wie meine Atmung plötzlich schneller wird. »Malcolm«, sage ich, »glaubst du, ich hätte es verhindern können? Dass sie sich das Leben nimmt, meine ich.«

»Wie bitte?« Er schüttelt vehement den Kopf. »Was redest du denn da?«

»Ich ... also ... ich hätte sie beschützen müssen.«

»Du warst ein Teenager«, sagt Malcolm, und seine Stimme wird immer lauter. »Du warst sechzehn Jahre alt, Amy.«

»Aber ...«

»Du weißt, was du da tust, oder?«

»Was meinst du?«

»Du kennst diese Form der Trauer. Sich selbst die Schuld am Tod eines geliebten Menschen zu geben, ist ein weitverbreiteter Mechanismus im Umgang mit einem schmerzhaften Verlust. Aber das weißt du doch, Amy.«

Natürlich weiß ich das, denke ich. Ich habe es oft genug bei Familien, mit denen ich gearbeitet habe, beobachtet. Aber in diesen Fällen waren die betreffenden Personen eindeutig unschuldig. In meinem Fall ...

»Die Schuld ist die letzte Verbindung zu der verstorbenen Person. Ohne diese Verbindung würdest du den Menschen ein weiteres Mal verlieren.« Malcolms Worte dringen wie aus weiter Ferne zu mir durch. »Seit wann gibst du dir die Schuld? Amy?«

Ich erinnere mich ziemlich genau an den Moment, an

dem es mir wie Schuppen von den Augen fiel. Es war in meinem Atelier. Als ich begriff, dass ich Imogens Gesicht verloren hatte. Aber das hat nichts zu bedeuten. Denn ich hätte für Imogen da sein müssen, so wie sie es für mich war. Das hätte einen Unterschied gemacht. Oder?

»Wenn sich Trauernde die Schuld am Tod eines geliebten Menschen geben«, fährt Malcolm fort, »ist das häufig ein Schutzmechanismus gegen die Ohnmacht, die man spürt, wenn man jemanden verliert. Die Schuld bedeutet, dass man nicht machtlos ist. So hat man das Gefühl, zu einem gewissen Grad die Kontrolle zu behalten. Aber wem erzähle ich das? Du weißt darüber viel besser Bescheid als ich.«

*Die Ohnmacht, die man spürt, wenn man jemanden verliert.* Ich erinnere mich genau an dieses Gefühl der Machtlosigkeit, nachdem ich meine Eltern verloren hatte. Ich war ein Spielball des Universums. In meinem Kopf pocht es. Ich denke an Sams Brief. An das Bild vom Abgrund, den ich mit Schuldgefühlen gefüllt habe. Um mich nicht ein weiteres Mal machtlos zu fühlen. Um die Kontrolle zu behalten.

»O Gott«, sage ich, weil mir auf einmal schlecht wird.

Mit einem lauten Klirren stelle ich meinen Eistee auf den Tisch und renne nach drinnen auf die Toilette. Ich knie mich vor die Kloschüssel und warte darauf, dass ich mich übergeben muss. Ich würge ein paarmal, doch es passiert nichts. Ich stütze mich mit den Armen auf die Klobrille. Kurz lege ich meinen Kopf darauf, wie um ihn einen Moment lang auszuruhen. Doch es hilft nicht. Mit zitternden Knien stehe ich auf und gehe zum Waschbecken, wo ich mir Wasser ins Gesicht spritze. Einatmen. Ausatmen. Mein Herz rast, und in meinem Innern ist es, als würden sich die Organe verschieben. Ich blicke in den Spiegel. Wasser tropft von meinem Gesicht. Ich sehe blass aus.

»O Gott«, sage ich noch mal.

Ich atme. Langsam. Bewusst. Habe ich einen Fehler gemacht? Über all die Jahre? Ist es möglich, dass ich mich geirrt habe? Das kann nicht sein. Meine Arme, die ich aufs Waschbecken gestützt habe, beginnen leicht zu zittern. Mein ganzer Körper bebt. Nein. Ich sehe es klar vor mir. Den Abgrund, in den ich Menschen reiße, die mir zu nahe kommen, die Schuld, die ich auf mich geladen habe.

Aber was hat Malcolm gesagt? *Die Schuld bedeutet, dass man nicht machtlos ist. Du weißt darüber besser Bescheid als ich.* Und auf einmal ist der Zweifel wieder da. Ich atme schnell. Ist das eine Panikattacke? Was, wenn er recht hat? Was, wenn es stimmt, was Malcolm sagt? Was Sam schreibt? Was dann?

Mir wird heiß und kalt, und ein seltsam fremder Laut der Ungläubigkeit dringt aus meiner Kehle. Ich spüre, wie sich der Zweifel, den Malcolm gesät hat, ausbreitet. Wie eine Droge, die sich langsam über die Blutbahn verteilt. Der Zweifel setzt sich fest. Was, wenn ich falschlag?

»O Gott«, flüstere ich noch einmal, als der Zweifel langsam auf eine schleichende Erkenntnis trifft. In meinem Bauch sacken mit einem Mal alle Eingeweide nach unten. Ich lasse den Kopf gegen den Spiegel sinken. *Ein Schutzmechanismus.* »O Gott!«

Und plötzlich scheint es, als wäre in meinem Innern wieder Ordnung. Ich sehe es auf einmal klar vor mir. Mich. Trifft. Keine. Schuld.

»Ist alles okay?«, fragt Malcolm von draußen. »Tut mir leid, wenn ich dich aufgeregt habe. Das wollte ich nicht.«

Ich schließe die Tür auf und blicke in Malcolms Augen.

»Du hast recht, Mal. Mit allem.« Ich schlucke. Dann sage ich: »Und ich habe alles ruiniert.«

»Fängst du schon wieder an?«, fragt er mit gespielter Strenge. Dann lehnt er seinen Gehstock an die Wand und zieht mich zum ersten Mal in unserer gemeinsamen Geschichte in seine Arme. »Das kann den Besten passieren«, flüstert er in mein Ohr, während ich meinen Kopf auf seine Schulter lege. »Und es ist nicht zu spät. Hörst du? Es ist nie zu spät.«

Ein bisschen zu abrupt löse ich mich aus seiner Umarmung. »Wie spät ist es genau, Malcolm?«

»Gleich sechs. Warum?«

»Drück mir die Daumen«, rufe ich und bin schon halb aus dem Haus. »Drück mir die Daumen, dass es tatsächlich noch nicht zu spät ist!«

 *Sam*

**42** Ich habe ein Déjà-vu. Mit dem Unterschied, dass ich diesmal darauf vorbereitet war, dass sie nicht kommt. Aber ich habe es gehofft. So, so sehr gehofft. Und nun habe ich die Gewissheit, dass es vorbei ist. Vielleicht sollte ich froh sein. Vielleicht sollte ich einen Haken hinter die Sache machen, so schmerzhaft es auch ist. Ich könnte ans andere Ende des Landes ziehen. All das hinter mir lassen. Neu anfangen.

In meiner Brust spüre ich einen stechenden Schmerz. Langsam lasse ich mich auf die Stufen vor dem *Electric* sinken. Ich stütze den Kopf in meine Hände und zwinge mich, an nichts zu denken.

Ich weiß nicht, wie lange ich hier sitze und Pflastersteine zähle, aber es fühlt sich an wie eine Ewigkeit. Ich bin geschlagen. Ich gebe auf. Mühsam erhebe ich mich, weil meine Knochen mir nur widerwillig zu gehorchen scheinen. Als ultimative Demütigung muss ich nun auch noch die Zeugnisse dieses überflüssigen Abends einpacken. Mit nach Hause nehmen. Vielleicht wärme ich mir das Essen in der Mikrowelle auf?

Ich drücke die Glastür des *Electric* auf, als …

»Sam!«

Ich drehe mich langsam um, denn ich kann nicht glauben, wessen Stimme ich höre. Aber da steht sie. Amy. Auf dem Vorplatz des Kinos. Automatisch greife ich mir mit der rechten Hand an meine Brust, hinter der mein Herz – wie es scheint – wieder angefangen hat zu schlagen. Es hämmert wie verrückt. Sie ist gekommen!

»Du bist da!«, murmle ich leicht verwirrt. Beinahe erwarte ich, dass sie sich wie eine Fata Morgana auflöst. Aber nichts dergleichen geschieht.

»Ich habe die Zeit vergessen. Aber ich bin da.«

Ich räuspere mich. »Warum?« Das ist eine alberne Frage, aber ich kann nicht so recht glauben, dass sie meinetwegen gekommen ist.

»Ich habe eine Einladung zu einem Date erhalten«, sagt sie vorsichtig und kommt zögerlich ein paar Schritte näher. »Ich weiß, ich bin spät dran. Und nicht nur heute Abend. Aber ich hatte gehofft … vielleicht …«

»Okay«, sage ich langsam, weil mir das hier immer noch absolut unwirklich erscheint. Ich hatte jede Hoffnung aufgegeben. Und nun steht sie hier vor mir in einem umwerfenden schulterfreien roten Kleid und fährt sich nervös durch ihre Haare.

»Wenn du nicht mehr willst … Das ist mehr als verständlich.«

»Nein«, beeile ich mich zu sagen. Ich will. Ich will alles.

»Ernsthaft, Sam, so viele Chancen, wie du mir schon gegeben hast … Du kannst es dir noch mal überlegen.« Ihre Augen sind fest auf mich gerichtet, aber aus ihrem Blick spricht Verunsicherung.

»Nein.«

Sie lächelt schüchtern. Ihre Wangen sind gerötet, als wäre sie gerannt. »Ich brauche auch nur noch diese eine Chance«, sagt sie dann und kommt noch näher. »Versprochen.« Zwei weitere Schritte, und sie ist am Fuß der Treppe angekommen.

»Also dann, hier hast du sie«, sage ich mit klopfendem Herzen. Ich strecke meine Hand aus, um sie zu mir hochzuziehen. Sie nimmt sie und kommt Stufe um Stufe näher.

»Hi«, sage ich, als sie vor mir steht.

»Hi«, erwidert sie.

»Du bist spät dran.« Ich grinse. Noch etwas verhalten und vorsichtig, aber so langsam habe ich begriffen, dass sie wirklich und wahrhaftig hier ist.

»Ich habe die Zeit vergessen«, sagt sie noch mal. »Tut mir leid.« Sie schlägt die Augen nieder.

»Macht nichts. Jetzt bist du ja da.«

»Jetzt bin ich da.«

»Hast du Lust auf einen Film?«, frage ich.

»Was läuft denn?«

»*Susi und Strolch*«, sage ich triumphierend.

»Woher …?« Doch ich unterbreche sie.

»Woher ich weiß, dass das dein Lieblingsfilm ist?« Ich grinse. »Jeannie hat beim Filmfestival so etwas erwähnt.«

»Und das hast du dir gemerkt?«

»Ich höre einfach gut zu«, sage ich, froh darüber, dass meine Überraschung ihre Wirkung nicht verfehlt. »Und jetzt komm!« Mit diesen Worten halte ich ihr die Tür zum *Electric* auf und gehe hinter ihr hinein.

»Wow«, sagt sie. »Das ist es also.«

»Das ist was?«, frage ich.

»Dein Lieblingsort.«

Ich sehe sie verwundert an.

»Jeannie hat da so etwas erwähnt.«

»Und das hast du dir gemerkt?«, frage ich grinsend.

»Ich kann auch zuhören«, erwidert sie und schenkt mir ein wunderschönes zahnlückiges Lächeln. »Gibt's Popcorn?«

»Ich habe drinnen schon etwas vorbereitet«, gebe ich zu. »Aber wenn du lieber Popcorn willst…« Ich drücke die Tür zum Kinosaal auf und beobachte gespannt Amys Reaktion.

»Wow!«, sagt sie, als sie den kleinen, runden Tisch in der ersten Reihe sieht. Rot-weiß karierte Tischdecke, eine bauchige, strohummantelte Weinflasche als Kerzenständer und in der Mitte ein einzelner Teller mit Spaghetti und Fleischbällchen. Es sieht aus wie im Film.

»Das ist…«

»Ja, ich bin ziemlich gut mit Dates«, sage ich. »Habe ich das gar nicht erwähnt? Allerdings ist das Essen inzwischen kalt geworden. Jemand hat die Zeit vergessen.«

Amy boxt mich in die Seite. Ich halte ihren Arm fest und will sie schon an mich ziehen, doch dann erinnere ich mich daran, mit wem ich hier bin. Aber zu meiner Überraschung ist es Amy, die sich an mich drängt.

»Danke, dass du auf mich gewartet hast«, sagt sie und legt ihre Arme um mich.

»Danke, dass du gekommen bist.« Ich spüre ihren Herzschlag an meiner Brust. Er geht schnell.

»Sam?«

»Hm?« Ich sauge ihren Duft ein, blumig, fruchtig. So vertraut und so untrennbar verknüpft mit einer unstillbaren Sehnsucht nach Nähe zu ihr.

»Ich will nicht, dass wir von vorne anfangen«, sagt sie.

»Wie bitte?«, frage ich. Auf einmal kippt die Stimmung, ohne dass ich es hätte kommen sehen. Was soll das? Warum kommt sie hierher in diesem betörenden Kleid, schmiegt sich an mich, nur um mir dann zu sagen, dass es vorbei ist? Ich will mich von ihr lösen, doch sie hält mich fest.

»Ich will, dass wir da weitermachen, wo wir aufgehört haben, bevor es schwierig wurde.«

Ich atme geräuschvoll aus. »Du machst mich fertig«, sage ich und verspüre auf einmal den dringenden Wunsch, mich irgendwo anzulehnen.

Bevor ich den Film einlege, bringe ich Amy an ihren Platz.

»Rot oder weiß?«, frage ich und halte ihr zwei Flaschen Wein unter die Nase.

»Rot«, sagt sie.

»Tatsächlich?«, frage ich, weil ich sie bisher nur Weißwein habe trinken sehen.

»Ich mache ab heute alles anders.«

Ich blicke sie fragend an.

»Okay, nicht alles. Aber manches.«

Nachdem ich den Film eingelegt habe, stoßen wir an.

»Auf uns«, sagt Amy. Vermutlich hat sie keine Ahnung, was sie damit in meinem Innern anrichtet.

»Auf uns«, sage ich etwas heiser.

Ich ziehe meine Brille aus meiner Sakkotasche und setze sie mir auf.

»Du hast eine Brille«, stellt Amy fest.

»Eigentlich nur zum Fernsehen und für die Uni«, sage ich.

»Du siehst ...«

»... albern aus?«, frage ich.

»Nein, nein, gar nicht. Du siehst aus wie ein sexy Schriftsteller oder so.« Sie lacht.

»Damit kann ich leben«, sage ich, und wir wenden uns der Leinwand zu.

Während des Films essen wir die kalten Spaghetti, trinken Rotwein, berühren uns mal zufällig, mal absichtlich.

Mein gesamter Körper kribbelt, mein Herz wummert in meiner Brust, und ab und zu atme ich stoßweise aus, weil ich mein Glück, in Amys Nähe zu sein, einfach nicht fassen kann. Irgendwann lehnt Amy ihren Kopf gegen meine Schulter, und als ich aus dem Augenwinkel zu ihr blicke, sehe ich, dass sie die Augen geschlossen hat, auf den Lippen ein sanftes Lächeln. Diese wunderschöne Frau, die mir ein so großes Rätsel war und die ich so gut kennengelernt habe, obwohl sie sich mit Händen und Füßen dagegen gewehrt hat. Natürlich hatte ich die Hoffnung, dass mein Plan sie überzeugen würde. Dass es nun tatsächlich eingetreten ist, verblüfft mich trotzdem.

Als der Film vorbei ist, schalte ich die Wandlampen, die den Kinosaal in ein dämmriges Licht tauchen, wieder ein. Amy teilt den letzten Rest Rotwein auf unsere Gläser auf. Dann setzt sie sich in den Schneidersitz und dreht sich zu mir.

»Hör zu«, sagt sie.

»Du musst mir nichts erklären«, erwidere ich. »Wir können einfach alles vergessen, was war.« Ein klarer Schnitt, ein Neuanfang.

»Ja, ich weiß. Aber ich will.« Sie nimmt meine Hand und verwebt unsere Finger miteinander.

Das Verlangen, sie zu küssen, ist beinahe übermenschlich, und gleichzeitig weiß ich, dass es egal ist, ob ich meinen Sehnsüchten nachgebe oder nicht. Es wird ohnehin nie genug sein.

»Dass ich alles allein hinkriegen wollte, war ein Fehler«, beginnt sie. »Ich weiß, die Leute sagen, ich sei stark, aber manchmal ist es ein Zeichen von Schwäche, wenn man sich keine Hilfe holt. Und dann landet man im absoluten Chaos. Man steckt plötzlich zwischen zwei möglichen Leben fest und kann weder vor noch zurück.« Sie blickt auf und lächelt mich zaghaft an. »Du sollst wissen, dass ich es verstanden habe. Alles. Und ich wünsche mir, dass du ab jetzt derjenige bist, zu dem ich gehen kann, wenn ich Hilfe brauche. So wie du zu mir kommen sollst.«

»Sehr gerne«, sage ich.

»Und wenn wir keine Hilfe brauchen.«

»Was? Dann auch?«, sage ich mit gespieltem Entsetzen.

Sie kichert. »Du weißt, was ich meine. Ich bin nicht so gut in solchen Sachen.«

»In was für Sachen?«, frage ich.

»In Gefühlssachen. Wenn man immer alles mit sich selbst ausmacht, dann ist das eine der Nebenwirkungen, schätze ich. Dass man nicht über Trauer spricht – oder eben über Liebe.«

Mir entfährt ein leises Schnaufen. Sie spricht von …

»Darüber zu sprechen macht es real. Seit ich dir von Imogen erzählt habe, ist sie wieder da. Und wenn ich dir sage, dass ich in dich verliebt bin, dann ist es raus und real, und du bist real, und ich habe Angst, dass ich dich auch eines Tages verliere. Das ist bestimmt wirres Zeug, aber ich lasse es einfach ungefiltert raus, und du kannst dann sehen, was du daraus machst.« Sie blickt mich aus ihren klaren, blauen Augen an, in ihrem Blick leiser Zweifel.

Mein Lächeln ist Wort für Wort immer breiter geworden. »Du verlierst mich nicht. Völlig egal, was du laut aussprichst oder nicht«, sage ich. Dass ich so lange auf sie gewartet habe, ist der ultimative Beweis.

»Also dann, hier kommt es.« Sie atmet tief ein. »Ich bin in dich verliebt. Und zwar so sehr, dass ich kaum schlafen kann. Auch wenn es ein bisschen gedauert hat, bis ich mir eingestanden habe, dass das der wahre Grund ist.«

Ich nehme ihr Gesicht in meine Hände und blicke sie an. »Frag mich mal«, sage ich. »Ich habe mich so sehr in dich verliebt, dass ich kaum atmen kann.«

Dann senke ich meine Lippen auf ihre, und mein Inneres explodiert. Sie fühlt sich so weich und warm an, dass ich nie wieder irgendwo anders sein will als zwischen ihren Lippen. Sie öffnet ihren Mund ein wenig, und ich tue es ihr gleich. Im selben Moment tastet ihre Zunge sich vor. Erst zaghaft, dann forscher. Es fühlt sich an, als würden wir uns zum ersten Mal kennenlernen, während die Geborgenheit, die wir uns geben, gleichzeitig Zeugnis von unserer gemeinsamen Vergangenheit ist. Wir umschlingen uns so fest wie noch nie zuvor. Es ist, als würden wir alles, was wir in den letzten Wochen verpasst haben, in diesen einen Kuss legen. Wir vergewissern und bestätigen uns mit einem sanften, leidenschaftlichen Tanz unserer Zungen. Mir entfährt ein Stöhnen, als Amy sich noch näher an mich drängt, und ich spüre, wie sich ihr Mund an meinen Lippen zu einem Lächeln verzieht. Ich fahre mit meinen Händen durch Amys Haar, und sie tut es mir gleich. Ihr Atem kitzelt an meinen Lippen, und ich nehme sie mit all meinen Sinnen wahr. Schmecke sie, rieche ihren Duft, fühle sie, höre ihr leises Seufzen, betrachte einen kurzen Moment lang heimlich ihre geschlossenen Augen. Doch selbst in unserem Kuss wird die Sehnsucht nach ihr nur noch weiter gesteigert. Sie bringt mich um den Verstand, und ich stoße mit meiner Zunge tiefer in ihren Mund vor, in der Hoffnung, das Ziehen in meinem Körper etwas zu lindern.

Nach einer gefühlten Ewigkeit lösen wir uns langsam wieder voneinander. Amys Lippen sind gerötet und etwas angeschwollen. Sie sieht so betörend aus, dass ich nicht weiß, wie es mir gelingt, einen klaren Kopf zu bewahren.

Vielleicht ist es nicht der richtige Moment für das, was ich vorhabe. Vielleicht ist es zu früh. Aber sie hat es verdient, dass ich es mit ihr teile. »Ich habe noch etwas für dich«, sage ich. Aus der Innentasche meines Sakkos ziehe ich die beiden Fotos von Imogen, die ich mit Tamsin bei Mrs Foster gefunden habe. »Vielleicht kannst du ja wieder mit dem Malen anfangen oder so. Um sie für dich lebendig zu halten.« Ich reiche ihr die Bilder und halte die Luft an.

Sie nimmt sie entgegen und sieht sie ungläubig an. »Das … Wie …?«, stammelt sie, ohne den Blick von den Fotos abzuwenden. Mit dem Daumen streicht sie über das Gesicht ihrer Schwester.

»Sie sieht genauso aus wie auf dem Bild, das du mir gezeigt hast«, sage ich. »Du musst keine Angst davor haben, dass du ihr nicht gerecht geworden bist. Ich finde, du solltest das wissen.«

Sie wendet ihren Blick nicht von Imogens Gesicht ab. Nach wie vor streicht sie mit dem Finger darüber.

»Danke«, bringt sie schließlich erstickt hervor. Dann entfährt ihr ein Geräusch, das klingt wie eine Mischung aus Schluchzen und erleichtertem Lachen.

»Ich dachte, ich würde sie nie wiedersehen«, sagt sie und hebt den Blick. »Wie hast du …?«

»Erzähle ich dir ein andermal«, sage ich. »Für heute reicht es, dass du sie wiederhast.«

Sie nickt langsam. »Und dass ich dich wiederhabe.« Noch immer klingt ihre Stimme etwas erstickt.

»Mich hattest du die ganze Zeit«, sage ich. »Komplett.«

»Und … willst du mich auch?«, fragt sie leise. »Komplett?«

»Natürlich«, sage ich. »Ich will dich vollkommen von Kopf bis Fuß. Und wenn du deine Arme ausstreckst, von der Spitze deines linken Mittelfingers bis zur Spitze deines rechten.«

»Dann komm«, sagt sie. Sie steht auf, streckt ihre Hand aus und zieht mich nach oben.

Amy

**43** Sam hält ein Taxi an, und ich nenne dem Fahrer meine Adresse. Wir setzen uns dicht nebeneinander auf die Rückbank. Ich nehme seine Hand, die sofort die meine warm und fest umfasst. Im Radio spielt irgendein langsamer Song, den ich noch nie gehört habe. Melancholisch, fremdartig. Meine Nerven sind gespannt, aber auf eine gute Art. Ich nehme alles um mich herum in einer Intensität wahr, die überfordernd wäre, wäre ich nicht erfüllt von Sams Duft nach warmem Papier und ihm selbst, von seiner Gegenwart, seiner Wärme.

Ich blicke geradeaus auf die Straße. Niemand spricht. Wir fahren den großen Boulevard entlang, der von bunter Leuchtreklame erhellt wird. Immer wieder drücke ich leicht Sams Hand, um mich zu vergewissern, dass er wirklich noch neben mir sitzt. Dieser ganze Abend kommt mir vor wie ein Traum. Ein zauberhafter, schmerzhafter, wunderschöner Traum. Ich habe Imogens Gesicht nach so vielen Jahren wiedergesehen. Ich habe Sam zurückgewonnen, obwohl es so lange gedauert hat, bis ich es zulassen konnte. Schmerz und absolute Glückseligkeit liegen so eng beieinander, dass das eine in das andere übergeht, ohne dabei an Intensität zu verlieren. Vielleicht bedingen sie sich gegenseitig.

Wir biegen auf die südliche Ringstraße ein, die den Süden vom Stadtzentrum trennt, und lassen die Restaurants, Geschäfte, Vergnügungsarkaden hinter uns. Die Gegend wird gleichzeitig dunkler und vertrauter. Noch zwei Kreuzungen. Eine. Ich höre mein Herz schlagen. Meinen schnellen Atem. Wir biegen links ab, und nach ungefähr hundertfünfzig Metern bleiben wir vor meinem Haus stehen. Sam drückt dem Taxifahrer ein paar Geldscheine in die Hand. Ich nehme jede Regung wie in Zeitlupe wahr, obwohl nichts von alldem langsam geschieht. Im Gegenteil, wir benehmen uns beinahe gehetzt. Nervös, ungeduldig.

Sobald Sam um das Taxi herumgelaufen ist, greife ich wieder nach seiner Hand. Es ist beinahe unerträglich, ihn nicht zu berühren. Wir betreten das Haus, ohne auch nur ein Wort zu sagen. Unsere Schritte auf den Stufen hallen laut im Treppenhaus wider. Als wir vor meiner Tür ankommen, bin ich außer Atem. Nicht nur, weil wir uns so beeilt haben. Ich habe das Gefühl, als gäbe es nicht genug Sauerstoff, und ich schätze, ich weiß, was Sam gemeint hat, als er sagte, er könne nicht atmen.

Ehe ich die Tür zu meiner Wohnung aufschließe, drehe ich mich um. Ich will alles anders machen als vorher. Wenn ich mich an unseren ersten Abend erinnere, an dem Sam immer wieder versuchte, mich zu berühren, kann ich gar nicht glauben, dass wir nun, ein paar Monate später, an diesem Punkt sind. Ich schlinge meine Arme um seinen Hals und küsse ihn sanft auf den Mund. Er schließt die Augen, doch ich halte meine geöffnet. Ich muss sein wunderschönes Gesicht sehen, während wir uns so nah sind.

Als mir mein Schlüssel aus der Hand gleitet und mit einem scheppernden Geräusch auf dem Boden landet, lösen wir uns ein wenig verschämt lachend voneinander. Ich hebe den Schlüsselbund auf und öffne die Wohnungstür.

Der Türknauf ist kalt an meiner Hand, doch es ist Sams Atem in meinem Nacken, der mir eine Gänsehaut beschert.

Ich ziehe ihn hinter mir her in mein Schlafzimmer, dimme das Licht ein wenig und hole tief Luft.

»Also«, sage ich, und es fühlt sich seltsam an, meine Stimme zu hören, nachdem wir in den letzten zwanzig Minuten kein Wort gesprochen haben. »Wir brauchen Musik, oder?«

Auf Sams Gesicht bildet sich ein Lächeln. »Wie meinst du das?«

»Bei den letzten beiden Malen, als du hier warst, wolltest du Musik. Und ich habe nicht verstanden, warum. Aber heute machen wir es nach deinen Regeln.«

Sein Lächeln wird breiter. »Was für Musik hättest du denn gern?«, fragt er.

»Was hast du denn sonst immer für Musik dabei gehört?«

Er lacht leise. »Ich werde sicher keine Sex-Playlist anmachen, wenn du das meinst. Aber wenn du dir sicher bist, dann suche ich gern etwas aus.«

»Ja.« Denn ich bin mir sicher. Ich will, dass er mich komplett hat. Ohne Wenn und Aber. Ohne meine Marotten. Alles neu. Ich will es erleben.

Sam zückt sein Handy. »Aber wenn es dir zu viel ist, dann sagst du es?« Er wirkt ein bisschen unsicher.

»Mach dir keine Gedanken«, sage ich. Davon mache ich mir selbst genug. Und ich werde sie zum Schweigen bringen.

Er tippt auf seinem Smartphone herum, bis es Musik zu spielen beginnt. Nicht zu laut, nicht zu leise. Es klingt schön. Langsam, gefühlvoll. Als hätte man Musik in Zuckerwatte gepackt. Dann setzt er sich auf mein Bett.

»Was noch?«, frage ich.

»Du.« Er blickt mich an. »Wenn du das willst.«

Statt eine Antwort zu geben, gehe ich langsam zu
ihm, den Blick fest auf sein halb erstauntes, halb glückliches Gesicht gerichtet, und setze mich vorsichtig auf seinen Schoß, meine Knie links und rechts von ihm. Er umfasst meine Taille, und diesmal bin ich es, die die Augen
schließt. Ich weiß, dass ich keine Angst vor ihm haben
muss. Er würde mir niemals wehtun. Und dennoch ver-
krampfe ich mich kurz, als ich merke, dass ich nun deutlich weniger Raum habe. Um mich abzulenken, konzentriere ich mich auf das schöne Gefühl, das seine Hände auf
meinem Rücken, meiner Taille, meiner Hüfte hinterlassen.
Sanft streicht er über meinen Körper, und ich atme wieder
normal. So normal es eben geht, wenn man innerlich zu
zerspringen droht vor Empfindungen.

Unsere Lippen finden sich, öffnen sich, machen Platz
für unsere Zungen, die begierig nacheinander suchen. Ich
kralle meine Finger in Sams Haare, während er mit den
Händen das rote Kleid meine Beine hochschiebt und meine
nackte Haut streift. Ich sauge scharf die Luft ein, und sofort hält er inne.

»Zu viel? Zu schnell?«, fragt er, doch ich schüttle den
Kopf. »Du siehst nicht aus, als würdest du es genießen,
wenn ich ehrlich bin.«

»Es ist nur ... ungewohnt.« Ich will unseren Kuss wieder aufnehmen, doch Sam weicht zurück. »Hey«, sage ich.
»Komm, ich kann das!«

Er lässt sich auf den Rücken sinken, um mir die Kontrolle zu überlassen. Aber das ist nicht das, was ich will. Ich
will nicht meine Regeln. Ich will seine. Also klettere ich
von ihm herunter und stelle mich hin.

»Würdest du mich ausziehen?«, frage ich.

Er reibt sich mit beiden Händen übers Gesicht und seufzt. »O Gott, Amy, wenn ich dich ausziehe …« Er klingt beinahe entschuldigend.

»Genau das will ich«, sage ich. Und es stimmt. Ich will die Lust in seinen Augen sehen. Will, dass die Leidenschaft die Kontrolle übernimmt. Auch wenn es mir Angst macht.

Er stützt sich auf seine Ellbogen und sieht mich an. Ich beiße mir auf die Unterlippe, weil der Gedanke an das, was kommt, mich gleichermaßen verängstigt und erregt.

»Okay.« Sam steht auf und kommt langsam auf mich zu. Er streicht mir durch die Haare. Dann beginnt er meinen Hals zu küssen. Er wandert mit seinen Lippen meine nackten Schultern entlang, und ich erschaudere.

»Gott, du bist so schön«, flüstert er.

Mein Herz rast. Ich liebe das Gefühl seiner Lippen auf meiner Haut. Die warme Spur, die sie hinterlassen. Bis hierhin ist nichts von alldem überfordernd.

Langsam, ganz langsam schiebt Sam das Kleid meine Arme hinunter, sodass mein Oberkörper zum Vorschein kommt. Seine Lippen wandern mein Schlüsselbein entlang und weiter hinunter bis zu meinen Brüsten, die nur noch von einem dünnen, trägerlosen BH bedeckt sind.

»So schön!«

Mir entfährt ein leises Seufzen. Mit den Fingern fahre ich durch seine wunderbaren Haare, während er das Kleid ein Stück weiter hinunterzieht und einen Pfad über meinen Bauch bis zu meinem Slip küsst. Dann lässt er das Kleid los, und es gleitet zu Boden.

»Wie ist das?«, fragt er leise.

Er tritt einen Schritt zurück, wie um zu überprüfen, ob alles in Ordnung ist.

»Weiter«, hauche ich, völlig unfähig, mich zu rühren. Ich bin wie erstarrt. Ob es an den ungewohnten Berührungen oder meiner eigenen Courage liegt, kann ich nicht sagen. Auf meiner Haut kribbelt es wie verrückt, und mein gesamter Körper scheint innerlich zu wummern.

Sam zieht mich vorsichtig an sich, lässt seine Finger über meinen nackten Rücken wandern, bis sie den Verschluss meines BHs finden.

»Nicht erschrecken«, flüstert er und haucht einen Kuss auf meinen Hals. Dann öffnet er gekonnt den BH und lässt ihn ebenfalls zu Boden fallen.

Wieder tritt er einen Schritt zurück. Er streicht mit den Fingern über meine Wange und meinen Hals.

»Ich will deine Haut an meiner Haut«, flüstere ich und zupfe an seinem Hemd.

Es geht mir viel zu langsam, und während er von oben einen Knopf nach dem anderen löst, komme ich ihm von unten entgegen. Er streift sein Hemd ab. Die ganze Zeit über löst er den Blick nicht von mir. In seinen Augen sehe ich Lust und Begehren. Ich bin mir sicher, dass er sich zurückhält.

Wir stehen nicht einmal zwanzig Zentimeter voneinander entfernt, sodass ich seine Hitze spüren kann, obwohl wir uns noch nicht berühren. Ich gehe einen winzigen Schritt auf ihn zu. Fast wünsche ich mir, er würde die Distanz zwischen uns überwinden, damit ich es nicht selbst tun muss. Denn obwohl ich überzeugt bin, dass ich nichts lieber will, als Sams Haut an meiner Haut zu spüren, ist da diese unsichtbare Hürde, über die ich hinübermuss. Zentimeter für Zentimeter nähere ich mich seinem Körper. Wieder überkommt mich ein Schauer, und ich merke, wie sich die Härchen auf meinem Körper aufstellen. Seine Wärme ist verlockend und einschüchternd zugleich. Und dann ist er auf einmal da. Ohne dass er sich gerührt hätte. Also muss ich es gewesen sein. Ich presse meinen Körper an ihn und vergesse vollkommen zu atmen. Die Wärme, die mich umgibt, als er seine Arme um mich schließt, ist beinahe unerträglich. Unerträglich schön. Meine Brüste sind an seinen Oberkörper gepresst, mein Bauch berührt sanft den seinen. Und wieder sind seine Lippen da. An meiner Schläfe, meiner Wange, meinem Hals, meinen Lippen.

»Amy«, flüstert er zwischen seinen Küssen.

Beim Klang meines Namens aus seinem Mund beginnen meine Beine zu zittern, und ich weiß nicht, wie lange ich noch aufrecht stehen kann. Doch Sam hält mich. Er hält mich an sich gedrückt – nicht zu fest, nicht zu vorsichtig. Es ist Geborgenheit, obwohl ich mich noch nie so verletzlich gefühlt habe.

Aber dann unterbricht Sam auf einmal seine Liebkosungen. »Du atmest nicht mehr«, stellt er leise fest und löst sich vorsichtig von mir.

»Oh«, sage ich. Mir war nicht aufgefallen, dass ich das Atmen vollkommen eingestellt hatte.

»Dass man erstickt, ist eigentlich nicht Sinn der Sache.« Er nimmt meine Hand und streicht darüber.

»Ich kann mich nicht auf alles gleichzeitig konzentrieren. Deine Berührung, das Atmen …«

»Kleine Schritte«, sagt Sam. »Macht doch nichts.« Er grinst. »Allerdings müsste ich dann mal kurz ins Bad.« Entschuldigend weist er auf seinen Schritt, wo sich eine Beule abzeichnet.

»Nein.« Ich klinge lauter als beabsichtigt. Aber ich habe genug von kleinen Schritten. »Ich muss mich nur ein bisschen entspannen. Dann geht es wieder.«

Sam fährt sich mit der freien Hand durch die Haare. Er ist verlegen, unsicher, das sehe ich. Und ich bin es auch. Aber ich will stärker sein als das.

»Ich habe eine Idee«, sagt er dann. »Vertraust du mir?« Ich nicke. »Ich vertraue dir.«

»Dann lass uns etwas ausprobieren. Du legst dich aufs Bett und schließt die Augen …« Er muss meinen alarmierten Gesichtsausdruck bemerkt haben, denn er hält kurz inne. »Entschuldige, das war eine dumme Idee. Das muss für dich ja der blanke Albtraum sein.« Er hebt mein Kleid vom Boden auf und reicht es mir.

»Nein, ich mach's«, sage ich.

Ich atme einmal tief ein. Dann gehe ich zu meinem Bett, in dem ich so viele Nächte allein verbracht habe und eine einzige mit Sam. Ich lege mich auf die Bettdecke. Mein Herz schlägt schnell, meine Hände zittern. Was auch immer er vorhat, vielleicht funktioniert es. Und ich vertraue ihm. Vertraue ihm blind. Deswegen schließe ich meine Augen und warte ab.

Einen Moment lang passiert nichts. Ich höre, dass Sam sich durch mein Zimmer bewegt. Dadurch, dass meine Augen geschlossen sind, sind meine anderen Sinne geschärft. Wie damals beim Improvisationsworkshop.

»Vorsicht, nicht erschrecken«, sagt Sam plötzlich neben mir. Und im nächsten Augenblick spüre ich etwas Kühles an meiner Haut. Es ist beinahe nur die Idee einer Berührung. Ein raschelndes Geräusch begleitet eine Bahn, die das kühle Etwas auf meiner Haut zieht. Kurz öffne ich die Augen und sehe, dass Sam den Avocadozweig aus der Weinflasche genommen hat und mit den Blättern meinen Körper entlangfährt.

Es ist ein ungewohntes Gefühl, aber zaghaft genug,

dass ich dabei nicht vergesse zu atmen. Sam dreht den Ast zwischen seinen Fingern, und das Rascheln der Blätter kitzelt meinen Bauch. Er führt von meinem Hals über meine Schultern und Schlüsselbeine. Die Blätter wandern auf den gleichen Pfaden, die er vorher mit seinen Lippen gezogen hat.

Er streicht meine Arme entlang. Auf und ab. Immer wieder dreht er den Zweig, um die Intensität der Berührung zu steigern. Ich kann seinen schweren Atem hören, als er mit den Blättern meine Brüste umkreist. Dann erklingt ein leises Stöhnen. Als ich die Augen öffne und Sam lächeln sehe, begreife ich, dass es aus meinem Mund kam.

»Gefällt es dir?«, flüstert er und fährt erneut mit dem Zweig über meine Brüste.

Ich stöhne erneut und nicke. Von meiner offensichtlichen Erregung angestachelt fährt er nun über meine Brustwarzen und entlockt mir damit einen weiteren Laut der Lust. Er streicht über meinen Bauch, und ich kann nicht anders, als mich ihm leicht entgegenzubäumen.

»Mehr«, flüstere ich. »Ich will mehr!« Mein Kopf hat vollständig aufgehört, sich zu wehren. Ich kann nur noch daran denken, wie sehr ich von Sam berührt werden will.

»Wir haben Zeit«, erwidert er leise. Seine Stimme klingt gepresst. »Lass mich dich noch etwas ansehen.«

In mir toben die süßesten Empfindungen. Einerseits brauche ich mehr, andererseits weiß ich nicht, wie noch mehr auszuhalten sein soll.

Als Nächstes lässt er den Zweig über meinen Slip wandern. Zwischen meinen Beinen beginnt es zu pochen, als er meine Vulva auf und ab streicht. Dann fährt er die Außenseite meiner Beine entlang. An der Innenseite streicht er zurück nach oben, und wieder bäume ich mich leicht auf.

Den gleichen Weg, den er meinen Körper hinab genommen hat, nimmt er nun zurück. Er vergisst bei seiner ungewöhnlichen Liebkosung keinen Zentimeter meiner nackten Haut. Ich kralle mich mit den Händen in meine Bettwäsche und keuche.

»Sam«, sage ich und öffne die Augen. Unsere von Lust verschleierten Blicke treffen sich. Und ich fühle mich … unglaublich. Ich bin erregt auf eine Weise, die ich nie für möglich gehalten hätte. Mein Körper steht unter Strom, aber mein Kopf ist vollkommen entspannt.

Auf einmal spüre ich neben dem Zweig auch Sams Hand auf mir. Er übt keinerlei Druck mit seinen Fingern aus. Wieder ist es eigentlich nur die Idee einer Berührung, aber sie macht mich wahnsinnig vor Lust. Die Kombination aus der Kühle der Blätter und der Wärme seiner Finger ist gleichermaßen vorsichtig und intensiv, sodass ich ihm keuchend wieder und wieder mein Becken entgegenschiebe, ohne dass ich so richtig verstehe, was ich eigentlich tue.

Der Druck seiner Hand nimmt kaum merklich zu, und ich genieße das brennende Gefühl, das er auf mir hinterlässt. Ein Brennen aus Sehnsucht und Verlangen. Mit den Fingern streicht er unter meiner Brust entlang, und von plötzlichem Übermut gepackt, fasse ich nach seiner Hand und lege sie auf meine Brust.

»Da will ich dich haben«, sage ich und nehme ihm entschlossen den Avocadozweig aus den Fingern, sodass er mich mit beiden Händen berühren kann.

Dort, wo gerade noch Blätter meine Haut gestreift haben, sind nun Sams Hände. Und sie wissen genau, was sie tun. Er berührt mich überall, und der Druck, den seine Finger ausüben, wird immer kräftiger, ohne dabei an Sanftheit zu verlieren. Er streichelt mich, lässt seine Handflächen über meinen Körper wandern. Über meine Arme, die bislang nur meine eigene Berührung gekannt haben, über meine Brüste, meinen Bauch. Als er an meinen Oberschenkeln ankommt, beginnt er sie leicht zu kneten, und ich öffne meine Augen.

»Sorry«, sagt er.

»Nein, bitte, das war schön!« Ich weiß nicht, wie es mir gelingt, überhaupt Worte zu bilden, aber ich weiß, dass er in diesem Moment die Berührung verstärkt. Eine Hand bleibt unten an meinen Schenkeln, die andere wandert wieder nach oben. Sie umfasst meine Brust, und mit dem Daumen streicht er deutlich fester als vorher über meine Brustwarzen.

Neben seinen Händen nimmt Sam nun auch seinen Mund zu Hilfe. Er küsst sanfte Spuren auf meinen Körper, während er meine Brüste knetet und zwischen meinen Beinen entlangstreicht. Ich winde mich leicht unter ihm, weil ich die Erregung kaum noch aushalte.

»In der Schublade sind Kondome«, sage ich gepresst. Es muss jetzt passieren. Ich will ihn. So sehr.

Um sich aus seinen Jeans zu befreien, unterbricht er die Berührung für einen kurzen Moment, und ich nutze die Gelegenheit und betrachte ihn. Den schönsten Mann, den ich je in meinem Leben gesehen habe. Alles an ihm macht, dass ich ihn begehre. Er beugt sich wieder zu mir hinunter und küsst mich langsam und hingebungsvoll auf den Mund, während er meinen Slip von meinen Beinen streift. Mit seiner Hand fährt er über meine Vulva, und ich merke, wie meine Beine erzittern. Wie mein gesamter Körper erschaudert. Er fährt an meiner Klitoris entlang, und ich bin so feucht, dass er ohne Probleme erst mit einem, dann mit zwei Fingern in mich dringt.

Während er seine Finger immer wieder in mich gleiten lässt, öffne ich stöhnend mit unkoordinierten Bewegungen selbst die Schublade meines Nachttischs und ziehe ein Kondom heraus. Ich kann es nicht mehr erwarten und reiße die Verpackung auf. Endlich entledigt Sam sich seiner Boxershorts und nimmt mir das Kondom aus der Hand. Er streift es sich über und ist im nächsten Moment über mir. Ehe ich es mir anders überlegen kann, recke ich ihm meine Lippen entgegen, und wir verlieren uns in einem leidenschaftlichen Kuss. Ich ziehe ihn enger auf mich und spüre seinen Penis zwischen meinen Beinen. Meine Finger krallen sich in seine Haare, und ich öffne bereitwillig meine Beine, sodass er nun direkt an meinem Eingang ist. Ich spüre ihn zucken und hebe mein Becken, um ihm zu zeigen, wie bereit ich für ihn bin.

Und dann dringt er in mich ein. Langsam, quälend, endlich. Einen kurzen Augenblick sind wir unbeweglich. In meinem Kopf werden Gedanken laut. In diesem Moment bin ich vollkommen wehrlos. Was immer Sam mit mir machen will, ich bin unter ihm eingesperrt.

»Es ist gut«, sagt er vorsichtig. »Es ist alles gut. Wenn du willst, dass ich aufhöre, sagst du es.« Er räuspert sich. »Aber denk bitte daran, dass es immer schwieriger wird, je länger du damit wartest.«

Er küsst mich auf die Stirn, auf die Schläfe, auf die Nase. Dann auf die Wange und schließlich auf den Mund. Und auf einmal kommt mir sein Gewicht auf meinem Körper nicht mehr bedrohlich vor. Zwar spüre ich ihn auf mir, aber es ist Sam, und es fühlt sich schön an, ihn auf mir zu haben. Ihn in mir zu haben.

Ich umschlinge ihn mit meinen Armen, mit meinen Beinen, und langsam beginnt er sich zu bewegen. In mir und mit mir, denn ich wiege mich im Takt seiner langsamen, vorsichtigen Stöße. Während wir uns in perfekter Harmonie auf und ab bewegen, forsche ich für einen kurzen Augenblick erneut in meinen Gedanken. Aber da ist nichts, abgesehen von dem erlösenden Gefühl, vollständig erfüllt zu sein von Sam. Er ist perfekt, ohne jede Einschränkung vollkommen. Und so fühlt er sich auf mir und in mir und mit mir an.

Langsam erhöhen wir das Tempo. Unsere Küsse werden ungeduldiger, verlangender, während Sam tiefer und tiefer in mich eindringt. So tief, dass ich nicht weiß, wie mir geschieht. Er keucht, und ich keuche, und noch einmal werden seine Stöße schneller und intensiver. Er beginnt, tief und rhythmisch zu stöhnen. Und dann spüre ich, wie er eine Hand zwischen uns schiebt und meine Klitoris zu reiben beginnt. Zärtlich, fest. Die Reibung in Kombination mit seinem Penis in mir macht, dass sich alles in mir zusammenzieht. Während seine Bewegungen den Höhepunkt erreichen, reibt er schneller und fester, sodass ich von einem Moment auf den anderen nicht mehr weiß, wo oben und unten ist. In meinem Körper breitet sich eine Wärme aus, eine unerträgliche Süße, die mich erzittern und erbeben lässt. Ich keuche und bäume mich auf, bis es im nächsten Moment vorüber ist und mich vollkommen aufgelöst und atemlos zurücklässt.

Sam dringt noch ein letztes Mal tief in mich ein und bricht dann ebenfalls keuchend auf mir zusammen. Unser beider Atem geht schnell. Wir sind vollkommen verausgabt – körperlich und einer von uns auch emotional.

Wir warten ab, bis sich unser Atem wieder einigermaßen normalisiert hat. Dann sage ich: »Das war krass«, denn es ist das Erste, was mir in den Sinn kommt.

»Ich hoffe, das heißt in diesem Fall etwas Gutes.« Sam ist noch nicht wieder ganz zu sich gekommen und nuschelt ein bisschen.

Ich gluckse. Es ist ein seltsamer Laut, aber er kommt einfach so aus mir heraus. Und dann wieder. Und dann beginne ich zu lachen. Völlig befreit. Völlig aus mir heraus. Und auch Sam verzieht sein Gesicht zu einem Grinsen. Er befindet sich immer noch in mir, und ich wünschte, er könnte für immer dort bleiben.

»Lass es uns noch mal machen«, sage ich, als ich mich von meinem Glückstaumel ein bisschen erholt habe.

»Wir müssen leider einen Moment warten, bis ich wieder einigermaßen hergestellt bin«, sagt Sam. Er rollt sich von mir herunter und steht auf, um das Kondom zu entsorgen. Allerdings taumelt er auf seinem Weg durch mein Zimmer einigermaßen beeindruckend hin und her.

»Bist du besoffen?«, frage ich und beginne schon wieder zu lachen.

»Besoffen von dir vielleicht«, sagt er und stützt sich am Türrahmen ab, um nicht dagegenzuprallen.

Als er zurückkommt, will er den Avocadozweig wieder in die Weinflasche stellen. Doch ich halte seine Hand fest, weil ich nicht glauben kann, was ich sehe. Es haben sich tatsächlich winzig kleine Wurzeln gebildet!

»Was zur Hölle?«, sage ich. »Ich glaube, wir haben ein Avocado-Baby gemacht!« Und wieder fange ich an zu lachen.

»Und wer ist jetzt besoffen?«, fragt Sam und stellt den Zweig endgültig zurück in die Flasche.

»Ich von dir, glaube ich«, bringe ich unter größter Mühe hervor. Denn ich muss so sehr lachen, dass ich kaum Luft bekomme.

 *Sam*

**44**   Ein paar Wochen später betrete ich mit Jeannie
das Café. Heute ist große Neueröffnung unter neuer Leitung und mit neuem Namen. Denn *Mal's* heißt jetzt *Imogen's*. Malcolm hat den Namen vorgeschlagen, nachdem
Amy sich geweigert hat, ihren Namen auf ein Schild schreiben zu lassen.

Auf den ersten Blick hat sich unter Amys Leitung nicht
allzu viel verändert, aber mir fallen selbst Kleinigkeiten
auf. An der Wand hängen mittlerweile ein paar Bilder, die
Amy gemalt hat. Eins davon zeigt Imogen. Denn Amy hat
inzwischen eingesehen, wie gut es ist. Sophia, die beim Fri-
seur war und die Haare nun kurz trägt, steht hinter dem
Tresen, mit dem Rhys vorher verwachsen war, und ordnet
Häppchen auf Teller. Häppchen, die Malik gemacht hat
und die so appetitlich aussehen, dass mir augenblicklich
das Wasser im Mund zusammenläuft.

»Ihr seid spät dran«, sagt Sophia.

»Ich weiß. *Jemand* hatte seinen Rucksack in der Schule
vergessen.«

Jeannie funkelt mich an. »*Jemand* hat vergessen zu fragen, ob ich alles habe.«

»*Jemand* hat mir nicht gesagt, dass ich das machen
muss.« Ich ziehe leicht an ihrem Pferdeschwanz, und sie
tritt mir dafür auf den Fuß.

»Quitt?«, frage ich.

»Quitt.«

»Wo sind denn alle?«, frage ich Sophia.

»Na, draußen natürlich.«

»Draußen?« Ich bin verwirrt. Mir ist neu, dass es hier einen Außenbereich gibt.

Sophia drückt jedem von uns einen Teller in die Hand und führt uns an der Küche vorbei in den Hinterhof des Cafés. Und was ich sehe, verschlägt mir die Sprache. Aus dem Bereich zwischen *Imogen's* und Ches Brauerei *Wish You Were Beer* ist ein richtiger kleiner Biergarten geworden. Die Mauern sind bunt bemalt, und blühende Büsche und rankende Pflanzen in großen Blumentöpfen beleben den ehemals trostlosen Ort. An fünf langen Tischen sitzen jede Menge Leute auf Holzbänken und unterhalten sich, trinken und essen.

Gerade hebt Che sein Bier und ruft: »Auf die Verbrüderung von Brauerei und Café!«

»Verschwesterung meinst du wohl«, korrigiert Ollie und stößt mit ihren Tischnachbarn an.

»Na? Was sagst du?« Amy kommt strahlend auf mich zu. Sie sieht umwerfend aus in ihrem hellblauen Sommerkleid.

»Ich bin ehrlich beeindruckt«, sage ich. »Ich hatte keine Ahnung ...«

»Ich weiß. Ich wollte dich überraschen.« Sie drückt mir einen süßen Kuss auf den Mund – eine Geste, die inzwischen so normal ist, dass ich mir kaum vorstellen kann, dass es vor ein paar Monaten nicht denkbar gewesen wäre, ihr so nah zu sein.

»Komm, hol dir was zu trinken, und setz dich irgendwo dazu. Die meisten Leute kennst du ja.«

Ich lasse meinen Blick über die Tische schweifen und

sehe Anthea und Tim, die zusammen mit Ollie, Malcolm und Norman an einem Tisch sitzen. Norman hat sich unendlich über die Einladung gefreut. Und nachdem Amy und ich die nötigen Anträge ausgefüllt hatten, damit das *Electric* Subventionen erhält, kann er sich nun sogar eine Aushilfe leisten, die das Kino ein, zwei Tage in der Woche übernimmt. So wie beispielsweise heute. Rhys, Tamsin und Malik sitzen einen Tisch weiter. Neben ihnen Jasmine und, wie ich schätze, Maliks Eltern. Maliks kleinere Geschwister sitzen an einem extra Kindertisch, an den sich nun auch Jeannie gesellt. Sie hält den dritten *Harry Potter*-Band, den ich ihr heute mitgebracht habe, fest an ihre Brust gepresst. Theo steht auf, um sie zu begrüßen, und obwohl Jeannie älter ist als er, ist Theo immer noch ungefähr eine Handbreit größer. Aber bald hat sie ihn bestimmt eingeholt.

Che und seine Kumpels vom Burritowagen haben sich an einem Tisch direkt vor der Brauerei niedergelassen. Die anderen, die bei ihnen sitzen, kenne ich nicht. Der letzte Tisch wird von Zelda und drei mir unbekannten Kerlen eingenommen.

Ich grüße einmal in die Runde und setze mich dann neben Zelda, weil an ihrem Tisch am meisten Platz ist.

»Das ist mein Bruder Elijah«, stellt sie einen jungen Mann mit braunen Haaren und schmalem Gesicht vor. »Und sein Freund Marcus. Elijah, Marcus, das ist Sam.«

Wir schütteln uns die Hände.

»Und du bist?«, frage ich, an den Letzten der drei gewandt.

»Philip. Ich bin zufällig in der Stadt. Ein Freund von Zelda.«

»Philip ist gerade von seinem Europatrip zurück«, erklärt Zelda. »Er wohnt bei uns, bis er seine Eltern davon überzeugt hat, dass er kein Jurist sein will.«

»Es geht allerdings schleppend voran«, sagt er, »denn ich habe ihnen noch nicht einmal erzählt, dass ich wieder hier bin.« Er grinst.

Che kommt zu uns an den Tisch und bietet uns verschiedene Biere an. Wir haben die Wahl zwischen dem Summer Ale, das ich bereits kenne, einem etwas stärkeren Pale Ale und einem, wie er es nennt, vollmundig-malzigen Porter.

»Bist du der Brauer?«, fragt Philip, der sich für das Pale Ale entschieden hat. »Ich muss sagen, das schmeckt fantastisch!«

»Jupp«, sagt Che. »Alles meine eigene Produktion.«

»Ich bin beeindruckt.« Philip nickt anerkennend. »Ich habe einen Monat in Belgien in einer Brauerei gearbeitet und überlege seitdem ernsthaft, ob das etwas für mich sein könnte.«

»Ich kann es nur empfehlen. Ich bin zwar erst seit einem Monat Vollzeitbrauer, aber ich habe es noch keine Sekunde lang bereut. Jetzt brauche ich nur noch ein bisschen mehr Kapital, um meine Produktion zu steigern. Deswegen bin ich auf der Suche nach einem Partner.«

»Stopp mal«, sagt Philip. »Meinst du das ernst?«

»Na ja, es muss natürlich schon passen.« Che grinst. »Und ein bisschen Kapital muss er mitbringen.«

»Nenn mich impulsiv«, sagt Philip, »aber damit könnte ich vielleicht dienen. Ich habe da diesen schicken Treuhandfonds.«

»Du verarschst mich, oder?«, fragt Che.

»Wenn es um Bier geht, mache ich keine Witze! Allerdings bin ich vielleicht noch etwas zu gejetlagged, um gleich Verträge zu unterschreiben. Aber ich habe das Gefühl, das hier könnte eine verrückt gute Idee sein!«

»Du musst unbedingt das Porter probieren«, sagt Che auf einmal ganz eifrig. »Und meine Brauanlage anschauen.«

Philip prostet uns noch einmal zu und folgt dann Che in die Garage.

»Gesucht und gefunden«, sagt Zelda. »Wäre ja irre, wenn Philip bei *Wish You Were Beer* einsteigt.«

Der Nachmittag geht langsam in den Abend über. Als es zu dämmern beginnt, schaltet Amy ein paar Lampiongirlanden an, sodass der Hinterhof noch magischer aussieht als ohnehin schon.

Ich unterhalte mich ziemlich lange mit Zelda, Elijah und Marcus. Elijah arbeitet als Anwalt in einer großen Kanzlei, und Marcus ist Architekt.

»Und dieses Wochenende haben wir uns komplett freigenommen, damit ich endlich mal Zelda kennenlerne«, sagt Marcus.

»Wie bitte? Ihr habt euch gerade erst kennengelernt?«, frage ich.

»Ehrlich gesagt, ist Zelda die Erste, die ich überhaupt aus Elijahs Familie kennenlerne.«

»Wow!« Ich weiß nicht, was ich sagen soll. Aber dann fällt mir ein, was Zelda mir über ihre Eltern erzählt hat. Wahrscheinlich ist es also besser so.

Ein wenig später lotst Tamsin mich mit einem Winken an einen Tisch, an dem sie inzwischen mit Rhys und Amy sitzt.

»Hast du das gehört?«, fragt sie. Sie wirkt etwas aufgelöst.

»Was ist los?« Ich blicke in die Runde. Tamsins Mund steht offen, Rhys blickt auf den Tisch, und Amy lächelt vorsichtig.

»Amy hat gerade gesagt ... Sie hat gesagt ...« Tamsin bricht ab.

»Ich habe gerade erzählt, dass man Rhys' Stiefvater verhaftet hat. Und dass es ziemlich wahrscheinlich ist, dass Rhys gegen ihn aussagen darf. Und dass es gut sein kann, dass er für alles, was ihm widerfahren ist, entschädigt wird.«

Rhys dreht sich von uns weg, und ich sehe, wie er sich hektisch mit den Händen über das Gesicht fährt.

»Das ... das ...« Auch Tamsin treten Tränen in die Augen.

Rhys wendet sich wieder zu uns, das Gesicht etwas verzerrt. »Ich habe mich nicht getraut, auch nur daran zu denken«, sagt er dann heiser. »Nicht, dass es alles ungeschehen macht, aber ...«

»Es ist schön, dass es Gerechtigkeit gibt«, bietet Amy an.

»Ja.«

Auch in meinem Hals hat sich ein Kloß gebildet, als Rhys sich entschuldigt und in drei großen Schritten drinnen verschwindet.

»Ich glaube, ich gehe ihm besser nach«, sagt Tamsin und lässt mich und Amy allein.

Einen Moment schweigen wir, völlig überwältigt von den Emotionen, die uns erfüllen.

»Und bei dir?«, fragt Amy dann und lenkt das Gespräch charmant in eine neue Richtung. »Gibt's was Neues von deinen Bewerbungen?«

Ich weiß, dass das Thema heikel ist für Amy. Aber da

ich tatsächlich heute Morgen eine Entscheidung getroffen habe, wo ich die nächste Zeit leben möchte, will ich sie nicht länger auf die Folter spannen.

»Ähm«, sage ich, »also ehrlich gesagt, ja, es gibt etwas Neues.«

Zwischen Amys Augenbrauen hat sich eine Sorgenfalte gebildet. Ich nehme ihre Hand. Ihre Befürchtungen sind vollkommen unbegründet. Nie im Leben würde ich mein Glück mit ihr gegen irgendetwas eintauschen. Es mag sein, dass das naiv und romantisch ist, aber immerhin kann ich die Schuld dafür meinen Eltern geben.

»Also?«, fragt sie, und ich spüre ihre Anspannung.

»Also, ich bleibe in Pearley«, sage ich.

Ich höre, wie Amy neben mir erleichtert ausatmet. Doch als sie mich ansieht, ist die Sorgenfalte noch immer nicht gänzlich verschwunden.

»Wie kommt es?«, fragt sie, in ihrer Stimme schwingt Skepsis mit.

»Prioritäten«, erwidere ich. »Ich will bei euch bleiben. Bei dir und Jeannie. Ich habe mich hier auf eine Stelle beworben, aber selbst wenn ich sie nicht kriegen sollte, werde ich nicht weggehen. Kein Bedarf.«

»Aber …« Amy ist offensichtlich noch nicht überzeugt.

»Nein, kein Aber«, sage ich. »Das muss ja nicht bedeuten, dass ich meine Karriere gleich begrabe, keine Sorge. Aber gerade bin ich so am glücklichsten. Mit dir. Ich habe keine Lust, das aufzugeben. Für keine Stelle der Welt.«

Ich lege den Arm um Amy, ziehe sie an mich und drücke ihr einen Kuss auf die Schläfe. Dies ist genau der Ort, an dem ich sein möchte. Bei ihr. Mein Glück im Moment ist mit nichts aufzuwiegen. Und als ich meinen Eltern diesen Entschluss mitgeteilt habe, waren sie sofort auf meiner Seite. Allerdings bestanden sie darauf, nächsten Monat nach Pearley zu kommen, um Amy kennenzulernen.

»Du bist verrückt«, sagt sie leise an meinem Ohr. »Weißt du das?« Dann schenkt sie mir das bezauberndste zahnlückige Strahlen, das ich je gesehen habe.

Und ich weiß, das ist einer dieser Momente, in denen das Glück so vollkommen, so universell ist, dass es wehtun würde, wäre es nicht so schön.

»Das mag schon sein«, erwidere ich und küsse Amy auf ihr duftendes Haar. »Aber wie die Grinsekatze sagt: *Wir sind hier alle verrückt. Ich bin verrückt. Du bist verrückt. Wenn du es nicht wärst, dann wärst du nicht hier.* Und ich, Amy, bin besonders verrückt nach dir.«


ENDE

# Danksagung

Euch, meinen lieben Leser*innen, gebührt mein allererster und allergrößter Dank. Denn ohne die Menschen, die meine Bücher lesen, denen meine Bücher gefallen, wäre ich heute nicht da, wo ich bin. Eure begeisterten Nachrichten, Bilder und Rezensionen sind die beste Motivation, die ich mir vorstellen kann. Ihr macht all das hier erst möglich.

*Liebe mich. Für immer* ist nun mein dritter Roman. Und so ist dies auch meine dritte Danksagung – und es ist das dritte Mal, dass ich auf den letzten Seiten über all die großartigen, wunderbaren, fantastischen Leute schreiben darf, die mir mit Rat und Tat und offenen Ohren und Craft Beer zur Seite stehen.

Allen voran meine Testleserinnen (und Freundinnen) Jennifer, Nini, Sabine und Susi. Euer Input – ob es sich nun um Lob oder Kritik handelt – ist unbezahlbar.

Meinem Agenten Niclas bin ich unendlich dankbar für seine unermüdliche Unterstützung, für seine Klugheit und Besonnenheit und für die immer richtigen Worte zur immer richtigen Zeit. Was für eine Superkraft!

Der Piper Verlag ist in den letzten Monaten zu meinem buchigen Zuhause geworden, was natürlich vor allem an den fabelhaften Menschen liegt, die dort arbeiten. Mein großer Dank gilt ihrem sagenhaften Einsatz, der jedem meiner Bücher zuteilwird. Und ganz besonders bedanken will ich mich bei meiner Lektorin Greta, mit der die

Zusammenarbeit wenig wie Arbeit und sehr viel wie Spaß wirkt. Es ist also im Grunde genommen Zusammenspaß. Danke dafür.

Meiner Familie und meinen Freunden, die so viel Geduld aufbringen, die da sind, wenn ich sie brauche, und die wenig jammern, wenn ich keine Zeit habe, danke ich von ganzem Herzen. Ihr seid das Fundament, auf dem meine Geschichten entstehen.

Dankbar bin ich auch für den Austausch mit Kolleg*innen. Ganz besonders stechen hier Nena, Sarah und Sophie heraus, die mir konstant das Gefühl geben, nicht allein – und nicht verrückt – zu sein.

Und dann ist da natürlich Maxi, *der* mir das Gefühl gibt, verrückt zu sein – aber auf genau die richtige Art und Weise. Dafür, dass wir Verbündete sind, glücklich, wie man es sich kaum vorstellen kann, und zusammen den allergrößten Spaß haben, von Herzen danke.

*Die Zitate auf den Seiten 49, 166 und 271 stammen aus:*
William Shakespeare, Shakespeares Sonette.
Übersetzt von Karl Kraus, Suhrkamp Verlag, Berlin 1994

*Die Zitate auf den Seiten 50 und 234 stammen aus:*
William Shakespeare, Macbeth, in: Gesammelte Werke
in drei Bänden, dritter Band, Tragödien.
Übersetzt von Dorothea Tieck, Sigbert Mohn Verlag, Gütersloh

*Das Zitat auf Seite 131 stammt aus:*
William Shakespeare, Wie es euch gefällt, in: Ein Sommernachts-
traum, Der Kaufmann von Venedig, Viel Lärm um nichts,
Wie es euch gefällt, Die lustigen Weiber von Windsor.
Übersetzt von August Wilhelm von Schlegel, Diogenes Verlag,
Zürich 1979

*Die Zitate auf den Seiten 102, 181, 262 und 411 stammen aus:*
Lewis Carroll, Alice's Abenteuer im Wunderland.
Übersetzt von Antonie Zimmermann, Johann Friedrich Hartknoch,
Leipzig 1869